应龙是中国神话中的神龙，又称祖龙，传说在应龙施雨时，天地万物复苏生长，麒麟、凤凰由此诞生，麒麟生一切兽，凤凰生一切鸟，所以说世间一切鸟兽，都是应龙的后代。

　　迦楼罗是印度神话中的一种神鸟，天龙八部之一，佛教传入中国后，音译为金翅鸟，在中国的传统文化中，迦楼罗一般以半人半鸟的形象出现。

●●●●

　　《目莲救母》的故事流传甚广，家喻户晓。目莲的母亲青提夫人为了阻止儿子出家，故意做出种种坏事，死后堕入地狱，受尽诸般苦楚，目莲为救母亲，不惜大闹地狱，然即便出了地狱，青提夫人也未能逃脱苦海，投胎生变为狗。

　　青丘有兽曰白狐，狐妖在中国的神话传说中广为流传，传说狐妖修炼五十年可变为妇人，百年可变为美女，千年成仙。她的尾巴是储存灵气的地方，当吸收了足够的灵气后，尾巴就会一分为二，裂变为九尾时，就可修成不死之身。

　　花妖或者花仙在中国的神话传说中占有重要的地位，在中国的传统文化中，花有灵性，同其他生物一样可以修炼为妖，说是百年成精，千年成仙，她们一般美丽而善良，留下了许多缠绵悱恻的绝唱。

在诸多妖怪故事中，蛇妖的比重很大，它们的形象或可恶或善良，或可爱或邪恶，不一而足，但在国人心中无论是蛇还是蛇妖，都没有特别好的印象，是冷血狠毒的代表。

田螺姑娘的故事作为民间传说，流转甚广，而且作为一则颇为温情的故事，古往今来，一直为老百姓津津乐道。

牛头马面是中国传统神话故事里的勾魂使者，他们的形象往往兼可爱与贪婪为一体，有时爱占小便宜，有时也会做些违纪之事，却不乏同情心。

中国妖怪录

萧盛 著

长江出版社
CHANGJIANGPRESS

图书在版编目（ＣＩＰ）数据

中国妖怪录 / 萧盛著 . -- 武汉 ： 长江出版社，
2021.8
ISBN 978-7-5492-7714-8

Ⅰ . ①中… Ⅱ . ①萧… Ⅲ . ①神话—作品集—中国
Ⅳ . ① I277.5

中国版本图书馆 CIP 数据核字 (2021) 第 110135 号

中国妖怪录 / 萧盛 著

出　　版　长江出版社
　　　　　（武汉市解放大道 1863 号　邮政编码：430010）
选题策划　天河世纪
市场发行　长江出版社发行部
网　　址　http://www.cjpress.com.cn
责任编辑　罗紫晨
印　　刷　香河县闻泰印刷包装有限公司
版　　次　2021 年 8 月第 1 版
印　　次　2021 年 8 月第 1 次印刷
开　　本　710 mm×1000mm　1/16
印　　张　20.25
字　　数　306 千字
书　　号　ISBN 978-7-5492-7714-8
定　　价　59.80 元

目录 ————————

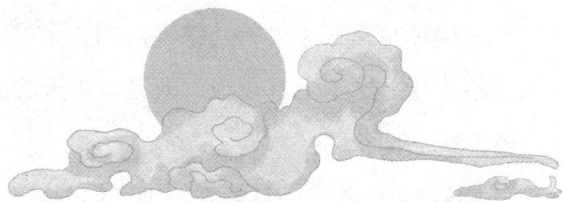

卷一

神兽篇

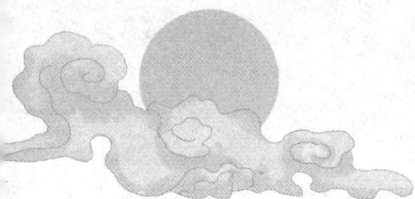

应龙：助力华夏一统的祖龙

巍峨的太行山脉逶迤地向西南延续，直至天之尽头。

小五台山脚下，驻扎着有熊部的军队，夜幕已落下，营地内的火光渐次燃起。山风从这里穿过，呜咽作响，像是战后亡魂的悲鸣，让部落里所有的士卒再次回想起了战争的惨烈。

激战已有三天了，有熊部落在九黎部落的强攻下节节败退，日落前，九黎首领蚩尤再下战书，约于明日决战，一战定胜负。

两军对垒，非胜即败，有熊部首领黄帝只能接受战书，没有第二条路可选。但是，明天这一战该怎么打，至今未得良策。

距有熊部军营三里外的九黎部营内，则是一片欢腾的氛围，大战三天，屡战屡胜，从上到下士气高涨，就等着明天的决战把有熊部灭了，从此后天下一统，再无战争。

"姬轩辕不会甘心认输的，明日之战他一定会想尽一切办法挽回败局。"风伯是此战的主将，与黄帝交锋过许多次，十分了解对手的为人和作风，在决定生死成败的时候，他一定会把所有的手段都使出来，因此不无担忧地看了眼蚩尤，"你有什么打算？"

蚩尤知道风伯想说的是什么，这天下部落虽众，然而经过数十年的争夺、合并，目前天下的部落由黄帝的有熊部、炎帝的神农部以及蚩尤的九黎部三分天下，统一是早晚的事，黄帝率先发起了统一之战，当年阪泉一役，黄帝与炎帝苦战，血流漂杵，然而最终还是将炎帝击败，吞并了神农部，那么他的下一个目标必然是九黎部，而且是志在必得。

然而蚩尤非同常人，他骁勇善战，恰似为这乱世而生一般，与有熊部的军队一接触，便高歌猛进，势如破竹，把对方打得几无还手之力。没错，黄帝是想统一部落，吞并天下，可他有这能力吗？

"手下败将而已，我怕他作甚？"蚩尤自恃一身本事，嘿嘿一声冷笑道，"我去请了雨神，他天亮前铁定会到，再加上你风伯在军中坐镇，足以把姬轩辕打得落花流水。"

风伯听到雨神会来，心安了些："如此就好。"

次日一早，天还没亮，九黎部就已集结了队伍，战士们个个意气风发，斗志高昂，蚩尤见人人抱必胜之决心，仰天一声长笑，随之向大家保证，此战得胜，论功行赏，均分有熊部落的牛羊田地，绝不会亏待每一位为此付出血汗的人。

一声令下，号角声中，全军出发，几万人踏出的铿锵步伐震动清晨的山际，传来阵阵回响，仿佛是天地自然都在为九黎部众助威呐喊，将士们越发地充满信心，个个涨红了脸，连眼神里都充满了杀气，恨不得立马就跟有熊部大干一场。

另一边，有熊部也做好了临战前的准备，他们知道今天将迎来一场生与死、存与亡的决战，更加清楚他们将要面对的是一群什么样的敌人，每个人的脸上都异常凝重。黄帝的表情也并不轻松，那张沧桑的脸上甚至隐隐地看到一丝紧张，但他心里非常清楚，不能将这种紧张和不安的情绪传染给将士们，不然的话这场仗还没打就已经输了。他清了清嗓子朝大家喊道："今日一战，事关有熊部存亡，我们没有退路，唯拼死一战，才能保全我们的部落和家人，维护属于我们的荣誉。九黎部很强大，他们的酋长蚩尤号称'战神'，鲜有败绩，但今天我要告诉你们，他并非不可战胜，因为他是有缺点的，包括他所统率的这支部队也存在相同的缺点，那就是狂妄。眼下他们从上到下都处于一种狂妄、骄傲的状态之中，我已经想到了对付他的方法，今日他将为他的狂傲付出惨重的代价！"

天放亮了，一层薄薄的山岚飘浮在天地之间，使得这一带的青山绿水看上去多了一层朦胧的神秘的美感。两军列阵于冀州之野，戟矛林立，马兽齐鸣，一阵"咚、咚、咚"的鼓声响起，九黎部众随着这一声鼓响齐声呐喊，声震群山。

蚩尤看着自己军队的气势，颇为满意，不说其他，单是这气势早已盖过了有熊部，今天这一战他们必胜无疑。

战鼓声中，蚩尤下了战车，倏的一声大喝，山川为之一震，随即周围的山岚渐渐向他聚拢，笼罩在他头顶方圆三里的地方，形成一团厚厚的状若乌云般的气团，天空为之一暗。九黎部众见他施展了这种凝汽为云的手段，纷纷高声呐喊，有熊部众见状，不免被这气势震慑，看来今日蚩尤要使出绝招了。

这时候，战鼓敲得更急，犹如雨点一般密集。蚩尤又是一声大喝，头顶上的云团抖动了一下，并快速地朝有熊部直压下去，没一会儿，有熊部众便被那云团笼罩，伸手难见五指，大家不由得心头咯噔一下，这时候要是敌人冲过来，唯死而已。

心念未已，果然听得蚩尤一声令下，率军冲了过来。

"别慌！"浓浓的大雾中传来黄帝掷地有声的一声喊，"指南车带路，冲出去！"

指南车是黄帝专门为对付蚩尤那凝汽为云的手段而研制的，极具针对性，只要按照指南车所指的方向走，便不存在迷路之虞，有熊部众信心大增，随着黄帝冲了出去。

蚩尤见自己的手段失效，无意跟有熊部硬战，边退边喊了声："雨起！"

"轰隆隆"一声巨响，滚雷自天际传来，在有熊部的头顶炸开，乌云密布，天地变色，白昼陡然变作黑夜，几道闪电过后，瓢泼大雨哗啦啦落下来，天空就像豁开了一道口子，雨势倾盆。只一会儿，地面上就积满了水，行军艰难。

黄帝眯着眼睛看着雨势，神色越来越凝重，怪不得蚩尤选择在这地方决战，他现在明白了，这是个两山夹峙的谷地，这雨一下，此地就变成了个天然的蓄水池，时间一久，无须九黎部的人来收拾他们，他们就会被水淹死。

有熊部的人显然也察觉到了当下身处的危险，神色大变。

"再让雨大些！"蚩尤喊了一声，天空风起云涌，霹雳不断地从云层里闪过，只见云端的雨神施展法力，那雨果然更大了，众人连眼睛都无法睁开。九黎部早有准备，纷纷拿出斗笠遮雨，嗷嗷叫着要求快些决战。

蚩尤道："大家莫急，先淹一淹他们再收拾也不迟。"

"应龙何在？"黄帝仰首向着天空一声厉喝，蚩尤使出了"撒手锏"要置他于死地，他自然不能坐以待毙，喊出了从南极请来的应龙助战。

应龙是龙的祖先，又称祖龙，生有双翼，黄色龙鳞，五爪，与青龙、白虎、朱雀、玄武并列为五星天官。传说应龙生凤凰、麒麟，而凤凰生一切鸟，麒麟生一切兽，因而他又是鸟兽之祖，司雨掌风，在法力上与雨神有共通处，但他除了能司雨掌风之外，还能够吸水吞汽，这也是黄帝请他出战的原因所在。

应龙在云端一摇身，一摆尾，乌云即散，阳光照在他身上时，金光万道，霍地一张嘴，狂风乍起，雨水化作一道瀑布，似水汽，倒吸入了它的嘴里去。

下面观战的风伯见他破了雨神的法力，纵身飞到半空，张开双臂，浑身一抖，风乍起，在天际呼啸而过，地面上虽不是在风眼中心，却也受到了影响，风吹石走，小一点的树被连根拔起，随着沙石卷上空中。

那股大风在即将抵达应龙所在的地方时，霍地化作一股更加强大的龙卷风，呈一个连通天地的巨大圆柱体，迅速地撞向应龙。

以应龙的神力，若是单打独斗，完全有能力胜过风伯，但一来此刻他正全力吸水，以便给有熊部将士扫清障碍，二来他低估了风伯的能力，直至那道风柱袭来时，才意识到那力量非同小可，然而此时想避开却已经晚了，被卷入龙卷风的风眼，随风卷上了天去，只一会儿便无影无踪了。

九黎部众见了，兴奋得一阵大喊，雨神又施展法力，倾盆大雨再次袭来。有熊部的人顿时就慌了，应龙被风卷得无影无踪，那他们还能逃得过此劫吗？

一声龙吟自天际传来，只见应龙与风伯在天空斗作一处，但应龙像是受了内伤，与风伯苦斗，短时间内谁也胜不了谁。

应龙被风伯缠住无法脱身，雨神继续施雨，地面上的雨水再次聚集，眼看着就要没过膝盖了，如此下去，早晚会被淹死。此刻，九黎部众在蚩尤的率领下已完全退了出来，站在高处作壁上观，本是一场决战，现在他们反倒成了观众。

应龙突地幻化成人形，手持金斧黄钺，与风伯近身肉搏。

"快唤女魃！"面对这样的战况，黄帝确实有点慌了，听得应龙提醒，才想起了女魃，急喊了她出来。

那女魃是旱神，所经之处赤地千里，滴雨不下，虽说是名女子，却是光头不长头发，着一身青衣，听得黄帝召唤，踏云而来，右手一晃，只见金光一闪，手里凭空多了根状若烧火棍一样的法器，往云端一指，风停雨歇，又一指，云散天霁，再一指，地上的雨水化作水汽升上天空，消失不见，恍如刚才未曾下过那场瓢泼大雨。

雨神见来了克星，心头一慌。蚩尤也慌了，本以为今日必胜，没想到他手下大将的法力被破，严重影响了士气。黄帝趁此机会，发起了攻击，一时间喊声大作，潮涌般地往九黎部杀过去。

应龙见雨神的法力被女魃所破，无心再与风伯恋战，卖了个破绽抽身出来，再次幻化为龙，腾云而去。这时候风伯当然也没什么心思追着应龙不放，降下云端协助蚩尤作战，即便到了现在，他依然相信，凭着九黎部众的神勇善战，依然可以主导这场决战的胜负。

可惜的是，风伯想错了。倒不是说九黎部打不过有熊部的人，而是他忽略了一个人，那就是应龙。应龙只是佯装退走，找了个地方恢复些元气，在战争进入胶着状态时，他陡然返回，杀入了蚩尤军中，以迅雷不及掩耳之势使一招神龙摆尾，一扫，就扫倒一大片人。

战场形势瞬间发生了变化，有熊部开始反击。蚩尤见这么下去是要吃亏的，当即击鼓收兵，留得青山在，不怕没柴烧，没必要在这儿跟黄帝拼个你死我活，损兵折将。

然而黄帝却不想这场战争就这么结束了，他非常明白如果给九黎部缓冲的机会，将会对他形成更加可怕的威胁，急令应龙追击，务必擒杀蚩尤。

应龙的元气虽然没全部恢复，但他好歹是神龙之祖，一声龙吟，冲上半空，直扑蚩尤。

蚩尤不是等闲之辈，风伯雨神也不是省油的灯，即便应龙有女魃的配合，一时间两方的混战也难分伯仲。应龙急了，因为他的元气没有完全恢复，坚持不了多久，暗示让女魃拖住风伯雨神，他去对付蚩尤。

黄帝似乎也看出了应龙的意图，擒贼先擒王，当下分身出来去支援应龙，如此一来，蚩尤不免吃力，战不多久便气力不继，应龙觑了个真切，龙尾一摆，横扫出去，在蚩尤退开去的时候，跃上空中，倏地幻化出人形，手持金斧黄钺若泰山压顶般地朝蚩尤奔袭下去。

蚩尤尚未稳住身子，听得头顶风声飒飒，着实吓得不轻，想要避开时，黄帝却没给他这个机会，将他缠住了。

"砰"的一声响，饶是蚩尤铜头铁骨，也吃不消应龙的金斧黄钺，头骨崩裂，低吼一声，当场栽倒在地。九黎部众见这情形，彻底慌了，纷纷四散逃窜。

涿鹿之战后，华夏文明进入了一个全新的时代，应龙和女魃由于在此战中都伤了元气，不能上天，此后，应龙居南方，女魃居北方，也因此造成了南方多雨北方干旱的天气特征。

解说神兽

应龙的名字叫庚辰，是中国神话中的神龙，脊生双翼，其翼内含乾刚之威，可覆盖天地。传说在应龙施雨时，天地万物复苏生长，麒麟、凤凰由此诞生，麒麟生一切兽，凤凰生一切鸟，所以说世间一切鸟兽，都是应龙的后代。此外，应龙也是龙的祖先，因此又叫祖龙。

应龙有两种形象，一种是龙身，鳞片通体金黄，四足五爪，就是传说中的五爪金龙。化作人身的时候，手持金斧黄钺，坐骑是一条神龙。

应龙还是中国神话中的无双战神，他杀蚩尤，平天下，战神猴，开龙门，将《西游记》中孙悟空的原型水猿大圣打败，囚于龟山之下。

水猿大圣：孙悟空的原型

光阴荏苒，一晃到了大禹时代，当时中原地区洪水泛滥，陆地形同汪洋，民不聊生，大禹受舜之所托，奉命治水。他带着伯益、后稷等人，跋山涉水，走遍了中原的山山水水，最后将天下分为九州，分别是冀州、青州、徐州、兖州、扬州、梁州、豫州、雍州、荆州等，然后再按区域的受灾情况，分轻重缓急区别治理。

经过大禹的统筹规划，各地的治水工程都有序推进，然而在豫州、荆州交界的桐柏山却遇到了麻烦。

桐柏山是淮水和长江的分水岭，换句话说，如果不治理好桐柏山的水系，淮水就无法入海，这一带的百姓便会常年遭遇水患，无法正常生活。

这一日，大禹来到淮河边时，本来天色晴朗，忽然天地变色，淮河之中浊浪滔天，隐隐夹着奔雷之声，伯益大惊失色，道："文命，此河恐是有妖！"

大禹也看出来了，若非妖怪作祟，不可能平白生出这巨浪，但这淮水之中究竟住了什么妖怪，竟有这般呼风唤雨的本事？

却说大禹从淮水返回，召集附近的部落首领来聚会商议，问淮水里究竟是何妖作怪，没想到众部落首领听了这话，一个个面露为难之色，均支支吾吾地不敢言语。

大禹见了，心下恼火，沉声道："你等身为部落首领，管理各个区域，负责治理各方，乃民之父母也，何以包庇妖怪？"

大家你看看我，我看看你，依旧没有开口。最后实在拖不下去了，鸿蒙部的首领鸿蒙氏说道："非是我等包庇，实在是那妖本事通天，无人治得，我等是怕万一治他不得，反而惹恼了他，会生出更大的祸端。"

大禹浓眉一蹙，说道："人间竟有这等妖怪，且细细说与我听。"

鸿蒙氏道："那妖叫无支祁，乃是一只神猴，不知从何处学来的本领，有上天入地之能事。早些年盘踞在桐柏山水帘洞，山中精怪皆奉他为王，啸聚喽啰万众，方圆百里无论是人还是妖，都不敢得罪他，拿牛羊珍果供奉。后来那厮又占了淮水，在水下建了宫殿，号称'龙宫'，又娶龙女为妻，从此水陆两地皆受他统治，挂出一面旗帜，称是'水猿大圣'。"

"好一只猖狂的猴子，居然统治水陆两地，领导人妖两界。"大禹怒道，"此妖不降，百姓便累年遭水患之苦，你们这里部落众多，不能联合起来降了此妖吗？"

商章部落的首领叹道："那妖法力通天，我等凡人怎是他的敌手？"

大禹问道："那么你等可愿随我出战？"

众部落首领听了这话，再次陷入了沉默。倒不是说他们不敢出战，不肯担责，而是有些怀疑大禹的能力，万一没能将那猴子降伏，惹恼了他，到时你拍拍屁股走人了，我们怎么办？因此一时间谁也不敢表态。

大禹大怒，他受联合部落首领舜之重托，治理天下之水患，身负百姓之安危，见这些部落首领畏首畏尾，只顾自己的安危，全然不念百姓之疾苦，喝令将在座的部落首领都抓起来，听候发落。

然而抓了那些部落首领后，大禹却犯难了，那妖猴本领通天，本就难以对付，现将部落的首领都关押了，该如何对付那妖猴呢？正自苦恼间，忽有人高声道："我愿去降那妖猴！"

大禹扭头一看，出来请战的乃是乌木由。原来在临来桐柏山时，舜分别指派了两位能臣、两员大将给大禹，那两位能臣分别是后稷、伯益，后稷精于农业，曾被尧封为"农师"，伯益善建筑，又通兽语，都是举世无两的能人。那两员大将其中一员叫童律，善使枪，另一员就是乌木由，长得五大三粗，力大如牛，使一杆铁叉，浑如巨灵神一般，等闲人休想近他的身。大禹见他肯出战，便率领一千人，命乌木由为先锋，前往桐柏山水帘洞降妖。

那水帘洞坐落在一道悬崖之上，峭壁千仞，猿猴难攀，众人尚未到洞口，便已感觉到一阵水汽扑面而来，及至到了水帘洞前，只见那道瀑布若九天银河落凡间，"哗啦啦"地从高处一落千丈，冲击着下面的潭水，声震九霄。定睛一看，在悬崖的中央，千重水帘背后隐约有个洞口，嬉闹之声透过水帘断断续续地传出来。

大禹见到这般光景，心想那妖猴倒是会选地方，此处真乃神仙洞府也。正思忖间，旁边的后稷道："我等一路上山而来，并未遇到阻碍，如今到了他的老窝，只闻嬉闹之声而未见人影，怕是有诈。"

"也未必。"伯益捏着他颌下那缕花白的胡须道，"这猴子自号'水猿大圣'，狂傲得紧哩，只怕是没将我等放在眼里。"

"且看我如何降那妖猴！"乌木由冷冷一笑，跳上一块石头，将手中的铁叉一扬，厉喝道："妖猴听着，你家乌爷爷在此，快快出来受死！"

喝声落时，洞内便有了动静，人影迭闪，众多小妖纷纷从里面跳出来，除了猴子外，无非是些木魅、水灵、山妖、石怪之类的小喽啰，仗着有妖猴撑腰，肆无忌惮地将乌木由围了起来。不消多时，水帘洞那头忽刮起一阵风，黄影一闪，快若闪电，落在距离乌木由一丈开外。乌木由定睛一看，正是那妖猴，只见他长着一张缩鼻高额的雷公脸，黄毛白首，金目雪牙，看上去瘦瘦小小的，没几两肉，使一阵风便能将他刮跑了。

乌木由仰首笑道："原来竟是只瘦猴子，来来来，快到乌爷爷处来领死！"

妖猴嘻嘻笑道："哪儿来的蛮汉，知道俺是谁吗？"

乌木由道："我乃禹王旗下大将乌木由，禹王奉命治水，解天下之倒悬，你这妖猴霸占淮水，私建龙宫，致使淮水不得入海，百姓累年遭灾，今日若是不降，明年这一日便是你的祭日。"

那妖猴眨眨眼，眼里金光闪闪，说道："原来是为这事，却也容易。"

乌木由问道："你肯降吗？"

妖猴道："你且过来，与俺耍耍，要是赢了，俺就让出淮水搬出龙宫；要是输了，从哪儿来滚回哪儿去，休来扰俺快活。"

"看打！"乌木由高大的身躯一纵，凌空一叉，劈了下去。那妖猴却动也不动地在那儿站着，好像没看到乌木由向他劈来，及至那铁叉劈到头顶时，瘦小的身子微微一晃，就闪到乌木由后边去了。

"别逃！"乌木由又是一声大喝，翻手一叉横扫过去，那猴子却捂着嘴嘻嘻一笑，两腿轻轻一纵，又躲过一招。如此三个回合下来，乌木由连对方的猴毛都没碰着，那猴子却道："俺让了你三招，来而不往非礼也，你也接俺三招吧！"脖子倏地一伸，凭空长了数尺，乌木由没想到他的脖子能伸那么长，始料未及，被一头撞在胸口，传来一阵闷痛。

"再来看俺的手段！"妖猴收了脖子，掌心一摊，迎风一晃，多出一杆长枪来，呼呼一舞，漫天枪花迭闪，一下子就将乌木由逼退数步。身子尚未站稳，枪花一敛，那猴子也失去了踪影。

乌木由正自惊慌，忽觉屁股被人踢了一脚，上身不稳，踉跄几步后，跌了个狗吃屎。乌木由恼羞成怒，起身要与他拼命，这时候空中传来一声喊："乌兄弟且下去歇息歇息，我来降这妖猴！"

来者正是童律，手持一杆枪，枪杆一震，抖出数个枪花，奔袭过去。那妖猴嘻嘻笑道："在俺面前你竟也敢使枪！"手一晃，叮叮叮数响，童律只觉对方力气奇大，握枪的手被震得虎口发麻，枪杆险些脱手，不由得心头一震，心想这妖猴好大的力气啊！

心念未已，眼前一花，对方的长枪袭到，童律不及躲避，身上被刺了好几个透明窟窿，当场身亡。

这下大禹慌了，童律和乌木由都是他手下最厉害的大将，如今一死一伤，再无人可出战对付那妖猴，只得带人退回来，从长计议。

首战失利，大家都垂头丧气地再无斗志，伯益道："那猴子是群妖之首，手段甚是了得，非你我凡力所能敌，须请仙将来降。"

大禹见识了无支祁的厉害，不敢鲁莽，便写了封书信，请舜想办法派仙将来助。

七日后，舜帝回应，说是已请得应龙下凡，定能降住那妖猴。大禹大喜，只等应龙到来。

次日，应龙依约而至，让大禹挑选一批善水的勇士在淮水畔待命，等他把妖猴降了，再挑龙宫。

按下大禹挑选善水的勇士不提，却说应龙驾云来到桐柏山水帘洞，喊一声："天界应龙在此，妖猴速速出来受死！"他这一喊声震群山，早把那些妖精震了出来，不一会儿，无支祁亦出来应战，但这猴子端是狂得紧，未把应龙放在眼里，厉声道："俺管你是什么龙，到了俺这儿，管教你变成死龙！"手一摊，掌心忽多了杆枪，迎风一晃，呼啦啦朝应龙杀过去。

应龙冷哼一声，左手金斧，右手黄钺，迎将上去。只听一阵"叮叮叮"急促的金铁狂鸣，双方在瞬间各使出了十数招，竟是平分秋色，谁也没能奈何谁。

"好一只妖猴，怪不得能统治人妖两界，果然有些能耐。"应龙说完，将左手的斧子往上一抛，金光万道，呼呼转动时，隐隐挟着奔雷之声，以迅雷不及掩耳之势劈向那猴子。那妖猴识得厉害，不敢去碰那金斧，闪身避开。

"想逃吗？"应龙又是一声喝，右手黄钺一抡，呼呼声响，奔袭而去。这黄钺形若板斧，却要比板斧大上几倍，舞将起来自是比金斧更具声势，沙飞石走，林木狂曳，吓得那些小妖尖叫不止。

那妖猴勉强接了几招，深知无论是气力还是法力，均不及应龙，抽身出来，往淮水方向奔走。可惜的是这妖猴在人间为妖，不知天上神仙的能耐，他要是知道应龙是条龙，而且主掌司雨，便不会想逃到水里去了。

那猴子到了淮水上空，施展法术，掀起滔天巨浪，朝岸边席卷过来。岸边的人见浪头高达数丈，与天相齐，涛声震耳欲聋，仿佛是天公怒吼，有毁天灭地、摧枯拉朽之力，着实吓得不轻，纷纷往远处跑。应龙一声暴喝："妖猴找死！"两脚一蹬，蹿上半空，化身为龙，只听得他一声龙吟，张开大嘴，淮河上的水立即形成一道水柱，倒吸入龙嘴里去了，巨浪顿时消失。

妖猴大惊，招呼众小妖钻入水里去了。应龙头一低，也飞身入水，大禹见时机到了，招呼精挑细选来的勇士下水，命令他们务必配合应龙，降了此妖。

水中的龙宫很大，水妖更是多得数不胜数，妖猴到了水里后便集结妖精摆开阵势，要与应龙决战。应龙嘴一张，将方才吸入的水猛地吐了出来，在水里形成一道强大的暗流，妖猴刚刚摆好的阵势瞬间被冲散，那些勇士见状，趁机扑上去，追击小妖。

妖猴恼怒道："俺在此为妖，未曾得罪仙界，何以这般为难于俺？"

应龙道："你占山为王，霸占水域，教淮水不得入海，一方生灵涂炭，还不知罪吗？"

妖猴仰首大笑道："山形水势乃是天地造化，淮水不得入海，与俺何干？这水下的龙宫、桐柏山的水帘洞，是俺上百年的经营所得，莫非你们想要征了去，俺便得乖乖地将双手奉上吗？这是哪门子的道理？嘿嘿，原来所谓的天界，也是个不讲道理的地方，今日你们要是想收了俺这龙宫，除非从俺的尸体上踏过去，不然想也休想！"

应龙从没想过要用嘴巴说服他，教他把龙宫乖乖地双手奉上，双方又斗作一处。这二位虽是一仙一妖，却都有通天的法力，短时间内难以分出胜负，倒把龙宫搅得天翻地覆。

那妖猴的妻子原是东海龙王的女儿，见仙将来擒她的丈夫，心知不妙，偷偷差人去请东海龙王过来，想以龙王的威望来平息此事。

东海龙王闻悉，龙颜大变，舜遣禹治水，乃是为顺天道、安天下，这是符合天意民心的，谁也无法左右和更改，无支祁的桐柏山水帘洞和龙宫因治水而受牵连，只能自认倒霉，别无他法。本来这件事是可以协商解决的，怎奈那猴子性子烈、气性大，天地两界谁也不服，更是没把哪个放在眼里，与那应龙打了起来，这下好了，犯了天条，即便死罪可免，也难逃活罪，至于那活罪要怎么治，就得看上天的心情了，少不得要去服个软求个情。

东海龙王打定主意，就往淮水赶，然而等他赶到淮水龙宫时，那厢的大战却已近尾声。无支祁手底下的那些小妖倒还好，仗着人多占了上风，可无支祁却不怎么好过，时间一久，他根本就不是应龙的对手，左支右绌，呼呼地喘着粗气。

东海龙王喊道："快些住手，万事好商量！"

"商量个甚？"妖猴知今日必败，戾气一起来就是不肯服个软认个输，"俺的日子本来过得逍遥快活，他一来就要把俺的龙宫掀了，这事儿就算去天上理论，俺也有理儿说！"

"老龙王，这猴子在人间为妖，今日我少不得要替你管教管教了！"应龙身子一动，使了个神龙摆尾，掀起一道暗流，把那妖猴卷出老远，又是嘴一张，河水倒吸入嘴，将那猴子吸到近前，抓在手里，就要置他于死地。

东海龙王大骇，喊道："上仙手下留情，他虽占山为王，居水自立，毕竟没有大错，且饶他一命可好？"

应龙道："是死是活且请禹王发落罢了。"随即，抓了那妖猴浮出水面，请大禹治罪。

大禹考虑到治水少不得要请龙王帮忙，以使天下生灵风调雨顺，便免了无支祁的死罪，命人用铁锁锁住其身，又用铜铃穿过其鼻孔，压在淮水南岸的龟山下，以免再为祸人间。

降了妖猴，大禹治水才得以顺利进行，淮水从此入海，人间亦从此太平。

☁ 解说神兽

无支祁最早出现于《山海经》："水兽好为害，禹锁于军山之下，其名曰无支奇（祁）……其形若猿猴，金目雪牙，轻利倏忽。"无支祁出生于桐柏山，天生就是只神猴，后来娶了龙王的女儿为妻，在淮水建了龙宫，生有三个儿女。

北宋《太平广记》也收录了无支祁的传说，据专家推测，吴承恩《西游记》里孙悟空的形象可能是借鉴了无支祁。理由是元代戏曲家的杂剧《唐三藏西天取经》中有无支祁与孙悟空是兄妹一说，到了明代，戏曲家杨讷也写过杂剧《西游记》，说的就是唐僧取经的故事，孙行者的形象已与吴承恩《西游记》里的形象基本接近，这说明孙悟空的形象是经过代代流传逐步完善的。甚至于有人认为，吴承恩《西游记》中脍炙人口的"大闹天宫"，就是脱胎于无支祁率十万山精水怪大战禹王的故事。此外，无支祁被压龟山，也确实与《西游记》中孙悟空被压在五指山下如出一辙。

上古四凶：贪玩奸恶的代表

在说上古四凶之前，先来介绍一下是哪四凶，他们分别是饕餮、梼杌、穷奇、混沌，四凶皆为世家子弟，说起来都是来自赫赫有名的大家族。那饕餮是缙云部落的首领之子，性贪吃，不过倒是不挑食，什么都吃；梼杌是北方天帝颛顼的儿子，天生一副纨绔子弟的脾性，他要是犯了错，不能教育他，越是教育他越是反着来，跟你对着干；穷奇是西方天帝少昊氏的儿子，奸诈顽劣，专与忠善之人作对；混沌是帝鸿部落首领家的，阴险凶恶，是浑蛋的代名词。这四位仁兄个个是奇葩，一个贪，一个顽，一个奸，一个恶，共同组成上古"四凶天团"，这四位要是凑在一块儿，那就是场灾难。

这一天，饕餮因偷吃了人家的猪，被父亲打了一顿，他皮糙肉厚的倒是不怕打，当是挠痒痒了，只是父亲将椅子朝他砸下来的时候，落在脑袋上，"啪"的一声，那张木椅砸得稀碎，碎片刮到了他的眼角，到现在还疼。

饕餮在上古四凶中倒是没什么大的恶名，此番被打也不过是偷了人家的四只猪仔，拿来烤乳猪，烤了一只，将另三只藏了起来，边吃还边扬扬自得地夸自己聪明呢，藏的那三只猪仔至少能让他几天内的口粮不愁。谁承想那三只猪仔不知为何竟然吵了起来，越吵越凶，最后还打作一团，嗷嗷直叫，叫声将父亲吸引了过来，饕餮自认为天衣无缝的事就此败露。

这件事饕餮到现在都在后悔，怎么就没一次性把它们都烤熟了呢，不然何至于挨这顿打？

从家里溜出来，漫无目的地走了一路，肚子又开始咕咕叫了，饕餮叹了口气，天天挨揍，不能在家里好好待着，却又不能去偷去抢，这要如何是好呢？

"哟，兄弟，又挨揍了？"

饕餮抬头一看，见是梼杌，嘿嘿一声讪笑。梼杌走上前去拍拍饕餮的肩道："苦了兄弟了，我这就带你去个好地方，教你吃顿好的。"

饕餮一听有吃的，两眼发光，随即又疑惑地道："不会又是去偷去抢吧？俺不干那事了，免得又挨顿打。"

"你怕什么？"梼杌推了他一把，"咱们中原四俊是怕事儿的人吗？你就给一句准话，想不想吃顿好的？"

饕餮难抵美食的诱惑，肥大的脸做出挣扎状，问道："吃什么，怎么吃？"

"这就对喽！"梼杌拉了饕餮的手，边走边道，"跟兄弟来，亏不了你。"

走了许多路，在一座丘陵前停下，梼杌低低地吹了声口哨，丘陵后面立时走出两人来，正是穷奇和混沌。梼杌笑道："饕餮来了。"

饕餮隐隐觉得不妙，问道："你们究竟要做什么？"

穷奇性奸猾，是这四人中的军师，看着饕餮不屑地笑了笑道："你个吃货，咱们中原四俊一条心，什么时候害过你？"

饕餮摸着头讪笑道："倒也对。那你们聚集在此，究竟为何？"

穷奇道："咱哥们听说你昨天偷了人家的猪，事情败露后又挨了顿打，想着你好吃却又没多少脑子，总是吃亏，所以咱们一合计，想让你安安心心地吃顿好的，怎样，咱哥们是否仗义？"

饕餮两眼直冒绿光，恨不得马上就开吃，笑道："那还有什么好说的？去哪里吃？"

"好饭不怕晚，还得再等等。"穷奇抬头看了眼天空道，"待天黑了就走。"

天黑后，四人摸黑走了一段路，在一幢宅子前停了下来，饕餮打眼一瞧，道："这不是伯好的家吗？"

"正是。"混沌嘿嘿一声冷笑，"在咱这块地方，哪家富得冒油？"

饕餮笑道："自然是伯好家最富。"

混沌道："那还等什么，进去吧。"

饕餮愣了一下，伯好家的门是关着的，是硬闯还是敲门进去？

梼杌道："你要是堂而皇之地进去，然后告诉伯好说你要好好吃一顿，即便伯好家食物的存量再多，他也怕你一次性把他们家吃个底朝天，所以我们得偷偷地进去。"

"这不行！"饕餮迭连摇头，"明天少不得要挨打。"

"笨啊！"混沌一巴掌拍过去，打在饕餮的脑袋上，"哥们让你进去好好吃，自然就不会让你受到牵连，你进去后只管放开了吃，剩下的事情交给咱仨。"

饕餮一听，感动得差点掉下泪来，道："你们果然是俺的好兄弟，这份情俺记下，永世不忘。"

穷奇指导他道："这个时候，伯好家的人已经睡下了，你上去把门挪开，进去后找个地方吃去，剩下的事你就不用管了。"

饕餮应声"好"，一一向三个兄弟拱手，然后走到大门口，腰身微微一弯，将门板往上一抬，他力气奇大，那道木门轻轻松松就被抬了起来，放到一边后，转身向后面的三人做了个手势，意思是我要进去了。

伯好是这一带的大户，这幢宅子前后有三进，前面是会客之所，中间是起居的地方，最后一进就是厨房，饕餮找到了厨房以及囤积食物的房间后，果然发现有许多好吃的，高兴不已，心想兄弟们诚不欺我，这下够我好好吃一顿了。

饕餮胃口好，饭量大，将厨房里的食物全部吃完之后，才勉强吃了个半饱，于是又去隔壁囤积食物的房间，又是一顿好吃，吃着吃着忽想起，这里的食物被他吃光了后，明天伯好定然会发现，要是调查起来一定会查到他的头上，因为这方圆百里内能将这么多东西在一夜之间吃完的，除了他再也找不出第二人来，到时想赖都赖不掉，外面的三个兄弟说让他只管吃，剩下的事情交给他们，难道是他们想把这事承担下来？

饕餮只是好吃，本性是不坏的，想到这里心里未免有些过意不去，既然是兄弟，那就理该有福同享有难同当，怎能他在这里胡吃海喝，让兄弟给他承担责任？思忖间，往周遭扫了一眼，伯好家的食物已被他吃了大半，这事已无法挽回，索性把兄弟们一起叫进来吃，出了事一起承担就是了。

主意打定，起身往外走，刚到门外，便听得一阵呵斥，饕餮吓了一哆嗦，坏了，让伯好发现了！他回屋又拿了几样食物，边往怀里揣边往外跑。及至前院，只见月光下许多人打作一团，仔细一瞧，着实把饕餮吓坏了。穷奇、混沌和梼杌三人正追着伯好的家人打，这三人的力气都大得很，特别是混沌和梼杌，耍起狠来跟野兽没什么区别，伯好家的人虽然多，却也不是他们的对手。而且从打斗的场面来看，并不是一般的打架斗殴，那混沌和梼杌抓住人就往死里揍。

不行，不行！饕餮跑出去，不就是偷吃了些食物吗？就算是让人发现了，也没必要把人往死里打，真要是闹出人命来，那就是天大的事。

"别打，别打了！"饕餮一把抱住梼杌，"再不住手就出……"

未及饕餮把话说完，只听一声惨呼，饕餮转头一看，只见混沌用骨刀刺死了伯好的一个家人，饕餮见状，连眼珠子都快掉出来了："你在干什么？"言下之意是说，俺不就是偷吃了些东西吗，何至于杀人？

梼杌趁机挣脱饕餮，也拿出骨刀，抓过一人杀了。接下来那三人似乎都杀红了眼，一个又一个的人在他们手中倒下，死去的人越来越多。伯好也吓坏了，带着家人想往外跑，混沌等三人却没给他们机会，一人守住大门，另二人继而又大开杀戒。

"你们疯了吗？"饕餮早已吓出了一身冷汗，朝他们大喊。

"你喊什么？"穷奇沉声道，"想把人都招过来吗？"

"求你们放过我家人吧。"伯好见逃不出去，突地跪下来，"你们想要什么我都给，只求你们放过我的家人。"

梼杌未曾理会，只恶狠狠地道："受死吧。"说话间，一把抓起伯好的头发，骨刀往他的脖子抹去。饕餮抢身上去，再次抱住梼杌，几近哀求地道："兄弟，别再犯傻了，俺不过是偷吃了些他家的东西，没必要把他们赶尽杀绝啊。"

"你说什么？"伯好吃惊地看着饕餮道，"你们下此狠手，只是为了吃些东西吗？好好好，我家的东西你们只管拿，今晚这事我也不会追究，如何？"

饕餮听伯好如此说，像是抓住了一根救命稻草，朝梼杌道："你听见了吗？他说不会追究，咱们走吧。"

混沌走过来，推了梼杌一把，把他推开，饕餮以为他是要放过伯好，没想到混沌骨刀一扬，直接刺向了伯好，伯好捂着脖子嘴里嗬嗬地发出几声怪响，须臾间倒地身亡。

看着满院的尸体，饕餮呆若木鸡，他吓坏了，更加后悔今晚为何要来伯好家偷吃东西，若非是他贪吃，便也不会害了伯好一家人的性命。

"快收拾干净。"穷奇冷静地发出一声命令，让大家收拾院子，见饕餮还呆站在那里，又道，"你还愣着做甚，要是让人发现就坏事了。"

饕餮都快哭出来了，道："你们都干了些什么呀！"

混沌冷笑道："吃也吃了，人也杀了，说这些屁话有什么用？还是兄弟的话，就快来帮忙！"

饕餮没办法，事到如今也只有先把这里收拾干净再说，至于下一步该怎么做，他也没什么主意，只能走一步看一步了。

待把那些尸体都收拾好后，已是后半夜了，梼杌问下一步怎么办，穷奇道："一把火烧他个干净。"

混沌马上应和道："就这么干，烧了干净。"这家伙说干就干，没一会儿就把房子点着了。

"走！"穷奇喊了一声，带着大家离开。

刚跑出大门，陡听得身后有人厉喝道："站住！"

这一声喝着实把四人吓了一跳，是还有人活着还是鬼魂作祟？扭头一看，魂飞魄散，只见伯好站在火堆里，而且他好像是不怕火，站在那里动也不动。

"真是见了鬼了？"混沌一脸惊恐地看着穷奇问。穷奇显然也被吓着了，但在四人中要数他最为冷静，道："遇人杀人，见鬼杀鬼，留他不得。"三人壮着胆往前走，饕餮也战战兢兢地跟上前去。

"你们好狠啊。"伯好冷冷地道，"我业已被你们杀死，做了鬼也不肯放过我吗？"

混沌咬牙切齿地道："那也只能怪你做了鬼也不消停。"他第一个冲上去，扬起刀子就捅。刀子将近伯好身体时，却见人影一闪，伯好已消失不见了。

这时候，已能听见一阵杂沓的脚步声传来，敢情是附近的人见到火光赶了过来。穷奇急道："快跑。"转身又往门外跑。

刚到大门外，背后再次响起伯好的厉喝声，饕餮身子一抖，道："怎……怎么……"

穷奇道："别往后看，只管跑。"

没跑出几步，忽觉前面人影一闪，熊熊火光下只见伯好飘在半空中，混沌大怒道："你还真是阴魂不散了！"怒喝一声，扬刀扑将上去。伯好也不惧他，手一伸，一掌拍在混沌的头上，居然把混沌打出一丈远，起不得身。

梼杌一咬牙，再次扑上去。伯好如法炮制，再次将梼杌打倒在地，冷冷地看着穷奇、饕餮两人道："还想来吗？"

穷奇扭头看闻风赶来的人快到了，情急之下去扶梼杌，又让饕餮背了混沌，趁着人们未赶到前逃走。

"哈哈哈……"饕餮正背着混沌闷头往前跑，陡然听得一声大笑，随即感觉后面有许多人追上来，扭头朝后一看，吓得惊叫了一声。穷奇也往后看了一眼，亦是脸色大白，原来刚才被他们亲手杀死的那些人都出现了，正朝他们追过来，而且追赶的速度出奇地快，只一眨眼工夫，就到了近前，并迅速形成了个包围圈。

饕餮大叹一声，一屁股坐在地上，哭丧着脸道："跑不掉了……"

此时闻风而来的人业已赶到，将他们围了一圈又一圈。饕餮在人群里发现了他的父亲缙云氏，忽然像孩子一样哭出声来，边哭边道："阿爹啊，俺错了，不该贪嘴，这才闯下了祸事！"

"你虽贪吃，但今晚这事不是因你的贪嘴而起。"饕餮一听，忙睁开眼来看，只见半空中的伯好忽然摇身一变，幻化出另一个人来，有人眼尖，识得那人，叫道："西山老母！"

饕餮揉揉眼，惊道："原来……你是……"

梼杌骂了一句，道："好你个西山老母，竟这般害我等！"

"是我害了你们吗？"西山老母道，"你等四人一个贪，一个顽，一个奸，一个恶，仗着家势显赫，无所不为，无法无天，我变作伯好本意是想劝人向善，给你等一个机会。奈何我屡次劝导，你等反而将我当作仇人，认为是我在你等父母面前搬弄是非，这才让你等屡屡挨打，索性一不做二不休将我阖家杀害，灭我满门。若我果真只是一户普通人家，今晚一把大火烧了个干净后，你四人便可逍遥法外，即便是有人查出端倪，却也只会连累到饕餮，说他偷吃不成恼羞成怒，这才痛下杀手，那么另三人便可免于罪责。好一条毒计啊，为报私怨，不择手段，实在是穷凶极恶，灭绝人性，罢了罢了，留下你等于人间无益，我佛慈悲，念在上天有好生之德，且留你等性命，流逐西北苦寒之地，虔心思过去吧。"

饕餮一听方才明白真相，原来今晚并不是兄弟们出于义气让他来好好吃一顿，而是让他来背黑锅的，看着那三人结结巴巴地道："原来……俺……"

西山老母念了个法咒，手指间陡起一道强光，直奔那四人，将他们幻化为四只神兽。

那四人的父母虽也舍不得孩儿，但因想到自己的孩儿确实顽劣，也无话可说。从此后，饕餮、梼杌、穷奇、混沌在中原消失，去了西北极地。

☁ 解说神兽

饕餮：《山海经·北山经》有云："钩吾之山其上多玉，其下多铜。有兽焉，其状如羊身人面，其目在腋下，虎齿人爪，其音如婴儿，名曰狍鸮，食人。"狍鸮指的就是饕餮，不过随着岁月的变迁，饕餮的形象也在发生着变化，《神异经·西南荒经》是这样描述的："西南方有人焉，身多毛，头上戴豕，贪如狼恶，好自积财，而不食人谷，疆者夺老弱者，畏强而击单，名曰饕餮。"《山海经》与《神异经》记录的最大的不同是前者说是"有兽焉"，后者说是"有人焉"，不知道这算不算是一种进化。但不管怎么变化，饕餮作为贪婪的代名词自古至今未有改变。

穷奇：《山海经·海内北经》云："穷奇状如虎，有翼，食人从头始，所食被发，在犬北。一曰从足。"这是一种吃人的神兽，比饕餮更可恶也更可怕一些，吃人还喜欢从头开始吃起，而且在行凶的时候还披头散发的，模样很恐怖。《神异经·西北荒经》说："西北有兽焉，状似虎，有翼能飞，便剿食人，知人言语。"描述得与《山海经》差不多，只是多了一项能听懂人的语言，由于他知人，所以能分辨善恶，一般只挑忠良之辈下手，会一口咬掉好人的脑袋。

梼杌：在宁波有一句俗语，就是叫作梼杌，形容蛮横不讲理，意思是顽劣不可教，可能就是源于这种神兽的特性。《神异经·西荒经》说："西方荒中有兽焉，其状如虎而犬毛，长二尺，人面，虎足，猪口牙，尾长一丈八尺，搅乱荒中，名梼杌，一名傲狠，一名难训。"总而言之它傲狠难训，你越是教训他，他越是蛮横，蛮不讲理。《左传·文公十八年》载："颛顼有不才子，不可教训，不知诎言，告之则顽，舍之则嚚，傲狠明德，以乱天常，天下之民谓之梼杌。"《左传》的记载明确了蛮横不讲理谓之梼杌。

混沌：《山海经·西山经》云："又西三百五十里曰天山，多金玉，有青雄黄，英水出焉，而西南流注于汤谷。有神鸟，其状如黄囊，赤如丹火，六足四翼，浑敦无面目，是识歌舞，实惟帝江也。"《山海经》说他是一种神鸟，但他的形状却像一只黄色的袋子，无面目，只有一张嘴。《神异经·西荒经》曰："昆仑西有兽焉，其状如犬，长毛，四足，似熊而无爪，有目而不见，行不开。有两耳而不闻，有人知往。有腹无五藏，有肠直而不旋，食径过。人有德行而往抵触之，有凶德则往依凭之。名浑沌。"意思是说有德行的人他很抵触，但遇上无德之人他就很喜欢，往往会听人差遣。后有人比喻说，混沌就是浑蛋的意思。

商羊：一舞风雨来

鲁国国都曲阜，大雨。

这场大雨已连续下了一月有余，至今依旧没有停歇的意思，天上乌云滚滚，风起云涌，地上大雨倾盆，混沌迷蒙。

曲阜境内河水急涨，堤岸告急，眼看着就要决堤了，上至公侯下到百姓无不忧心忡忡。果然，这一天晚上，"哗啦啦"一声大响，堤岸在风雨中轰然崩塌，洪水呼啸着冲向村庄和田地，一场史无前例的灾难降临了！

深夜十几个公差疾速地钻入一条巷子里，他们手中持戟，面色肃然，若幽灵般地跑到一幢宅院门口时，脚步戛然而止。

这是一幢很豪华的宅院，此刻大门紧闭，只有门口两盏风灯在风雨中摇曳。那些公差在门口停下后，短时间内没有一丝动作，只见领头的那人神色凝重如铁，雨水在他的脸上不停地滑落，他目不转睛地盯着眼前的这道大门，眼神里分明有一丝犹豫。但他很快就做出了决断，狠狠地挥了下手，公差得令，上前叩门。

院内连一盏灯都没有，里面的人似乎都已休息了。叩门声透过风雨声响起时，过了好些时候，值夜的人才打着哈欠走出来，嘴里边念叨边去开门："是哪个夜游神大半夜的……"话还没说完，打开门时见是公差，吓得把后半句话咽了回去，"你……你们……"

"奉命缉捕公羊付，拒捕者死，阻挠者同罪！"

值夜的一听这话吓坏了，脸色惨白，刚想说话，那些公差早已闯了进来，只得三步并作两步地前去通禀。

后院东侧的一间厢房内点了盏油灯，一灯如豆，在雨夜中看来犹如萤火。只见里屋正上方的蒲团上坐了个中年人，脸型消瘦，满嘴的胡子，看上去一脸的沧桑。听得外面杂沓的脚步声时，他往旁边瞧了瞧。他的旁边有张木桌子，桌上停了只鸟，很大，如鹤一般，全身羽毛雪白，无一丝杂色，红脚黑嘴，这时候只见它修长细小的脚动了动，然后屈起一只脚，忽然呼呼地扇动翅膀舞了起来。

那中年人苦笑一声道："看来浩劫已至，无可避免，唉，百姓又要遭难了！"

那只大鸟兀自屈着一只脚拍着翅膀在桌上跳动，那情形好像有什么喜事，令它欢喜雀跃，然而眼中却透露出一丝的悲悯，就像它主人此刻的眼神一样。中年人又是一声苦叹，站起身开门出去，一股凉风夹着雨丝迎面刮来，他不由得眯了眯眼。

公差冒雨而至，院内那值夜的人边跑边喊："公羊先生，来公差了，要逮捕你！"

"该来的终归要来，如何避得过去？"那中年人公羊付似乎早料到了有今日，一脸平静，回头看着那只大鸟道，"你走吧。"

那只大鸟是有灵性的，听懂了主人的话，振翅飞到主人肩上，张着那又长又尖的嘴鸣叫了两声，显然没有要走的意思。

"你这又是何苦呢？"公羊付扭着脖子朝大鸟道，"我本一游方术士，得你辅助，才敢游走天下，救济苍生，今日你我缘分已尽，强求不得。"

"快射杀了那只邪鸟！"此时公差已然蜂拥而至，领头的人大喝一声，当中的一名弓箭手得令，取弓引箭，"嗖"的一声朝公羊付肩头上的大鸟射去。

鸟的体形很大，极容易被射中，而公羊付此时站在门前，想躲已经来不及了，急切间把身子一偏，那支箭没射中鸟，却结结实实地插在了公羊付的胸口。大鸟惊叫，振翅而飞，从屋檐下飞出来，扑向茫茫夜空，却依旧在雨中盘旋，不肯离去。

公羊付忍着剧痛踉跄着走出来，向着天空大喊："鲁侯不听劝告，将你视作邪魔，合该遭此劫难，你还留着做甚？快走！"

"嗖"的一声，又是一箭，冲破重重雨帘，射上半空。大鸟悲鸣一声，终于飞走了。

公羊付连夜被带进了宫里，经医者处理完了箭伤后，就去见了鲁侯。

鲁侯也没睡，这是一个鲁莽的人，而且刚愎自用，但现在堤岸崩塌，国家遭难，他也无法安心休息，看着湿淋淋的公羊付站在面前，他把钢牙一咬，沉声道："寡人奉你为国师，待你不薄，如何你却要害我国民？那只邪鸟呢？今晚如果不将它交出来宰杀，寡人就宰杀了你！"

公羊付失望地看着鲁侯道："你依然认为这场大雨是它招来的吗？"

"它一舞，风雨就来，这一个月来它舞几次，就来几场风雨，不是它招来的，难不成是寡人招来的吗？"鲁侯涨红着脸厉声喝道，"如今举国上下，皆称它是邪兽，此邪魔不除，国家不安，现在灾难果然来了，寡人也护不了你。"

公羊付道："我还是那句话，此鸟商羊，原是祥兽。一月前我就发出预警，有雨来袭，须修渠固堤，以防不测，可谁都不听，如之奈何啊！"

"哈哈哈……"鲁侯怒极而笑，"可谁也不是傻子啊，由着你骗。眼下已然入冬，但凡有点脑子的人都知道入冬后不会有此大雨，你是要把寡人当傻子骗吗？"

"这是天意。"

"罢了，罢了，来人，把他带下去关押，明日问斩！"

甲士上来，架着公羊付往外走。公羊付也不挣扎，由着甲士将他往外拖。鲁侯看着他的脸色，他的脸到了这时候居然依旧波澜不惊，不由得心下狐疑，是什么让他到死都还如此淡定？是心中无愧，还是那只邪鸟会施展法术来救他？如果是后者，那就太可怕了，邪鸟有呼风唤雨的本事，救出区区一人又有何难？

次日，大雨依旧。刑场内派了重兵把守，弓箭手更是占据着制高点，引箭拉弓，蓄势以待。

公羊付被押上刑场，他抬头望了眼雨蒙蒙的天空，微微一叹，这是鲁国之难，也是他个人之难，天地不仁，以万物为刍狗，谁能逃得过这场浩劫呢？叹息间，他又看了眼来围观的百姓，个个义愤填膺，心想看来我是命中有此劫数，合该受死。

鲁侯坐在宫里，此刻他也是坐立难安，如果邪鸟真施法来救，在鲁国掀起一场风波，水患之下，邪鸟作乱，这个国家还能经受得起吗？

宫外响起一阵急促的脚步声，鲁侯的心都快提到嗓子眼儿了。须臾，只见一名内侍走进来说，孔丘求见。

孔丘是鲁国曲阜人，博学多才，有弟子数千，在天下各国皆十分地有名望，鲁侯自然是知道这个人的，就问道："他有何事？"

内侍道："不曾详说，只说是有天大的事，须面禀我王。"

"让他进来。"在鲁侯看来，当下最大的事就是杀了那只邪鸟，解除水患，要是孔丘能解了他这个心头大患，无论是何条件他都可以答应。

孔丘看上去不太像是个学富五车的博学之人，倒更像是个农夫，他脸色黝黑，皮肤粗糙，且穿着身粗布衣裳，丝毫看不出是个桃李满天下的鸿儒。鲁侯知道他的名头，不敢怠慢，往前迎几步上去。

孔丘作揖行礼，说道："我王听禀，公羊付杀不得。"

鲁侯一听他是为公羊付而来，颇然作色，冷哼道："你也是鲁国人，莫非也要来害自己的国家吗？"

"我王莫急，且听我说一件事。"孔丘不疾不徐地道，"昔日齐国也同鲁国今日一样，遭遇大雨，那场雨接连下了一月，然而却于黎民无损，于国家无害。"

鲁侯忙问道："齐国是怎么做到的？"

"这就要说到公羊付了。"孔丘道，"公羊付在任鲁国国师前，曾游历天下，有一日遇到了一只神兽，名曰商羊，此后这一人一鸟同吃共住，昼夜不曾分离，抵达齐国那一年，业已入秋，齐侯设宴接见，然而在宾客共宴之际，公羊付肩头的商羊忽飞至宫殿中央，屈起一腿，单脚展翅起舞，齐侯以为此鸟通人性，乃是给他们喝酒助兴的，颇为高兴。不想公羊付却说，商羊起舞，山雨欲来，请齐侯早做准备，以免生灵涂炭。"

鲁侯讶然道："齐侯信了？"

孔丘停顿了下道："齐侯当时是将信将疑，不过他还是采纳了公付羊之言。"

"公羊付说了什么？"

"他说修渠固堤，就是修固国本，百姓安则国家安，即便是商羊不舞，山雨不来，修渠固堤也是该做的事情，何不趁此机会将这事做了呢？"孔丘抬头看了眼鲁侯，"齐国修好了沟渠之后，山雨果然来了。"

鲁侯一时间没有说话，孔丘像是读懂了他的心思，对一个刚愎自用的国君来说，让他承认错误是极难的，所以他没说商羊是祥鸟，也不说公羊付无罪，只说道："当务之急是需要疏散百姓，并以举国之力修渠，或许可减少些损失。如果商羊来救它的主人，务令弓箭手不必射杀，留那一人一鸟去吧。"

当日刑场上，商羊刮起一阵飓风，雨若沙子一般洒向在场的所有人，令人睁不开眼，然而当飓风过去时，大家发现那一人一鸟早已不见了踪迹。

从此以后，公羊付和商羊杳无音信，如在人间消失了一般，商羊知雨也就成了传说。

春秋战国后期，每逢大旱，人们便扮作商羊，单腿起舞求雨，后来逐渐形成了一种求雨的仪式。

商羊可预测天气，预警大雨，出自《孔子家语·辩政》："齐有一足之鸟，飞集于公朝，下止于殿前，舒翅而跳。齐侯大怪之，使使聘鲁，问孔子。孔子曰：'此鸟名曰商羊，水祥也。昔童儿有屈其一脚，振讯两眉而跳，且谣曰：天将大雨，商羊鼓舞，今齐有之，其应至矣。急告民趋治沟渠，修堤防，将有大水为灾。'顷之大霖，雨水溢泛。"

后来商羊鸟绝迹，在干旱的时候，人们求雨时学商羊的动作，祈求上苍降雨，久而久之，这种求雨的动作就形成了一种舞蹈，叫商羊舞，今天我们依然可以在古典舞中看到"商羊腿"，一腿立地，一腿缓慢抬起，舞动袖摆，曼妙典雅，赏心悦目。

蒲松岭《聊斋志异·跳神》中记述："妇束短幅裙、屈一足，作商羊舞。"

1956年，经过老艺人赵子琳的挖掘整理，商羊舞被搬上了文化舞台。1990年商羊舞载入《中国民间艺术大辞典》民间舞蹈篇，2006年列入山东省非物质文化遗产名录。

迦楼罗：八部异兽斗天龙

　　上古时期，在世界的中心有一座山，叫作须弥山，山悬浮在咸海上，周围是无垠的海水。须弥山的四个方位有四大部洲，分别是东胜身洲，西牛贺洲，南赡部洲，北俱卢洲。

　　东胜身洲为龙族统治，势力十分庞大，无与伦比。

　　迦楼罗并非出生在东胜身洲，也不是龙族，他原是居住在南赡部洲，后父亲亡故，母亲改嫁到龙族，这才随母到了东胜身洲。因此他不是龙身，而是鸟面人身，虽说长了双翅也会飞，可是在龙族他始终是个异类，被人取笑说是鸟人。

　　别人取笑也就罢了，连在一个屋檐下的那些所谓的兄弟也一起欺负他，经常以各种名目予以捉弄，有时甚至将他打得遍体鳞伤，却告诉他的母亲和继父说，那是他不小心自己弄伤的。

　　母亲看着儿子身上的伤痕，因她是改嫁过来的，在龙族中无甚地位，也只能默默地流泪，她劝慰他说，等你长大了，能够独立生活了，一切都会好起来的。

　　等我长大了，能够独立生活了，一切都会好起来吗？迦楼罗时常这样问自己。

　　不会，不会好起来的！这一天，迦楼罗再次被那些人欺负了后，没有去找母亲哭诉，展翅往山上飞，飞得筋疲力尽，再也飞不动时，就落在一棵大树上，在树干上仰首躺了下来，望着天空，思绪纷飞。想了很久，他想明白了，他在龙族是异类，是鸟人，根本不可能和其他龙平起平坐，所以即便是日后他长大了，能独立生活了，也不会好起来。

那么等他长大了，他的命运将会是怎样的呢？

被人奴役，让人欺负，由人嘲笑讥讽，终身不得自由……那就是他长大后的日子。

想到这里，迦楼罗的心中涌起一股悲愤，然后是绝望。难道他和他的母亲就没有出头之日了吗？

"咦，你们看，是鸟人，原来他躲在了这里！"

天空中掠过几道黑影，迦楼罗定睛一看，是三条龙，正是跟他一起居住的异姓兄弟们。

前面的那条龙是大哥，他忽然仰首一声龙吟，声震群山，吟声落去没多久，又聚了几条龙，他把他的玩伴也招了过来。

"你们想怎样？"迦楼罗忍着痛从树干上站起来，愤怒地看着他们喊，"不要欺人太甚！"

"欺人太甚？哈哈！"大哥大笑一声，"你到东胜身洲不就是让我们来欺负的吗？"

"来来来，上来和我们玩玩，保证不会把你玩死就是了！"另一条龙挑衅着。

好汉不吃眼前亏，上面已经聚了十来条龙了，迦楼罗不可能斗得过他们，纵身一跃，往另一个方向飞去。那些龙怎肯轻易放过他，发力追了上去。

论飞行的能力，迦楼罗比不过他们，没一会儿就被围在空中，其中一条龙猛地吐了一口气，狂风大作，将迦楼罗的身子卷起，抛向另一端。这时候另一条龙来了个神龙摆尾，砰地打在迦楼罗的身上，险些把他打得痛晕过去，然而那条龙却兀自笑道："哎呀呀，对不住了鸟人，我刚才摆了下尾巴，没注意你在旁边，竟不慎打到了你。"

"没事，没事，他禁打得很哩！"

迦楼罗跌落在山上，已痛得起不得身了，咬牙切齿地喊："有种把老子杀了！"

"杀了你其实也没什么。"二哥嘻嘻笑着说，"就是往后不好玩了。"

迦楼罗索性平躺在地上，朝天上的那些龙说："今日你们要是不杀我，日后定教你们不得好死！"

"没想到你小子还挺有种的。"大哥说，"我好歹是你大哥，今日就给你指条明路，天界有甘露，饮之能教人长生不老，不堕凡尘，你若能盗来，我等便服你，敢去吗？"

敢去吗？迦楼罗冷冷一笑，如果一个人连死都不怕，还有什么地方是他不敢去的？他挣扎着起身，喊道："那你敢立下赌约吗？"

大哥仰首一声大笑，大声说："有何不敢！"

迦楼罗钢牙一咬，从自己的翅膀上扯下一根羽毛，运力在石壁写下几行字：龙族于此立字起誓，如迦楼罗能盗来甘露，从此拜服于他，奉其为尊，不得起半点异心，如违此言，堕入阿鼻地狱，永生永世不得超生。

这个誓言相当恶毒，龙族虽不是神，也不是仙，但距离神仙毕竟只有一步之遥了，如果真堕入阿鼻地狱，永世不得超生，那之前的修为和龙族的身份就全没了。当然，迦楼罗是有意为之，颇具挑衅的意味，他想反正我豁出这条性命去了，也不能让你们好过，而且既然是一场豪赌，那就有希望，万一成功了呢？

"你敢吗？"迦楼罗扬了扬手，朝大哥喊。

大哥脸色一沉，随即答应了。其他的兄弟却有些胆怯，都劝大哥不要跟他立此赌约。大哥却是一副成竹在胸的样子说："不妨事，天界有众神把守，别说他上不去，就算是上去了，也不可能盗来甘露，此去天界盗窃，他只有死路一条。"其他兄弟想想也对，连他们都无法去天界，更别说是一个鸟人了。

大哥龙尾一摆，疾速俯冲下来，龙爪一伸，在那块石壁上印上了自己的爪印，而后朝迦楼罗笑道："我们等你的好消息啊！"众兄弟俱皆哈哈大笑，仿佛在他们眼里看来，迦楼罗已经是个死人了。

下山后，天色已经晚了，迦楼罗去与母亲诀别。母亲听说后万分惊恐，私闯天界是死罪，去天界盗甘露罪加一等，这已经是大忌了，再加上天界有众神守护，几乎没有闯进去的可能性，换句话说，这一去必死无疑。

迦楼罗知道母亲会担心，跪下来说："儿这一身皮囊是母亲所赐，本不该不顾一切，舍命相搏，可儿现在虽然活着，却如在地狱，生不如死，望母亲成全，好歹让儿去搏一回，虽死无憾。"

母亲大叹一声："我儿长大了！"

"我长大了？"

"是的，你长大了。"母亲俯下身子爱怜地抚摸着迦楼罗的头，"一个人只有长大了，才敢去和命运抗争，母亲懂你的苦痛，既然我儿心意已决，那就去吧，去搏他一回，跟这不公的命运争一争。"

迦楼罗"咚咚咚"地磕了三个响头："若儿回来，就带母亲脱离这苦海；若儿不能回来，母亲养育之恩，容儿来世再报。"

迦楼罗连夜出发了，他振翅飞上天，迎着风逆风飞翔，飞出东胜身洲，飞跃咸海，飞向须弥山，这里已经是龙族不敢来的地方了，哈哈，这广阔的天地啊，他终于可以任意地飞一回。望着眼前这广袤的天地和无边无垠的海水，他笑了，笑出了泪水，走这一趟是值得的，无论付出多大的代价都是值的，因为自由本无价。

须弥山就是天界，传说中是诸神居住的地方，它远离四大部洲，悬浮在咸海的中央，半山腰是四大天王宫殿，再往上是日月天，山顶是三十三天诸宫殿，也就是帝释天所在的天庭，迦楼罗要去盗取甘露的地方。

越往上级别越高，也越难以上去。迦楼罗不过是妖，妖本身是带有妖气的，与神仙格格不入，所以只要接近天界就会被察觉，别说他上不去三十三天诸宫殿，连四大天王宫殿也过不去。

果然，他被抓住了，还没接近四大天王宫殿就被逮了个正着。守卫天界的仙将见是个妖，不由分说就把他打入了天牢。是啊，天地间等级森严，妖闯天界本就是死罪，还需要说什么呢？可他走这一趟是要与自己的命运抗争的，只想在自己的世界里平等地活着而已，这错了吗？

若无自由，毋宁死，何况他本就没打算要活着回去。

天牢这种地方与地狱无异，如果抗争的结果只是从一个地狱换到另一个地狱，那还不如死了呢。

迦楼罗撞着天牢的门，把自己撞得遍体鳞伤，死去活来，只求一死。

一般到了天牢这种地方，无论是妖是仙，是魔是神，都是服服帖帖，唯唯诺诺，没谁敢说半个不字，仙将从没见过这种要死要活的妖，没奈何，只得向上禀报情况。

天界很死板，越死板的地方越害怕出事，万一真有冤案呢？这事终于惊动了那罗延，他是维护之神，救苦救难，头戴金冠，通体青色，坐莲花宝座，听了迦楼罗的事后，没做任何表示，只说暂时将迦楼罗看管在他这儿，日后再议。

事实上那罗延并没有将迦楼罗关起来，也没人看押，只是将他送到了一间丹房。从这里的陈设来看，应该是那罗延手下的诸神炼丹或做功课的地方，走了一圈，确定没有异常，反倒让迦楼罗不安起来，那罗延这么安排是什么意思呢？总不可能从此以后就让他在天界居住，位列仙班了吧？

不可能！天底下没有这么好的事儿。何况他私闯天界，没死已经是大造化了，怎么可能还会善待于他？这里面一定另有玄机。

想了半天，也没想出个所以然来，迦楼罗索性就不去想了。待静下心来时，发现已有好几天没吃过东西，加上在天牢里一闹，肚子早空了，就又起身往四处瞧，看看有没有什么可以填肚子的。走了一圈，没见有可食之物，倒是让他在地上发现了一个褚红色的东西，有拳头大小，硬邦邦的，不过闻起来倒是有股异香，会不会是诸神炼丹用剩下的药物，临走时忘了收了？不管他了，只要毒不死就成。迦楼罗张嘴一咬，没想到这东西虽然硬邦邦的，吃到嘴里竟入口即化，口感还不错！

吃了后，肚子里有东西了，感觉好了许多，便又想去休息，不管那罗延会对他做什么，是福不是祸，是祸躲不过，该来的总会来，先睡他一觉再说。

该来的很快就来了。迦楼罗正睡得迷迷糊糊的，突觉腹部一阵绞痛，紧接着这股痛感瞬息如电流一般往全身经脉辐射，皮肤如电灼火烧一样让他痛不欲生。迦楼罗痛得在地上打滚，边打滚边骂："原来神仙也会使阴损的招数，竟用这般下三滥的手段教我生不如死。有种光明正大地站出来把我杀了，来啊，杀了我……"

没有人出来理他，但身上的痛楚却越来越盛，很快那电灼火烧般的感觉加强了，身体像被架在火上烤一样，热得他透不过气来。他悲鸣一声，起身撞向门，"砰"的一声巨响，门被撞了个稀巴烂，见得不远处有个池子，纵身一跃，跳到池水里去了。

跳到水里后感觉好受了许多，但体内依然很热，于是就大口地喝水，一口气喝了半池的水，肚子胀得难受，他爬上池子使劲地奔跑，想用这种方式快速地消化掉体内的水和刚才吃下去的东西。

他只顾疯了一样地奔跑，却没发现自己跑得有多快，直如风驰电掣，忽然脚下踏空，跌了下去。风在耳边呼啸，云在眼前疾速地掠过，他要死了，这次真的要死了。但不知道为什么，这种直线下坠的感觉却好极了。

他闭上眼，该来的总是要来的，既然争不过命运，以这样一种方式死去也是极好的，至少他争过、拼过，无悔了……

不知过了多久，迦楼罗睁开眼时看到眼前一片蓝色，蓝幽幽的十分地不真实。这……这是哪里？地狱吗？想到这儿时，迦楼罗不觉咧嘴一笑，地狱哪有这么美！

那这是哪里呢？迦楼罗身子一动，发现自己的身体是漂浮着的，忙挥动翅膀立起身来，这才发现身在水中，无边无际的水，无边无际的幽蓝。天界是没有海的，难道他又回到了东胜身洲？

这么一想，不由得激动起来，脚下轻轻一点，本意是想浮上水面去看看的，不承想身体竟如箭一般直蹿而上，"呼"的一声，从水里直蹿上天空，把他自己也吓了一跳，这是怎么回事？难道那个感觉硬邦邦的东西是仙药，是我贪嘴吃多了，这才会经历炼狱般的痛苦，如今是涅槃重生，脱胎换骨了吗？

愣了半晌，抬头看时，只见晴空万里，阳光灿烂，远处有一块陆地，正是东胜身洲。

迦楼罗仰天一声长啸，如果真是如此，那么他的出头之日便到了，从此以后不用再受龙族奴役，也无须再忍受欺负和挨打，他可以和母亲一起自在地生活了。翅膀一挥，向东胜身洲飞去，母亲，儿历劫重生又回来了！

母子相见，都有种恍如隔世之感，相拥而泣。迦楼罗把去天界的遭遇说了一遍，母亲听了虽为儿子所受的苦心疼，但更多的是欣慰。又闲聊了会儿，母亲忽似想起了什么，说道："儿啊，你与他们立的赌约是去天界盗得甘露，如今未见甘露，他们是不会轻易饶了你的，还是出去躲躲吧，莫让他们发现你回来了。"

"走！"迦楼罗拉起母亲的手就要往外走。母亲讶然问："我儿要去何处？"

"去见他们！"迦楼罗斩钉截铁地道，"我要堂堂正正地走出去见他们。"

"可他们人多势众……"

"那又怎样？"迦楼罗郑重地道，"儿受够了他们的欺侮，这一回如果他们还咄咄逼人，我绝不再退让。"

母子俩走到了外边，龙族的人已风闻迦楼罗回来，正往这边赶来看，他的那些兄弟也来了，大哥上上下下地打量了迦楼罗一番问："甘露呢？"他在问这句话的时候，分明有些紧张，毕竟是立了毒誓的，如果真被他盗了甘露回来，莫非真要拜服于他，以他为尊吗？看到迦楼罗摇头时，大哥悬着的心终于放下了，仰首大笑道："未盗来甘露，你回来做什么？来来来，咱们去把这件事说清楚。"边说边过来拉着迦楼罗往外走，龙族的人纷纷起哄，这下又有好戏看了。

迦楼罗任由他拉着往前走，这时背后传来母亲的呼喊声，他回首朝她一笑："母亲放心，儿去去就来。"

"对对对，我们去去就来！"众兄弟纷纷咧着嘴附和。

山顶上，十几条龙把迦楼罗团团围着，生怕他跑了。大哥面对着他，语气生硬地说道："咱们是立了赌约的，既然你没做到，不要怪做兄长的对你不客气了。"

"好啊，游戏开始了！"二哥哈哈一笑，和上次一样吹出一口气，狂风大作，将迦楼罗的身子卷了起来，另一头的那条龙尾巴一摆朝他身上扫来。"砰"的一声巨响，迦楼罗被拍出老远，说来也奇怪，竟然感觉不到疼痛，他站起来，咬着牙朝龙族道："这些年来，我一直被你们欺负，这种日子应该结束了，你们要是敢再打我一下，我就让你们十倍偿还！"

大哥诧异地看着他，像是听到了天底下最好笑的笑话："是谁给你的勇气，敢这么跟我们龙族说话？你忘了自己的身份了吗？如果你忘了，那么我今天再提醒你一下，你是鸟人，低贱的鸟人，我们与你玩那是看得起你，我们打你那是抬举了你，即便有一天你死了，那也是活该。"

迦楼罗冷冷地看着对面的大哥道："你过来再打我一下试试。"

大哥的眼里冷芒一闪，挥着龙爪拍过来，他本以为这一拍迦楼罗决计逃不过去，哪料到迦楼罗忽地一闪而没，正自吃惊，只觉头顶一沉，尚未等他反应过来是怎么回事，一拳下来，把他打得七荤八素；又一拳下来，头骨碎裂，七窍流血；再是一拳，"咔嚓"一声，龙头落地，骨碌碌地往山下滚，掉入大海。

这一幕把所有的龙都看呆了，这怎么可能呢？鸟人不是龙族的敌手，不过是个玩物罢了，他怎么可能杀得了大哥？但他们很快回过了神来，一起扑过去，要把迦楼罗撕碎，为大哥报仇。

群龙乱舞，天地变色，风雨大作，迦楼罗站在飓风的中心，仰首望着天，暴喝一声，发出一声如泣如诉的悲鸣，不退反进，以迅雷不及掩耳之势抓住一条龙腿，奋力一撕，鲜血四溅，闻到这血腥味，迦楼罗像是尝到了复仇的快感，从来没有这么痛快过，我说过要让你们十倍偿还，今天一个也休想活着回去！

这时候的迦楼罗形同恶魔，右手缚龙，嘴一张，咬了一块龙肉下来，龙血是冷的，冰冷沁喉，却让他体内的血沸腾了起来，随着战斗的加剧，身体越来越热，那种电灼火烧般的感觉又来了。

"这一切都是拜你们所赐，你们罪有应得！"十余条龙尽数被迦楼罗撕碎食尽。

这一场大战早已惊动了龙族，他们纷纷往这边赶来，见到那么多条龙被杀，怒火在龙族的所有龙身上燃烧起来，群起而攻之，他们无法忍受被卑贱的鸟人打败，这是龙族的耻辱。

迦楼罗抬起头时看到了满眼是泪的母亲，她也来了，她是被儿子的样子吓到了，还是因为儿子战胜了龙族喜极而泣？迦楼罗不知道，此刻母亲的眼神太复杂了，他看不透。看到无数条龙攻过来，他咧嘴朝母亲一笑，嘴里的血不断地往下滴。今天是龙族的一场浩劫，也是他的浩劫，杀了那么多龙，闯下这滔天大祸，天界是不会放过他的，或许这是他们共同的宿命吧，这宿命在母亲带他来东胜身洲的时候便已注定，谁也挣不脱，逃不掉。

大战了三天三夜，五百余条龙死于非命，山上、海里到处都是龙的尸体。然而这三天三夜对迦楼罗来说也是无比煎熬的、痛苦的，他身上被火烤的感觉却始终没有消退，而且这种趋势似乎还在加剧，烤得他都快化了。

迦楼罗仰天一声悲鸣，委实无法忍受那痛苦，纵身飞上天，如离弦的箭，快速地向远处飞去。

"我儿啊……"母亲呼喊一声，晕厥过去，她没有看到，迦楼罗飞到金刚轮山的山顶时，全身焚烧，化作了一团火焰，烧不多时，火光一闪，又化作一道精光，在天际一闪而没。

迦楼罗化作了一颗纯青琉璃心，被救苦救难的那罗延收于掌心，他对着这颗近乎透明的纯青琉璃心道："一切因，皆有果，今日之劫是龙族的业报，那些孽障飞扬跋扈，无法无天，本应好生司雨，泽被人间，却时常任性胡为，致使苍生涂炭。你偷入仙界，理应受死，我佛慈悲，念你本性不坏，度此劫厄，望你来日修成正果。"

从此之后，迦楼罗守在苦海，助人间免于旱涝，后成为那罗延的坐骑，位列天龙八部之一，也算是修得正果。

☁ 解说神兽

金翅鸟特性：原名迦楼罗，印度神话中的一种神鸟，天龙八部之一，鸣声悲苦，可以镇水灾。佛教传入中国后，音译为金翅鸟，《云南通志》记载："崇圣寺三塔各铸金为顶，顶有金鹏。世传龙性葆泽而畏鹏，大理旧为龙泽，故以此镇之。"

在中国的传统文化中，迦楼罗一般以半人半鸟的形象出现，整体看起来是佛教中天王的形象，肚子以下为鸟身，肋有双翼，面部有鸟嘴，其余器官与人无异。头戴宝冠，长发披肩，呈愤怒状，通体金色。

鬼车：最早的七仙女传说

很久以前，神农架流传着这样一个传说：有个农夫叫张新全，某一天他正在神农架林区外的地里种菜，忽然，一阵奇怪的叫声响起，有点像鸟声，却要比鸟叫声粗重沉闷，起先张新全没去在意，毕竟神农架里面的鸟兽太多了，而且有不少还是人类未曾见过的，听见奇怪的鸟叫声不是什么稀奇的事儿。可是那奇怪的叫声越来越频繁，出于好奇，张新全走到林边往里张望，这不看倒还罢了，一看之下着实吓出身冷汗来。

那是只巨鸟，比之鸵鸟还大，一双翅膀伸展着，约有两米宽，让张新全害怕的是这只鸟不是一个头，而是有一簇，仔细一数竟然有九个头，它的嘴是红色的，鲜艳欲滴，仿佛是刚吸噬过人血一般。

这不是说传说中的九头鸟吗？张新全虽未读过书，目不识丁，但在这一带流传的九头鸟传说他还是知道的，此鸟非祥瑞，专门抓小孩，它看中了哪家的小孩后，会用嘴在小孩的衣服上留下个红色的记号，以便日后来抓，因此在这一带大人不会带小孩走夜路，即便是免不了要走夜路，也是裹着小孩衣不外露，免得让九头鸟看上抓了去。

这些传说是真是假张新全不知道，但他现在看到了活生生的九头鸟，脖子上长了九个头实在是怪异得令人发怵，转身拔腿就跑。

九头鸟又叫鬼车，她原是天帝之女，也不知为何，那一日动了凡心，邀七位姐妹下了凡来，游览了番人间景色后，这一日傍晚，大家都有些乏了，便落在一座湖畔饮水解乏。七妹见此间湖水清澈，左右无人，便道："姐姐们，不妨沐浴一番，更是解乏。"众仙女称是，便都脱了羽衣，跳入水里洗澡去了。

在这山里住了一户人家，只母子二人相依为命，日子过得甚是清苦，好在开辟了两块荒地，种些稻谷菜蔬勉强糊口。今家中少年已然成人，名曰昆仑，只是家徒四壁，又是住在荒山野岭，没哪家姑娘愿意下嫁，故至今尚未婚配。

这天傍晚，昆仑独自一人收割完稻谷，一身臭汗，便去湖边洗漱，哪料未及湖边，便听得一阵银铃般的笑声，像是有许多女子嬉戏，不觉心下好奇，这一带人迹罕至，白日里都没人来，眼下天色将黑，怎会有年轻女子在此？当下猫着身子蹑手蹑脚地走上去，躲在草丛里往前边一瞄，顿时就傻眼了。

只见湖中有七位女子，个个出落得若天仙一般，肤若凝脂，在水中嬉戏，那场景即便用再美的语言都无法形容，直将这山中的小子看得痴了，一时间心如鹿撞，咚咚直跳。他偷看了一会儿，料定是仙女无疑，心想这是天赐的艳福，要是错过了，今后绝无这样的机会，按下激动的情绪，偷偷起了身朝那头蹑行过去。

七位仙女正自戏耍，浑然未觉有人靠近，及至昆仑拿了一件羽衣，发出细微的声响时方才警觉，纷纷往岸边跑，发现岸上有位年轻的男子时，羞得惊声尖叫，取了各自的衣服便跑。七妹惊慌地找了一圈，没发现自己的那件羽衣，情知是被那男子取了，急躲到草丛里蹲下，喊道："快些还我衣裳！"

昆仑若是肯还她，便不会来偷她的衣裳了，他扬了扬手中的羽衣道："有本事你就过来取。"

七妹赤裸着身子，哪敢现身出去，伸出头去道："你我素不相识，何以这般为难人？"

昆仑道："姑娘错了，非是我要为难于你，只是见这件羽衣漂亮得紧，拿来观赏观赏罢了。"

七妹道："那你现在观赏完了没，可否还我？"

"不曾，不曾！"昆仑摇头道，"我要拿回家去慢慢观赏。"

"你分明是耍无赖！"七妹恼了。

山林间响起一阵爽朗的笑声，少年拿了衣服摇摇晃晃地往前走。七妹急了："你个无赖，究竟想要如何？"

昆仑回身，正儿八经地朝七妹揖手道："小子爱慕姑娘，可否请姑娘到家中一坐？"

七妹见他并无恶意，心也就软了下来，道："可以，但请你把衣裳还我。"

昆仑摇头道："我刚才见那些姐姐穿了羽衣便飞升上天，可见这羽衣是你的法器，穿了就能飞，若还了你，你要是飞走了我岂非空欢喜一场？你要是真有心与我一道回家，便将我身上的这件长衫穿上吧，虽脏了些，但也勉强能穿。"他也不管七妹是否同意，利利索索地就将身上的长衫脱了，伸手丢过去。

七妹无可奈何，只得拿过他的长衫，刚拿到手中，迎风便是一股汗臭味，不觉皱了皱柳眉。昆仑瞧在眼里，哈哈笑道："臭是臭了些，请姑娘将就一下吧。"

七妹瞟了他一眼，见他长得倒是眉清目秀的，只是脸上带着股坏笑，忒无赖了些。当下将长衫穿了，汗臭味更重，她打小住在仙界，从不曾接触过年轻的男子，这时鼻尖不断地传来男人的汗味，不觉面红耳赤，羞羞答答地走了出去。

"姑娘放心，小子断然不会加害于你。"昆仑嘻嘻笑道，"我们回家吧。"

那六位仙女逃离林子后，方才发现七妹没有跟上来，又回头来寻，却发现她穿着人家的衣服与那男人并肩而行，不由得哧哧地轻笑出声，以为七妹是动了凡心，便没去扰她，反身回天庭去了。

七妹倒不是动了凡心，只不过少女情窦初开，初遇年轻男子，心中颇有些好奇罢了，因此昆仑虽有些强人所难地将她带回了家，她也没有执意反对，怒颜相向。

老母亲见儿子带了位貌若天仙的姑娘回来，喜笑颜开，高兴得合不拢嘴，忙里忙外地张罗，把家里囤着的好吃的东西如数拿了出来，做了一顿丰富的晚饭来款待姑娘。

七妹在天界从不曾享受过这种人间烟火，一时倍觉温暖，心想这倒是户好人家。

当天晚上，昆仑就将那件羽衣藏了起来，免得她偷偷飞走了空欢喜一场。七妹也没有追究，便在他家里住下了。日久生情，一月后，两人拜堂成亲，一年后，七妹生下一个大胖小子，名唤田章。

这一桩姻缘虽说一个天上一个地下，好在你情我愿，却也算是圆满。又过一年，田章已能下地走路了，七妹相夫教子，日子过得颇是快活。然而天有不测风云，这一年西边打仗，昆仑被征入伍，强行拉去上了战场。从此，婆媳俩日日夜夜提心吊胆，生怕传来不好的消息。

一晃三年，倒是没有传来坏消息，却也始终未见昆仑出征归来，总之这三年时光，昆仑像是消失了一般。

有时候没有消息也是一种坏消息，毕竟两军作战，成千上万的士兵冲上前去，战死后也未必能认出来死的是哪个。

老母亲绝望了，七妹也有些心寒。这一日她恳请母亲把那件羽衣取出来，倒不是说人走茶凉，没了昆仑的消息她就想走，实在是数年未回天庭，有些想念父母姐妹了，想趁此机会返回天界去看看。老母亲本就是心善之人，别说是她想念亲人了，即便这话只是哄骗她的，那又如何呢？昆仑出征后杳无音信，总不能教她守一辈子吧？当下便把那件羽衣取了来给她。

七妹谢过母亲，请她好生照看田章，若无意外，几日后必返。交代完毕后，穿上羽衣飞升上天。

天上一天，人间一年，七妹在天界住了几天后，因想念儿子，便又下凡来，哪想田章已有十来岁了，而昆仑却依然没有消息，因想必然已战死沙场，既然人间已无可留恋，她就把田章也带上天去了。

这下可苦了老母亲，本是好好的一个家庭，现在不但儿子没了，连孙子也不在身边，相见无期，只留下一个孤寡老人，想着儿孙，流着眼泪，凄凄惨惨，悲悲切切，有时想到伤心处便呜呜地哭出声来。

这户人家住得偏远，平时少有人上门，但终究还是传了些闲话出去，说昆仑娶的那媳妇是妖，乃一只大鸟所幻化，专门来祸害人的。这话一传出来，信之者十有八九，试想那是户怎样的人家？远居山区，家徒四壁，但凡有些脑子的哪个愿意下嫁？更何况他娶的还是个美若天仙的女子，若是正常女子，有那等美貌怎肯嫁到山里去吃苦？

于是乎昆仑娶了鸟妖的闲话越传越神，最后就走了样，不知为何竟与九头鸟联系上了。所谓"鸟无子，喜取人子养之，以为子"，就这样九头鸟喜欢在夜间抓小孩的传说便在民间疯传，且一直流传至今。

☁ 解说神兽

鬼车又称九头鸟、鬼鸟，是中国神话中的鸟妖，由于它会发出车辆行走的声音，故名。最早记载九头鸟传说的是《山海经》，曰："大荒之中，有山名曰北极天柜，海水北注焉。有神，九首人面鸟身，名曰九凤。"

《广韵·鸹鸹》："鸹鸹，《韩诗》云：孔子渡江，见之异，众莫能名。孔子尝闻河上人歌曰：'鸹兮鸹兮，逆毛衰兮，一身九尾长兮。'"

这说明孔子是见过九头鸟的，但他不知道那是什么动物，听闻江面上有人唱歌谣，方知是九头鸟。这时候，九头鸟虽作为一种罕见的奇鸟存在，但并没有被神化，将九头鸟神化的是《搜神记》，现将原文摘录如下：

豫章新喻县男子，见田中有六七女，皆衣毛衣，不知是鸟。匍匐往，得其一女所解毛衣，取藏之，即往就诸鸟。诸鸟各飞云，一鸟独不得去，男子取以为妇。生三女。其母后使女问父，知衣在积稻下，得之，衣而飞去。后复以迎三女，女亦得飞去。

这可能是最早的关于七仙女下凡的故事版本，后来唐代的话本沿袭此说，如《古小说钩沈》的《玄中记》一辑里，就提到了天帝之女"衣毛为飞鸟，脱毛为女人"。

除了话本外，史书古籍中关于九头鸟的记载，也是在一点点演化的，《楚辞·天问》曰："女歧无合，夫焉取九子。"说有一位神女名叫女歧，她没有丈夫，却有九个儿子，那么这九子是从何而来的呢？分明是在暗指偷了别人家的儿子。后来九子被演化为九头。

睚眦：祥兽有志伐商纣

　　龙生九子，曰：囚牛、睚眦、嘲风、蒲牢、狻猊、赑屃、狴犴、负屃、螭吻。

　　睚眦为龙之二子，豹身龙首，龙不像龙，豹亦不像豹，总之是个四不像，为父亲所嫌弃。当年睚眦出生时，父亲见他长得这般怪模样，说是此子怪异，弃了便是。幸是母亲求情，说无论他长得如何模样，终归是自己的孩子，弃之何忍？父亲这才勉强同意抚养。

　　然而父亲虽然答应了抚养，却从不曾将之放在眼里，在睚眦的印象中，父亲一直是苛刻的，无论他做什么、做得如何，未尝得到父亲夸奖，似乎他在这个家庭里是多余的。这让睚眦的内心十分难受，却也造就了他坚毅的个性，所有人都可以看不起我，但是，我自己不能看轻了自己，所谓的尊重并不是他人给你的，而是自己挣来的，总有一天我要让父亲对我刮目相看。

　　睚眦虽小，志气却大，十岁那年，他向父亲提出要离家去闯一番事业。父亲本就嫌他碍眼，说你要去的话去就是了，也没多说什么。倒是母亲拉了他到房里，似乎想要与他说些心里话，奈何言未出泪先下，抱着孩儿呜呜哭了起来。

　　睚眦被母亲的情绪感染，亦泪湿了眼眶，不过他生性好强，哭了几声，抬手抹了把眼泪，说道："母亲莫悲，父以貌取人，我虽有怨而不能言，好在儿有志气，出去之后定做出一番大事业来，以正龙子之身，以消母亲为儿所承受的委屈，他日若归来，定教母亲扬眉吐气。"

母亲爱怜地摸着睚眦的头，含泪微哂道："我儿切记，你有志向固然好，然而在母亲心里，只愿我儿平安，莫要为了证明自己而不顾危险，无论如何须爱惜自己的身体。"

"儿记下了。"睚眦拜别母亲，驾云而行，飞了一段路，立在云端，但见海阔天空、无边无际，端的是天高任鸟飞，海阔由鱼跃，心想偌大的天地，总有我立身之所，再者我虽无经天纬地之大才，也无呼风唤雨之能事，却也非平庸之辈，自今日起自立门户，定要有所成就，免得再教人小瞧了。

思忖间，按下云头，落入凡间，寻找施展才能之所。

是时人间正值商朝末年，纣王子受当政，他穷兵黩武，沉湎酒色，并实施重刑厚赋，闹得举国上下民不聊生。西伯侯姬昌劝说纣王当减少用兵，轻徭薄赋，以使民休养生息。不承想这番话反而落人话柄，说西伯侯居心叵测，此人假仁假义，满口道德仁义，天下诸侯多为他蒙骗，纷纷归附，当今天下名义上是归我商朝领导，实际有一半已纳入西岐之版图，他此番劝说天子，无非是要削弱朝廷，以使他西岐继续扩张，最终取商而代之。

纣王倒没去在意姬昌此番劝说是何用意，但是西岐版图累年扩张却是真的，照这么下去总有一天不会再受朝廷管束，趁着这个机会灭一灭他的气焰是有必要的，于是下旨伐周。

姬昌勤政爱才，善施仁德，诸侯纷纷归附是真的，版图不断扩张也是真的，但他却从不曾起过反心，要取商而代之，听得纣王起兵，大是惊恐。他倒不是畏惧，以他今天的实力完全可以与朝廷对抗，而是恐落得个不忠之名。所谓君要臣死，臣不得不死，父要子亡，子不得不亡，要是反抗实有违天道人心，但要是不做出些举措，也怕西岐百姓失望，毕竟纣王无道天下共知，莫非事到如今你还要拥戴那无道昏君不成？一时左右为难，不知怎生是好。

许是日有所思夜有所梦，这一天晚上入睡后做了一个奇怪的梦，梦见一条神龙落于西岐，姬昌见到神龙急忙膜拜，欲请神龙给他出个主意，哪承想未曾开口，神龙摇身就不见了。

姬昌善卜，梦醒后急卜了一卦，卦象显示在岐山之东有能人现身，当下急驱马前往，果然在一座湖畔遇见了一位奇人，只见那人龙额豹目，五大三粗，腰佩银刀，身着金甲，威如天神，气吞山河，料想便是卦象所说之人，便上前拜见，道："我乃西岐姬昌，敢问壮士何名？"

那怪人正是睢眦，转首看了他一眼，见是个白首面善的老者，便道："我乃龙子睢眦，你找我何事？"

姬昌大喜，又拜道："果有高人在此，天助我也，万请壮士高抬贵手，释我所惑。"

睢眦仰首大笑。姬昌一愣，问道："壮士所笑为何？"

"笑你迂腐。"

姬昌微愠道："我虽不才，但你我初识，何故辱我？"

睢眦道："你倒是说说有何疑惑。"

姬昌道："纣王发兵欲伐周。"

睢眦又问道："你欲如何？"

"我思来想去不得其法，因而烦恼。"

睢眦把那双眼一翻，冷笑道："他来伐你，你发兵抵御就是了，何故烦恼？"

姬昌叹道："子若反父，是为不孝；臣若反君，是为不忠。我若发兵抵御，就是不忠；如若不反，我祖上创立基业不易，要是毁于我手，就是不孝。左思右想，始终要落个不忠不孝之名，因此寝食难安。如若这世上有两全之法，既可使天兵退去，又能全了名节，我姬昌愿以项上人头来换。"

睢眦伸出手指着他笑道："说你迂腐，你偏是不信！你的名节重要还是天下百姓重要？纣王无道，天人共愤，你偏偏要以忠孝之名去护那无道昏君，难不成这天底下的生灵在你心里竟比不过忠孝之名吗？众人都说你仁德，依我看来，你是不仁不义，枉费了仁德之名。"

这一番骂犹如惊雷，把那姬昌骂醒了，是啊，你常以仁德自居，那么百姓受难，苍生涂炭，你何以不闻不问？要知道你西岐平安，并不代表天下平安，如若任由纣王胡作非为下去，那不就是掩耳盗铃的假仁假义之举吗？当下惭愧地道："壮士骂得对，姬昌确实迂腐，负了仁德之名，若壮士不弃，可否助我一臂之力？"

"你有此觉悟，不枉我在此等你。"睚眦也改变了态度，朝姬昌揖手道，"商纣无道，天人共愤，如今他发兵伐周，你可趁机联络天下诸侯，共襄大计，诸侯苦商纣久矣，不会不应召而来。此外，周位于西，商位于东，东西两边相隔千里，商军短则数月，快则一年，方能抵达西岐，你完全有充足的时间休养生息，积粮屯兵，以逸待劳。届时商军抵达，他们长途奔袭，势必想速战速决，你可与之周旋，徐徐图之，只要商军一急躁，便是你大胜之时。"

姬昌听罢这一席话，如若醍醐灌顶，拜道："壮士果然大才也，恳请与我回去，一同伐纣，他日事成，必不忘壮士大德。"

睚眦道："承蒙错爱，必当尽心尽力。事到如今我也不瞒你，我虽为龙子，却因样貌怪异而为父所不容，此次出来便是要寻一位仁主做出一番大事业，以正龙子之名。不过我只是一介武夫，没有经天纬地之才，你如真想要做出千秋之功业，须另寻一人来助。"

"何人？"

"此人姓姜名尚，号子牙，目下虽年迈，却胸中藏丘壑，怀里蕴乾坤，若得此人，天下可定。"

姬昌求才若渴，听了这话，两眼放光，问道："此人今在何处？"

"离此不远，且随我来。"

睚眦领姬昌前往，不久，便见一位白发老者面湖垂钓，奇怪的是他的鱼钩是直钩，更无鱼饵，且那鱼钩离水三尺，悬空垂放着。旁边有一樵夫，正在与他说话："你直钩无饵却也罢了，钩距水面三尺，即便是再等百年也钓不到鱼。"

姜子牙笑而不语。樵夫见他不听，又道："莫非你不信？"

"非是不信。"姜子牙回过头去道，"不妨与你说，我钓的不是鱼。"

樵夫讶然道："你到湖边来，钓的不是鱼那钓的是什么？"

"王侯。"

"王……王侯！"樵夫迭连叹气，心想这人一定是疯了，转身挑起一肩柴离开。

睚眦、姬昌二人走上前时，姜子牙放下鱼竿起身相迎，姬昌正要施礼，姜子牙却道："想来这位便是西伯侯吧？"

姬昌忙道："正是老夫，得睚眦引见，特来拜访。"

"甚好，甚好！"姜子牙笑道，"我闻商纣发兵，征讨西岐，便知西伯侯会现身前来，因此特在此等候大驾。"

姬昌大喜，将姜子牙和睚眦请回府去，共襄大计。

此后，姬昌听取了睚眦的意见，与民生息，积粮屯兵，并派遣使者联络诸侯，由于商纣无道，诸侯果然纷纷发兵驰援。次年，姬昌病故，其子姬发接替父位，不出多久，商军来战，果如睚眦所料的那样，由于长途奔袭，颇费钱粮，想要速战速决，军心急躁不安。

姬发依计故意不与之决战，分别派遣睚眦、姜子牙领兵，徐徐图之，商军长途跋涉，本就疲劳，被周军东一枪西一棒地一阵乱打，越发急躁。姜子牙知道时机已到，令睚眦为先锋，他和姬发则领周军主力以及各诸侯的兵力断后，与商军决战。

睚眦神勇，跨战马挥银刀，一马当先，率先冲入敌阵，后面的将士们见得主将这般神勇，个个争先恐后，跟着冲上去。商军被折腾了几天，早已是强弩之末，睚眦几乎没费多少力气，便攻破了商军的先头部队，而后在敌营里左冲右突，将之打得如若一盘散沙。

姬发借势率主力猛攻，所谓兵败如山倒，两军主力一交锋，商军几乎是一触即溃，纷纷逃窜。

经此一战，商军大败。后又经牧野一战，周军兵分两路，一路在牧野与商军对阵，另一路直奔商都朝歌，两路大军皆胜，至此商朝亡，周室兴。

平定天下后，周武王姬发论功行赏，却未见睚眦，差人去寻时方才知道他已不辞而别，只留下一封书信，曰：睚眦本为龙子，因相貌奇异，为父看轻，不得已别母离家，寻明主以成大事，以正龙子之名，今事已成，别无留恋，归返天庭，望我王毋念。

睚眦帮周室平天下，无意功名，只为正龙子之名，经此一事，得到了父亲的认可，龙生九子，九子各个不同，各有所长，也成为一段佳话。

☁ 解说神兽

单就"睚眦"这个词语来说，只是"怒目而视"的意思，除此之外，别无他意。后来演变成"一饭之德必偿，睚眦之怨必报"，这样一来性质就变了，因为你要报仇，轻则打架斗殴，重则拔刀相向，睚眦必报成了个怨气颇重的词语，而睚眦则成了嗜血嗜杀等一切邪恶的化身。

然而从神兽的角度来说，睚眦是善良的、可爱的。传说龙好淫，可以与任何动物交配，睚眦是龙与豹交配后所生，因此他一出身便是豹首龙身，与真龙的形象相去甚远。但是相由天成，这并非他的错，好在睚眦生性坚韧，未曾去怨恨父亲，反而立志要做出一番成就来，以此证明自己，这一点值得所有人学习。

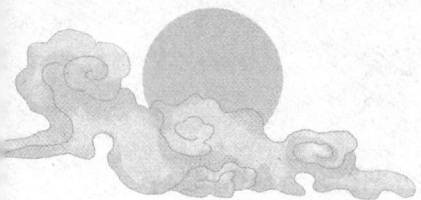

天狗：一场溺爱几番浩劫

目莲出身于富贵人家，家世显赫，怎奈父亲早逝，早年间家业只靠母亲青提夫人打理。只是青提夫人作为妇道人家，里外操心，颇是辛苦，只盼着儿子快些长大，好接过这份重担。

哪承想目莲这孩子无心富贵，一意向佛，终日不是闭门诵经，便是与僧侣谈经论道，这样下去出家是早晚的事儿，而家业也势必在他这一代没落。青提夫人苦心相劝，家里只你一个独子，若不成家立业，就是不忠不孝。再者你祖上三代操持这份家业不易，怎忍心毁在你手？

然而目莲就是不听，只诚心礼佛，不问俗事。这一日，青提夫人做了三百六十只素馒头，说是要施舍给青莲寺僧众。目莲知道母亲向来反对自己与僧众来往，今日突然做了那么多素馒头施舍僧众，觉得不可思议，莫非母亲不反对他向佛了吗？心下虽有疑惑，但母亲有此举动，他自然是欢喜的，一时没去多想，便带着母亲去了寺院。

到了青莲寺，便将素馒头分了，送别母亲后，目莲依旧留在寺中，与僧人论道。不多时，有僧人过来说道："罪过罪过，夫人送来的是狗肉馒头。"

目莲大惊失色，道："可有僧人吃了？"那僧人点点头。目莲急忙向众僧赔罪，说今日这罪过大了，来日必向佛祖请罪。

目莲心慈，敬着母亲，因此回到家中并未向母亲提起这事，只是更加虔心礼佛，以求得佛祖宽宥。

　　青提夫人原是想故意得罪青莲寺阖寺众僧，好让目连绝了出家之念，哪料适得其反，助推了他的向佛之心，便索性与目连摊牌，说道："你是家中独子，继承家业、娶妻生子是你的责任，没有第二条路可选，你若真是铁了心要出家为僧，教为娘日后有何颜面去见列祖列宗？那日为娘并不是要拿狗肉包子去为难众僧，不过是想让他们与你结怨，从此以后不相来往罢了，这番苦心你可知晓？"

　　目连叹息一声，道："娘的苦心儿明白了，可是拿狗肉包子去与众僧食用，乃是大罪过，儿须虔心诵经，替娘还了这罪过。"

　　青提夫人不觉提高了声音道："娘若有罪过，自己担着便是，无须你去还，娘只愿你死了礼佛之心，教我在列祖列宗面前少些罪过吧。"

　　目连扑通跪下垂首道："望娘恕儿不孝！"

　　青提夫人见他痴心不悔，气得浑身发抖，道："罢了罢了，你念你的经，我造我的孽，我倒要看看你如何替我还了这罪过！"

　　从此以后娘俩针锋相对，一个虔心向佛，一个与佛作对，不只去青莲寺闹，但凡见到寺院庙宇都要去大骂一通，有时刻意杀生，并将肉煮熟了送入寺庙里去，只希望儿子有朝一日不胜其烦，回心转意，继承家业。

　　三年后，青提夫人得病，且一病不起，不出两月，一命呜呼。目连没了羁绊，更是一心诵经礼佛，甚至连家都不回了，一年后出家为僧。

　　功夫不负有心人，由于目连潜心修佛，终得正果，位列仙班。某一日，得知母亲青提夫人死后被打入十八层地狱，受尽折磨，想到母亲遭遇那般苦难，无非是因自己而起，如今自己倒是成佛了，位列仙班，不用受那轮回之苦，可母亲却在地狱遭罪，永世不得超生，连轮回的权利都没有，这教他在天上何以安生，做这神仙又有何趣味？

　　早知今日，何必当初啊！目连后悔不已，为了自己所谓的修行，不顾母亲的生前身后事，这样的修行又有多少意义呢？

这一日，目莲施展神通去地狱见了母亲，只见她被绑在锁链之上，受火烤斧砍之刑，且日日受鞭打之苦，浑身上下血淋淋的无一完整处，披散着头发，看不到她的脸，目莲哭着说儿想娘了，让儿看一眼娘可好？青提夫人这才吃力地抬起头来，一看之下，目莲险些晕厥，他几乎认不出母亲了，母亲瘦得皮包骨头，而且由于到处都是伤痕，整张脸都已经变形了。

目莲说通了鬼差，走到母亲跟前，抱着母亲呜呜大哭，边哭边喊："儿不孝之至，害母亲不入轮回，受这无边之苦，儿不孝，儿有罪啊！"

青提夫人做梦也没想到还能见到儿子，更为关键的是儿子今已非肉身凡胎，修炼成仙了，一时忘了苦痛，欣慰地笑道："我儿莫悲，你既已成仙，娘在此受再多的苦也甘愿。"

目莲道："娘堕地狱，乃因儿起，即便是受罪，也该让儿来受。"

"休胡说！"青提夫人严厉地道，"你如今是神仙，说话怎还是这般地不懂事，因果轮回自有天定，娘堕地狱是罪有应得，与我儿无关。"

娘俩又说了会儿话，鬼差来催，目莲恳求鬼差再给些时间，转身拿出一只食盒，说这是母亲生前最喜爱的食物，特地带来与娘享用。说话间，拿了一块糕点送入青提夫人嘴里，哪料被打入十八层地狱的恶鬼是不得享受美食的，糕点入嘴时瞬间化作火炭，把她的嘴烫得吱吱直响。

目莲忙缩回手，朝鬼差喝道："这是为何？"

鬼差答道："堕入十八层地狱者，不得自由，不入轮回，不能用食。"

目莲大怒道："何以有这般规矩？"

鬼差道："尊驾是仙，这规矩莫非不知吗？"

目莲怔怔地出神，这规矩他当然是知道的，可眼前是他的生母，且是因为他这逆子不听劝告，才来这里受罪，他还有何颜面返回天庭去享受？

目莲的脸色在慢慢改变，那祥和慈善的面庞变得赤红，一股怒意掩盖了慈祥的光芒，让他看起来像是凶神恶煞。青提夫人率先看出来不对劲，惊道："我儿莫做傻事。"

青提夫人这一惊叫，惊动了鬼差，急呼众鬼过来将他包围，以防不测。

目莲陡然一声怒喝，目眦尽裂，恶狠狠地看着鬼差道："母不出地狱，我不成佛，你等小鬼的法力不及我万一，劝你们将她放了，教她重入轮回，再世为人，如若不放人，休怪我今日便要大闹地狱，教你等连鬼都做不成。"

鬼差奉命在此看守，自然是没有将恶鬼放出来的权力，无论目莲怎么说，都无动于衷。目莲手中的锡杖一抖，杖头的金环叮叮直响，"呼"的一声挥将出去，荡起一股强大的暗劲，那些小鬼的法力比之目莲，犹如小巫见大巫，砰砰砰数响，尽数倒跌开去。

目莲脚下一点，腾地而起，半空中锡杖又是一挥，青提夫人身上的铁链应声而落，他的左手一伸，迎空将母亲接在手中。被关押于此的那些恶鬼见目莲施展这般法力，纷纷尖叫，围观的不怕事儿大，居然给他呐喊助威。

"我儿莫要胡闹，快将我放下来。"青提夫人知道如果目莲大闹地狱，那么他这一身的修为就算到头了，她如今已死，化为恶鬼，本来就不得超生，要是再害了儿子的修为，那端的是化为厉鬼也不得安生了，急道，"我儿听娘一句劝，快些收手。"

"娘啊！"目莲叫道，"你在地狱受苦，儿何以成佛？"

这时候鬼差又攻上来，目莲一手抱着母亲，一手与鬼差恶斗，莫看他只是单手与众鬼相斗，却依然是绰绰有余，一路杀将出去。闹得动静大了，地狱里的鬼差蜂拥而至，里三层外三层地把母子二人围起来，目莲目光一扫，情知用寻常手段无法杀出地狱，念了个法咒，只见右手的锡杖金光万道，口中一声叱喝，锡杖突地脱手飞出，呼呼地在空中疾转，噼里啪啦一阵连珠炮响，众鬼成批地往后倒。蓦然"轰"的一声巨响，锡杖在一道墙壁上一撞，那道墙怎经得起打，轰然倒塌，墙内关押的俱是永世不得超生的恶鬼，瞬间释放出来，为了能逃出去，与目莲一道向鬼差发起攻击。

地狱彻底乱了，鬼叫连连，杀声不绝，那些恶鬼生前都是十恶不赦之辈，为了积聚力量，打击鬼差，把地狱的牢门如数打开，由此参战的恶鬼越来越多，鬼差终究不敌，那八百万恶鬼随目莲一起逃向人世间。

那些无名恶鬼四散逃窜后虽可暂时逍遥法外，可目莲终归是天上的神仙，仙箓在列，发生了这么大的事，天庭定然差仙兵搜捕，是无法逃脱的。母子二人被带上天庭后，玉皇大帝一怒之下将目莲从仙箓除名打入凡间，再度投胎为人。青提夫人死后本就在十八层地狱受刑，已至惩罚之极限，但若不罚，倒好像是在纵容恶鬼逃狱，因此下旨转生为狗，且永世不得投胎做人。

青提夫人倒是不怕做狗，至少比在十八层地狱受那无穷无尽的苦刑强些，可是她受不了儿子堕入凡尘再世为人，出生在一个姓黄的盐商家庭，靠偷卖私盐为生，投胎后儿子的长相也变了，粗眉豹眼，高额阔嘴，一出生就把那盐商吓坏了，要将他抱去野外的一棵树下，由他自生自灭。

青提夫人看到那一幕时无比痛心，好在她虽成了一条狗，却是一条无比邪恶的狗，让山中的一只大鹏把小孩叼到树上去，免得遭虫噬蚁咬之苦。

那姓黄的盐商倒是不曾泯灭了良心，过没多久又折回，见那小娃娃被一只大鹏叼到了巢里，惊异不已，料想这孩子非是凡人，欢欢喜喜地抱回家去，取名巢。

黄巢的长相虽怪异丑陋，却甚聪慧，五岁就能赋诗，且善骑射，可谓是文武全才。成人后，正值唐朝末年，朝政混乱，几次科举皆名落孙山，不过他虽转世投胎，秉性却不曾更改，对待事情十分坚持，后改考武举，果然是一举中了头名。时唐僖宗召见新科状元，见到黄巢那副凶神恶煞般的模样，吓得不轻，这要是以后天天面对怎生受得了？因此当场改为第二名。

皇帝以貌取人，当场以生得丑陋为名变动科举名次，这对一个有志向的年轻人来说，无疑是种巨大的侮辱，人的能力何时凭相貌决定了？一气之下，写了一首《不第后赋菊》的诗，曰：

待到秋来九月八，我花开后百花杀。

冲天香阵透长安，满城尽带黄金甲。

以物咏志，借菊抒发抱负，此后再无意为官，回乡继承父业，以贩盐为生。

话分两头，却说这些年青提夫人也没有闲着，她托生为狗，不能为人，自然也更不可能成仙，因而剑走偏锋，修炼成了妖。由于天生带着邪恶之气，成妖后法力比一般的妖精来得厉害，这一日掐指一算，算到黄巢在不远的将来会起义反唐，原因无他，无非是天道轮回、因果报应那一套，当年目莲大闹地狱时，将八百万恶鬼从地狱释放了出来，再世为人便是要杀八百万人，将那些恶鬼再送回地狱去。

可怜天下父母心，虽然今世的黄巢已认不得她这母亲了，但她依然想为他做些事情，当今天下兵戈不断，而朝廷为了支撑巨大的开支，向百姓横征暴敛，加上各地旱涝不绝，天灾人祸之下，早已是民不聊生，索性便助黄巢一把，帮他完成这一番轮回。

起义军领袖王仙芝战死后，各路义军推黄巢为王，号"冲天大将军"，这时候中原地区几乎全被义军占据，攻破长安不过是时间问题罢了，也就是在这时，天现异象，长安的百官庶民无不惊慌。

那是一个月圆之夜，月若银盘，冰洁清澈，清辉洒落在长安城，使得这座天下第一大都市有了一种朦胧的神秘之美。

莫看战火已漫延神州，然而并不妨碍长安百姓出来观月赏灯，街头上熙熙攘攘，摩肩接踵，一番太平盛世之景象。蓦然，长安城头刮起一阵妖风，呼呼作响。街上的百姓正自奇怪，这晴朗的天空何以有这突如其来的大风？心念未已，风起处冒出一股黑烟，那烟越来越浓，覆盖的范围亦越来越大，渐渐地遮去了月光。

长安城的百姓见状，情知不妙，俱皆变了脸色。果然，黑烟里蹿出一条狗，狗头向上，大张着嘴，直扑黑烟处若隐若现的月亮。那条狗的动作极快，只眨眼工夫，便已一口吞下了那月亮，天空漆黑如墨，混沌不明。

众人惊呼："天狗吞月了！"

天狗吞月是凶兆，况且当今天下本就混乱不堪，现在天狗吞食了月亮，是否意味着这天下将要易主？

次日，长安城内人心惶惶，各种各样的流言充斥在街头巷尾。消息传到朝中，唐僖宗召集大臣议事，并令五官灵台郎观天象以测吉凶。

五官灵台郎当然不敢说大唐将亡，只说此非吉兆，须祭祀天狗，让天狗还月于人间，以复光明。唐僖宗准奏，着浑天监安排祭祀事宜。

这一日晚上，天空无星无月，阴风飕飕，浑天监请了和尚正在诵经作法事，香烟弥漫，烛火摇曳，木鱼敲出的笃笃响声在空旷的皇宫内苑回荡，这使得原本巍峨庄严的宫廷平添了几分诡异。

从大明宫往南，出宫门便是丹凤门街，此时宵禁已经实施，街上除了巡逻的兵卒外，空无人影。霍地，一阵阴风自永昌坊内而起，蹿出坊墙，直扑丹凤门街，这股风呈黑色，在丹凤门街上打着转儿，上下蹿动，巡逻的兵卒忙跑过来查看情况，只听那股黑风发出呜咽声响，然后像被一股看不见的力量冲散了一般，化作十数道单独的黑烟，那些黑烟渐渐地幻化出人形，往南而行。巡逻的兵卒见状大骇，急往宫内传报。

次日一早，永昌坊内传出一则惊人的消息，坊内死了十多个人，且一夜之间变成了无腑无脏的干尸。

恐慌像瘟疫一样很快弥漫到整个长安城，一时间人人自危。不出多久，宫内请法师作法以及当晚巡逻兵遇到妖风的事情也迅速传开，结合这些消息，也不知是哪个会杜撰的人，竟传出了这样的一则谣言，说是"上遣怅怅取人心肝，以祠天狗"。

这句话的意思是说，皇上为了祭祀天狗，让法师作法遣阴兵挖人内脏，用来供奉天狗。

有时候谣言也是可以杀人的，而这则谣言对风雨飘摇的唐王朝来说，却足以亡国。唐僖宗慌了，在大臣的建议下，本是要去泰山祭天的，只是山东早已是义军的天下，便改为去祭宗庙，希望祖宗护佑，保大唐江山不倒。

唐僖宗的祭祀行为，传到民间，让百姓更加深信"上遣帐帐取人心肝，以祠天狗"的传言不假，从此以后家家关门闭户，不敢外出，在外有靠山的，便趁机逃出长安，免得亲人受那掏腑挖肝之灾。只短短几天，繁华的长安城无论白昼一片萧衰，一如此时的大唐王朝，奄奄一息，萧瑟破败。

不久后，义军破东都洛阳，在天狗的推波助澜下又趁势攻占了长安，唐僖宗一如当年的唐玄宗李隆基，逃奔蜀地避难。黄巢入太清宫，登基称帝，国号大齐，大赦天下。

青提夫人见儿子称帝，暗暗地松了口气，心想要是这大齐政权能千秋万代该有多好！虽然这是有违天意的，但她还是想帮儿子坐稳帝位，她已入过十八层地狱，现又变作一条恶狗，她还会怕遭什么天谴吗？

当天晚上吐月返天，月光再次照亮大地，长安百姓举城欢呼，说新朝建立，便重见皓月，可见新朝是顺应天道的，当今皇上就是真龙天子。

青提夫人要的就是这种效果，但这还不够，她需要去提醒黄巢，如今天下甫定，李唐王朝的残余势力随时会卷土重来，须勤政爱民，不造杀孽。奈何她虽修得一身法力，却不能变作人形，那晚以天狗之身现身于宫廷。那黄巢是何许人也，若凶神一般，岂容得那等邪异之物在宫中出现，听得禁卫禀报时，一手提弓一手提刀，大步走将出去，见了青提夫人，不由分说，弯弓即射。

青提夫人来不及躲闪，前脚中了一箭，尖啸一声，急忙逃奔。同时这一箭也将她射醒了，人妖殊途，本不可相对倾谈，况且如果她公然以天狗的身份与黄巢对话，会让长安上下认为黄巢登基，并不是顺应天道，而是靠妖精作乱，如此一来，非但保不住他的皇位，反而会加速大齐政权崩溃。

唉，或许这就是命数吧！青提夫人躲入林子里后，舔着脚上的伤，幽幽地叹息着。

不出一年，在唐军的反击下，黄巢退出长安，此后虽依然东征西讨，然而王朝之气数已尽，终于兵败泰山狼虎谷。青提夫人眼睁睁地看着他称帝，又目睹他一步步衰落，走向万劫不复，却爱莫能助，禁不住落下泪来。结束了，一切都结束了，他为了救我出地狱，尽释八百万恶鬼于人间，今世又杀八百万人，使鬼魂再回地狱，是否已完成了轮回？

青提夫人泪眼模糊地望着狼虎谷方向，继而又想，如果他已完成了轮回，会否重返天庭，又列仙班？然而仔细一想却又不对，黄巢这一生，杀人无数，即便这是前世的因果，可何时听说过杀人众多还能升仙的道理？

想到这里，青提夫人万念俱灰，莫非我儿再无重返天庭的机会了吗？

狼虎谷依旧是战马嘶鸣，人影幢幢，纷乱之中只见一位秃头和尚从乱军丛中向谷外奔走，青提夫人定睛一看，那人虎背熊腰，五大三粗，不是黄巢还能是谁？不由得心中一喜，跟着那和尚一路走，数日后抵达洛阳，投西京留守张全义。

那张全义曾是黄巢旧党，倒也忠义，说眼下的形势不敢收留于你，但有座寺院可栖身，可愿往否？黄巢兵败，这天下已无他立锥之地，既有寺院可容身，自是求之不得，当下便往南禅寺，从此后出家为僧，法号翠微。

看到这一幕时，青提夫人恍然大悟，无论是前世还是今生，他犯下滔天罪孽，唯重新修行，一心向善，方得以重返仙班。

那一日傍晚，翠微禅师倚栏远眺，吟曰：

> 记得当年草上飞，铁衣着尽着僧衣。
> 天津桥上无人识，独倚栏干看落晖。

青提夫人微微一哂，心中暗道：甚好，甚好！你本非凡胎，不过因了我这母亲固执，害得你犯下大错，被贬下凡，再世为人，繁华落尽，铁衣换僧衣，除却一身俗尘，总有一日功德圆满，再返天宫。事至如今，为娘再无可挂念，将别你而去……哦不，你我母子，最好永不相见，免得再扰了你清修。

珍重，我儿！

解说神兽

天狗的传说在民间广为流传，作为传统民间故事的一种，天狗与其他的神话故事一样，一直在被传承、演变，而且中国地大物博，各地民俗不同，因此天狗的传说出于传承的需要，也被演化为许多版本，这是民间故事的特征，也是其魅力所在。上面的故事是融合了各个时期各个版本后汇总改编而来，使之形成一个完整的故事。

天狗最早出现在《山海经》，曰："又西三百里，曰阴山。浊浴之水出焉，而南流于番泽。其中多文贝，有兽焉，曰天狗，其状如狸而白首，其音如榴榴，可以御凶。"这可能是天狗最原始的形象，有点像猫，可以御凶，属于祥兽。

《史记·天官书》载："天狗状如大奔星，有声，其下止地类狗，所堕及炎火，望之如火光，炎炎冲天。"事实上这时候天狗已开始被神化了，到了东晋，风水学鼻祖郭璞将《山海经》里关于天狗的记载注释为天狗星，也就是后世诗词中"射天狼"的天狼星，从此之后天狗在民间作为一种神而被崇拜。

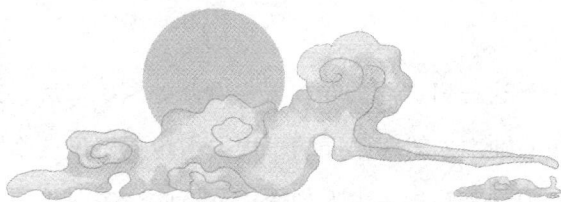

卷二

妖怪篇

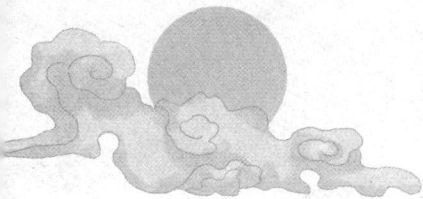

猫妖：妖和捉妖师的罪与罚

宋都临安，有女姓周名娘，正值豆蔻年华，芳华正茂，长得亦是一副好样貌，一颦一笑如花绽放，十分妩媚动人。

临安城少年均知周娘貌美，纷纷差媒婆上门求亲，然而无论是王孙还是贵族，亦无论是俊是丑，有无才华，皆被拒之门外。被拒绝的人多了，大家都议论纷纷，周家小姐究竟要的是怎样的夫婿？

为此，父母也十分着急，周家在临安是有些名望的，如果因为择个夫婿，将临安城上上下下的权贵都得罪光了，日后还如何在这里立足？

这一日，周公叫夫人去女儿处探探口风，无论如何套句实话出来，以便按照她本人的意愿择婿。周夫人也觉得是这么回事儿，便来女儿房中，母女俩闲聊了几句，夫人问道："近些日子以来，上门求亲的不说百家，也得有几十家了，我女儿没一个相中的，因此人皆好奇，这周家小姐究竟要的是怎样的夫婿。事实上我与你父亲也甚是纳闷儿，因此今日来讨问你的心思，如若是有何为难处，只管与娘说便是。"

周娘蛾眉微微一动，并没立即作答，思忖了会儿方才说道："非是女儿眼高于顶，未将那些王孙贵族放在眼内，其实女儿的要求很简单。"

周夫人说道："且说来与娘听听。"

周娘道："只两个字的要求——良善。"

"良善。"周夫人默念着这个词，问道，"我女儿兰心蕙质，知书达理，所思所想果然与一般世俗女子不同，心良面善，乃人之本也，唯如此方能兴家立业，这个要求娘亦认同。可是那么多求亲的人之中，莫非没有良善之辈吗？"

周娘摇头。周夫人诧异地道："我女儿尚未与那些公子有过接触，如何知道他们为人善恶？"

在周夫人的逼问下，周娘只得说出实话，道："女儿要找的是家境贫困且一心向上矢志有成的少年郎。"

周夫人眉头一皱，说道："女儿啊，这便是你的不对了，良善与否和财富权力有何相干，莫非那些权贵皆是为富不仁之辈吗？"

周娘固执地道："女儿不求富贵。"

"女儿啊，你这是钻牛角尖了。"周夫人叹息道，"不求富贵固然是好，婚姻之事确也不能嫌贫爱富。可不求富贵不代表就要将一切富贵拒于千里之外，即便是你现在找到了个贫困且上进之人，可但凡是上进之人，将来总有出头之日，莫非到了他功成名就你便要舍弃这桩婚姻不成？且听娘一句劝，挑个好人家，早早把婚事定下来吧。"

周娘沉默，显然依旧固执己见，没将母亲的话听进去。夫人无可奈何，只得出了房来说与周公知晓。周公听闻，也觉得不可思议，说道："在我女儿婚事上，你我从未有嫌贫爱富之心思，只挑人品好的，她怎会有这般想法？"

周夫人沉吟会儿，支支吾吾地道："有件事须说与老爷知晓。"

周公讶然道："还有何事？"

周夫人道："我听她的贴身丫鬟瓶儿说，她常常彻夜不寝，半夜梳妆打扮，独自喁喁私语。"

"竟有这等事！"周公惊道，"此情形持续多久了？"

周夫人道："据丫鬟说，有一阵子了。"

周公心下越发纳闷儿，他女儿向来知书达理、循规蹈矩，半夜梳妆究竟是何道理？

当天晚上，周公摸黑去了周娘房外。这是个独立的小庭院，然而庭院虽小，布置得却颇为雅致，种了修篁几株，周围异草奇花点缀，院中间是座一人来高的假山，山旁是座小亭，可供二三人闲坐品茗。

周公借着假山慢慢摸过去，于窗台旁藏好身子，探听房内动静。

这时月色偏西，将近三更天了，万籁俱寂，周公耐着性子在墙角蹲了会儿，只见女儿房内果然有灯亮起，他探出头去看，见女儿独坐在梳妆台前，对着镜子细心打扮，边抹脂抹粉，边对着镜子巧笑嫣然。

看到这一幕情景，周公浑身上下不由得起了层鸡皮疙瘩，周娘的那样子实在太诡异了，哪有人半夜不就寝边打扮边对着镜子说笑的道理，莫非是中了邪？

想到这里，周公释然了，定然是中邪了才会有这古怪举动。当下偷偷地从庭院里出来，回到房里后将方才所见与夫人说了。夫人一听，慌道："可要怎生是好？"

周公道："夫人莫慌，明日待我去请个法师来，定有解决的办法。"

夫妻俩一夜未眠，天色初明，周公就差了个可靠之人去请法师，并叮嘱那人，此事绝密，切不可透露半点风声。那人道："请老爷放心，小人定会将今日这事烂在肚子里。"

到了下午，法师被秘密地用轿子抬入周府，及至院内，下了轿后，被直接请进周公书房。

那法师姓羽名三，打小学道，虽尚年轻，却已有捉妖除妖之能事，奉恩师之命前来周府除妖。周公将事情与羽三说了一遍，羽三闻言，劝慰周公道："老爷莫急，今晚且让我去小姐院内看看再做定夺。"

及至夜半三更，羽三依言来到周娘院内，见灯黑人寂，便跳上对面的房顶，仰躺下来，静候动静。

没一会儿，周娘房中的灯果然亮了，羽三眯着眼斜看着对面的窗户，只见周娘走到窗边，却并没如周公所言的那样对镜梳妆，喁喁独语，只凭窗仰望星空，屡屡叹息，似有心事。如此连续两晚，皆是如此，周公问起，羽三将所见的说了，周公亦是奇怪，莫非周娘没有中邪？

羽三道："且待我再观察一晚，若还是无事，说明并未中邪。"

这一日晚上，羽三又去周娘对面的房顶，周娘房中的灯亮了后，只见她走到窗台前，微蹙蛾眉，幽幽叹息。羽三见状，心想看来这位小姐果然没有中邪，或许周公见她对镜梳妆，只是偶尔兴趣所致罢了。因恐被她察觉，一时不敢离开，边细细地观察着她，边想：这周小姐生在富贵人家，又生得这般美貌，令多少王孙公子求而不得，吃穿不愁，无忧无虑的，她在叹息什么呢？

心念刚落，只见周娘在窗台消失，莫非她要去睡了吗？羽三斜眼望了望天空，早过三更了，确也该休息了，但不知为何心中却有些失落。不承想门忽然开了，周娘走将出来，娉娉婷婷地站在院中。月色下，只见她穿着一件浅粉色薄衫，秀发披肩，姣好的脸蛋儿在月光下散发着一股清新脱俗的美感，不落凡尘，飘逸如仙。羽三到底是少年人，一时竟看得痴了，脸色潮红，心潮澎湃。

周娘抬起头，居然发现了羽三，她嘴里发出"咦"的一声轻呼，抬头向羽三问道："你是谁？这么晚了如何在我家房顶？"

羽三没想到让她给发现了，挠挠头，讪笑了一声，飞身下了屋顶，拱手道："小姐莫怪，我……我无意冒犯，这……这就告辞。"他本是位捉妖师，技高人胆大，连妖魔鬼怪都不曾怕过，在周家小姐面前却露了怯，说完便想赶紧溜走。

"站住！"周娘提高了嗓门叫道，"要是不说清楚，我就喊人了。"

"别喊，别喊！"羽三告饶，他虽是周公请来捉妖的，可这三更半夜的，孤男寡女在院里独处，周娘要是说他轻薄，那就浑身是嘴也说不清了，

"我……我……我……是捉妖师。"

"捉妖师？"周娘眼睛一亮，颇有兴致地道，"这里有妖吗？"

"没有。我……我只是路过而已。"周公曾交代，要将捉妖这事保密，羽三只好临时编了个谎话，"小姐要是没什么事，我……我就先走了。"

"站住！"周娘再次将他叫住，粉脸铁青，一副要追究到底的样子，"路过而已吗？你方才明明躺卧在我家屋顶，盯着我的闺房瞧，这像是路过的样子吗？"

"我……我……"羽三涨红了脸，支支吾吾地道，"我路过的时候，见小姐唉声叹气，一时好奇便停下来看，当……当然，小姐的美貌确也吸引了我。"

周娘见他倒是实诚，况且哪个年轻的姑娘不喜欢人家夸她貌美，因此气消了些，拿一双妙目看着他道："你不会是以为我是妖怪吧？"

"不敢不敢！小姐貌美如仙，岂会是妖怪？"

正说话间，响起阵细碎的脚步声，原来是周公夫妇俩过来了。这老夫妇二人一直在等着羽三的消息，听得下人说小姐的院里有说话声，这才赶了过来。周娘瞟了眼羽三，似笑非笑地道："你不怕我爹娘来了后误会你吗？"

"怕！"

"那还不快走？"周娘嗔道，"记得明晚此时再来，我有话与你说。"

羽三看着她那娇嗔的样子，怦然心动，讷讷地应了声"好"，转身跃上屋顶，飞纵而去。

羽三转了一圈，又从正门而入，这时周公夫妇已经回房，便向他们陈述情况，说方才在院中是他与小姐说话，她一切正常，没有中邪，那日对镜梳妆，可能只是一时的兴趣罢了，无妨。

周公夫妇听他说没有中邪，大大地舒了口气，挂在心上的石头终算是落下了，取来一锭银子以示酬谢。羽三连忙拒绝道："无功不受禄，小姐并未受邪魅所惑，我也并没做什么，不敢收受，这就告辞。"

走出周府后，东方已露鱼肚白，羽三虽一夜未眠，可想起周娘娇嗔的样子，兀自兴奋得紧，没有一丝倦意。在街上找了个早餐摊坐下，吃了些东西后，便往客店投宿，专等晚上与周家小姐相会。

一想起今晚要在花前月下与佳人相会，羽三便怎么也睡不着了，躺在床上辗转反侧，瞪着眼睛躺了一天，好不容易等到了晚上，早早地出了门去，往周府方向走。及至周府附近，因时间尚早，便只能找个茶摊，叫茶博士上一盏茶来，边喝边等。

月上中天，终于将近三更天，羽三这才走到周府墙根下，飞身上了墙头，直奔周家小姐的庭院，跃上小姐闺房对面的屋顶，虽佳人未至，羽三却兴奋得心如鹿撞，从未如此激动过。一边瞄着小姐的闺房一边想：昨晚分别时她说有话与我说，不知要说什么话？

门终于开了，羽三见左右无人，便迫不及待地跃将下去，强作镇定，向周娘施礼。

"走吧。"周娘开门见山，羽三却愣在当地不知所措，问道："去何处？"

周娘道："你就不怕我俩在此说话招了人来？"

羽三恍然大悟，摸着脑袋笑道："还是小姐想得周到。"可是想要走的话却有个问题，怎么走？他有一身功夫，飞檐走壁浑然不在话下，可周娘怎么走呢？

周娘眼睛一闪一闪地看着他的窘态，显然已看出了他的心思，把那纤纤玉手一伸，道："走吧。"

羽三见她主动把手伸过来，一时血脉偾张，一张脸红得若猪肝儿也似，犹犹豫豫地牵住了她的小手，捏在掌心，只觉她的手暖暖的，柔若无骨，竟若触了电似的浑身微微一震。

"怎么了？"周娘看着他奇怪地问。

"没……没什么。"羽三打消杂念，身子轻轻一纵，拉着周家小姐上了房顶。这位大小姐何曾做过这等攀墙跃顶之事，一时兴奋莫名。羽三见她笑靥如花，在月色下散发着独特的光彩，有意在她面前炫技，纵挪腾跃，兔起鹘落，只眨眼间便穿过了几条街道。周娘只觉周耳生风，若鸟儿飞一般自由飞翔，深处闺中从不曾享受过这种自由自在、痛快淋漓之感，一时竟咯咯笑出声来。

及至临安城外，羽三这才停了下来，依依不舍地放开了她的小手，嗫嚅道："小姐今晚有何事与我说？"

周娘道："你能观心乎？"

羽三道："道行尚浅，不能观人心。"

周娘幽幽叹道："近些日子以来，爹娘每日与我相亲，临安城的王公贵族几乎都上门来求亲，不胜其烦。"

羽三问道："小姐尚不想成亲吗？"

"倒也不是。"周娘道，"我与爹娘说了，婚事不问富贵，但求心地良善，然而上门求亲者非富即贵，所谓一入侯门深如海，我实不想过那样的日子，今晚借你之力，黄夜潜出门来时，我更加坚定了这个决心，人生之贵，最贵莫过于自由。"

这下羽三明白她的心思了，她与所有的世家小姐一样，衣食无忧，样样不缺，唯一缺的就是自由之身，难怪她夜夜幽怨哀叹，因而问道："小姐既然不想嫁入豪门，可想过今后的出路吗？"

周娘看了他一眼，眼神里楚楚可怜，忽问道："你我可否做个交易？"

羽三莫名其妙地道："你我有何交易可做？"

"你满足我的一个愿望，我也满足你的一个愿望，如何？"

羽三笑道："小姐知道我想要什么吗？"

周娘盯着他看，认真地道："你只管说来。"

羽三犹豫了，他自己倒是真有愿望想要实现，可他要如何实现她的愿望呢？如果她想要自由，要如何给她自由？带着她远走高飞、浪迹天涯吗？若果真得一如花美眷携手行动江湖，好倒是好，却要如何养活她呢？总不能叫这么一位娇滴滴的小姐跟着他受那风吹雨打之苦吧？当然，这么想还是太理想化了，她明明说的是交易，既然是交易，那肯定是要付出代价的。

"怎么，你怕了吗？"周娘挑衅似的看着他问。

"你说吧。"羽三血气一上涌，答应了下来。

周娘却道："我相信你是可信之人，先说你的愿望吧。"

羽三挠挠头，不好意思地道："不瞒小姐，我出生于贫苦人户，后来父母双亡，便到处流浪，幸得恩师收留，授我技艺这才得以混口饭吃，平生最大的愿望是在这临安城落户生根，能有一个属于自己的家，在这万千灯火中有一盏灯便是为我而亮，有一块地方可供我栖息。"

周娘微微一笑，道："这是平凡人最为平凡的愿望，哪个想辛辛苦苦一辈子，却依旧没一个落脚处呢！我可以帮你实现这愿望。"

羽三眼里闪闪发光，喜道："当真吗？"要知道在临安城置办一处房产，对忙忙碌碌、平平庸庸的小人物而言，是一个可望而不可即的愿望。

"自然当真。"周娘道，"三日后保管你有一座自己的宅院。"

"小姐的愿望是什么？"

"我的愿望很简单，像今晚这样，想出来时带我出来走一趟便可。"

这个愿望确实简单，羽三确实可以办到，不过心里未免有些小小的失落，心想羽三啊羽三，你这是癞蛤蟆想吃天鹅肉，莫要天真了。然而转念一想，这样才是真实的，人家小姐虽然不嫌贫爱富，却也不是见了家贫的就往上扑，而且你不是时常能见到她，带她出来散心吗？或许做个知己、玩伴对彼此都好。

就这样过了三年，羽三因有了房子，很容易就娶了妻成了亲，周娘却依旧未嫁，倒是把临安城的名流都得罪光了，周公虽埋怨女儿，却也是无可奈何。

在这期间，羽三一直履行承诺，只要周娘想要出来游玩，他都随叫随到，无一次爽约。这一日晚上，周娘见他似有心事，便问他何事。羽三道："自娶了妻后，又添了一双儿女，吃饭的嘴多了，花销也大，度日维艰。"

原来羽三在临安城安家后，在这大都市倒是有了栖息之地，可是越是繁华之所花销也越大，羽三是名捉妖师，可这世上哪来那么多妖供他捉呢？于是便靠替人算命看相为生，赚些小钱聊以度日，然而有了儿女后，靠算命看相赚来的银钱完全不够生活用度，因此发了愁。

周娘想了想道："这三年来你尽心尽力，从不推诿，是个守信之人，我不妨再实现你一个愿望。"

羽三拜道："小姐若是能解我燃眉之急，感激不尽。不知小姐此番有何愿望？"

"我的愿望……"周娘幽幽一叹，"不说也罢，这次我们不做交易。"

羽三又道了谢。周娘问道："说吧，你是何愿望？"

"我……"羽三看了她一眼，显然有些不好意思说出口，然而想想家中的妻儿，终还是开口道，"可否保我十年生计无忧，将儿女养育成人？"

"可以。"周娘几乎没做犹豫就答应了，"你不求大富大贵，只为妻儿着想，是个负责之人，这个愿望我答应了，此后每月十五日，你去西山脚下沧浪亭中寻一只箱子，打开它，取走每月用度便是。"

周娘果然没有诓他，每月十五日去西山脚下沧浪亭中寻得那只箱子时，打开它，或多或少都会有些银子，奇怪的是箱中银子的多少是根据他的需求而增减的，后来羽三试着雇了几个用人，箱子里的银子果然就多了，看来周家小姐不只通情理，且还心细得很。

人的欲望是会不断膨胀的，这与好人坏人无关，每个人都会有各种各样的欲望，特别是当不用再为生计发愁时，各种各样的想法便接踵而至，先是请了用人，待儿女大了些时，又请了私塾先生，此后又陆陆续续在家里添置了许多家具，又改造了庭院，等等。总之无论他如何花销，周家小姐都满足了他的用度。

时间一久，羽三的妻子杨氏便开始起疑了，要知道他只是一个法师，而且如今以替人算命为生，能在临安城置办一座宅院已属不易，如今用人有了，车马有了，院子改造得也像大户人家一样，他从哪儿来的银子？

事实上这样的疑心羽三也有过，周家虽然是大户，可还没到能够随便挥霍的地步，况且周小姐每月那么大的支出，总不能是她的私房钱吧？如果不是，周公不会察觉吗？

那一日杨氏问起，羽三起初还想搪塞，被逼问之下才说出了实情，愕然道："你是说咱家的开销是周小姐给供应的？"羽三称"是"。杨氏不可思议地道："区区一个世家小姐，如何来那么多银子，供咱家开销？"

羽三道："这也是我不解之处。"

妇人善妒，杨氏忽然揪起羽三的耳朵厉声道："好你个死东西，你与那周家小姐究竟是何关系？是不是在外面生了野种？"

"哎哟！我的姑奶奶。"羽三告饶，"我要真是与她有染，岂敢将这事说来与你知晓？"

杨氏一想也对，可是那周小姐也不是活菩萨，无条件地养活别人一大家子啊，因此说道："我看这事有蹊跷，改日你须问个清楚。"

羽三道："这事无须你交代，我也会向她问个明白。"

其实一直以来，羽三也知道周家小姐的确是处处透着股古怪。首先，当年周公说他女儿半夜对镜梳妆，巧笑嫣然，恐是中了邪，因此才请他去驱邪的，而周公发现女儿的这个异常行为，还是因为周夫人相告，而周夫人则是通过丫鬟转述的，这说明周娘的这种异常行为是经常发生的，不然的话丫鬟不会多嘴，在背后议论自家小姐，甚至告诉了她的母亲。他当年经过三天的观察，断定她没有中邪，或许是因为她的美貌，以及她那副楚楚可怜之状？少年情窦初开，很容易被貌美的姑娘打动而失去戒心，这是正常的。或者说，是她施展了法术，当时他就被她迷惑了。其次，临安城的少年郎无论穷的富的，有权的没权的几乎被她翻了个遍，她却无一相中的，这绝非一个正常的女子所能做出的举动。最后，作为一个待字闺中的世家小姐，出于世俗的礼仪，她不能常常抛头露面，因此他们第一次交易时，她的愿望是随时可以溜出来看看外面的世界，她说她想要自由，这是可以理解的，也是合理的，可问题在于，为什么他家里的用度开销她会一清二楚呢？

难不成她真的是妖吗？羽三再次想起了她那绝美的脸，和那楚楚可怜的幽怨的神态，如果她是妖，她对他的这种有求必应的举动，目的何在？

这天，羽三接到了周娘的暗号，要他今晚去带她出来散心。这是他们之间这么多年来形成的一种默契，只要她的贴身丫鬟瓶儿提着一只竹篮从他的相摊前走过，便说明是她在召唤他了。

家庭生活是枯燥的，这些年羽三其实很享受与周娘的这种相处模式，有的时候甚至会期盼她的召唤，牵着她的小手狂奔，肆无忌惮地笑，然后再找一个没人的地方，听听她的心事，或者是漫无边际地聊天，这是周娘逃避现实生活、解压的一种方式，其实后来对他来说又何尝不是呢？他们虽非男女关系，却彼此享受着这种特殊的关系。

想到今晚将要与她坦白，羽三感到一阵莫名的失落，像弄丢了一件最珍爱的宝贝。

所有的真相都极其现实，而且是血淋淋的，羽三呆若木鸡地坐在相摊前，魂飞天外。

当天晚上，夜半三更，羽三像往常一样将她带了出来，她依然笑得像个孩子，他回头看了她一眼，那种发自内心的笑是无法伪装的。

停下来的时候，周娘似乎又有些忧郁了，低头沉吟了良久，然后抬头看向他道："谢谢！"

羽三愣了一下，谢我什么呢？按理说要谢也是该我谢你才是，若非是你，我的生活不得安宁。

"谢谢你这些年来的陪伴。"周娘看着他，眼神里有一丝的忧伤，"今晚我要向你坦白，我是妖。"

羽三眉头一皱，立时提高了警惕，沉声道："你果然是妖！"

周娘道："那年周公请你来捉妖，事虽隐秘，却如何能瞒得了我呢？于是我媚惑了你，当然，也是你的道行太浅，识不破。"

"你与我做交易，究竟是何目的？"

"我是猫妖，炼至九尾，附身到周家小姐身上，本是想找个老实可靠、为他人着想之人，让他助我成仙。"

羽三明白了，原来这就是她坚持不嫌贫爱富满城寻找夫婿，却寻不到如意郎君的原因。人性都是贪婪的，这贪婪与贫富无关，与学识无关，它是与生俱来的，即便是修炼成仙也有贪婪的时候，况凡人乎？

猫生性懒散，一般的猫妖能修炼到二尾、三尾已是相当不错了，修炼到九尾的猫妖不多见。由于猫天生的属性限制，一至九尾可以凭自己的本事修炼，但第十尾需要靠主人放弃自己的愿望助她成仙，所以九尾猫妖一般会先满足主人的愿望。然而施展法术满足他人的愿望后，便会失去一尾，变作八尾，须再修炼三年，方能再至九尾，为了打动主人，她要再次帮主人实现愿望，然后又苦修三年……如此反复，直至精诚所至，打动主人，助她成仙。

可这是极其考验人性的事情，人是贪婪的，这世上有几人愿意放弃自己的愿望，成人之美呢？而且最重要的一点是，一旦助她成仙，你就相当于失去了锦绣的前程和随心所欲的人生，但只要她没有成仙，你便可以一直向她索取，达到人生的巅峰，试问有几人可以抵御如此巨大的诱惑？

"可你为何最终选择了我？"

"因为你是捉妖师，半人半仙，与众不同。"周娘幽幽一叹，"我原以为你是不贪的，你说想在临安有个落脚之地，我给了，你说你想要抚育儿女，保他们衣食无忧，我也给了，可你现在的生活仅仅只是衣食无忧吗？你雇用了下人，请了私塾先生，扩建了庭院，俨然大富大贵的人家，除了没有权力，你的生活几乎与临安府尹相差无几。如果我今晚不与你坦白，你下一步就会向我索要权力，即便你自己不提出来，你的妻子也会要求。得到了权力之后，就会想要更高的权力，永无止境。"

羽三也叹息了一声，周娘说得没错，这些年来他的欲望的确在不断地膨胀，若不是心生疑窦，有了今晚这场推心置腹的谈话，他是极有可能会索要权力的，因为在这个世上无论你有多少财富，都比不过权力，权力想让你在一夜之间从腰缠万贯变成一无所有，那是轻轻松松的事情，而且没有权力拥有多少财富都是卑微的，如果能将财富与权力一起拥有，自然是至美之理想。

"你后悔选择了我吗？"羽三动了动眉毛，忍不住问。

"你会助我成仙吗？"周娘看着他问，言下之意是说，如果你能助我成仙，那么我就不会后悔选择你。

"我是捉妖师。"羽三艰难地道，"虽然你于我有恩，可是人妖殊途，你寄附在周家小姐身上，已经犯了天律，我若助你成仙，便是逆天而行。"

周娘蹙着蛾眉道："你知道苦修之艰辛吗？你的两个愿望消耗了我六年的修行，你所拥有的一切是我用心血换来的，并不是我要求回报，只是想用修行换取你的同情助我成仙罢了，这如何是逆天而行？"

"可你终归是占用了周家小姐的身体。"

"我没有害她。"

"不，你害了她。"羽三道，"你耽误了她的终身，毁了她的幸福。"

周娘望着他，眼里满是失望："你是在为自己辩解吧？我一旦成仙，你的欲望便从此终止了。"

"容我想想吧。"羽三道，"三日后答复你。"

当晚，羽三回家后，将此事与妻子杨氏说了，杨氏闻言，劈头就骂羽三傻，这事还需要考虑吗？她就是一个聚宝盆，取之不尽，用之不竭，你完全可以用捉妖师的身体牵制并要求她，索取我们自己以及孩子的美好生活，如果她走了，你还剩下什么？你现在拥有的将成为海市蜃楼，什么都不会剩下。

羽三无言。他的内心终归是善良的，猫妖的确与人无害，她只是用自己的方式在人间修行罢了，如果一味地缠着她不放，无止无休地索取，于情于理都说不过去。可是他也得承认杨氏说的是对的，没有了猫妖，他们还会剩下什么，今后的日子将如何维持？你为了成全别人，却不顾家人的死活，不想孩子的未来，这不是傻是什么？

次日，羽三去找师父解惑，师父与他说，捉妖是捉妖师毕生的使命，更是坚持努力的方向，然而对大多数人来说，努力并不一定就意味着成功，所以这世上多是平庸之辈。现在机会就在你面前，捉了此妖，你便功成名就，天下所有捉妖师都要对你刮目相看，莫非你想要放弃吗？

羽三明白了，原来是他太天真了，人不为己，天诛地灭，这种问题还需要向人讨教吗？

当天晚上，他闯入周娘院中，一把推开闺房的门，只听里面有人惊叫一声。羽三打眼一看，朝周娘喝道："今日我要收了你，认命吧！"

刚要动手，只见那周家小姐惊恐地道："你是谁？"

羽三愣住了。我是谁？是想要出人头地的捉妖师，还是为了生计奔波的男人？

他看着周家小姐，蓦然地嘿嘿一阵怪笑，猫妖离开了周娘的身体，不辞而别，是不再对他抱任何幻想了吧？或是对人类的贪婪彻底失望了，宁愿永世为妖，亦不想在人间纠缠？总之结束了，一切都结束了，这是一场梦，一场浮华而不切实际的梦，既然是梦便终归是会醒的。

羽三失魂落魄地从周家院中纵跃而出，不知为何，心中有些失落，又有些遗憾，如果从头再来，他会做出怎样的选择？

解说妖怪

妖怪不像上卷所说的神兽一样，在流传过程中基本上是一脉相承的，比如应龙，他的地位是固定在那里的，无论故事本身怎么变，都无法改变他在神兽中至高无上的地位。即便是天狗这样的神兽，版本虽然多，却也万变不离其宗。而妖怪则不同，妖怪的变化可谓是千变万化，比如我们耳熟能详的狐妖，一百个人心中有一百种狐妖，没有一种统一的说法，更没有统一的版本。

猫妖也是如此，自古以来，关于猫妖的故事数不胜数，各有不同。不过好在猫是我们非常熟悉的一种动物，各个时期的爱猫者也不在少数，所以无论猫妖的故事版本如何多，本质却是没有变的，那就是绝大多数猫妖都可爱，不害人。不知道是不是出于对猫的爱护，相传猫有九条命，本文的九尾与九命之说实际上是一脉相承的。

清代的《夜谭随录》里记载了一则猫会说人语的故事："永野亭黄门为予言，其一亲戚家，喜畜猫，忽有作人言者，察之，猫也。"

《坚瓠集》写过一只猫妖："金华猫，畜之三年后，每于中宵，蹲踞屋上，伸口对月，吸其精华，久而成怪，入深山幽谷，朝伏匿，暮出魅人，逢妇则变美男，逢男则变美女。"说它是吸日月之精华，久而成妖。

《履园丛话》则写了这样一只猫：一日猫眠榻上，有问其能言否，猫对云："我能言，何关汝事！"主人问它能不能说话，没想到那猫果然开口了，说："我能说话，但关你什么事？"是不是很骄傲的样子？

本篇故事写的只是万千故事里的其中一篇，从古籍记载中而演化，加入了作者对猫妖、人性的理解。

狐妖：青丘有兽曰白狐

亥时，荒林，上弦月。

月光清浅，山中有雾，使这夜色看起来迷迷蒙蒙，混沌晦涩。

山麓小径，一位少年书生疾步赶路。此人名叫鲁翰林，是上京去赶考的，从山西一路徒步而来，已走了一月有余。

他不是错过了宿头，只不过是囊中羞涩，不敢去旅馆入宿罢了。这一路上，他都是借山中的寺庙投宿的。今晚，已走了大半夜了，未遇寺庙，因此有些着急，心想：今晚不会时运不济遇不上寺庙了吧？这样的情况不是没有过，有一次下了雨，偏未遇上庙宇，在树下躲了一夜，次日就病了，因此耽搁了两三日的路程。

鲁翰林抬头望了眼天空，瞧这光景至少有亥时二刻了，如若再没遇见寺庙，便又得露宿野外了。好在今晚有月，不会下雨，他望着月亮，嘴角露出一抹笑意，并不为落魄感到忧伤，胸中有志心自宽，他相信在不远的将来，就能中榜入官，受人尊敬，眼前的这些苦根本不算什么。

起风了，林中的雾气随风缓慢地飘动，鲁翰林缩了缩脖子，入秋了，山风吹在身上凉飕飕的。

一朵云遮去了月光，林间小径越发难行，鲁翰林叹了口气，左右环顾，看看是否有适合歇脚的地方，且安顿下来再说。

林中似有东西飞过，白色的，一闪而没，鲁翰林吓了一跳，揉揉眼再看时，却未见异样，这才稍稍松了口气，自言自语地道："许是赶了这么长时间的路，累了，眼花了。"见不远处有棵榕树，枝繁叶茂，可供栖身，便往那头走了过去。

忽然，阴风乍起，那白色的东西又在林间出现，这回他确定不是眼花，因为那东西正径直地朝他飞过来。

"啊！"鲁翰林惊叫一声，下意识地往后退，脚下被树根一绊，仰天栽倒。

眼前白影一闪，那东西已至近前，鲁翰林定睛一看，吓得又是"啊"的一声惊叫。那是个面目怪异的老妇人，脸上的皱纹像树皮一般，呈褐色，不像是人脸，额前长着黄色的毛，与头发连作一处，半人半妖，大半夜的在林中乍见这种怪物，着实把他的三魂七魄都吓没了，惊恐地道："你……你想……想作甚？"

那人伸出鸡爪似的手，凌空一挥，鲁翰林只觉背后一股看不见的力量将他托起，慢慢地升上天空。他想这下完了，这妖腹中饥饿，半夜出来觅食，我命休矣！

心念未已，那人将他拦腰抱起，在半空中身子一转，向前疾飞而去。鲁翰林只觉耳边风声呼呼直响，飞行的速度比鸟还快，没一会儿就飞出了林子，那人手一松，将他放下。他背部落地，跌了个七荤八素，眼睁一瞧，那人正朝他落下，便顾不得疼痛本能地往后挪动身体，道："你……你……我十几日不曾洗漱，身上又脏又臭，恐……会倒了你的胃口……"

"你走吧。"那人走到他身旁，沙哑着嗓子道，"此山有妖，须绕道而行。"

鲁翰林愣住了，心想：你不就是妖吗？妖来劝我说此山有妖，究竟是何道理？莫非除了此妖外另还有妖？想到此处，他着实吓坏了，敢情我是走进了妖精窝啊。当下赶紧起了身，也顾不上谢，转身就跑。

跑了一阵子，见那人果然没有跟上来，这才大大地松了口气，心想看来那妖怪是好妖，她是出于善良特意来提醒我的，免得教妖怪吃了。经过这一番波折，差不多已到了亥末子初时分，朝四周望了一下，荒山野岭的没有可供栖身之处，因惊魂未定，索性夤夜赶路，离开这是非之地。

走了一段路，月光下隐隐望见前方有一幢宅子，前后有三进，倒像是大户人家，便想着去投宿。然而转念一想，现已将近子时，人家早已睡下，三更半夜的将人叫起来终归是不太好，于是打消了这个念头。

没想到将要靠近那房子时，里面有灯光亮起，鲁翰林心中一阵狂喜，许是老天垂怜，见我太辛苦，叫我在这户人家歇脚，当下快步走了上去。不承想还没走两步，陡听得后面一阵衣袂迎风之声响起，不会是那妖怪肚中实在饥饿得紧，又反悔了吧？想什么来什么，扭头一看，果然见一团白影快速地往这边掠来，正是方才在树林里遇见的那怪人，鲁翰林大叫一声，为免被她追上，拔腿就跑。

奈何他跑得再快，也比不上那人的速度，眼前白影一闪，那人已到了他前面。鲁翰林惊道："你不答应放我走了吗，何以又追了上来？"

那人那怪异的脸上毫无表情，未及她开口，陡闻得有人高声道："好个狐妖，敢在本庄撒野！"

鲁翰林打眼往前面一看，见是个须发皆白的瘦小老者，手提一柄长剑，目光炯炯地盯着那人，看上去颇有些仙风道骨的样子，急叫道："前辈救我！"

那老者右手一扬，手中剑脱手飞出，在月光下化作一道长虹，直奔那怪人。

那人急忙回身应对，鸡爪似的手迎空一抬，卷起一股劲风，照着那老者就打。那老者迎风一阵大笑，手捏法诀，嘴里念念有声，空中的那柄剑忽然嗖嗖作响，幻化出无数道剑影，仿佛是千百柄利剑，同时出击。那人大惊，避之不及，手臂被连伤两剑，厉叫一声，抽身逃遁。

见那怪人逃走，鲁翰林这才松了口气，上前向那老者施礼道："小生鲁翰林，山西运城人氏，上京赶考途经此山，若非前辈出手，我命休矣，大恩不敢言谢，请受小生一拜。"

鲁翰林两手抱拳，正要相拜，那老者走上来将他扶住，笑道："举手之劳罢了，小兄弟无须行这大礼。前面便是寒舍，你若不嫌弃，不妨入内歇息，明早再赶路不迟。"

"如此多谢了。"鲁翰林求之不得，哪还谈什么嫌弃不嫌弃，跟了那老者就走。

进入庄院内，分宾主坐下，言谈中方才得知，那老者名叫白人云，乃是道门的俗家弟子，早些年行走江湖，以除妖卫道为己任，后来成家后，便一直于此定居。前面那座山叫作连云山，山上有狐妖，那狐仙距今不过五十年道行，他念上苍有好生之德，加上修行不易，因此没去管她，不想竟出来祸害。

鲁翰生惊道："五十年道行便有如此厉害了吗？"

白人云解释道："狐妖五十年可幻化为妇人，由于受道行所限，样貌丑陋，百年可幻化为美女，可魅惑于人，千年为仙。"

鲁翰生这才明白那半人半仙的怪人为何长得如此怪异，两人又闲聊了会儿，因天色已晚，白人云便安排了一间厢房供鲁翰林入住。

次日一早，鲁翰生向白人云辞行，说此去京师千里迢迢，不敢耽搁，待赶考归来，再拜谢大恩。白人云笑道："再急也得填饱了肚子再说，用些早膳再走不迟。"

这一路上鲁翰林吃的都是干粮，许久没吃过一顿热菜热饭了，见主人盛邀，便不再推辞，坐下来用膳。

不消多时，白夫人与一名丫鬟一道，将饭菜端上桌前，鲁翰林再次起身感谢。白夫人也是位热情之人，叫他不必拘礼，只管坐下来吃就是了。

正吃着，只听得环佩丁零，门帘启处，未见人影，先是一阵香风迎面而来，鲁翰林转头一看，不由得愣了一下，嘴里正叼着口馒头，险些咽着。

只见那姑娘杏眼柳眉，唇红齿白，面带桃红，娇滴滴地往门前一站，端的令人眼前一亮，特别是她那双眼睛，水汪汪的好似会说话一般，尤为迷人。

白人云见鲁翰林盯着姑娘看，起身道："这是老夫的女儿，叫白落雪。"介绍完毕时，瞪了眼女儿，又道："怎的这般没有规矩，莽莽撞撞地就出来了？罢了，快些见过鲁大哥。"

　　白落雪幽怨地瞟了眼父亲，嘟着嘴朝鲁翰林敛衽行礼。鲁翰林知道是自己的到来，让这白小姐受父亲斥责，十分过意不去，起身还礼道："小生冒犯了。"

　　白落雪把那粉嫩的脸皮一扯，算是报以一笑，转目问她父亲道："我能坐下来吃了吗？"

　　白人云失笑，朝鲁翰林道："山里人家，不懂礼数，教小兄弟见笑了。"

　　鲁翰林倒是觉得这白小姐落落大方，并不像那些千金小姐一样的忸怩作态，便道："前辈这般说，倒教小生坐立难安了，还是让白小姐坐下来一起用膳吧。"

　　白落雪见父亲没反对，老实不客气地在鲁翰林旁边坐了下来。鲁翰林也算是见过世面，本来也没什么，只觉鼻端香风阵阵，一时情难自禁，心如鹿撞，端的是有些坐立难安了。

　　用完早膳后，鲁翰林不敢再逗留，起身要告辞，却不知为何，忽地身子一晃，两眼直冒金星。白夫人见状，"哎哟"惊叫一声，一把将他扶住，道："莫不是经昨晚一吓，得了什么病吧？"

　　白人云见此情形，也过来相问。鲁翰林勉强稳住身子，说道："小生风餐露宿，赶了一个多月的路，敢情是累着了，不妨事。"

　　白夫人道："你这身子要是再赶路，非出事不可。我家有根人参，要不我今日就将它熬了，你再将息一日，待明日好些了再上路。"

　　鲁翰林道："考期将近，实不敢再行耽搁。"

　　白夫人有些为难，转头望了眼白人云。白人云劝道："小兄弟，科举虽然重要，可毕竟贵不过身家性命，身体要是不好了，还要那科举何用？"

"十年寒窗苦读，怎可一朝相误啊？"鲁翰林苦着眉头道，"便是再难也不能误了科考。"

白人云叹了口气，说道："没想到小兄弟如此执着，我看这样吧，我这里有一匹马，到时你骑去京师，待考完归来时，再还我便是，你看如何？"

鲁翰林见白人云夫妇如此热情，非常感动，既然有了马，即便耽误两三天也是赶得上的，当下便答应下来等调养好了身体再行上路。

白夫人果然把他们家珍藏的人参熬了，亲自送来给鲁翰林饮用。鲁翰林感动得险些落下泪来，除了爹娘外，长这么大还从来没人对他如此上心过，与白人云夫妇不过萍水相逢，人家却推心置腹，丝毫未曾将他当作外人，端着这碗参汤不知如何言语，只说"大恩不言谢，他日定当厚报"。

喝了参汤，又睡了一觉，觉得神清气爽，看来是那人参起了效果，扭头看向窗外时，只见天色已黑，没想到不知不觉昏睡了一天。当下起了身，披衣下床，刚走到门边，便见门吱呀一声开了，进来的竟然是白落雪。

鲁翰林一愣，只见她今日穿的是一件对襟素色上衣，外罩了件丝质的褙子，下套件浅粉色的裙子，看上去若一位不食人间烟火的仙子，淡雅端庄，清纯可人，一时竟把鲁翰林看痴了。

白落雪羞得低下头去，双颊绯红，声音低低地道："我来看看你是否醒了。"

鲁翰林意识到自己失态，忙道："有劳姑娘了。"

说完这句话后，双方都不知道该说些什么，一时空气若凝固了一般，静得能听到彼此略有些急促的呼吸声。

"我……去将饭菜端来。"白落雪说完这句话后，也不顾鲁翰林答没答应，转身踩着碎步离开，待鲁翰林反应过来时，她业已走远。因不想再劳烦她送饭菜过来，当下便跟了上去。

及至前厅，白落雪已将饭菜端了上来，鲁翰林本是穷苦人家出身，何曾受人这般照顾，一时觉得十分温暖，却又有些不好意思，道："让白小姐亲自端茶送饭，端的折杀小生了，快些放下，我自己来就是了。"

白落雪不像大户人家小姐那般拘谨，此时缓过了神来时倒显得落落大方，说道："我爹娘已经休息了，我来陪你用膳吧。"不由分说，将饭菜一一摆好，然后扭头又问："可要来点酒？"

鲁翰林期期艾艾地道："我……我不善饮，平时亦不吃酒。"

"无妨。"没了白入云夫妇在场，白落雪显然越发开朗，嫣然一笑道，"反正你刚睡醒，一时半会儿也睡不着了，吃些酒打发寂寞也是好的。"转身翩然而去，没一会儿就提了只酒瓶出来。

这下鲁翰林想拒绝也难了，只得坐下，听凭吩咐。几杯酒下肚，鲁翰林就有点上头了，脸色绯红，连舌头都大了，摇手道："小生不能再吃了，再吃下去非露丑不可。"

白落雪看上去却一点事儿都没有，巧笑嫣然，伸出纤纤素手又替鲁翰林斟了一杯，道："吃了这杯，便不再为难你。"

美人在侧，殷殷劝酒，鲁翰林不便拒绝，仰首喝下。只是这杯酒下肚后，连眼神都有些模糊了，看着白落雪，一时竟真情流露，叹着气道："小生穷迫，连自家亲戚都未曾将我放在眼里，打小受人奚落，遭人白眼，蒙小姐不弃，这般照料，委实是荣幸之至，请……请受小生一拜。"说罢，摇摇晃晃地站起身，便要向白落雪深揖行礼，奈何实在不胜酒力，双手未拱，踉跄一下，往下栽倒。

亏的是白落雪就在他旁边，情急之下伸出手去扶，这才将他扶稳。鲁翰林只觉一股香风扑面，睁眼看时，发现自己竟让她半抱着，那粉嫩白皙的脸几乎贴着自己的脸，近距离看来，美艳不可方物，且吐气如兰，闻着她的气息，鲁翰林心头为之一荡。白落雪也有些发窘，想要抽出手去，鲁翰林却没给她机会，趁势一把将之揽入怀中。

在那一刻，连鲁翰林自己也不知道是哪儿来的勇气，竟会做出如此出格的举动，然而温香软玉入怀，容不得他去想那么多，只想抱着她，紧紧地抱着她，贪婪地吸着她身上的味道。

白落雪嘤咛一声，挣扎了几下，然而她这一声娇呼反倒是勾起了他更大的欲火，反而搂得更紧了。

"你醉了。"白落雪挣扎几下无效后，轻声说道。

鲁翰林脑子里一片空白，理智告诉他这是不道德的下三滥之举，人家好意收留，悉心照料，你却借酒撒泼，趁机欺凌，然而却不知为何，手脚偏生不听使唤，只想要抱着她，不想分离片刻。

次日早上，鲁翰林醒过来的时候，头痛如裂，扭头往旁边看时，着实吓了一大跳，白落雪竟睡在他的旁边。许是他的动作幅度太大，把她惊醒了，长长的睫毛一动，睁开眼来，她却没有说话，只拿那双水汪汪的大眼睛看着他，似乎有许多话要说，却欲言又止。鲁翰林看着她那楚楚可怜的眼神，昨晚的事情一幕一幕浮在眼前，一时愧疚不已，觉得自己行为不端，竟做下了这等禽兽一般的事情，抬手就在自己脸上拍了一巴掌，道："小生犯下大错，任由小姐处置。"

白落雪幽幽地道："木已成舟，说这些又有何用呢？"

"小生出身贫寒，一无所有，如何配得上小姐金玉之躯？"鲁翰林起身下了床，"小生这便去向白前辈请罪，要杀要剐，悉听尊便。"

白落雪幽幽一叹。鲁翰林回身问道："小姐有何话说？"

白落雪道："你一口一个贫寒、穷迫，那是世俗之见，我家人何曾嫌弃于你？"

"是，是……"鲁翰林看着她，眼里闪着光，"小姐是说并不嫌弃小生吗？"

白落雪瞟了他一眼，忽然扑哧笑出声来。鲁翰林见状，喜出望外，做梦也没想到赶考路上偶然借宿，竟会生出一段美好姻缘来，而且这白家小姐貌美如花，飘然若仙，居然肯委身下嫁他这一穷二白的小子，端的是喜从天降，再没有什么事比这更让他兴奋的了。

白落雪起了身，穿戴整齐，说道："婚姻大事，须从父母之命，媒妁之约，你我虽两相情愿，私订了终身，却是作不得数的。你我现在就去向爹娘请罪，以期获得他们的原谅，成全这桩婚事。"

"应该的，应该的。"鲁翰林喜获如花美眷，一时喜不自胜，自然是什么都听白落雪的，跟了她出去见白入云夫妇。

白入云夫妇早就从丫鬟那里听了一嘴，这时候见他俩并肩走出来，便证实了是怎么回事儿，一时脸上并不怎么好看。鲁翰林瞟了眼他俩，心头突突直跳，若他俩不答应这门亲事，把他当登徒子送官了，可要如何是好？他一个男儿身，名誉之类的倒还在其次，关键是一个前往科考的士子，在途中闹出这等事来，只怕科考的资格也会被取消。

想到这儿，鲁翰林顿时就慌了，暗恨自己把持不住，闯下了滔天大祸。未及白落雪开口，扑通跪下，垂着头道："小生该死，听由前辈发落。"

这时候，白落雪也跪在鲁翰林旁边，道："婚姻大事，本该由父母做主，未经父母，私订终身，是为大不孝，不孝女特来请罪。"

鲁翰林斜眼瞟了下白落雪，心下大是感动，暗想：无论白入云夫妻承不承认，她现在都已是他的人了，作为男人怎能让自己心爱的女人受半点委屈？一时热血上涌，说道："我俩糊涂，犯下大错，然而却是情投意合、两情相悦，望前辈莫嫌小生贫寒，许了这桩婚事，小生发誓，绝不会辜负白小姐的情意，不使她受一丝一毫的委屈。"

"两情相悦，情投意合？"白入云冷冷地质问道，"你俩这才相处两日，何来的这份情意？"

鲁翰林一时语塞，不知如何作答。白落雪却道："爹娘当初见了一次面，便互许终身，说那叫一见钟情，乃世间绝美之情，我与鲁公子两日方定终身，比起爹娘，却是要落后了些。"

"你……"白入云被她这一戗，气得两眼翻白。幸得白夫人还算开明，说是事已至此，恰如木已成舟，倘若硬生生将他俩分开，对谁都没有好处，倒不如顺水推舟答应了，成全了这段姻缘，倒落得一场欢喜。白人云阴着脸没有说话，算是默认了，从婚姻的意义上来说，父母许可后便算是定下了这门亲事。

白人云接受了这门亲事后，便也想开了，对鲁翰林的态度亦恢复如初。当晚，一家人坐在一起，高高兴兴地吃了顿饭，鲁翰林又喝得酩酊大醉。此后一连数日，天天与白落雪二人花前月下，耳鬓厮磨，好不快活，把科考一事抛到了九霄云外。

五六日后，忽想起要上京赶考这事儿，便与白落雪说科举将近，不能再耽搁下去了。白落雪却缠着他道："你甘心与我分开吗？"

鲁翰林自然是一刻也不想与她分离，只是十年寒窗，不想因此误了事。白落雪小嘴一嘟，使起了小性子，道："你们男人一心想着功成名就，扬名立万，而后就抛妻弃子，另寻新欢，古往今来，概莫能外。"

鲁翰林指天起誓，断然不会辜负白落雪之情。可白落雪还是不依，与鲁翰林吟了一首诗：

富家不用买良田，书中自有千钟粟。
安居不用架高堂，书中自有黄金屋。
出门莫恨无人随，书中车马多如簇。
娶妻莫恨无良媒，书中自有颜如玉。
男儿欲遂平生志，六经勤向窗前读。

吟毕，又道："这便是你们读书人的追求，黄金屋我们没有，可这幢宅子却足够我们住的了，千钟粟也能依靠劳作所得，定能使家中衣食无忧，而且你已经有了我，莫非还不满足吗？除非你真的想抛弃于我，不想过这在山村野居的生活。"话音一落，眼圈顿时就红了，泪珠儿在眼眶内打着转儿。鲁翰林见状，心都快融化了，将她依偎在怀，吻着她光洁的额头，不敢再提上京赶考之事。

然而不提并不代表心中不想，白人云看出了他的心事，便挑了个时机与鲁翰林说道："我能理解你上京赶考之心，自小读书，十年寒窗，为的就是有朝一日金榜题名。可是我们家的境况与你不同，落雪那孩子受我影响颇深，与世无争，更无追求功名利禄之心，这些年来她一直过着世外桃源一般的日子，实际上她对科举入仕这件事是有抵触的，不知你是否能理解？"

鲁翰林道："前辈修仙炼道，若闲云野鹤，过着神仙一般逍遥的日子，小姐耳濡目染，不求名利，小生可以理解。"

白人云道："那么你可愿放下功名，与她在此厮守？"

鲁翰林一时不知如何作答，实事求是地讲，他两头都不想放弃，既要美人又想要功名，在短时间内委实难以抉择。

"随我来。"白人云转身走入内屋，这是间书房，大多是些道家的书籍。白人云推动其中一道书架，里面居然有道暗门。鲁翰林不知道他想要做什么，却又不便相问，见白人云走了进去，只得跟上。

暗门内是间狭小的暗室，白人云点燃了蜡烛，看到暗室里的情景时，鲁翰林只觉脑子里轰的一声，顿时一片空白。

这间暗室虽小，却藏了满满一屋子的黄金白银和珠宝玉器，他出生在贫苦人家，做梦都没梦到过这多么的财宝，如果这些钱银只是用在一个家庭的日常支出的话，十辈子都够用了。

"请放心，这些并非不义之财，有些是我替人禳灾解难所得，有些则是除妖打怪时偶得的无主之财。"白人云指着那些财宝道，"我的家人俱皆生性淡泊，不求享乐，但求逍遥自在，因此所用的较少，日积月累才攒下了这些财富。带你来此，并非刻意露富，只是为我那女儿着想罢了，钱财身外物，生不带来，死不带去，我家中又只此一女，说到底这些财物将来都是你俩的，足以保障你俩日子无忧。"

"小生明白了。"鲁翰林明白了白人云的用意，也心动了，美人在伴，金银满屋，此生何求。当下彻底放下了上京赶考之心，安心住下，只待来年挑个日子回家，告知家中父母这门亲事。

放下了心中的疙瘩后，鲁翰林与白落雪的感情便更好了，整日都在一起，如胶似漆。

这一日晚上，二人正在赏月，突地一股阴风乍起，周围的树叶沙沙作响，鲁翰林脸色一变，心想：莫不是那狐妖又寻来了吧？抬头一看，只见一团白影疾飞而至，果然是她！

"僧人修行，研经礼佛，凡人修行，灯下苦读，读书是一场修行，科举岂是为功名？"那狐妖飘在鲁翰林的上空高声喊，"修身治国安家平天下，为天地立心，为生民立命，为往圣继绝学，为万世开太平，读书之本意也，从来就不是什么功名与美女。你入得美人怀，躲在安乐窝，消沉了志向，侮辱了圣贤之教诲，尚不觉醒吗？"

这一番话犹如当头棒喝，把鲁翰林说得呆若木鸡。只听白落雪高声娇喝道："我与鲁郎两情相悦，甘愿清贫，逍遥自在，过神仙一般的生活，与你何干？"

那狐仙一声长笑，道："甘愿清贫吗？若非那一屋子金银，你问问那鲁郎，是否能安得下心来？鲁翰林，我再奉劝你一句，读书这场修行，非为黄金屋，也非为颜如玉，那是一种志向，人生若没了这志向，读书何用啊？你若甘心在此享乐，尸位素餐……"

话犹未落，白入云已提剑而出，剑身化作一道长虹，掠至半空，月光下只见那长虹幻化出无数道夺目的银光，铺天盖地地往狐妖落去。那狐仙吃过一次亏，不敢硬接，转身逃遁。

"妖怪休走！"白入云纵身一跃，驭剑飞行，赶了上去。

待那狐妖逃走时，鲁翰林如梦方醒，急急忙忙地走出院子去。白落雪跟上来问道："你去哪里？"鲁翰林回头看了她一眼，没有说话，兀自往前走，他觉得那狐妖屡次来寻他并无恶意，这当中定有蹊跷。

白落雪跟在他后面，又问道："你要去作甚？"

鲁翰林道："我第一次遇见她，本以为她要抓我吃了，可她非但不曾吃我，还告诫我说山中有妖，让我绕道而行；第二次便是在你家门口，未曾说话便被白前辈所伤，仓皇逃走；此番她再次出现，与我说那番话，实在是用心良苦，思来想去，我与她定有渊源，须当面去问个明白。"

"她是要害你，拆散我俩。"

"有哪个会不顾自己的性命去害人的？"

"那你觉得是我要害你了？"白落雪泪光盈盈地看着他问。

鲁翰林一愣，他从来都没有怀疑过白家会害他，看着白落雪的样子，回身抱住她道："娘子切莫多心，你美丽善良，温柔贤惠，是这世间不可多得的好女子，遇着你乃是我前世修得的福气，我怎么可能怀疑你？再者说，我一穷二白，有何值得你图害之处？"

白落雪拿粉拳击着他的胸膛，撒着娇道："既如此何以还要相信那狐妖之言？"

两人正说着话，突地狂风大作，天地变色，只一会儿工夫，乌云便遮天蔽日。白夫人赶上来问道："这是怎么了？"

白落雪道："可能是爹与那狐妖斗法。"

白夫人望着天上风起云涌，摇头道："这恐怕不是你爹的法术。"

白落雪脸色微微一变，道："那是谁人的法术？"

云团越来越厚，大有一种乌云压城之势，低悬于头顶，闪电不时地掠过云层，隐隐传出阵阵奔雷之声。白夫人和白落雪的脸色不太好看，她们似乎是意识到了什么。鲁翰林望着天上的这阵势，心头突突直跳，正想出言发问，忽见远处奔来一人，近了时仔细一看，正是白入云。

"狐妖请来了帮手，我非其敌，快走！"白入云急切地喊了一声，又挥挥手，示意他们快往回走。

"快！"白夫人拉了女儿的手，反身就跑。鲁翰林也不敢怠慢，跟着跑回去。他是见过白入云手段的，如果连他都不是对方的敌手，说明那狐妖请来的帮手非同小可。然而在奔跑过程中，另一个问题跃上脑海，那狐妖为何要这般处心积虑地对付白家，仅仅只是为了来告诫自己的吗？

"随我来！"白入云跑到鲁翰林身边时，拉了他的手，纵身跃起，直奔向前。

"啪"的一声，闪电掠过长空，银光将天地照亮，鲁翰林抬头望时，只见云端上站了位胡须戟张、巨目阔嘴的巨人，伸出手往地上一指，一道强光笔直地射来，落在鲁翰林和白入云面前，哧哧哧几声响，那强光化作一道网，拦住了他们去路。

鲁翰林大骇道："这是何方妖怪，竟如此厉害。"

话音甫落，只见云端里的巨人放声大笑道："妖怪，还不受死吗？"

白入云把手中剑一挥，试图破解那张网，却听得那巨人喊一声"收！"网应声而动，"嗖"的一声，将白入云网住。白入云厉叫一声，在网中挣扎，然而那网却越收越紧，直至将白入云捆作一团方休。

"现形！"在那巨人的喝声之中，网中的白入云霍地变作一只狐狸。鲁翰林大惊失色，明明是狐妖屡次来骚扰于他，是白入云解了他的危，何以这白入云也是狐妖？继而想到，莫非白落雪也是狐妖不成？

心念未已，又是两道强光落地，将白落雪母女俩一道儿网住，果然也变作了两只狐狸。当怀疑成为现实时，鲁翰林一时间依然无法接受，那是他未来的妻子啊，如果不出意外，他俩将相守一生，携手白头，她那么的美丽，那么的可人，怎会是狐妖呢？

不可能，这不可能！或许是那只丑陋的狐妖嫉妒，因而生出害人之心，是的，是这样，一定是这样。鲁翰林向天厉喝道："妖怪，举头三尺有神明，莫再害人，快放了他们。"

说话声中，只见白影一闪，那半人半妖的狐妖再次出现，一把抓起鲁翰林向前飞奔。鲁翰林边挣扎边喊，叫她把自己放下来。意识到挣扎无效后，他回头望了眼白落雪，只见她连同白入云夫妇被卷上天去，落在了那巨人的手中。他崩溃了，好好的一桩姻缘就这样化作烟云，随风消散。他不甘心，在他心里白落雪已经是他的妻子了，是他这一生中遇到的最漂亮最合心意的女子，怎能说没就没了呢？他口中喊着"娘子"，声泪俱下。

不知何时，鲁翰林被放在了地上，那丑陋的狐仙似乎是故意的，将他摔得浑身酸痛，然而这时候已经顾不上痛了，心中的疑团必须弄清楚，指着那狐仙大骂道："你这妖怪，我与你有何仇何怨，快还我娘子来！"

"你还不清醒吗？他们是妖。"

鲁翰林喝道："难道你不是妖吗？我为何要信你？"

"你的前世是上将军之子，姓林名自如，拜在青城山闲云寺入云道长门下。"那狐妖徐徐地道，"某一日，你发现有一只狐狸在山中修炼成妖，便联合入云道长将之锁在洞中，且用一道符咒将洞口封住，以免她逃出来。十年后，入云道长驾鹤西归，此后你也下山随父出征，便将洞中那只狐狸给忘了。也是机缘巧合，当年青城山一带地震，符咒脱落，狐狸也趁机逃了出来，此后又经百余年修行，始修得人形，因此出山来要报了前生之怨。"

"你是说白入云便是当年被锁的那只狐狸吗？"

那狐妖摇头道："是白落雪。"

"是她！"鲁翰林瞪大了眼睛看着狐妖道，"我不信，她并未害我，何来报怨之说？"

"妖若害人，祸乱人间，不只修行尽毁，且永世不入轮回，她没如此做是明智之举。"狐妖道，"况且当年你也没有要了她性命，只是将她囚禁在洞中，徒费了她几十年的修行岁月罢了，为此此番前来报怨，她也只是想诱惑于你，毁了你的前程罢了，这也只是一报还一报，并无不妥。"

狐妖叹息一声，又道："你只要不受诱惑，本可躲过此劫，奈何在财钱、美色之下，忘乎自我，若因此误了考期，也算是咎由自取。"

鲁翰林听完，久久没有回过神来，原来这是一场梦！现实是残酷的，却又无比真实，想你一介白丁，既无功名傍身，又无显赫家世，如何平白无故在一夜之间有了如花美眷，又有用之不竭的财富相赠，这岂非荒唐吗？一切之所得，皆有因果，所有之馈赠，皆有缘由，这世上本无不劳而获之事。

"你且看。"狐妖指着前方，前方已露鱼肚白，天空即将放亮，鲁翰林纵目遥望，只见白入云的那幢宅子已然不见，那暗室里的金银事实上只是一堆沙石而已，在晨曦下看来，它们与周围的山石融为一体，并无任何突兀之处。

"你是谁？"鲁翰林回头看着那狐妖问。

"我……"狐妖语气一顿，"我曾是你祖父救下的一只狐狸，当时从山上跌下来，以为必死，幸得令祖全力施救，这才捡得一命，从此后潜心修炼，至今五十年矣。人云救命之恩当涌相报，然而令祖已于十年前身故，我所能做的也只是在他每年的祭日，去坟头看他一眼罢了。今闻你上京赶考，要路过此山，本是想助你逃过此劫，报了令祖之恩，哪料因果轮回皆有定数，你还是掉入了温柔乡富贵井，无可自拔。"

"这是我自取的，怪你不得。"

"明日便是考期，如你愿意，我愿用这五十年修行，助你今晚抵达京师，圆你之梦，也了我之愿。"

"刚才那云端的神仙也是你请来的吗？"

"没错。"狐妖道，"我托了这里的土地公才找到了雷神，是想助你脱离这幻境，回到现实中来，如果我施展法术连夜送你入京的话，还能赶上今年的考期。"

"多谢。"鲁翰林向狐妖一拜，扬长而去。这是他自食恶果，咎由自取，如若再用狐妖五十年的修行，去换得自己的前程，那么便是罪上加罪，此生即便拥有再高的名望，再多的财富，亦将负疚终身，不得安宁。

还是从哪儿来还回哪儿去吧，即便再考，也要凭自己的能力考取，哪怕从此后再无科考的机会，也落得一身轻松，逍遥自在。

狐妖在中国的神话传说中广为流传，其影响之深，流传之广，令其他众多妖怪难以望其项背。

传说狐妖修炼五十年可变为妇人，百年可变为美女，千年成仙。她的尾巴是储存灵气的地方，当吸收了足够的灵气后，尾巴就会一分为二，裂变为九尾时，就可修成不死之身。

同所有妖怪一样，狐妖的属性和形象也是在传承中逐渐演变的，在最初的时候，狐狸是种祥瑞之兽，在《山海经》中她的形象是这样的："青丘之山有兽焉，其状如狐而九尾，其音如婴儿，能食人，食者不蛊。"她虽吃人，但是人吃之也有驱邪的效果。

从春秋到汉代，狐狸一直以祥兽的形象存在，诸如"王者不倾于色，则九尾狐至""王法修明，三才得所，九尾狐至"等记载不绝于书。在汉代的画中甚至将九尾狐与玉兔、蟾蜍、三足乌等并列于西王母身边，以示祥瑞、子孙兴旺。

从唐代开始，狐狸的形象就变了，变成了能够媚惑人的狐妖。白居易的《古冢狐》里，就将周幽王的妃子褒姒比作狐妖。到了宋朝，狐狸基本成为坏女人的象征，一说狐狸精，人皆知是何意思，同时这种文化现象也传入了日本。元明期间，狐狸精附身妲己的故事开始流传，至《封神榜》达到巅峰，即便是在今天，妲己的形象依旧深入人心，这或许就是文学作品的魅力之所有。

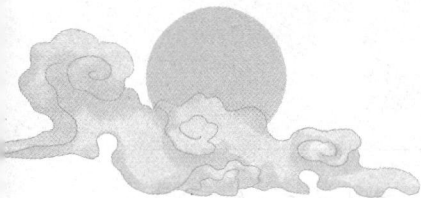

花妖：妖与书生的爱和憎

兖州徂徕山光化寺，乃是千年古刹，临崖而建，孤绝于世。

兖州有一位大善人姓刘名建元，人称刘员外，常年施舍僧众，与寺中住持空寂和尚颇有交情。这一年其子刘皂恰值弱冠，少而好学，四书五经无不通晓，因欲参加明年乡试，故托空寂和尚将刘皂寄托寺中，以便静心修学，来年乡试得中。

空寂和尚欣然答应，次日就将刘皂接上光化寺，并在后院安排了一间较为静谧的厢房，吩咐僧众，若无必要，切莫打扰公子修学。此后，除了小僧侣送一日三餐外，这座别院几无人进出。

山中无日月，一晃过了半年，已至次年的春暖花开之时，刘皂经过这半年的潜心修学，颇有所成，料想待下半年时必然中举。这一日黄昏时分，刘皂走出别院，打开大门时，便有一股和煦的风带着泥土和树木的清香迎面而来，不觉仰面闭目吸了口气，一时神清气爽，举步往前而行。

绕过别院的红色围墙，迎面就是一道长廊，这长廊两侧墙壁上俱画了画，古色古香，看上去有些年月了，然而不知为何，漆色依旧明艳，刘皂也懂些书画，因此驻足欣赏。

不知何时，旁边多了个人，扭头一看，竟然是位十四五岁的少女，一袭浅绿色的衣衫，戴一根碧绿的发簪，收拾得干净利落。脸上亦未施粉黛，清丽脱俗，一双眼睛正滴溜溜地看着壁画，感觉到有人盯她看时，妙目一转，朝刘皂道："怎么这壁画是你家的吗，还不准人瞧？"

刘皂当然丝毫没这意思，然而被这姑娘一说，窘得不知如何作答，脸色更是通红。

"哦，不是你家的。"那姑娘微微一笑，"那就各看各的吧。"

"得罪。"刘皂声若蚊蚋地赔了个不是，转头又看。可这时心被分散了，哪还有什么心思继续欣赏，转身想走回别院去。

那姑娘奇怪地看着他，叫道："你如何不看了，莫不是我碍了你的眼了？"

"姑娘莫多心，在下刚才看了许久，这会儿想回去了。"

"回去了？"那姑娘讶然道，"你住在寺中？"

"正是。"

"唉！"那姑娘叹息一声，"好好的年纪，怎的这般想不开要出家呢。"

刘皂失笑，道："姑娘误会了，在下并非在此出家，只是家父与寺中住持有缘，让在下暂时寄宿于寺中，以便修学。"

"修学一定要来寺院吗？又不是修行！"姑娘兀自不解。

"清静些，以便上进。"

"哦，看来你是个爱读书的人。"那姑娘道，"我有个姐姐，她也爱读书，喜欢清静，改天介绍你们认识。"

刘皂见这位姑娘可爱大方，话也多，一时多了几分好感，道："在下刘皂，有幸认识姑娘。"

"我叫绿箩。"那姑娘道，"其实我不懂画，只是见你看得入迷，好奇之下才过来看看，发现看不懂无聊得紧，便走了。"

绿箩向他笑笑，笑容若阳光一般灿烂，回身翩然而去，不一会儿便消失在长廊。刘皂看着她消失的方向站了许久，倒不是在回味她的音容笑貌，而是在咀嚼她方才的话，她说她有位姐姐，也爱读书，很安静，静得让她以为白天也是在睡觉，那是一位怎么样的女子呢？她说改天介绍他认识，一时竟然有些期待。

之后的几天，刘皂每日黄昏都会去长廊，表面上是去欣赏壁画，其实是在等待绿箩和她的姐姐出现，遗憾的是绿箩再没现身，他自嘲地笑了笑，你小子不好生读书修学，如何惦记起人家姑娘来了？况且你与那绿箩的姐姐素昧平生，这期待却又是从何而来？

思忖间，正要转身回去，忽听背后传来"咦"的一声，刘皂转身一看，长廊那头站了两位姑娘，一位正是绿箩，另一位十六七岁的样子，一身白衣，一头长发，亭亭玉立，不由得让刘皂想起了一句话："藐姑射之山，有神人居焉，肌肤若冰雪，绰约若处子……"这位姑娘在寺院的长廊里一立，使周围山色花草悉数黯然失色，这不就是来自姑射之山绰约若处子的仙子吗？刘皂的心控制不住地剧跳起来，呼吸急促，他知道自己可能失态了，却怎么也无法控制住这种情绪，便咳了一声，以掩饰窘态，向前面的二位姑娘揖手行礼。

"原来你果然在这里！"绿箩拉了那白衣姑娘的手，走到刘皂近前道，"这位便是我的姐姐，叫百合。我没有食言，带她来与你认识了。"

"百合。"刘皂念了遍这个名字，果然是人如其名，与人无争，静然绽放，绿叶素蕊，卓尔不群，堪为云裳仙子。

绿箩眨眨眼，问道："怎么，你是觉得这名字俗气吗？"

"非也。"刘皂忙解释，"极雅，唯此名方衬得姑娘之淡雅，诚可谓是姑射山，有神人，曰百合也。"

绿箩秀眉一蹙，听到这种文雅的语气她就觉得头疼，转身问她姐姐道："他是在念经吗？"

百合听懂了刘皂的赞美之意，双颊跃上两片红霞，低首不语。绿箩叹了口气，又朝刘皂道："你看到了吗，她就是这般安静，有时候我说十句话，也未必能得一句回应，以为是在与木头讲话。"

刘皂失笑。绿箩道："你也觉得好笑吧？今天我就把这个难题交给你了，看看你能让她说几句话。"

绿箩说完就走了，百合似乎想要挽留她，不知为何，终是没有说出口。

长廊里顿时静了下来，只有风在廊内穿来走去，留下丝丝微弱的声音和夹在风里淡淡的花草香味。这样的静默并不显得尴尬，相反是美好的，黄昏里、夕阳下，春风环绕，一双男女初识，却仿佛是前世的约定，虽未言语，彼此的心中却有一股自然的默契，四目相对，透露出来的是对彼此的欣赏。

不知沉默了多久，夕阳已落下，夜色笼罩了长廊，倒是百合先开口了，声音低低地、细细地，略有些不舍："我……要走了。"

刘皂怅然，一句话未说，却已到了分别的时候，可暮色四合，自己又有何理由挽留呢？他鼓起勇气道："在下还有机会再见到姑娘吗？"

"有机会。"绿箩不知何时又蹦了出来，替百合回答了，"不过以后若再见面，就莫再浪费这大好春光了，光站着不说话也挺熬人的。"原来她刚才没走远，躲在暗处偷偷地留意着这边的动静。

这一晚，刘皂辗转反侧，眼前始终浮现出百合的样子，她那静若处子的神态，亭亭玉立的样子，以及明亮的眼眸，都令他迷恋。

在这之前，他苦心孤诣一心修学，在男女之事上从不上心，更不相信话本里说的那些花前月下才子佳人的故事，但现在他信了，原来男女间的那些事儿果然如此美好，她能让你整个身体充满一种热量，若潮水一般始终处于一种澎湃的兴奋状态；她能搅乱你的心，让你心如鹿撞，坐立难安，恨不得能立刻再见她一面，哪怕一句话也不说，也是美好的。

次日，刘皂再无心思读书，僧侣送来的饭菜也没有心思吃，在别院里走来踱去，只盼黄昏早些到来，好去长廊等她出现。只是春日的白昼实在太难熬了，让刘皂的心亦煎熬起来。

好不容易等到了黄昏时分，刘皂急步走出别院，走向长廊，长廊那头空空如也，她并没有出现。

她会来吗？刘皂有些后悔了，昨日只问她是否有机会再见面，却没有约定在哪天见面。他低低地叹息一声，如若她今日不来，该如何安抚这颗躁动不安的心？

夕阳终究落下了山去，暮色再次笼罩这片大地，天地之间变得朦胧不清，然而佳人却始终没有出现。

唉！夜色里留下刘皂的一声长叹，他转身，带着一身的惆怅返回别院，又是一夜无眠。

如此连续三日，均未见得那两位姑娘的倩影，刘皂坐不住了，与其干等，不若主动些，趁着中午僧侣送饭，便向他打听绿箩、百合两位姑娘，她们常来寺中，料想是僧众熟悉的香客，定能打听得到她们的下落。不承想那僧侣却是一脸茫然，说是从未听说这两位姑娘的名字。

刘皂想僧侣不知姑娘的名字也属正常，便描述了一下她们的体貌特征，僧侣依然摇头说从未得见。

这怎么可能呢？除非她俩不常来，而且来的那两次都让他撞见了，但是这种概率有多高呢？忽想起当晚与百合分别时天色已黑了，应该就是住在附近，不然的话不可能傍晚了还不下山，于是又问附近可有人家，没承想那僧侣又摇头，说这附近没人家。

"你确定没记错？"刘皂不可思议地盯着僧侣问。

那僧侣道："小生五岁入寺，讫今将近二十年了，附近有无人家自然是清楚的，不会记错。"

那僧侣走后，刘皂怔怔地坐了半天，然而脑子里却一片空白，连他自己都不知道在想什么。及至回过神来时，第一个念头是，难道她们是妖？人说妖会魅惑于人，可她们一个清纯可爱，一个娴静淡雅，都是清丽脱尘若不食人间烟火的姑娘，何曾有一丝妖媚？倒是自己心心念念想着人家，傻傻地在这儿单相思罢了，还怀疑人家是妖，这算是什么道理？

刘皂被自己的想法逗笑了，见不着、打听不到便是妖吗？或许是新近搬来附近居住的，僧侣不曾留意到罢了。

是日傍晚，依旧走出别院，去到长廊，最近这段时间每日晚膳过后去长廊走走，已成为他每日必做的一件事，仿佛是一种仪式，唯如此，心方得安。

已是暮春了，即便是晚风亦有了些暖意，吹在身上十分地舒适。可是春将流逝，佳人何在呢？正自对着春色幽叹，忽闻得一阵细碎的脚步声传来，刘皂心头一震，同时心跳加剧起来，转身向长廊那头望去时，只见两位姑娘迎面走来，衣袂迎风，飘然如仙。

刘皂豁出去了，想了那么久，念了好几日，终于如愿见到佳人，还有什么好拘谨的呢？除非你想再次放弃这难得的见面机会。他大步走上去，嘴角露着笑，像是去迎接久别的妻子，浑然无一丝的陌生感。

"你好吗？"刘皂脱口而出那三个字，其本意更多的是想表达久别重逢的喜悦，却被绿箩一阵抢白，呛得他哑口无言："你看她哪里有不好的样子吗？"

刘皂讪笑，不知如何接这话茬。却不想百合也问了一句："你好吗？"

彼此一句"你好吗"，两情相悦之情态表露无遗，绿箩却不知趣，皱皱眉道："你们不烦吗？"

百合给了她个白眼，绿箩这下识趣了，告饶道："好好好，是我烦，我消失后，你俩再继续这无聊的问候吧。"

绿箩果然走了，这一次刘皂不想再沉默，道："去我的别院坐坐吧。"百合答应，像是早已做好的约定，没有一丝的犹豫和尴尬。

别院里春时的花已开放，在月下极力地绽放着它们的魅力，然而此时在刘皂的眼里，世间百花俱皆黯然无色，唯独眼里的这朵百合艳压群芳，放肆地看着她，唯如此方解这些天的相思之苦。

百合被他看得不好意思抬头。刘皂意识到自己失态，因有心考考她的学识，便谈起圣贤之书，没想到百合不仅对答如流，还能说出自己的见解。刘皂有一种忽遇知己的喜悦，这世间多少读书人啊，以为自己有多了不起，自负孤傲，以为自己跳出了世间俗人的范畴，眼高于顶，虽雄辩滔滔，暴露的却是一腔浮躁。在此之前，刘皂每与人谈书论道，总有种不尽兴之感，直至今晚，方知与知己深谈，是怎样一种美妙的感受。

不知不觉，月上中天，夜已深了，心中明明已感觉到时间在催促，然而眼中却都流露着一种不舍。刘皂鼓起勇气上去拉了她的手，她的手摸起来有点儿凉，他不由得一阵心疼，拉着她走入屋里，用行动告诉她，今晚留下来好吗？

她没有拒绝，坦然接受，仿佛一切都是水到渠成，那样地自然。

一番云雨后，两人静静相拥着，过了会儿，百合轻声道："答应我一个要求。"

刘皂没想到她会在这种时候提要求，不过也没有抗拒，道："说吧。"

"答应我，好好读书莫分心。"

刘皂一愣，随即感动地吻了吻她光洁的额头道："好，我一定好好读书，不负你的期望，但我也有个要求。"

百合浅浅一笑，道："说吧。"

"我希望从今往后读书时，有你在侧，红袖添香。"

百合摇头。刘皂诧然道："为何？"

"佛门净地，岂容你我亵渎乎？似今晚之事，今后不可再有。"

刘皂大是失落，问道："莫非今后你再不与我见面了吗？"

百合想了想，认真地道："待你乡试中举后，便是你我相见时。"

"你如何要这般折磨于我？"

"我是怕扰了你的心。"百合道，"令尊让你来光化寺读书为何？我若误了你读书科举，罪过就大了。"

刘皂不是那种纨绔子弟，明白她是为他好，只得勉强答应。凌晨时分，摸出一枚白玉戒指让她戴上，道："这是我给予你的信物，务必收好。"百合依言收下。

春去秋来，是年刘皂乡试中举，再次踏上徂徕山光化寺，站在别院后的长廊里，来与佳人相会。是时，天空晚霞满天，岭上山叶初红，正是初秋时。然而此时的刘皂已不再是暮春时的刘皂了，他业已是举人，读书略有所成，眉宇间自有一股英气，使之看上去越发俊雅。如果再能与佳人相会，定下白首之约，从此后举案齐眉，便真正是不枉此生了。

百合没来，倒是见到了绿箩，她依然是原来的模样，清纯可爱，说话也是没遮没拦的，见着刘皂便笑道："你是在等我姐姐吧？"

刘皂点头道："正是。"

绿箩忽上来拉了他的手往前走。刘皂诧异地问道："姑娘要带在下去何处？"

绿箩回头道："去我家。"

刘皂喜道："原来百合姑娘是在家等着在下！"

"正是。"绿箩嘻嘻一笑，拉着他下山。刘皂任由她牵着手，并没觉得丝毫不适，只把她当作妹妹。

"你家在哪里？"刘皂看着她问，事实上这是困扰了他许久的一个问题，今天终于趁这机会问了出来。

"就在山下。"绿箩伸出素手往山下指了指。

"山下有人家吗？"刘皂故意装出一副惊讶的样子。

"以前没有，但现在有了。"绿箩道，"我们是去年才从外地搬来的，家父是个喜静之人，不想被人打扰，这才择此地隐居。"

"原来如此！"刘皂现在明白了，这是一户隐世而独居的人家，也怪不得山上的僧侣不曾知晓。想想百合以及身边的绿箩，或许也只有这样的人家方能养育这样一双出尘脱俗的女儿。

到了山下，随绿箩走入一座山谷，谷中古树参天，绿草异花遍地，姹紫嫣红，顺着一条小径走，旁边有一条小溪，溪水潺潺，不远处有一个不大不小的湖，湖水微波荡漾，湖边有一座茅屋，左右三间，前后三进，虽简陋，然而屋与其主人一样精简清雅，出尘脱俗。刘皂不觉赞道："你们一家果然是神仙一般的人。"

绿箩咯咯笑着，将他带入院内，院子的两侧种了花草和时蔬，井然有序。拾级而上，绿箩推开木门，见屋内没人，讶然道："咦，姐姐去了何处？"

"无妨，在下等她会儿便是。"刘皂复走下木阶，在院里欣赏花草。绿箩走过来，指着花丛中的一簇百合道："我姐姐最是喜欢它。"

刘皂含笑道："她喜欢百合倒是合情合理。"

绿箩道："你不妨摘一朵送给她。"

刘皂见那一丛百合正自开放，花色纯白，淡雅怡人，舍不得下手。绿箩笑道："你倒是懂得怜花惜玉，却不知女人最是喜欢花吗？"

刘皂一想也是，便伸手摘了一朵下来，放在鼻端，芳香扑鼻。刚要转身走时，发现方才折花处有异样，便又回身去看，只见花枝被折处有露水滴落，像是美人的泪儿，晶莹剔透，花枝的根部赫然套着一枚白玉戒指。

那不是他给百合的定情信物吗？刘皂看了眼被他折了捏在手里的那朵百合，再看看花枝上套着的白玉戒指，脑子里嗡嗡作响。他霍地转向绿箩，厉声问道："这是怎么回事？"

绿箩被他这一喝，吓得花容失色，没一会儿泪珠儿扑簌簌滴下来。刘皂见状，一时不知如何是好，手忙脚乱地拉起她的手问道："你怎么了？"

绿箩哽咽着道："你只想着姐姐却丝毫不想着我。"

"在下错了，适才一时情急，吓到了姑娘。"刘皂看着她的眼，急切地问道，"告诉我，这是怎么回事？"

绿箩抹了把眼泪，道："如果我说姐姐不在了，你信吗？"

刘皂闻言，如若五雷轰顶，怎么会呢？暮春时节她巧笑嫣然的样子依然历历在目，那一晚的缠绵，恍如昨日，只几月时间，怎会不在了呢？

"她怎么了？"刘皂脸色惨白，艰难地吐着气，看着绿箩问。

绿箩看了眼他手里的那朵百合道："她就在你手里，世间万千生灵，折而必亡。"

刘皂红着眼怒喝道："为何要如此对我，又为何要如此对待你的姐姐？"

"怪我，怪我！"绿箩叫道，"本来这事可以做得神不知鬼不觉的，是我忽略了她身上还戴着你的信物，事到如今，我也不必瞒你了，告诉你，我也喜欢你。"

刘皂愣愣地看着她，突地仰天一声长笑，笑出了泪来，涕泗齐下："这便是害你姐姐的理由吗？"

"她不是我姐姐！"绿箩忽然大声喊，像是在证明自己做此事的合理性，"我是绿箩，她是百合，虽皆属花草却非同类，而且是我先发现了你，是我在你读书的时候默默地陪伴着你，虽然不敢现身与你相见，可每天能看着你认真读书的样子，却也是美好的。你以为那日在长廊上的相见是偶遇吗？不是的，是我忍不住去接近了你。只是百合不断地求我，要我带她见你一面，我一时心软便答应了，所以那日见你时我才顺水推舟说有位姐姐。自那日相见后她就魂不守舍，我看得出来她对你一见钟情，于是拦着她不让她去见你，并跟她强调你是我的，是我想厮守终身的人，即便我和她同在一个花丛里，有着不俗的感情，也不能横刀夺爱。她接受了，说只跟你再见一面，从此后就会死了这条心。好歹是姐妹，而且她平时娴静文雅，我料想她也不会做出什么出格的事情，那晚便带她去见了你，可我做梦也没想到她竟委身于你，还拿了你的信物。"

"于是你便下此毒手？"

"是她先毁了我！"绿箩看着他，泪如雨下，"我虽开朗外向，可我也是至情至性之人，更向往人间的繁华，渴望着与你去过俗世的生活。特别是在你中举后，这种心理便越发地强烈，今晚你去光化寺践约，我便用迷药迷晕了她，将你引来此处，本想神不知鬼不觉地让你将百合摘下，待她凋零时，期望你能慢慢地接受我。可谁能想到呢？她为了不让我发觉，私藏信物，竟使今晚之事败露。事已至此，我也没什么好说的，你若要恨，恨我便是。"

我有什么资格恨你呢？刘皂情不自禁地发出一阵悲怆的笑声，在这件事情中他是幸福的，因为他同时被两个可爱、美丽的女子爱着，可他也是受害者，因为爱使他失去了至爱。

"你为何不早些告诉我呢？"刘皂嘶哑着声音问。

这一回绿箩沉默了，她怪他俩木讷，不善于表达，可她自己呢，为何没有早些勇敢地表达爱意呢？原来在爱情当中，没有人是不顾一切冲锋陷阵的勇士，都会犹豫，会有所顾虑。

回到家后，刘皂便一病不起，他忘不了百合，更无法原谅自己亲手毁她性命的鲁莽之举，越想越是悔恨，十日后病入膏肓，一命呜呼。

🌀 解说妖怪

花妖或者花仙在中国的神话传说中占有重要的地位，在诸多的古代话本小说中出现过花妖或花仙，比如《聊斋》里有一则《香玉》说的便是黄姓书生与牡丹花妖的故事。

在中国的传统文化中，花有灵性，同其他生物一样可以修炼为妖，说是百年成精，千年成仙，她们一般美丽而善良，不像那些由动物修炼成的妖会害人吃人，她们一般性情温良，爱慕积极向上的书生，因此她们没有惊天动地的故事，却留下了许多缠绵悱恻的绝唱。

在古诗词中，也留下了很多关于花妖的情影，如张炎的《华胥引》："柳迷归院，欲远花妖未得。谁写一枝淡雅，傍沈香亭北。说与莺莺，怕人错认秋色。"又如唐寅的《花月吟》："一庭花月正春宵，花气芬芳月正饶；风动花枝探月影，天开月镜照花妖。"

本篇故事的原型来自《太平广记》，特摘录原文如下：

兖州徂徕山寺曰光化，客有习儒业者，坚志栖焉。夏日凉天，因阅壁画于廊序。忽逢白衣美女，年十五六，姿貌绝异。客询其来，笑而应曰："家在山前。"客心知山前无是子，亦未疑妖。但心以殊尤，贪其观视。且挑且悦，因诱致于室。交欢结义，情款甚密。白衣曰："幸不以村野见鄙，誓当永奉恩顾。然今晚须去，复来则可以不别矣。"客因留连，百端遍尽，而终不可。素宝白玉指环，因以遗之曰："幸视此，可以速还。"因送行。白衣曰："恐家人接迎，愿且回去。"客即上寺门楼，隐身目送。白衣行计百步许，奄然不见。客乃识其灭处，径寻究。寺前舒平数里，纤木细草，毫发无隐，履历详熟，曾无踪迹。暮将回，草中见百合苗一枝，白花绝伟。客因斸之。根本如拱，瑰异不类常者。及归，乃启其重付，百叠既尽，白玉指环，宛在其内。乃惊叹悔恨，恍惚成病，一旬而毙。

蛇妖：蛇蝎美人传

扬州夏家祖上皆以经营粮店为生，经过几代人的经营，扬州城的粮店几乎为夏家垄断，乃城内鲜有的望族。

夏家独子夏远游才貌双全，却眼高于顶，未将世间凡俗女子放在眼里，故此，而立之年尚未有婚配，夏老爷子忧心忡忡，如果再没遇上称心如意的女子，夏家岂不是要断后了吗？

夏夫人每日去求神拜佛，只望能让夏远游遇上一位合其心意的女子。不知是不是夏夫人虔心求佛感动了上苍，还是夏远游的姻缘到了，果然教他遇上了个心动的看得上眼的女子。

那女子名叫陈月眉，二八芳华，出落得若天仙一般，笑将起来双颊生花，妩媚动人，果然不是一般的庸脂俗粉可比，而且生得一张甜嘴，一口一个爹娘叫着，直把夏家二老叫得心花怒放。当下择了婚期，在吉日吉时让二人成婚。

婚后二人如胶似漆，一刻也不曾分开，二老见小夫妻俩恁般恩爱，心下暗暗欢喜，照这么下去，来年定能添个大胖孙子。

这一日，夏夫人差下人去唤夏远游，说是有事要交代。不消多时，下人去而复回，神色慌张，像是见了什么不干净的东西，吓得舌头直打哆嗦，连话都说不出来。

夏夫人脸上一沉，斥道："没个见识的东西，见了鬼了吗？这般没有礼数！"

"夫……夫人，少爷他……"

夏夫人听他说到夏远游，心里咯噔一下，问道："少爷他怎么了？"

"小人说不上来，夫……夫人亲自去看……看吧。"

夏夫人意识到不妙，一边差人去叫夏老爷子来，一边急往夏远游的房里走去。

门是开着的，里边时不时地传出低低的啜泣声，夏夫人听是陈月眉的声音，心下越发感到不妙，三步并作两步冲入房内。甫入房里，便有一股腐臭味扑鼻而来。到了这时，夏夫人也慌了，目光一扫，只见陈月眉半跪在床榻前，掩面而泣，夏远游则躺在床上，他的脸看上去十分古怪诡异，直把夏夫人看得心里发毛。

夏远游原本长得丰神俊朗，英姿飒爽，在十里八乡是出了名的美男子，可如今他的脸却……夏夫人揉揉眼，她无法形容那张脸，因为那张脸看上去比她还要苍老，满脸都是触目惊心的皱纹，眼睛也是无神的，像是一个行将就木的老者，绝望地看着眼前人，她看着他的眼睛，也感到了一种绝望，前两天还是好好的，如何忽然之间竟变成了这般模样？

"儿啊……"夏夫人哽咽着低低地呼唤了一声，颤颤巍巍地走上前去。床榻边的陈月眉听到声音抬起头来，见到夏夫人泪珠儿便扑簌簌地往下落，起身走上来阻止了夏夫人继续往前走。

夏夫人一愣，含泪看着她，似在询问为何不让她上前接近儿子。陈月眉抹了把眼泪道："娘，请勿再靠近了。"

"为何啊？"夏夫人看了眼儿子，然后又回眸看着陈月眉，眼神里充满了慌乱和不解。

"我怕……"陈月眉话尚未落，夏老爷子便赶到了，看了眼床上的夏远游后，神色与夏夫人差不多，满脸的惊慌。

"到底怎么了？"夏老爷子定了定神后问。

陈月眉道："不敢欺瞒爹娘，他在七日前便已感到不适，以为是偶染小疾，过两日便会恢复，又恐爹娘担心，教我等不可与二老说。我寻思他的身体本是极好的，料来也无甚大事，就遂了他的意愿没敢告知爹娘。直到今日早上，我发现……"

夏老爷子急了，沉声道："发现了什么？"

陈月眉面露恐惧之色，目光往床上瞟了一眼，这才说道："还是请爹亲自去看吧。"

夏老爷子暗吸了口气，一步步走向前去，越是靠近床榻前，那股腐臭味就越浓，饶是夏老爷子生性沉稳，亦不免心头突突直跳。他走到床前，颤抖着伸出右手，摸了摸夏远游那皱巴巴的苍老的脸，老泪纵横，随后将被褥掀起一角往里一看，脸色大变，整个身子若筛糠似的抖动起来。

夏夫人凑上去看时，夏老爷子恐她害怕，阻止了一声，然而夏夫人还是看到了，顿时面若白纸，身子一晃，承受不住这样的剧变和恐吓昏厥过去。

夏远游的身体看起来与干尸无异，呈现出一种诡异的暗红色，而且他的皮肤正在腐烂，这实在太诡异了，因为夏远游的脸看上去就像一个行将寿终正寝的老者，死气沉沉，却看不出有丝毫的痛苦之色，很难想象一夜之间会变成这样，昨晚到底发生了什么？

夏老爷子让下人扶夫人去休息后，转目问陈月眉道："在昨晚之前，他只是身体抱恙，无其他异常吗？"

陈月眉点头。夏老爷子又问道："昨晚究竟发生了什么？"

陈月眉道："昨晚与往日一样，因精神不太好，我早早就侍候他休息了，并无异常，直到今天早上，我察觉到被褥是湿的，起来查看，这才发现了这般情景。"

二人正说着话，忽听床前站的下人惊叫道："少爷……少爷他不行了。"

夏老爷子定睛一看，果然见夏远游已然弥留，忍不住悲号一声扑倒在床上，抱住儿子的头放声大哭，陈月眉也忍不住悲泣。

有话则长，无话则短，只说夏远游亡故后的第三日，夏老爷子从悲痛中缓过了神来，想到这事透着蹊跷，便来与夫人商量道："我儿身体一直无恙，却在一夜之间变作了干尸的模样，这事透着古怪。"

夏夫人当然也察觉出了这事不寻常，况且她信佛，因此道："莫不是教邪魅害了？"

夏老爷子道："趁着我儿未入殓，去请个法师前来看看如何？"

夏夫人称是，说理应让法师来查个究竟。二老商量即定，当下就差人去请法师。

距离城外十数里，有一座山唤作青云山，山上有一座青云观，乃是远近闻名的道家修行之所，观内香客如云，香火经年不绝。

青云观如此受到香客青睐，其原因便是著名的修仙大会，一年举行两次。每次修仙大会举办时，都会吸引四方来客，观者如潮，远在千里之外者，为了能一睹修仙大会的盛况，甚至不惜提前两月动身，长途跋涉，只望能亲眼观摩一次修仙盛会。

夏老爷子差下人来青云山请法师时，恰逢这年的头次修仙大会临近，山上山下早已是人山人海，山下的客店更是人满为患，即便有再多的银子也订不到客房，于是有些人索性便在路边搭建临时帐篷，好歹有个落脚之所。

那下人名叫夏普，出生在穷苦人家，打小就被卖入夏家为仆，因此也改姓为夏，人长得颇是清秀，也生得机灵，深得夏老爷子的喜欢和信任。由于夏远游死得蹊跷，想请个好点的法师以便查明真相，就让夏普亲自走这一趟，交代他无论花多少银子，务必要从青云观请个道行高深的法师来。

夏普在观内认识个小道士，在他的帮助下进了青云观内，小道士给他安排了客房后说后日便是修仙大会，这些天上上下下都忙得很，道行高的师兄弟都争着要上修仙大会，估计这时候没人愿意下山，建议他等修仙大会结束后再说。夏普算了下时间，眼下夏远游尚未过头七，等过了后日再请法师应也无碍，当下谢过那小道士，安心在观中住了下来。

当晚，那小道士送斋饭过来，夏普虽听说过修仙大会，却未曾真正目睹过，边吃边向他问起此事。小道士说起修仙大会来，便恍若换了一人，两眼发光，滔滔不绝，说到激动处甚至脸色发红，瞧他那神色，他虽尚无资格参与修仙大会，却因在青云观中修行而感到骄傲。

据小道士说，修仙大会是有道行的道长脱胎换骨从凡身成为仙骨的唯一途径，虽无外界传得那么神乎其神，但的的确确可以看到凡人成仙的过程。观中每年会挑选六位道长，作为修仙的人选，分作两批分别进入修仙台，众师兄弟会给他们作法助阵，如果他们的道行真的已经到了能够成仙的地步，得到上天的认可，他们的身体就会从修仙台上慢慢升起，直至云端，而后消失不见，升入天庭去了。

小道士说得起劲，夏普听得也认真，问道："你见过他们升入天庭去的过程吗？"

"见过，当然见过！"小道士哼哼了两声，又道，"本观的修仙大会一年两次，年年都会举办，我来观中五六年了，自然是见过的。"

"如此说来，青云观岂非已出了许多神仙？"

"那是自然。"小道士扬扬得意地道，"此番你家主人出事虽是不幸，可你赶上了修仙大会，能亲眼看见我观中前辈升仙的过程，却是件幸事。"

夏普能有机会亲眼看一次凡人升仙的过程，自是兴奋不已，但同时也松了口气，这观中的道士有修道成仙之能事，对付鬼怪定是不成问题了，说道："如此看来，我家少爷的怪事定是能解了。"

小道士问道："你家少爷究竟是如何死的，且说来听听。"

夏普便将情况大致说了一遍，小道士闻言，脸色微微一变，道："看来定是邪魅无疑，你且放宽心，待修仙大会后我定替你找位师兄下山，帮你解决此事。"

用完晚膳后，与那小道士告别，因山中实在无事，夏普便早早宽衣休息了。也不知过了多久，他迷迷糊糊中觉得有人进入了房里，却不知为何起不了身也睁不开眼，只能在心里干着急。

须臾，只觉那人已走近了他的床边，隐隐觉得有股香风浮动，忍不住动了动鼻子，心中猛然怦怦乱跳，这是女人的香味，道观之中怎会有女人？

正自惊诧，感觉到那人趴在床畔，离他的脸很近，发丝撩拨得他的脸又麻又痒，甚至可以感觉出她的呼吸声。他想挣扎，想努力地睁开眼看看究竟是谁，一番努力后却是徒劳。

"想我吗？"那女人说话了，声音轻轻地、细细地，很是动人，甚至可以从这声音里想象出她那动人的眼睛和妩媚的脸庞。

她开始用那纤细的手指抚摸他的脸，夏普顿时热血上涌，情难自禁，胸口急剧地起伏着。

"想我吗？"那女人又问。

这回夏普听出来了，这声音十分耳熟，其人定是见过的，而且经常见面，她是谁？他想问，却无论如何也问不出声。

那女人轻轻地咯咯一笑，又道："我知道你想我了，今晚便让我来陪你，如何？"

夏普浑身一颤，他听出来了，这是陈月眉的声音，是少夫人！

可是少夫人怎会来了青云观，她不是应该在家中守陵的吗？而且……她如何知道我在暗中爱慕于她？

夏普的确是爱慕陈月眉的，爱慕她的花容月貌，爱慕她纤细的腰肢儿，爱慕她身上的一切，时常会偷偷地多看她几眼。然而这种爱慕纯粹只是情窦初开的少年对女性的一种朦胧的爱意而已，并无丝毫的非分之想，因为少夫人在他眼里是高不可攀、不可亵渎的。

在确定房中人是陈月眉后，夏普的内心是抗拒的，少爷尸骨未寒，他怎能做出对不起少爷之事？奈何他挣扎不得，更逃脱不掉，只能任由陈月眉摆布。

仿佛像是做了一场春梦，梦醒时窗外是天青色的，东方刚露鱼肚白，房中也根本没有少夫人，不知是不是梦方醒的缘故，鼻端似乎依旧残留着她那迷人的香味。

"该死，该死！"夏普啪啪扇了自己两耳光，尽管那只是一场梦，却也是罪过，所谓日有所思夜有所梦，若非是自己对少夫人存有爱慕之心，岂会做那样的梦？

恍恍惚惚地过了一日，由于明日就是修仙大会之期，小道士要去修仙台布置，未能给夏普送菜饭来，只得自己去后厨胡乱吃了些，在山上漫无目的地走了一圈，便回房休息。待上了床后，不知为何竟又想起昨夜梦中的情景来，甚至在内心深处期待着能再与陈月眉相会。

夏普被自己的念头吓了一跳，又扇了自己两耳光，蹙着眉自言自语地道："夏普啊夏普，夏家好心收留你，才有你的今日，现下家里出了这等大变故，你怎能对少夫人起这邪念？况且这是在道家清净之地，岂容你有这般龌龊心思？"

好生骂了一番自己后，倒头闷起被褥就睡。可惜人的思想有时候连自己都无法控制，越是不愿去想，偏偏思绪纷至沓来，闭上眼到处都是陈月眉的影子，毕竟昨夜的那场梦印象实在是太深刻了，让他无法像什么事都没发生过一样。

不知过了多久，夏普又感觉到有人走入了房里来，不由得心头怦怦直跳，血流加速。他扭头去看，这回居然能睁开眼睛了，从不远处一步步向他走来之人正是陈月眉。她步履轻盈，着一袭淡红薄纱，裙袂微微地迎风扬起，面生桃花，眼波含情，仿若夜色里的精灵，美丽而灵动。

"想我了吗？"陈月眉轻启朱唇，含笑着问夏普。

夏普倒吸了口凉气，他承认无法抗拒少夫人的诱惑，心中的底线正在一点一点地失守、崩溃，可仅存的那些良知却又在告诉他，这是不可以的，这样的行为就像是在悬崖的边缘舞蹈，一步踏错，万劫不复。

"想我了是吗？"陈月眉已经走到了床畔，香风再次在夏普的鼻端浮动，这是一种教人无法抵御的特殊的香味，汗水早已湿透了夏普的身体，他想挪动，想往床的另一端逃避，却不知为何，身体不听使唤，动不得半分。

这是在梦里吗，还是他本身就不想逃避？夏普已经分不清梦和现实了，无论是梦还是他下意识里希望和陈月眉亲近，总之他再次沦陷，沦陷在陈月眉的温柔乡里。

次日醒来的时候，他头脑昏昏沉沉的，眼神在房间里打量了一周，依旧没发现陈月眉的踪影，又是梦吗？可怎会有如此真实的梦境？

门砰的一声被打开，夏普的身体情不自禁地颤抖了一下，见是小道士时，竟然感到一阵莫名其妙的失望，他是在期待陈月眉的出现吗？

"你怎么了？"小道士见他脸色不对劲问道。

"没什么。"夏普起身下床，"只是昨晚未曾睡好罢了。"

"修仙大会快要开始了，我带你去观摩。"

听到修仙大会，夏普精神一振，胡乱洗漱了一番后就跟小道士跑了出去。

修仙台上下早已是人山人海，凭着小道士的关系，夏普找到了个好位置，从这个位置看过去，修仙台的情景可以一览无余。

修仙台实际上是悬崖边的一座天然的石台，石台外是万丈深渊，雾气缭绕，深不见底。另一侧是阶梯式的石壁，像是天然的观望台，每一层阶梯上都能容下百来人。最底下那层的阶梯上站的是观中的长老，与修仙台不过几丈距离，以便随时能留意到修仙台上的变化。夏普被安排在最上面的那层，几乎是在山顶了，虽说距离远了些，却可观看到修仙台的全貌。

朝阳初升，霞光万道，修仙台上站了三位道长，这是经过观中长老筛选出来的本年首批修仙人选，在他们的两侧分别站了十位道长，这是助他们修仙的师兄弟们。在修仙台的正前方，也就是面向悬崖的那一端，摆了一张法案，香烟萦绕，两根巨大的火烛在山风下摇曳，执事道长默念经咒向天祷告完毕后，向观主询问诸事皆备，修仙仪式是否开始。观主抬头看了眼天色，颔首示意，表示可以开始了。

执事道长将手中的拂尘一挥，两侧所站的道长席地盘膝坐下，单手合十，默念经咒。当中的三位修仙候选人在法案前鞠躬，其中一人率先走上几步，在执事道长的引导下，走到法案前，朝天拜了三拜，右腿一抬，朝悬崖下跨出一步。不明情况的观者顿时发出一声惊呼，然而那位道长并没有掉下去，以金鸡独立的姿势站在距离悬崖三尺之地，远远望去像是凌空而立。

原来在悬崖边缘有一块向外凸出的石头，仅供一人立足，那道长双目微闭，两掌合十，单脚而立，底下雾气蒸腾，道袍在山风的吹送下随风飘扬，端的有种欲乘风而去的气势。

夏普在上面观看，见到此情景时亦不免连连赞叹，果然是修道之人，寻常之辈何来这种仙风道骨？

这时候，虽然山上山下人山人海，然而却没人发出声响，整座山除了风声鸟鸣外，几乎听不到其他声音。夏普也被这种庄严的氛围感染，不自觉地屏息凝神，静静地等待着升仙场景的出现。

经咒声不知何时大了起来，似乎有一股气场使得周围的空气亦凝固起来。忽然，原本是晴空万里，在这一瞬间风起云涌，乌云压着山顶，天色一下子暗了下来。

每个人的脸上都露着抹惊诧之色，但他们不敢发出惊呼之声，只睁大了眼睛等着下一幕奇迹的发生。

夏普也被眼前看到的这一幕惊呆了，看来飞天升仙真的不是传说，这一幕马上就要发生了。

奇迹果然出现了！

风越来越大，天上的乌云遮天蔽日，霍地，只见一股狂风席卷而来，夏普在上面看得分明，那是一道肉眼可见的白色旋风，隐隐挟着奔雷之音，它一头接天，一头连地，贯通于天地之间，从悬崖底部迅速升起后，拐了个弯，朝那立在悬崖外侧的道长奔来，只眨眼工夫，便将那道长凌空托起，升上天去。

山上山下的观者忍不住发出一阵惊呼，果然升仙了！那位道长在旋风的托举之下，笔直地飞上天空，很快隐没在云端。站在第一层阶梯上的长老们见状，连忙双手合十，感谢上苍。

如此如法炮制，另外两位修仙候选人也用同样的方式被送上天去，至此修仙大会结束，修仙台上的众道长陆续反身观中，然而上万名前来围观修仙大会的人则久久不愿离开，他们或伏地膜拜，或上山入观烧香祈祷，整整好几日，青云山的香客都络绎不绝，拥挤不堪。

夏普也不情愿就此离去，同许多香客一样想在这人间仙境多盘桓几日，修仙大会上的情景给他的印象实在是太深刻了，原来凡人真的可以通过修炼成仙。只是他是受夏老爷子所托而来，须请个道行高深的法师回去，以便查清夏远游的死因。

从山上下来后，夏普便去找了那小道士，小道士说这几日山上香客众多，大家都分身乏术，只恐还得等一两日。夏普无奈，嘱咐小道士待观中的道长得闲时，定要帮他预约。

这一晚，又入宿在原来的厢房里，由于心灵上受到修仙大会的冲击，一时淡忘了与陈月眉幽会之事。

"你个没良心的。"迷迷糊糊入睡后，隐隐约约听到一个幽怨的声音传来。夏普听到这个声音，不知是不是激动的缘由，浑身一阵战栗。

"不想我了吗？"

夏普睁开眼，只见陈月眉走上来，她的眼眸含水，一副楚楚可怜的模样儿，看到她的样子时，夏普情难自禁，这样的女人如何教人不怜惜于她？

"不想我了吗？"陈月眉看着他又问。

"想……"夏普终于说出了这个字，尽管他知道一旦此字出口，有可能一脚踏入万丈深渊，可是面对如此一位面若桃花、眼波如水的女子幽怨的近乎哀求的语气时，他如何也狠不下心说不想她，更何况前两晚的缠绵，让他如痴如醉，永生永世难忘，怎能再违心地说个不字？

陈月眉走到床畔，深情地望着他再次问道："真的想我吗？"

夏普点头，这一次他不再犹豫，他豁出去了，既然已经做了，既然内心真的想她，渴求着她的温柔，就没必要装作不在乎。

陈月眉笑了，眼眸一闭，用那鲜红的唇去吻他，夏普也闭上眼，享受着这一刻，来吧，他愿意接受一切后果，不管是什么，只要能跟她在一起，他都愿意。

夏普很快就付出了后果，但他没想到这后果居然是他的性命。

仅仅一夜之间，从温柔乡里醒来的时候，他发现自己与夏远游一样全身干枯，身体使不上一点劲儿，犹如一位行将就木的垂暮老者，等待着死亡的来临。

这样的后果你接受吗？夏普问自己，然后从喉咙底下发出一声低微的嗬嗬声响，他后悔了，同时也明白了夏远游是怎么死的了，何谓蛇蝎美人？这就是！

小道士在房里看到夏普的样子时，吓得魂不附体，尖叫着跑出去喊人。不消多时，观内的长老俱皆闻讯赶来，一看之下个个脸色大变，毫无疑问，此乃邪魅所为，可问题是道家修行净地，哪儿来的邪魅？

观主了凡道长走近夏普，想从他嘴里讨问出些情况来，却发现他已无法言语，只能从他的眼神里看出一种浓浓的悔意。当下又向那小道士询问，那小道士说昨儿还是好好的，去观摩了修仙大会，甚至在昨天晚上他俩分开时，亦没有察觉出什么异常。

执事长老问夏普为何会出现在观内厢房时，小道士又交代了夏普的来由。众道长一听，脸色越发凝重，夏家连续两人遭遇这种怪事，必然事起有因，须尽快追查清楚，免得再有无辜之人被邪魅所害。

小道士急问道："他还有救吗？"

了凡道长叹息一声，摇头道："精血尽失，回天乏术，活不过一个时辰了。"

小道士大哭，说好友在他眼皮子底下丧命，他难辞其咎，定要抓了那邪魅，替好友报仇。观内众长老也纷纷表示遗憾，道家圣地，邪魅公然害人，只怕谁也无法置身事外。

一个时辰后，夏普气绝而亡。修仙大会刚结束，观内香客如云，为了不惊动香客，了凡道长建议暂时不将此事传扬出去，一切等捉了邪魅再做计较。

可问题是如何捉那邪魅呢？如今连对方是妖是怪、是精是魔都没弄清楚，从何入手？有人建议说，本观每年都有人升仙，这些年来成仙的前辈已不在少数，如今既出现了邪魅，不妨请他们下凡来降妖。

众长老皆赞成此提议，当晚便开坛作法，召唤已经成仙的青云观弟子，让他们下凡降妖。

小道士虽没有资格参与作法，但被允许旁观召唤仙人的过程。今晚星光灿烂，皓月当空，墨蓝色的夜空在月光下一览无余。然而众长老联袂作法数个时辰后，天空却未见神仙下凡来的影子，小道士的心中不由得打了个问号。

事实上到了这时候，众长老的心中也是狐疑不定，按理说观中有那么多人升天成仙了，只要他们召唤，没有不现身前来支援的道理，那么问题来了，他们为何一个都没有现身呢？是他们道行不够无法召唤仙人，还是另有原因？

很显然，青云观的众长老不存在道行不够的问题，因为如果他们连召唤仙人的道行都没有，那么修炼成仙就是一个天大的笑话。

了凡道长神色凝重地看了眼众长老，挥了下手，示意撤回法坛。小道士上去问是怎么回事，了凡只说此事另有蹊跷，便再没说什么了。

小道士摸摸头，另有蹊跷是指哪件事有蹊跷，是夏普的死因还是修仙大会？

次日一早，小道士被一阵惊呼声惊醒，心里咯噔一下，莫非又死人了？急忙披了衣服跑出房去，见众师兄弟纷纷往外走，便拦下其中一人问道："发生了什么事？"

那道士道："山下发现了大量尸骨。"

小道士神色一变，又问："到底是怎么回事？"

那道士道："我也不晓得是怎么回事，只是听说早上有个樵夫入山砍柴，无意中闯入一座山谷，闻有异味，便循着气味找过去，在一个洞中发现了大量尸骨，现观主已经带着长老们赶下山去察看了。"

小道士听完，愣怔了好一会儿都没回过神来，先是夏普之死，现又在山下发现了大量的尸骨，这究竟是怎么了，难不成邪魅在青云山潜藏已久，一直在害人？可这是说不通的，毕竟青云山是道家修仙圣地，从这里修仙成功位列仙班的人已然不在少数，如果此地早有邪魅作祟，难道他们察觉不了吗？

想到此处时，小道士的眼前再次浮现出了昨晚设坛作法的情景，了凡道长说那么多长老召唤仙人不成功，此事定有蹊跷，那么究竟是哪里有蹊跷呢？

山下早已是人声鼎沸，出了这么大的事儿，即便青云观想捂也捂不住，一时说什么的都有，各种猜测、流言到处乱飞。小道士挤开人群往山谷里面走，然而在谷外却被人拦了下来，说是观主有令，未得许可，任何人不得入内。

小道士道："都是同门师兄弟，何须拦着不让进？"

守谷的道士道："小师弟啊，你还是给观主省点心吧，如今里面是什么情况谁也不清楚，多一人进去多一分危险，你可知晓？"

小道士自然不敢违抗了凡道长之令，只得在谷口张望。正自干着急，蓦地风乍起，云飞涌，天地山川变色，遮天蔽日的乌云一下子压在了青云山头，天空亦为之一暗。小道士抬头望了一眼，这情形跟修仙大会举行当日几乎一模一样，莫非是仙人到了吗？

心念未已，风声呜咽，山谷里出现了一道旋风，在暗黑色的天空中十分惹眼，其所经过之处，沙飞石走，树木被连根拔起，以摧枯拉朽之势在谷中来回游走，不一会儿，只见数条人影被卷上半空，消失在云端。

小道士结结巴巴地道："这……这是怎……怎么回事？"

守在谷口的道士显然也感觉出了异常，连脸色都白了，道："我……怎……知怎么回事……"

话音未了，谷内传来几声叱呵，分明是了凡道长等人的声音。事到如今，傻子都能感觉得出异常了，什么修仙飞天，可能都是让妖孽给吃了，山中的尸骨很有可能就是这些年"飞天成仙"的道长。

"快……"小道士本想说快进去帮忙，然而话未出口，一阵腥风扑面而至，把他的话生生给咽了回去，定睛看时，只见一条大蛇正张开血盆大嘴朝这边扑将过来，着实把小道士吓得魂飞魄散，一时竟忘了逃跑，两腿直打哆嗦。

"妖孽休走！"了凡道长的身体在谷里出现，他身后跟着青云观的众长老，"布阵！"

众长老得令，纷纷散开，匆忙之中布了座九宫八卦阵，在了凡道长的带领下，将那大蛇拦了下来。

谷中剑气纵横，青云观这些年虽然一味地提倡炼道修仙，可到底是远近闻名的道家清修圣地，没将看家本领落下，利用九宫八卦阵法，众人合力，将那大蛇堵在了谷里。

了凡道长摸出一道符咒，喷一口气，符咒迎风飞起，手中剑一指，符咒化作一道白芒，直奔大蛇，贴在了它的额头上。

"天罡剑法！"了凡道长又是一声喝，众长老挥动手中剑，霍地脱手飞出，化作无数道长虹，在空中形成了个北斗七星的样子，任由那大蛇的头颅怎生摆动，都无法逃脱剑气。

咻咻几声响，剑气一闪而没，大蛇的七寸处血光迸射，那大蛇吃痛，轰然倒地，在地上挣扎，轰轰几声巨响后，风吹云走，又现青天，谷里除了风声外，再无其他声音。

小道士大叹了一口气，伸手抹了抹额上的冷汗，入谷去迎接了凡道长等人。了凡道长回头看了眼那条大蛇，吩咐众弟子去谷内的山洞里收拾骸骨，好生带上山去，以便给他们超度。小道士明白了，那些骸骨果真是这些年所谓的修仙飞天之人，那么夏远游、夏普之死呢，是否也与这条大蛇有关？向了凡道长问询时，得到了凡道长肯定的答案。

待收拾完毕，一众人向谷外走去，小道士跟在众人后面，看着师兄弟们抬着无数的尸骨，迭连叹息。走出谷口，面对众多的香客时，了凡道长停了脚步，他默默地看着众人，清癯的脸上微微地抖动着，忽然双腿一屈，向着大众跪了下去。

这一举动着实把所有人都吓了一跳，要知道了凡道长的影响力在众香客的心里是十分巨大的，要说是神一般的存在也毫不为过，如今神一般的人物就跪在他们的面前，一时间谁也无法接受。

无法接受的还有青云观的众道士，他们不明白观主为何要下跪。

"跪下。"了凡道长扭头向后面的人说了一句，声音不大，但极具威严，众长老以及门下的弟子均不敢违抗，纷纷面向香客落跪。

"贫道了凡有罪，现带门下所有弟子向众位施主请罪。"了凡的声音依然不大，却通过山风远远地传了出去，声达数里，落入每一个人的耳朵里，"我等修行之人本应以救济天下苍生为己任，唯苍生幸、世间幸，方是我等修行得来的最大的道行，然而我等却一味地执迷于修仙炼道，此举实与俗人求官晋爵无甚区别，为此才步入迷途，给了妖孽可乘之机，害了自己亦害了众生，其罪过之大，实不可恕也。"

香客终究是善良的，况且他们也亲眼看到了众道长降妖的过程，事实证明青云观的道士并非欺世盗名之辈，他们是有真本事的，今蛇妖已除，他们已然为民除害，那么还有什么可以计较的呢？纷纷上前去扶那些道士起身。

从此以后，青云观不再举行什么修仙大会，一意修行，专事济世救人之善举，并在了凡道长的带领下，亲自去夏家给夏远游、夏普超度。

☁ 解说妖怪

蛇妖在中国传统文化中占有重要的地位，无论是名著《西游记》，还是民间传说《白蛇传》，可以说是尽人皆知，它们的形象或可恶或善良，或可爱或邪恶，不一而足。

在上古传说中，蛇的形象令人敬畏，比如伏羲、女娲是人首蛇身的形象。《山海经》说："轩辕之国，人面蛇身。"这说明在最初的时候，连黄帝也是人面蛇身，足见蛇在中国传统中的重要性。

随着文化的演变，蛇的形象也发生着变化。受到众多文学作品的影响，蛇通常是冷酷的，但一旦修炼成妖，就会妖艳无比，能够迷惑于人，可让世间男子皆拜倒在她的石榴裙下，为此留下了一个成语，叫作蛇蝎美人，后世很多人将这个成语视作是在侮辱女性，其实它的本意是指蛇妖。

本篇文章是根据《博异志》《玉堂闲话》里的两则故事糅合编写而得，由于是融合了两个时代两本书的故事，因此在情节走向、细节上已与原故事相去甚远，使之更符合现代人阅读，同时想传达这样一个信息：凡事勿执迷，被蒙蔽了本心，一旦失去本心，便与原来的想法、愿景背道而驰了。

田螺姑娘：来自民间的温暖爱情故事

福州府侯官县有位叫谢端之人，幼时双亲亡故，邻居们见他可怜，将其抚养成人，乃是实实在在吃百家饭长大的。

由于儿时吃了许多苦，看尽人情冷暖，成年后谢端老成稳重，行事颇有规矩，因想到自己有手有脚，完全能够自食其力，便一一向照顾过他的邻居拜谢，说日后有能力时定报昔日抚育大恩。邻居们见他有这般心志，自也是十分欢喜，几家人一起做了顿饭，算是给谢端饯行，并愿他日后有所成就。

当然，这只是漂亮话罢了，一个孤儿，除了祖上留下来的两亩地外，一无所有，能有多大的成就？谢端心里也明白，只是附和着，接受着邻居的祝福，待吃完了这顿饭，向邻居辞别，去了自家的地上，花几天时间盖了两间茅草屋，砌了座土灶，又在山上砍些树木，做了张桌子、几把木椅，便算是建了个家了，虽然简陋些，好歹算是有了个栖身立足之所。

谢端人勤快，也能吃得了苦，种了一亩水稻，又栽了些时鲜菜蔬，闲时便去河里捕些鱼虾打打牙祭，莫要看日子过得清苦，却也饿不死，足以生存下来。

夏秋农忙时节，农民称为"双抢"，一是要抢收，将这一季成熟的稻谷收上来；二是要抢种，赶在入秋天凉前插下秧苗，因此在双抢时节，每一位农夫都是早出晚归，有些由于耕种地离家远的，甚至会带些干粮去，中午便在田间地头解决，一直忙到天黑时踩着月色回家。

谢端虽说种的地不多，可他只有一个人，没个帮手，因此也是一天到晚扑在地里。他的房子是盖在菜地里的，种水稻的地则在一里之外，为了节省时间，谢端早上出门时，也会带些干粮，中午饭随便在地里解决了，一直到晚上方才回家。

　　这一日晚上，谢端忙完农活踏着月色回家，刚入家门就觉得有些不对劲儿，光棍儿嘛，冷锅冷灶的，与所有的单身汉一样家里总不免冷冷清清的，可今晚进家时却没有了那种冷清的感觉。

　　感觉这种东西是非常奇怪的，一如家里有人住着便会有人气，人气这种东西是看不到摸不着的，却能够切切实实地感觉到。今晚谢端感觉到的就是人气这种虚无缥缈、却又真实存在的东西。他摸黑点亮了油灯，率先映入眼帘的便是一桌菜，不算丰盛，只是在他的菜园里就地取材做的，却要比他自己做的漂亮多了，看上去色香味俱全。谢端劳动了一天，本就饥肠辘辘了，看着那一桌菜忍不住吞了口唾液，再往土灶上瞧了一眼，似乎灶也是热的，应该饭也煮上了。

　　谢端诧异地摸了摸头，这是哪个替他做的饭菜？反身出了屋，往左右看了几眼，并没发现人，再往远处看，谢嫂家的灯倒是亮的，小时候他经常在她家里吃饭，莫非是谢嫂给他做的饭？

　　谢端是实诚人，若这顿饭果真是谢嫂做的，不能理所应当地享用，当上门去道声谢才是，便上了谢嫂家的门，问今晚的饭菜是不是她做的。谢嫂一听，不由得失笑道："这两天我家也忙得团团转，才回来没多久，自家的饭都还没有上桌呢，哪来的空闲给你做饭去？"

　　谢哥拍着身上的土也过来说道："我们确实回来没多久，未曾去过你家。这些天大伙儿都忙，不曾顾得上你，你小子是不是交了桃花运，让哪家姑娘看上了，偷偷地去给你做了饭？"

　　谢端哑然失笑，他家徒四壁，一穷二白，哪家姑娘能看得上他？再者说，他一天到晚扑在地里，从不曾与姑娘有过交集，哪有什么认识的姑娘哩？当下回了家，因肚子实在饿了，也不去多想，先吃了再说。

次日傍晚回家时，依旧如此，桌上有菜，灶里有饭。谢端搜肠刮肚地想了一遍，想不出有哪位会给他来做饭，心中十分纳闷。第二天一早，趁着四邻尚未出门，便一一去询问，都说自己忙得没空做饭，哪里有空闲给他做去！

没问出个结果来，大家却把这事儿当作了田间地头的闲话，一时传得沸沸扬扬，都说谢端那小子不知是交了什么桃花运，居然有人偷偷地照料，看来好事不远了。每听到这样的传言，谢端只是苦笑，人影都没见着，哪来的什么好事？

起先大家都认为是谢端腼腆，只偷偷地与人家姑娘交往，羞于出口，但这样的闲话传了几天后，大家都觉得无趣了，毕竟如果真有姑娘看上了谢端，这是好事，他没必要瞒着不说。其次，谢端就光棍一条，一无所有，若说有姑娘送上门去，这真的不太现实，除非脑子让驴给踢了。于是有人建议，这事透着古怪，让谢端先放下农活，把这事儿先弄清楚再说。

谢端也觉得是这个理儿，虽说有人做饭是好事，可吃着不知道是谁做的饭，心里终归别扭，是日下午，见太阳偏西，他特意放下农活提早回家，想要看看究竟是哪个在帮他忙。

将近菜地时，谢端发现他家的烟囱果然冒着烟，那个神秘人又在给他做饭了。看着那袅袅上升的炊烟，谢端的心里有温暖、有好奇，也有一丝丝的不安，对一个单身汉来说，那烟囱上的炊烟极具吸引力，因为有人做饭就代表家里有女人，男人在外做事，女人在家做饭，里外分工，相互扶持那才叫家，他一直渴望着想要有这么一个家，现在渴望的情景居然真的出现了，端的有些如梦如幻之感。可是她会是谁呢？好奇、不安和紧张一股脑儿席卷而来，有的时候未知的反而是美丽的，能让人产生期待和许多幻想，谢端的不安和紧张很大程度上来源于现实，因为在现实中他不过是一个极为普通的白丁罢了，心里非常清楚他对姑娘是没有什么吸引力的，这种残酷的现实犹如一柄利剑，在使劲地戳着他那些不切实际的美丽的幻想，一旦戳破，所有的梦幻都将不复存在。

然而人终归是要面对现实的，谢端为了避免被发现，找一条小路绕行，慢慢地往屋后靠近。后窗靠近灶台，菜香通过窗户不断地飘出来，谢端忍不住闭着眼大大地吸了一口，像一个贪婪的烟鬼，吸吮了一口后，脸上分明透露着一种满足。他走到后窗下面，小心翼翼地探出头去，借着夕阳的余晖往里一瞧，顿时呆若木鸡。

在屋里做饭的是一位姑娘，一位貌若天仙的姑娘！谢端忍不住揉揉眼，确定并不是自己眼花了，站在灶台前做饭的确实是一位美貌女子，在饭菜产生的烟雾衬托下，显得她肌肤越发地白嫩，一缕发丝从脸颊上斜垂下来，在她的唇角随风轻轻摆动，这使她的朱唇看上去更加诱人，从侧面看过去，她的睫毛很长，不时地随着眼睑的闭合而舞动着。

谢端看痴了，这是梦，是的，这是梦，作为一个一穷二白的单身汉，他非常有自知之明，因此极少幻想有朝一日能娶上一位媳妇成家，更加不敢奢望有一位如此貌美似仙的女子甘心委身下嫁，来他的茅草屋里跟他一起同甘共苦。

不知何时，饭菜已经做好，那姑娘把做好的菜一碗一碗地在桌上摆好，排列整齐，嘴角微微上扬着，似乎对自己的成果非常满意。而后转身，翩然走出门去，倩影在前窗一闪而没。

她去干什么了？谢端又偷偷地从屋后绕回来，身子贴着墙角往正门打量了下，却未发现人影，一时心下好奇，方才明明见她出来了，如何不见人？思忖间，慢慢地现身出来，跟做贼似的打量了许久，依旧没有看到人影，心里不由得急了，前前后后找了一遍，那姑娘竟似从未出现过一样，杳无踪影。

真的是梦吗？谢端怅然地走入屋内，屋里有饭菜的香味，以及刚才那位姑娘留下的淡淡的味道，这不是梦，这两天他每天吃着她做的饭菜，怎可能是梦？如此想着，他再次走出屋去，边留意着周围，边轻轻地喊："你在哪里？"

一连问了数声，没有人答应他。谢端叹息一声，回身入屋。

饭菜依旧很香，可是今晚的这餐饭却让谢端食不知味，她的出现彻彻底底把他的心搅乱了，她是谁，从哪儿来又往何处去了，为何要每日过来给他做饭……一系列问题不断地浮上心头。当然，除此之外还有一番剪不断、理还乱的别样滋味在心头。

第二天谢端没有去地里，在家待了一天，期望着那姑娘再次出现，可惜的是佳人一去从此杳无踪影，他意识到那姑娘可能不想与他见面，第三日便又去了地里干活。及至夕阳西下，他觉得不甘心，无论如何也得再见她一面，问问她是谁。当下放下农活，往家里赶。这一次他没往后屋绕，而是借着田埂隐藏身子，往正门方向蹑行过去，选了个适当的位置后，便潜伏下来，看看那姑娘到底是从哪儿来的。

当太阳落下山头的时候，那位姑娘果然又出现了，原来她本身就藏在他的家里，准确地说是从门口的水缸里出来的。那口缸放在屋檐下，以便下雨的时候能够顺便储蓄雨水，平时是装满了水的，那么问题就来了，她怎么会躲在水缸里呢？

谢端想起来了，平时农闲的时候，他经常会去河里摸鱼虾，大约半月前，他在河里摸到一只田螺，有拳头大小，这么大的田螺生平未见，因觉得煮了可惜，便临时将它放在了门口屋檐下的水缸里，难不成……

谢端被自己的想法吓了一跳，难不成这位姑娘是田螺变的？世间之事，无奇不有，为了证实自己的想法，谢端悄悄地摸出去，走到门前的水缸前，往里面一瞧，那只田螺壳还在，却是空的，他伸出手臂将田螺壳捞起来，抓在手里，往里屋走。

走到门前，谢端的声响惊动了姑娘，抬头一看，见到谢端正堵着门，一时惊慌失措。

"我不会伤害你。"谢端提前表明了态度，然后问道，"你是谁？"

"我……"姑娘眼神慌乱，俏脸发白，不知如何回答。

"这是你的吗？"谢端将捏在手里的田螺壳亮了亮问道。

姑娘看到他手里的田螺壳便更慌了。谢端终于证实了自己的猜想，原来她真的是田螺姑娘，便向她鞠了一躬，真诚地道："多谢姑娘！"

被他如此郑而重之地一谢，田螺姑娘的戒心消了大半，敛衽回礼。谢端走入屋内，恐让人发现，特意掩上了门，这才问出了心中疑惑许久的问题："姑娘为何要给我做饭？"

田螺姑娘道："只是见公子辛苦，想帮衬着些。"

"你真的是我捡回来的田螺所变？"

田螺姑娘认真地看着他问道："你怕吗？"

谢端笑笑道："不怕。"如此美貌的姑娘，哪个见了会怕哩！

"如此便好，我来为你做最后一顿饭。"田螺姑娘转身走向灶台。

谢端吃了一惊，问道："为何是最后一顿饭？"

田螺姑娘回头道："被你发现了玄机，我就不能继续留下来了。"

谢端把手里的田螺壳往背后一藏，道："若我不想让你走呢？"

田螺姑娘回身看着他，道："你想留我下来吗？"

谢端道："我从小便没了父母，孤苦无依，是吃百家饭长大的，看尽了世态炎凉，尝遍了人情冷暖。我本以为此生会孤独终老，不会有人来与我这样的一个单身汉厮守一生，你的出现让我尝到了人间的温暖，这两日来可能在你看来，只是为我做了几顿饭，可在我心里你不只为我做了饭，还为这个家注入了温度，这间茅草屋终于像个家了。"

田螺姑娘静静地听着，没有言语。谢端继续道："'家'这个字在我心里可望而不可即，它是美好的、温暖的，能让人卸下一身的疲惫。然而从小到大，它就像颗星星，我只能远远地望着、希冀着，一旦回到现实当中，我甚至害怕去想，谁会看上我这样一个一穷二白的人呢？是你让我看到了希望，如果你不嫌弃我，愿意与我共守一生，我亦将不离不弃，与你相守终老。"

田螺姑娘听完这一番至诚至真的话，似乎有些感动，然而那一丝感动却一闪而没，很快就恢复了正常，说道："我给你个选择吧。"

"选择什么？"

田螺姑娘道："我因修炼两百年才得以幻化人形，因此你手中的田螺壳也是个宝物，你如需食粮，它便会给你变化出粮食，你若需财物，它便会给你变化出金银，能使你一辈子吃喝不愁，享用不尽。"

谢端看了眼手里的田螺壳，没有言语，等着她说下去。田螺姑娘语气一顿，继而又道："如果你想让我留下来，也无不可，但那田螺壳便不能要了，我们只能过凡人的生活，日出而作，日落而息，做一对平凡的夫妻，如此虽是清苦了些，但在你我共同的努力下，过日子却也不成问题。"

"田螺壳与我，你选择哪一样？"田螺姑娘说完这句话，便盯着他的眼，似要将他的内心看穿。

不能两样都选吗？谢端险些脱口而出，但随即他就明白过来了，天下无不透风的墙，田螺壳是个宝物，可它同时也是个祸害，他这个原本一无所有的光棍汉突然之间家缠万贯，吃穿不愁，还凭空多出来一位貌若天仙的妻子，早晚会让人起了疑心，到时候会是个怎样的结果殊难预料，所以若他真心想与她做一对平凡夫妻，安安稳稳地过一辈子，便不能不劳而获，梦想一夜暴富。

"我选择你。"谢端真诚地道。

田螺姑娘眼神里闪过一抹异样的色彩，问道："为何？难不成去过衣食无忧的日子不好吗？"

"我虽穷，却有志。"谢端道，"若能娶你为妻，乃是在下三生有幸，何敢苛求其他？倘若真想给你幸福，让你过上衣食无忧的日子，那也必须用我的双手去争取，那样的幸福才是真正的幸福。"

田螺姑娘莞尔一笑，脸上洋溢着幸福，她没看错人，这世上有许多人见财忘义，得了财便忘本，他并非这样的人。事实上刚才给他的选择是一种考验，考他的性、验他的心，如若他真是可以托付之人，那么她也愿意放弃这两百年的修行，与他做一对平凡的夫妻。

　　"你答应了吗？"谢端看着她的神情变化，喜出望外，急迫地问道。

　　"嗯。"田螺姑娘低低地应了一声，谢端大喜，忍不住上去将她拥入怀中。

　　后来谢端在田螺姑娘的帮助下，攻读参加科举，官至县令。

🌧 解说妖怪

　　田螺姑娘的故事作为民间传说，流传甚广，我从小也是听着这故事长大的，至今依然印象深刻。

　　民间传说很大程度上是老百姓心理诉求的一种反映和折射，一般结局都是圆满的，小时候听这些故事，觉得很温暖。

　　田螺姑娘的故事最早出现在《搜神后记》（又名《续搜神记》），与笔者的故事略有不同，在细节上做了些补充，以及一些合理的想象，但主要情节是一致的，以使这个故事在改编的同时又未失原味。

　　现将原文摘录如下，以供大家品读：

　　晋安帝时，侯官人谢端，少丧父母，无有亲属，为邻人所养。至年十七八，恭谨自守，不履非法。始出居，未有妻，邻人共愍念之，规为娶妇，未得。

　　端夜卧早起，躬耕力作，不舍昼夜。后于邑下得一大螺，如三升壶。以为异物，遂以归，贮瓮中。畜之十数日。端每早至野还，见其户中有饭饮汤火，如有人为者。端谓邻人为之惠也。数日如此，便往谢邻人。邻人曰："吾初不为是，何见谢也？"端又以邻人不喻其意，然数尔如此，后更实问，邻人笑曰："卿已自取妇，密著室中炊爨，而言吾为之炊耶？"端默然心疑，不知其故。

后以鸡鸣出去，平早潜归，于篱外窃窥其家中，见一少女，从瓮中出，至灶下燃火。端便入门，径至瓮所视螺，但见女。乃到灶下问之曰："新妇从何所来，而相为炊？"女大惶惑，欲还瓮中，不能得去，答曰："我天汉中白水素女也。天帝哀卿少孤，恭慎自守，故使我权为守舍炊烹。十年之中，使卿居富得妇，自当还去。而卿无故窃相窥掩，吾形已见，不宜复留，当相委去。虽然，尔后自当少差。勤于田作，渔采治生。留此壳去，以贮米谷，常不可乏。"端请留，终不肯。时天忽风雨，翕然而去。

端为立神座，时节祭祀。居常饶足，不致大富耳。于是乡人以女妻之。后仕至令长云。今道中素女祠是也。

彭侯：樟树沟诡事

八闽第一郡建安，乃琅嬛福地，商业兴盛，百姓富足，是除江浙之外另一处繁华所在。

建安东郊有个叫作樟树沟的村子，住有百余户人家，这里的百姓多以务农为主，也有些头脑活络的外出经商。那些小商小贩常常早出晚归，披星戴月赚些辛苦钱，好在虽然操劳，却要比务农赚得多些，因此近些年来，樟树沟经商者越来越多。

本来这个村子一直平安无事，百姓赚些小钱亦可过日子，然而这两年时常发生些诡异之事，教村民们惶恐不安，那些外出经商者夜归时，常无故失踪，报官后也是查无所获，成了悬案，然而在村民心里却化作了一块悬在心口的巨石，一日不解决便一日难安。

有人传言，说是村里有妖怪作祟，那妖怪云里来雾里去，见首不见尾，专食人兽而充饥，那些失踪的人多半是让妖怪吃了。

这种传言传的人多了，难免会引起恐慌，一时大家都不敢夜归，或夜宿在外，或提早回家。当然也有不信邪的，说是这世上何来甚妖怪，都是痴夫愚妇的谣传罢了。

此人叫作姚大牛，外号姚大胆，生得五大三粗，若铁塔一般，有一身使不完的力气，他当众向村民夸下海口，今晚就去来回走几趟，看看有哪个妖怪敢向他下嘴。有几人趁机起哄，说有没有妖怪让姚大胆验验便是。

当天晚上，姚大牛果然踏着月色走出村口去，有许多村民为他送行。当然，这些送行的人群之中，绝大部分是因为好奇或单纯瞧热闹的，在姚大牛走出村口时，有人在后面喊："要不要我们几个兄弟陪你一道儿去？"

姚大牛头也没回，只朝后面摇摇手，相当地自信，便又有人喊："真的不会被吓破了胆吗？"

姚大牛高声大笑，他并不想跟那些人斗嘴，他姚大胆天生一副豪胆，生平未曾怕过谁，若是让那些谣传吓破了胆，岂不是天大的笑话吗？

姚大牛的身影在前面消失，走入了茫茫的夜色之中。与此同时，一起消失的还有那些前来送行的村民挂在脸上的笑容，事实上他们的内心并不轻松，如果以前失踪的那些人真的是让妖怪吃了，姚大牛还能回来吗？毕竟这是人命关天的大事，在生死面前没有人能轻松得起来。

夜似乎一下子就静了，除了风声外，听不到任何声音，静谧得有点儿瘆人。

"我们要回去吗？"其中一人开口问。

又静了会儿，终于有人回答道："再等等。"

是的，再等等，大伙儿都认同这个回答，毕竟姚大牛是为了全村人去铤而走险的，没人陪他去倒罢了，连等他的耐心都没有，这便有些说不过去了。

时间过得很慢，等待的时间更是难熬，他们眼巴巴地看着姚大牛消失的方向，一种叫作紧张的东西在静谧中逐渐升华，在流逝的时间的催化中渐渐地变成焦躁，这种紧张和焦躁最终一点一点地汇聚成为恐惧。

已经有一个时辰了，以姚大牛走路的速度，他足以在附近兜一个来回，至今未见踪影，只能说明一个问题，那就是他和以前那些人一样，也失踪了！

"怎么办？"有人颤抖着问。

"要不……"

"去看看吧。"当中也有一些胆大的，提议道，"再去找些人来，每个人手中都举一支火把，人多力量大，总能发现端倪。"

其实大伙儿心里都明白，这个问题如果一直悬而未决，影响的可不仅仅是眼前的生活而已，且还会影响后代，如果樟树沟的人一直生活在恐怖的阴影之中，那么他们还有希望吗，还有未来吗？

"好，走！"不知是谁大喊了一声，"回村再去叫些人来，说不定还能救回姚大胆。"大伙儿都豁出去了，纷纷往村里赶，呼朋唤友，晓之以理，动之以情，召集了百来号人后，每个人手里都燃起一支火把，一起往村口走去。

走出村口时，大伙儿心里不免又紧张起来，万一真的遇上妖怪了如何是好？这种紧张的情绪是会漫延的，一时间有不少人打了退堂鼓。亏的是他们有个领头人，再加上人人手中都举着火把，上百支火把一照，视线可及范围内亮若白昼，因此在领头人的鼓励下继续又往前走。

距离村口十余丈的地方，有一棵樟树，很大，树干须三人合围，枝繁叶茂，亭亭如盖。据村里的老人讲，这棵樟树已有几百年了，这个村子也正是因了它才被命名叫樟树沟，是远近最具标志性的一棵大树。

走到这棵樟树前面时，大家分别往四周打量了下，并未发现姚大牛的踪影，此时恐惧再次在大伙儿的心里漫延，因为按照姚大牛的计划，从村里出来走到这里时，要重新返回村里，这就是他说的要来回走几趟的具体路线。现在大伙儿没有在半道上碰上姚大牛，说明他没有返回去，那么他去哪里了呢？

毫无疑问，姚大牛失踪了。

一阵风吹来，树叶沙沙作响，树枝摇晃着，一如怪人般地张牙舞爪。人群中开始骚动起来，这棵大树在此时看来，也让人莫名地不寒而栗。有人说此地不宜久留，得快点回去，不然的话大伙儿都得遭殃。

这时候领头的那人开口了，他是村里的族长，虽已是六旬开外，白发苍苍，却目光睿智，神色坚毅，他反问大伙儿道："你们能躲到哪儿去，躲到几时？"

此话一落，骚动声立止。是啊，如果那些人都是在这儿附近失踪的，那就说明危险就在左右，而且没有人能躲得过这危险，万一哪天这种危险朝村里发展，那么村里人有几个能活得下来？

一旦涉及自己的利益和生命时，谁都不敢再有什么异议，族长建议大家齐心协力，以十人为一组，分头看看附近有什么异常，并交代切不可单独行动，一旦发现异常要向大伙儿示警，以免发生意外。

大家称"好"，便以十人为一组，分头搜寻，只一会儿就有人发现了异常，众人忙上去察看，只见那棵老樟树上似乎有血迹，借着火把的光凑近一看，那血还是新鲜的，且分明能闻到股血腥味。

"这一定是姚大胆的血！"

"看来他真的死了！"

大家脸色大变，在火光下看来一个个面目惊恐，人死了只见血迹，尸体呢？莫非真是让妖怪吃了不成？倒是族长尚显得镇定，说道："眼下尚不知是人为还是妖怪作祟，大家先不要自乱了阵脚，既然已发现可疑之处，须尽快报官，让官府来处理。"

众人称"是"，当下选了两个走得快的人，连夜报官，其余的则继续留下来保护现场，并尽量地离樟树远一些，依旧以十人为一组，在各个方向巡查，以免发生意外。

约一炷香工夫后，官府的人便到了，领头的是建安郡新上任的太守陆敬叔。

陆敬叔颇有些胆识，甫上任也想在当地树立些威信，关于樟树沟的多人奇异失踪事件，他亦有所耳闻，今既发现端倪，他便想在自己手里破了这桩悬案。

陆敬叔带着衙门里的人在樟树周围看了一圈，最后大家汇总信息，交换意见。负责侦查的捕头认为，妖怪吃人之说未免荒谬，况且迄今为止谁也没有亲眼见过妖怪，作为官府不能以谣言来当作侦查方向。

陆敬叔表示同意捕头的说法，官府若被民间那些子虚乌有的谣言带着跑，那是要闹出笑话来的，至少在没有证据证明是妖怪作祟之前，理应当作普通的命案来处理。当下派遣捕快去附近搜查，因为根据村民提供的线索分析，姚大牛失踪不久，且在樟树上发现了新鲜血迹，说明命案发生不久，尸体应该还在附近，仔细搜查的话定能发现线索。

然而奇怪的是，捕快在附近仔仔细细地搜了一遍，竟然未发现任何蛛丝马迹。陆敬叔眉头一沉，难不成真是妖怪所为？他上上下下地打量了遍眼前这棵樟树，血迹只在这棵树上出现过，其他地方均未发现，那么只有两种可能性，一是这棵樟树有古怪，换句话说如果是妖怪所为的话，那么即便不是树精吃人，那妖怪也有可能藏在这棵树里面；二是有人行凶后藏尸在树里了。

"我听说这棵树已有几百年了是吧？"陆敬叔转头问族长，族长连忙点头称"是"。

陆敬叔又问道："我可否砍了这棵树？"

族人惊了一下，脸上显然有些犹豫，这棵树对樟树沟的人来说意义非凡，真要是砍了，不免有些可惜，然而想到失踪了那么多人，玄机有可能藏在树中，便勉强点了点头。

陆敬叔下令砍树，两名壮汉抡斧便砍。一声声砰砰声在夜间空旷的原野上回荡，响得人心头突突直跳，有些胆小的村民悄悄地往后躲，万一妖怪真躲在树里，它随时都会逃出来，为免遭池鱼之殃，还是躲远些为妙。

陆敬叔目不转睛地看着樟树，事实上此刻他也同样紧张，甚至是有些害怕，如果真从里面跳出只妖怪来，要怎生对付？

"停一下！"陆敬叔似乎发现了什么，忙叫了一声，然后从旁边的捕快手里取过一支火把，往树干上一照，不由得脸色微微一变。

几个胆大的也凑上去看，只见树干被斧头砍过的地方在渗水，不对，那不像是水，它是红色的，更像是血！

树怎会流血？陆敬叔几乎不敢相信自己的眼睛，狐疑地望了眼旁边的捕头。那捕头似乎不信邪，走上两步，伸手将树上的那红色液体蘸了些在手指尖上，然后凑近鼻端闻了闻，有一股浓烈的腥味，是血，却不像是人血。

捕头立时提高了警惕，他此前一直不太相信是妖怪所为，看来是估算错误了，右手往腰间的佩刀一扣，随时准备出手。其他人见状，神经顿时紧绷起来。

说时迟那时快，只听得一声厉叫，鬼哭狼嚎一般，紧接着黑影一闪，从树干内钻出一个东西来。

火光下大伙儿看得分明，那东西长着一副人脸，然而面部以下却像条狗，全身长着黑色的毛，倒刺一般根根竖起，目露凶光，嘴角露着两枚獠牙，一副随时都会扑上来吃人的样子。

众人乍见这人面狗身的妖怪，吓得尖叫声四起，纷纷往后退。

"拦住它，莫使它跑了！"陆敬叔大喝一声，捕快率先抢攻上去，一时刀光四起，将那妖怪围住。

"这究竟是何物？"族长也有些惶惧，问陆敬叔道。

陆敬叔道："此物唤作彭侯，虽属妖怪，然而法力不强，可击杀之。"

族长闻言，转目见众捕快与那彭侯斗作一团，看这情形短时间内难分伯仲。一般降妖伏魔须请有道高僧作法，现在几个捕快就能跟这妖怪打个平手，可见陆敬叔所言不虚。想到此处，族人略微放心了些，组织了一批年轻力壮的村民协助捕快伏妖。

人多力量大，彭侯除了凶残些外，并不会使妖法，可是再凶残的妖兽，也挡不住一群人的围攻，身上被砍了几刀后，战斗力直线下降，又过一会儿，血流如注，最终血尽而亡。

看着那妖兽身亡，大伙儿都松了口气，樟树沟的妖怪之乱自此平息，陆敬叔由于带领众人除妖，为民除了祸害，声望大增。

☁ 解说妖怪

　　严格来说彭侯是传说中的树精，关于树精的传说有很多，彭侯只是其中的一种。所谓山中多有千年树，世上难逢百岁人，树木在人们的意识里是长生的代表，由于它经年累月吸收天地之精华，又经百岁千年修炼，它是有成妖之基础的，所以在众多的神话传说中，树精屡见不鲜。

　　《搜神记》引《白泽图》的话说：木之精名"彭侯"，状如黑狗，无尾，可烹食之。

　　《白泽图》是黄帝的时候一个叫白泽的人写的一本书，实际上是一本关于中国上古妖精的百科全书，关于这本书也有一个小故事。白泽是上古时期一种至高无上的神兽，祥瑞之兽，他上知天文，下知地理，晓过去之历史，测未来之吉凶，十分了得。有一年黄帝巡狩，临东海、登恒山时，偶得白泽，便问天下鬼神之事，白泽对答如流，且如数家珍，黄帝遂命其画下来，以示天下。这就是《白泽图》由来，又称《白泽精怪图》。

　　本文的故事是以《搜神记》为蓝本改编而得，现将原文摘录如下：

　　吴先主时，陆敬叔为建安太守，使人伐大樟树，下数斧，忽有血出，树断，有物，人面，狗身，从树中出。敬叔曰："此名'彭侯。'"乃烹食之。其味如狗。白泽图曰："木之精名'彭侯'，状如黑狗，无尾，可烹食之。"

马皮蚕女：蚕神的传说

边关，荒漠，无边无际的荒漠。

太阳火辣辣地照着，似乎想要把这片土地上所有的水分都烤干，放眼望去，一片金黄，除了这黄色的沙子外，便看不到其他任何颜色了，在这样的地方待久了，甚至会产生一种错觉，这世界竟是如此单调，单调得令人发慌、发怵。

陈数忠抹了把即将滴到眼皮上的汗珠，然后看了眼他身边的五位兄弟，彼此都没有说话。

两天前双方一场恶战，虽说各有伤亡，谁也没有讨到便宜，但是，他们这支军队是从关内调过来的，绝大多数人没有在关外苦寒之地生活过，适应不了沙漠作战，时间一长，难免露怯，所以主帅的意思是速战速决，因此遣五人来敌后侦察，试图找到一个突破点，给予敌方致命的一击。

陈数忠等五人接到命令后，今日凌晨天尚未亮就出发了，天放亮后，为免被敌人发现，放慢了速度，一路潜行，连续走了十余里路后，时值中午，太阳炙烤着大地，像火炉一样，晒得人皮肤都火辣辣地疼，苦的是目之所及，竟无一处阴凉之所，陈数忠等人相互看了一眼，嘴角露出一抹苦笑，在这种恶劣的环境下，他们只能暂时选择蛰伏休息，以保存体力，等到下午热浪过去再行动。

可是令陈数忠等人没想到的是，即便如此，他们还是暴露了。在沙漠上一切行动的印记都会被大自然忠实地记录下来，要是换作有经验的侦察士兵，在这种绝地荒漠上，一般会采取两种方式来逃避敌方的追踪，一是将队伍分作几批，将真实的行动轨迹打乱，迷惑对方；二是派一人断后，负责清理留下的脚印。奈何从关内调来的人没有沙漠实战的经验，居然将这种重要的步骤忽略了。

奔雷般的蹄声倏地响起，敌方像幽灵一般忽然出现在他们的视线中，马蹄卷起一片弥天的黄沙，快速地朝这边奔袭而来。陈数忠等人见状，脸色煞白，被烈日烤了大半天，身子像花草那样晒蔫了，连逃跑的力气都没有，只有被擒的分儿。

"拼了吧。"其中一人吃力地站起来，咬着牙说了一句。陈数忠等人想也没想，点头称"好"，他们太清楚被俘虏的后果了，与其受尽凌侮后被杀，倒不如拼他一回，死也死得像样些。锵锵数声，五人拔刀在手，蓄势待战。

马队很快就将他们围住，绕着圈儿奔跑，黄沙随风扬起，眯得他们睁不开眼，然而对方却嬉笑着，这种恶劣的环境对他们来说早就习以为常，根本不算什么，逮着几个敌方的探子，便如猫逮着了老鼠一般，非要戏耍一番方才痛快。

"嗖"的一声，套马索穿透沙子呼啸而至，陈数忠他们不曾防备，身边一人应声而倒，像沙包一样被拖着跑。又是"嗖"的一声，如法炮制，五人无一幸免，俱被套住，拖在马后面跑。陈数忠大叹一声："吾命休矣！"

到了敌营，难免经历几番拷问，受些活罪，有两个态度蛮横的兄弟已被当场刺杀，剩下的陈数忠等三人，情知离死不远，心里不免都有些伤感。

"你现在最想要什么？"一名兄弟向陈数忠问。

陈数忠微眯着眼，晒了大半天，又经几番拷问，他实在太累了，恨不得睡过去以后便不会再醒来，免得再受罪。

"我想女儿了。"陈数忠的语气像是在喃喃自语，轻得只有他自己才能听得见，但是他似乎动情了，动了动眼皮又道，"有一年没见她了，怪想念的。"

"多大了？"

"及笄了。"陈数忠大大叹息一声，"若非我出征，本该替她张罗婚事了，可现在……怕是见不到她成家了……"说到此处时，陈数忠不由得唏嘘起来。

"人在疆场，命不由己，且想开些吧。"

"想开了吗？"门"砰"的一声打开，进来一位魁梧的大汉，满嘴的胡楂子，看了眼面前的三人，咧嘴一笑，"想开了就好，送他们上路吧。"

后面跟着的两名士兵得令，抽刀在手，不由分说，手起刀落，就把陈数忠的两位战友杀了。

那大汉冷笑着道："给你个活命的机会，要吗？"

陈数忠闭上眼睛，没去理会，四位兄弟相继赴难，他岂能出卖国家、出卖兄弟偷生？

"何苦呢？"那大汉俯下身子凑过头来，"其实我要知道的仅仅只是贵军的一些基本情况罢了，比如士兵的情绪、后勤的补给等，即便是说了，也谈不上什么背叛。"

陈数忠依旧不言，在被抓的那一刻起，他便做好了赴难的准备，作为一名士兵，到了战场只有两条路，要么生，要么死，没有第三条路可选。

那大汉脸色一沉，朝旁边的人使了个眼色，那人会意，举刀便砍。

刀光乍起，在将要砍落的那一刻，外面倏地传来一阵嘈杂声，那大汉粗眉一扬，恼怒地道："出了什么事？快去看看！"

还没等他们出去，外面已有人跑进来禀报，说是有一匹马闯入军营里来了。

马对在大漠草原上生活的人来说太稀松平常了，那大汉闻言，扬手就是一巴掌打过去，打得来禀报的士兵脑子嗡嗡作响，喝道："你们没见过马吗？一匹马闯入军营来，何至于闹出如此大的动静？"

那士兵捂着脸道："将军，不是我等拦不住，那马有些古怪。"

那大汉豹目一睁，斥道："有甚古怪？难不成长了翅膀？"

"倒是没长翅膀。"那士兵道，"它不惧刀枪，横冲直撞，疯了一般。"

"那就直接砍杀了。"那大汉边说边掀起营帐的门帘，岂料刚出门，便觉眼前白影一闪，快若电闪，疾风飒飒，饶是他神勇，却也被吓了一跳，定睛看时，只见一匹白马扬起前蹄，从侧面腾空跃将过来。

"好家伙！"那大汉急忙躲开，回身时已抽刀在手，欲扑上去将它擒住，没承想那白马落地时转了个方向，冲入了营帐。

"找死！"那大汉打小在马背上长大，什么样的马没见过？你冲到营帐里去，岂非自寻死路吗？闪身入了帐内，却见白马一口咬断了绑在陈数忠身上的绳索，待陈数忠上了马背，长啸一声，从营帐的另一侧闯了出去。

营帐虽厚，终归是布制，那白马力道极大，冲破营帐，飞奔而去。

"拦住它！"那大汉大喝一声，随即冲出去，从一名士兵手中夺过弓箭，拉弓便射。前面那白马似有灵性一般，听得后面劲风飒然，铁蹄一扬，变了个方向，闪身避开。

军营里的士兵早就围了过去，刀枪齐上，想要将它拦下来，那白马腾挪闪跃，极其灵巧，往往在千钧一发时化险为夷，虽说身上被划了几道血口子，却未伤及根本，驮着陈数忠闯出了敌营去。

那大汉眼睁睁地看着白马远去，倒是没怎么恼怒，只觉有些可惜，此马委实神勇，要是能成为他的坐骑，他必能如虎添翼，横扫战场。

从敌营逃出来后，陈数忠就像是做了一场梦，本以为必死，没承想白马从天而降，救他逃出虎口，最教他难以想象的是，这匹马是他家中私养的，平时只作为代步使用，因此出征时也并未将它带来战场，那么它是怎么来的呢？为何会在他千钧一发之际救了他的性命？

死里逃生，虎口脱险，陈数忠自然是高兴的，可缓过气来后，一个又一个的疑惑涌上心头。垂目看时，白马身上兀自在滴着血，便伸手抚摸着它的鬃毛道："马儿啊马儿，你不惜以身犯险救我出来，实在是我的救命恩人，不枉我养你一场，现已远离敌营，不妨停下来歇息一下。"

那白马似乎听懂了他的话，嘶鸣一声，却不曾停下来，兀自往前奔。奔出十来里路后，陈数忠发现不对劲了，因为他们所行的方向不是返回军营的，便急拉缰绳道："我须回军营复命，莫坏我事。"

白马扬蹄疾奔，浑然没有听见陈数忠所说。陈数忠急了，喝道："我既出征，便是死也不会临阵脱逃，你这畜生陷我于不忠不义，休怪我不念你救命之恩，将你杀了！"

白马依旧不听言语狂奔，陈数忠扬手便想要打，然而手扬起后终究没有拍下去。倒不是他疼惜白马舍不得下手，而是想到今天这事，委实太过蹊跷了，先是白马舍命救主，不顾一切在敌营里跑了个来回，把他从阎王爷那里拉了出来，这意味着什么呢？

首先足以说明这白马是有灵性的。其次，白马从他的家乡跑出来，千里迢迢，跋山涉水，目的仅仅是来救他出敌营吗？显然这是不合情理的，因为家里就他的妻子和女儿二人，她二人又不是能掐会算的神仙，怎知他落于敌手，身犯大险？

想通了这个关节后，那么只有一个可能性，那就是他的家里出事了，急需他回去处置，此马有灵性，听了主人吩咐来边关寻人，这才机缘巧合救了他一命。

想到此处，陈数忠心中的火气便烟消云散，将手收了回来，又问道："可是家中出了事？"白马嘶鸣一声，似乎是在回应。

罢了罢了，既是家人有难，作为丈夫和父亲无论如何也不能置身事外，待处理完家事再回军营就是了，便又道："马儿啊马儿，如此便辛苦你跑快些，容我去家中将事情处理了，再回军中。"

白马一声嘶鸣，跑得更快了，若风驰电掣一般，陈数忠只觉耳边风声呼呼作响，天亮时便已入关。当天日暮时分，就到了家门口。陈数忠跳下马，顾不上身心疲惫，飞奔进去。许是里面的人听到声响，门"吱呀"一声打开，走出一人来，陈数忠定睛一看，正是他的妻子，他上上下下仔细打量了番妻子，确定她没事后，心中反而紧张了起来，妻子没有出事，莫非是女儿出事了？

陈妻见他一身是血，神情紧张，眼神慌乱，不知出了何事，忙不迭地迎上来，问道："你如何忽然回来了？"

我如何忽然回来了？难道不是你们叫我回来的吗？

"女儿呢？"陈数忠紧张地问。

话音甫落，只听得一声呼喊，女儿陈素之若花蝶般从屋内翩然而出，见到父亲一身是血，衣衫不整，娇颜一变，泪珠儿盈盈欲坠，扑在父亲怀中嘤嘤哭将起来。

陈数忠边抱着女儿，边问道："你与母亲在家中可好？"

陈素之点头道："都好，都好，就是想爹了。"

陈数忠闻言，悬着的心终于放下了，但与此同时心中的疑问却在蔓延，既然家中无事，白马为何要将他急着驮回来？

在妻子的照料下，陈数忠换了身衣衫，处理了伤口，又吃了些食物后，陈数忠的精神恢复了不少，便将在关外的情形简单地描述了一遍，又问道："这白马虽救了我一命，行为却颇是古怪，不知是受何人指使。"

陈素之闻言，喜极而泣，道："原来白马救了爹一命，实在是太好了！"

陈数忠问道："莫非白马是受你指使的吗？"

陈素之望了眼母亲，然后摇了摇头。陈数忠转首望向妻子，陈妻眉头微微一蹙，道："这事说来也奇怪。那一日我与素之二人在院中与你的几位友人闲话，大家说到你出征已逾一年，音信全无，均担心不已，当时我说了一句，哪个要是能让你回家，愿将素之许配于他。这其实是闲话时的一句戏言罢了，你出征在外，有军令在身，哪有说回就回的道理？因此当时大家也只是笑笑，没人接这话茬，可谁知拴在院中的白马竟嘶叫一声，挣脱了缰绳，飞奔出去，你那些友人追出数里也未曾追上，大家都说可惜，多好的一匹马竟跑丢了。我与素之也颇觉无奈，只当是那马脱缰跑了，没承想它居然真的驮了你回来。"

陈数忠听了这话，面色开始凝重起来，难道白马是因为他的女儿才冒险去救的他？然而再细想，却又觉得是无稽之谈，即便是白马有灵性，能懂人言，可毕竟人马殊途，怎么可能嫁与畜生？当下也没将此事放在心头，只交代妻子，日后不可再拿女儿的终身大事开玩笑。因急着要赶去军营复命，不便耽搁，连夜辞别妻女，打算骑那白马回去。谁知白马竟不让他骑，嘶鸣着跳跃着，一副急躁不耐烦的样子，好像是在责怪他们食言了。

陈数忠大怒，喝道："你这畜生，莫非果真想与素之婚配不成？"

白马站在陈数忠面前，一声长鸣，像是在跟他叫板，莫非你真想要赖不成？

"锵"的一声，陈数忠拔刀在手，厉声道："我养你乃为代步奔走所需，忠于主人，解主人之忧乃是你的本分，可你若有非分之想，就莫怪我不念你救命之恩了。"

白马似乎听懂了陈数忠的言语，又急躁起来，陈数忠将手里的刀一挥，道："好你个畜生，这般刁难，岂能容你！"月光下精光一闪，白马应声而倒。

陈数忠杀了马后，将马皮剥了下来，晒在架子上，又将马肉剁了，交代妻子反正自己也吃不完，明日可送些去与友人享用。做完了这些事后，走出屋来，打算去附近驿站借匹马去军营。

妻女都出来送行，然而怪事就在这一刻发生了。在陈素之经过那张马皮处时，马皮倏然飞起，裹了陈素之飞向天空。陈妻大骇，忍不住惊叫了一声，陈数忠扭头看时，陈素之已让马皮裹作一团，越飞越高，陈数忠又惊又怒，提了刀就追。

奈何马皮飞得极快，追之不及，当下连夜报官，寻了两日，未见踪迹，陈数忠夫妇悔恨不已，谁能想到一句戏言，竟会害了女儿性命。

又过一日，依旧寻找无果，陈数忠心灰意冷，只得向妻子辞别说，军令在身，不可再拖延时日，须速回去复命，至于素之的事，业已至此，无可挽回，须想开一些。

半年后，陈数忠出征归来，见妻子容颜憔悴，仿佛在这半年间老了十数岁，不禁唏嘘不已，因此劝慰道："素之失踪已逾半年，虽说生不见人死未见尸，但我们与白马毕竟无冤无仇，不至于会要了她的性命，我会扩大搜寻范围，定将她找回来。"

陈妻幽幽一叹，道："我且带你去个地方，你看了便知。"陈数忠惊讶地看了眼妻子，不知她要带他去何处，因此跟了出去。

这是一片桑树林，时值暮春，树叶正绿，陈数忠在这里住了半辈子，从不知此处有片桑树林，正欲相问，只听得陈妻指了指前方不远处的一棵桑树，道："你看那是何物。"

陈数忠打眼一看，心头大震，那棵桑树上挂了张马皮，分明就是他亲手剥下来的那张，不禁回头问妻子道："马皮在此，未见素之吗？"

陈妻走上前去，站在马皮底下一指，道："你再看看。"

陈数忠定睛一看，只见马皮之下有条硕大的白色蚕虫，正在吐丝，其周围已织了许多茧，一团一团的，较普通的茧更大更厚。陈数忠越看越是心惊，恐慌地看着妻子道："你是说素之业已化蚕？"

陈妻看着那条蚕早已泪流满面，陈数忠想到自己的女儿化蚕，也忍不住抽泣起来，夫妇二人相拥而泣。

原来这片桑树林是白马为了养素之而幻化出来的，它不能跟素之结为真正的夫妻，却以这样的方式厮守，是陈家自食其言，咎由自取，还是白马执念太深，害人害己？可无论是陈家食言，还是白马执念太深，陈素之却是无辜的啊。

想到此处，夫妻二人越发悲伤，突然，天地变色，瞬间阴云密布，狂风大作。二人见这异象，面面相觑，一时忘了悲伤。抬头望向天空时，只见云深处忽地白光一闪，出现一位神人来，驾流云、骑白马随风而至，夫妻二人看得分明，那位神人正是他们的女儿陈素之，不觉惊讶万分。

"我不告而别，爹娘莫怪罪。"陈素之在半空中按住云头，向陈数忠夫妇道，"我虽为白马之魂所害，肉身化蚕，然而天帝念我孝心可嘉，授以九宫仙子之衔，今已是不死之身，与天同寿，从此往后，我的肉身将衣被天下，造福苍生，望二老毋以我为悲，亦毋以我为念。"

陈数忠夫妻见了女儿，又听了她这番话，想他们的女儿虽遭遇大劫，然而今日位列仙班，也算是因祸得福，不禁喜极而泣。

后世有人感其功德，立庙塑像，封为蚕神，因其神像披着马皮，民间又称马头娘、马明王或马明菩萨等。

解说妖怪

马皮蚕女严格来说并不在妖怪范畴之内，更像是凡人成仙的故事，此后在民间被封为蚕神，确立了神仙的地位。将其放在妖怪的章节里讲，是因为马皮蚕女最初的形象更加接近于妖怪。

马皮蚕女最早出现在《搜神记》里，原文如下：

旧说，太古之时，有大人远征，家无余人，唯有一女。牧马一匹，女亲养之。穷居幽处，思念其父，乃戏马曰："尔能为我迎得父还，吾将嫁汝。"

马既承此言，乃绝缰而去。径至父所。父见马，惊喜，因取而乘之。马望所自来，悲鸣不已。父曰："此马无事如此，我家得无有故乎？"亟乘以归。为畜生有非常之情，故厚加刍养。马不肯食，每见女出入，辄喜怒奋击。如此非一。父怪之，密以问女，女具以告父，必为是故。父曰："勿言，恐辱家门，且莫出入。"于是伏弩射杀之，暴皮于庭。

父行，女与邻女于皮所戏，以足蹙之曰："汝是畜生，而欲取人为妇耶？招此屠剥，如何自苦？"言未及竟，马皮蹶然而起，卷女以行。邻女忙怕，不敢救之，走告其父。父还求索，已出失之。

后经数日，得于大树枝间，女及马皮，尽化为蚕，而绩于树上。其茧纶理厚大，异于寻常之蚕。邻妇取而养之，其收数倍。因名其树曰"桑"。桑者，丧也。由斯百姓种之，今世所养是也。言桑蚕者，是古蚕之余类也。

从《搜神记》的版本不难看出，女儿变蚕是罪有应得，先是戏马，说你要是能将我父亲接回来，我就嫁给你。这是直接向马许下的诺言，后又毁约，说你这畜生，还妄想娶我为妻，活该剥皮，马一怒之下方才"卷女以行"，最终变成了蚕。故事的最后也交代了，桑者，丧也，而且由于这种蚕异于寻常之蚕，百姓养之，说它是蚕祖也不为过，因此完全可以列为妖怪一类。

到了后来，《搜神记》的版本又被加以演绎，在《太平广记》虽说故事的主线相差无几，但细节上却发生了明显的变化，现将原文摘录如下：

今在广汉，不知其姓氏。其父为邻邦掠去，已逾年，唯所乘之马犹在。女念父隔绝，或废饮食，其母慰抚之。因告誓于众曰，有得父还者，以此女嫁之。部下之人，唯闻其誓，无能致父归者。马闻其言，惊跃振迅，绝其拘绊而去。数日，父乃乘马归。自此马嘶鸣，不肯饮龁。父问其故，母以誓众之言白之。父曰："誓于人，不誓于马。安有配人而偶非类乎？能脱我于难，功亦大矣。所誓之言，不可行也。"马愈跑，父怒，射杀之，曝其皮于庭。女行过其侧，马皮蹶然而起，卷女飞去。旬日，皮复栖于桑树之上。女化为蚕，食桑叶，吐丝成茧，以衣被于人间。父母悔恨，念之不已。忽见蚕女，乘流云，驾此马，侍卫数十人，自天而下。谓父母曰："太上以我孝能致身，心不忘义，授以九宫仙殡之任，长生于天矣，无复忆念也。"乃冲虚而去。今家在什邡绵竹德阳三县界。每岁祈蚕者，四方云集，皆获灵应。宫观诸化，塑女子之像，披马皮，谓之马头娘，以祈蚕桑焉。稽圣赋曰："安有女，感彼死马，化为蚕虫，衣被天下是也。"

《太平广记》增加了母亲的角色，是母亲当着其丈夫部下的面，许下嫁女的承诺，只是部下觉得此事不可能完成，马闻此言，驮父而归，这中间女儿成了无辜之人，或者说是牺牲者，也因其无辜，且出于孝道思念父亲，这才得以成仙。

本篇故事为结合《太平广记》改编而来，丰富了过程以及细节，看上去更像是一个寓言故事，因为女儿虽然作为牺牲品，但自始至终她都没有反对或抱怨过，只要父亲能够平安归来，她便愿意委身下嫁。如此将女子与织蚕联系到一起，实际上她代表了中国传统妇女的形象，她们纺衣织布，任劳任怨，添补家用，温暖家人，如果将所有传统的妇女结合在一起，她们岂不就是衣被天下的使者吗？

人面牛：传说中最神奇的预言家

西晋太安年间，江夏县有位叫张骋的人，乃是县衙的功曹，主掌县内的人事调动，亦会参与政事，颇有些权力。然而张骋为官清廉，虽掌实权，却不屑于做贪污受贿之勾当，因此生活清贫，仅勉强糊口而已。

这一年攒了些银两，想置办一辆车子，因觉得马车昂贵，便买了辆牛车来，而且那牛长得结实有力气，张骋颇为满意，赶回家后，把车厢好生洗刷装饰了一番，正好次日休息，便拉了妻子坐车去郊游。

不管是牛车还是马车，一旦有车子代步，还是件比较风光的事儿，张妻头一次坐车，也很是高兴，撩起帘子看窗外的风景，边看边眯着眼笑。张骋在前面驱车，看了眼妻子满足的表情，笑道："坐在车里感觉可好？"张妻含笑点头。

张骋道："我保证以后会教你过上更好的日子。"

"好。"张妻又含笑点头。

"我不好。"

张骋坐在车头上边驾车边与妻子聊天，聊得正欢，忽听得这句话，着实惊诧不已，车厢内除了张妻外再无他人，何来第三者？忙回过头来往前面看，乡野路上行人不多，三三两两地走着各自的路，且与张骋有些距离，不可能参与到他们的对话中来。

张骋与妻子面面相觑，正自奇怪，那声音再次出现："不知道我是谁吗？装糊涂！"

这一回张骋听得分明，说话的不是他人，而是正拉着他俩的那头牛。

牛居然会说人话，此等怪异事端的确是闻所未闻，张妻吓得花容失色，莫非他们买了头牛精回来？

"你究竟是牛是妖？"张骋虽也害怕，可到底是七尺男儿，况且妻子就在身后，无论发生什么都须尽全力护她周全才是，因此壮着胆子相问。

"是牛是妖重要吗？"那牛边走边瓮声瓮气地说，语气里颇有些埋怨的意思。

张骋回头瞧了眼妻子，似乎想告诉她这牛虽然会说话，但应该没多大恶意，好教她放心，转首又道："你是牛是妖对我来说很重要。"

"对我来说不重要。"牛呼呼地喘两口粗气，"放了我，别让我驮着你俩才是重要的。"

"我……"

"你什么你？"牛似乎生气了，"世道已乱，莫再让我做此苦力，各走各的吧。"

张骋看出来了，莫看这牛能说人话，却远还没达到那种能兴风作浪的妖的级别，至多就是出来吓唬下人罢了，不然的话它也不会埋怨做苦力了，便回头朝妻子道："不妨事，这畜牲不会害人。"

"欺负我老实是吧？"

张骋想与他开玩笑，打发旅途的寂寞，却发现迎面走来几人，若是让人知道他的牛会说人话，那便是惊世骇俗之事，这事要是传出来，说他与妖怪为友，难免影响仕途，忙对牛道："莫说话，有人来了。"

"我怕什么！你听说过牛怕人吗？"

张骋急了，道："哎哟我的祖宗，算我求你了可否？"

"把我放了。"牛坚持着。

"好……好……好……"张骋一迭声地答应，"等回了家，就把你放了。"

那牛倒是实诚，果然不说话了，但实诚的牛做了件更实诚之事，转身掉头往原路返回，把张骋夫妇往家里拉。张骋苦笑，本想驾车陪妻来郊游，如今看来是没办法去了，看着牛慢慢悠悠地把他俩往回拉，心里越想越不是滋味，努力了半辈子，好不容易买了辆车，好嘛，买了个妖精回来，不仅不风光，不能代步，还跟偷了东西似的战战兢兢，生怕让人发现了这秘密，他是上辈子造了什么孽吗，要这般相待？

"要是把你放了，我便没车了。"待路人走远，张骋说出了心里的苦处。

"命都将没了，要车作甚？"

张骋一惊，问道："此话何意啊？"

"我已与你说了，天下将乱。"

张骋不信，好好的世道怎会说乱就乱？定是这没本事的牛妖想要逃走编出来的谎话。及至家里，将牛车锁了起来，并没要放了它的意思。牛愠声道："你不放我走吗？"

张骋道："你是我花了银子买回来的，是牛是妖都是我的，何故放你？"

张妻有些不放心，道："若是不放它，恐闹出事来。"

"放心。"张骋安慰妻子道，"此妖没本事，逃不出去，只管放心。"因心中郁闷，便上街散心，本是想出去喝两杯酒的，不承想半途让一个算命的瞎子叫住，说且停下来，有要事说。

张骋本就心中有气，不甚舒服，现又让一个瞎子喊住，顿时火冒三丈，想去郊游不成，莫非想来街上走走也不成吗？因此置气道："叫我甚事？"

那瞎子却是一副讳莫如深的样子，微哂道："老夫本想发发善心，救你一命，怎么，扰了你逛街的雅兴是吗？好，你走，只管走。"

张骋听了这话，心里咯噔一下，今日刚遇上了牛妖，莫非就让这瞎子给闻出来了吗？便有心想试试真伪，走上去道："你是哪只眼睛瞧出我有难了？"

瞎子嘿嘿怪笑一声，说道："你浑身上下带着一股倒霉味儿，闲人闻不出来，却如何能逃过我的鼻子！"

张骋佯装轻松，强笑道："你这瞎子满口胡诌，今日要是没说出个子丑寅卯来，便抓你去见官。"

"你就是官，何须去衙门见官？"

张骋一怔，心想看来这瞎子果然有些本事，因此在相摊前坐下，问道："说说我到底会遇上何事。"

瞎子不疾不徐地道："你现在信了？"

"信了，请先生赐教。"

"你将有大难。"

"什么样的大难？"

"血光之灾，杀身之祸。"

张骋大吃一惊，问道："能解否？"

瞎子沉吟片刻，摇头道："怕是无解。"

张骋急道："先生既已算出我有血光之灾，杀身之祸，何以解不了？"

瞎子道："你本可以躲得过去，奈何有公职在身，在劫难逃。"

张骋的脸色越来越难看，冷汗直冒，道："此劫难与我的公职有关吗？"

瞎子掐指算了算，道："准确地说本与你无关，却会被你的公职所累。"

张骋忙道："果若如此，辞了公职便是。"

瞎子叹道："晚了！"

"晚了？这……"张骋恐慌地道，"尚未发生之事，既已算到，怎就规避不了？"

瞎子伸出手摸摸张骋的头骨，"咦"的一声，张骋听到这声音，不知是吉是凶，心惊肉跳，问道："先生赐教。"

瞎子道："最近可有遇上异事？"

"有！"张骋几乎想也没想，答道，"我买了辆牛车，今日陪妻出行，那牛说话了。"

瞎子"嗯"了一声，点头道："这就对了，接下来你就听它的，无论它做出如何惊世骇俗之事，莫要阻拦，寸步不离地跟着它，或可化解此难。"

"多谢先生！"听得还有捡回条性命的机会，张骋如同抓住了一根救命稻草，别说是听牛的话，跟着牛走，哪怕是叫他拉车，让牛坐在车上他也毫无怨言，当下取出个银锭，酬谢那瞎子道，"我要是能逃过此劫，侥幸活下来，再来重谢先生。"

辞别瞎子，急往家中赶去，未及家门，便听到一阵嘈杂的声音传来，拐过一道弯，定睛往前一看，只见他的家门口围了一大群人，不免心头一阵惊慌，莫非大难已至？忙不迭地三步并作两步往前奔过去，挤过人群，定睛一瞧，不由得傻了眼了。

那头牛挣脱了缰绳，正在院里晃悠呢，要是以牛的方式晃悠便也算了，它偏生特立独行，扬起前蹄，后腿着地，以人的方式行走，见围观的人那么多，它似乎还挺自豪的，偶尔还给大家转两个圈圈，表演它异于牛的技能，到了兴奋处，还跟人家打招呼，说它压抑许久，今日终于可以出来活动活动筋骨了！

张骋见状，心想：哎哟我的祖宗，你这么一闹，人皆知我与妖怪为伍，教我今后怎生为人？正想上去阻止，忽想起算命先生之言，便由着它在院里胡闹，进入屋内去找妻子。

张妻在屋里抹眼泪，见张骋回来，扑将过来，呜呜直哭，说今日这么一闹，将来可如何过日子。

张骋拍着她的肩劝慰道："无妨，由它闹。"

张妻愕然地抬头问他道："我家出了这妖怪，邻里皆会视我俩为异人，你在衙门里可能也会受到排挤，甚至因此丢官，莫非你不怕吗？"

张骋为了打消妻子的疑虑，遂将如何遇上算命先生，如何化解劫难等这些事原原本本地说了一遍。

"我家会有血光之灾、杀身之祸？"张妻惊愕地道，"果然会有这等事？"

张骋道："先生言之凿凿，不可不信。"

张妻心中虽依然将信将疑，却也无话可说，只是心中想：添置了辆车，却遭遇了妖怪，这已然是祸事，还会有甚更为严重的事情发生？

次日，张骋去衙门当值，刚进门就被县令叫了去，劈头盖脸就是一顿好骂，怪他不识大体，不顾大局，遇上牛妖一事，本该请法师尽快解决，以消除影响，打消百姓之恐慌，你却倒好，不但没将那牛妖降伏，还让它出来招摇，当众学人直立、说人话，闹得全城皆知。念在你平时做事周全，也算是兢兢业业，现在给你两个选择，一是今天就请人来降妖，然后由县衙出面张贴公示，说是牛妖已除，已平消百姓之恐慌；二是辞去公职，与那牛妖一起在本县消失。

张骋二话没说，当天就辞去了公职，回家就收拾了行囊，携妻远行。张妻问打算去何处，张骋苦笑道："我也不知，且去问问那牛妖怎生回答。"

张骋来到牛妖处，说经它昨日一闹，现已满城皆知我与牛妖为伍，不得已辞去公职远行，问它有何打算。

"你也自由了？"牛抬起头，用那巨大的牛眼看了看张骋，"放我也自由吧。"

"你要去何处？"

"何处？"牛很诧异地道，"天下何其之大，到处都可以去，为何要问去何处？"

张骋道："我放你自由，但有个条件，你须带我走。"

"我也有条件。"牛瓮声瓮气地道，"莫再让我做苦力。"

张骑无奈地笑笑，道："不敢再让你做苦力了。"

当日，牛走在前面，张骑夫妇二人跟在牛的后面，二人一牛慢慢悠悠地出了城。这一幕情景再次成为街头巷尾茶余饭后的谈资，说张骑辞官不做，甘与牛一道远行，图的是什么？也有人说张骑是让牛妖迷惑了，分不清好歹。

张骑出走江夏县一个月后，天下大乱，战火四起，你道是为何？

原来时为晋惠帝司马衷当政，大权旁落，教皇后贾南风发号施令，因此引出"八王之乱"，导致西晋亡国以及近三百年的动乱。

当时有个叫张昌的人，是河南义阳人，平时就喜好舞枪弄棒的，气力过人，见有机可乘，便想在乱世中分一杯羹，率众起义，一举攻下了江夏县，在县城内散布谣言说，天下大乱，将有圣人出现为民做主。

你道张昌口中的圣人是何许人？原来张昌一边散布谣言，一边物色所谓的圣人，最后选了个傀儡，姓丘名沈，原是县里的一个小官吏，将他改名叫刘尼，称是汉朝皇帝之后，因此尊为天子，扬言要光复大汉江山。张昌则自封相国，主持国事，并将其兄张味封为车骑将军，其弟张放封为广武将军，各自掌兵。又大兴土木，建造宫殿，伪造玉玺、凤凰等祥瑞之物，立年号为神凤。

一个小朝廷就这样成立了，毫无疑问，也成了西晋王朝的重点打击对象，战火之下，苦的是无辜百姓，城内百姓死的死、伤的伤，有半数人家遭遇无妄之灾，张骑的同房兄弟，受张昌蛊惑，加入了那个小朝廷，以为是在建功立业，来日可出将入相，结果小朝廷若泥墙土屋一般，在晋军的反攻下不堪一击，土崩瓦解，张骑的兄弟因投靠叛军，满族被诛。

张骑在千里之外听到此消息后，方才知道那瞎子之言果然不虚，此祸非因他而起，但此时若还在江夏任职，只恐难免被株连，利用牛妖现世一事辞去公职，又跟着牛妖出行避祸，确也是消解劫数最佳的方法，只是如今避祸在外，短时间内怕是不能回去的，不能去感谢瞎子的救命大恩，因此领着妻子来到那头牛面前，双双跪下，叩拜救命之恩。

牛依旧瓮声瓮气地道："无须谢什么恩，只要不叫我做苦力便是。"

"岂敢，岂敢！"张骋笑道，"日后当如祖宗一般供着，不教你受一丝苦。"

从此之后，张骋与妻隐居，过着闲云野鹤般的生活，终其一生，再没出世入过官场，虽说日子过得平平淡淡，却也平平安安，无灾无祸，自由自在。

☁ 解说妖怪

家畜成妖在中国传统的神话传说中十分普遍，最著名的是猪八戒、牛魔王等，还有诸如羊妖、鸡妖、猫妖等，《山海经》中也有关于牛妖的记载："自铃山至于莱山，凡十七山，四千一百四十里。其十神者，皆人面而马身。其七神皆人面牛身，四足而一臂，操杖以行，是为飞兽之神。"说的是从铃山到莱山，共有十七座山头，分别有十七个妖守着，其中十个为人面马身，另七个是人面牛身，除了四条腿外还有一条手臂，手里拿着根拐杖，行走时拄拐以行，十分古怪。

关于人面牛的传说，除了《山海经》外，牛魔王大概也能算一个，总体来看，牛妖在神话或古籍中并不多见，倒是在日本十分流行，而且还有个专用的名称，叫作"件"。"件"字是人和牛的结合，事实上也是人面牛身的意思，传说"件"能预言，且相当精确，有一种牛虽迟钝不善言，但言必成真。

当然，本篇故事并非源自日本，其原型出自《搜神记》，笔者在原故事上扩充了情节，增加了一些细节，原文中最后一句"牛能言，如其言占吉凶"，这其实是古代科学落后，常利用一些异常现象来判断吉凶的表现，也有可能是这个故事的真正源头。原文如下：

太安中江夏功曹张骋所乘牛，忽言曰："天下方乱，吾甚极为，乘我何之？"骋及从者数人皆惊怖。因绐之曰："令汝还，勿复言。"乃中道还，至家，未释驾。又言曰："归何早也？"骋益忧惧，秘而不言。安陆县有善卜者，骋从之卜。卜者曰："大凶。非一家之祸，天下将有兵起。一郡之内，皆破亡乎！"骋还家，牛又人立而行。百姓聚观。其秋张昌贼起。先略江夏，诳曜百姓，以汉祚复兴，有凤凰之瑞，圣人当世。从军者皆绛抹头，以彰火德之祥，百姓波荡，从乱如归。骋兄弟并为将军都尉。未几而败。于是一郡破残，死伤过半，而骋家族矣。京房《易妖》曰："牛能言，如其言占吉凶。"

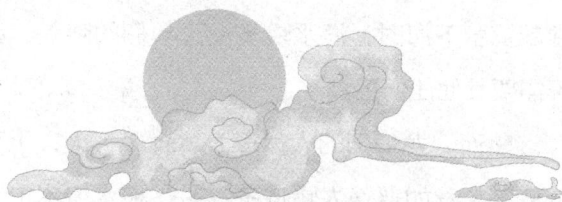

卷三

怪人篇

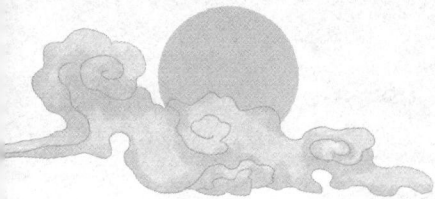

龙伯国：上古时期的巨人国

> 有波谷山者，有大人之国。有大人之市，名曰大人之堂。有一大人踆其上，张其两耳。
>
> ——《山海经·大荒东经》

波谷山距离东海数亿万里，那里有个国家叫作龙伯国，用普通人的尺去丈量那里的国民，他们身高达三十余丈，且普遍可以活到一万八千岁。

龙伯国濒海，所谓靠山吃山靠海吃海，国民均以捕鱼为生。他们捕鱼不需要渔船，由于体形高大，即便再深的海洋在他们眼里也不过如小河一般，卷起裤管下海时，海水最多没过他们的膝盖，因此他们打鱼时只徒手撒网，不需要其他任何工具。

然而，龙伯国的人体形大，食量也大，上百斤的鱼类只够他们闲暇时打打牙祭，一如普通人嗑瓜子一般，根本填不饱肚子，只有上千斤的食物，方能供他们饱餐一顿，久而久之，海洋里大型的鱼类越来越少，为此，龙伯国的渔民们开始犯愁了。

龙蛋也是渔民中的一员，他们家祖祖辈辈都以打鱼为生，这一日，他坐在集市内卖鱼，有人走到他的摊子时看了看，又连连摇头。龙蛋道："是嫌小了吗？"

那人道："最近的鱼都太小了，即便是将你摊子上的货全部买下，也只够吃一餐的，而且这些小鱼小虾吃起来没味儿，肉嚼着都觉得不筋道。"

"没办法。"龙蛋呵呵苦笑着道,"近些年谁都打不到大鱼了,你要是肯将就,我就便宜些卖给你。"

那人却摇摇头走开了。龙蛋也摇摇头,这年头生活实属不易,海里几乎没有大鱼了,捕上来的鱼小且不说,卖不上价还没人要。在集市里坐了将近大半天,这才把货物卖出去,收了摊没精打采地回家去。

回到家时,龙蛋跟爷爷和父亲抱怨,说再要是如此下去,须想法子另谋生计了。爷爷说道:"我们祖祖辈辈都以这片水域为生,无止无休地捕捞,今日之结果早已注定,这段日子以来,我们几个老渔民也在议论此事,唯一能解决的方法是,放弃附近水域的捕捞,让其得以休养生息,去更远的地方寻找新的可以捕捞的水域。"

"更远的地方?"龙蛋打小生活在这片海域,从没想过去更远的地方。在他的眼里,这世界太小了,更远的地方在何方?

"是的,更远的地方。"爷爷说道,"需要走上好些天的路,虽然来回辛苦了些,但若真寻到了利于捕捞的水域,便能解决当下的困境。"

龙蛋问道:"更远的地方在哪里?"

"归墟。"爷爷白眉一扬,褐色的眼球里透出一股神秘,"那是个神奇的地方,地上八极、天空八方之水,皆入归墟,乃是这世界一切水域之源头,据说那是一片无底之海,常有滔天之巨浪,十分凶险。"

龙蛋问道:"爷爷也没去过那边吗?"

"没有。"爷爷摇头道,"这么多年来,龙伯国的人过惯了安逸的生活,没有人愿意去冒险。"

"既是无底之海,要如何去那里捕鱼?"龙蛋好奇地问。

"造船。"爷爷道,"我们一直以来都是手工捕捞,但如今看来,我们必须改变了。"

"父亲,"龙蛋的父亲担忧地道,"真有必要去冒此大险吗?"

"前两年便有人向国王提出此事了,只是没人愿意去犯险,这才搁下了。"爷爷叹息道,"其实大家心里都清楚,这种贪图安逸的性子早晚会毁了我们自己,创新、勇于探索,无惧未来的恐惧则是一个国家的希望,也是能更好地生存下去的唯一条件。"

"我想去!"龙蛋那张圆乎乎的脸蛋上透着一股因兴奋而涌起的潮红,他是这个国家最优秀的渔民之一,而且他想改变自己,不愿安于现状,他觉得无论是为了自己还是为了这个国家,都有必要去冒这个险。

爷爷看了眼龙蛋,脸上露出抹欣慰之色,然后又看了眼他的儿子,似乎在说你的胆识委实不如我孙子。龙蛋的父亲似乎读懂爷爷的表情,尴尬地笑了笑。爷爷转首朝龙蛋道:"你既有此意愿,爷爷愿意为你促成此事。"

次日,爷爷召集了一批老渔民,联名向国王发起造船出海的申请,国王正为此事头疼呢,有人冒险出海,自然是求之不得,而且那些老渔民有经验、有影响力,造渔船、募渔夫这些事情对他们而来,可以说是一呼百应,便批准了此项申请,并由国家出资造船,渔民只需出人出力便可。

一月之后,渔船竣工,此船可装载二十来人,如果用普通人的尺去丈量的话,高达数百丈,宽有数十里,高过任何一座山。这样的船是无法在一般的水域下水的,大伙儿一起努力将它推送到了更远的地方,花了好几天时间,才到了适合的水域,使此船下水。

渔船下水后不能马上出海,因为以龙伯国人的身体高度来说,在普通的水域是不需要船的,因此他们虽为渔民,却没使用过船,这个庞然大物对他们而言十分陌生,需要先熟悉并能熟练地操控它,方能出海远航。

又经过了一个月的训练,水手们已具备出海的条件,龙蛋由于最先熟悉业务,当选为船长。出海当天,国王亲临送行,毕竟这是龙伯国开天辟地头一遭造船,更是头一遭驶船出海,仪式感还是需要的。许多国民也都来瞧热闹,当然,他们更希望此船出海后可以满载而归,可以解决当前绝大多数渔民遇到的困境。

在阵阵的锣鼓声中,渔船启航,龙蛋站在船头,向他的爷爷、父亲挥手，亦向国民辞别，那张圆乎乎的脸上充满了自信，无论前方会遇上多少困难，他都将劈波斩浪，勇往直前，直至带领所有水手抵达归墟，直至满载而至，给国王、国民以及他的爷爷、父亲一个满意的交代。

船行数日，眼前的世界越来越开阔，没有边际，一望无垠，目之所及，到处都是蓝幽幽的海水。这是一片未被人类涉足过的水域，水里一定有许多鱼类，水手们兴奋不已，个个都摩拳擦掌，恨不得立刻下网。但这种兴奋很快被恐惧所替代，越往前走，海浪越大，排山倒海一般不断地撞向船，他们的船只巨大，倒是不怕会被掀翻，只是随着船只在浪涛里摇晃，绝大部分人开始不适应，出现了头晕、呕吐等情况，连龙蛋也不例外，同样也出现了不适的反应。

由于大家都是大姑娘上轿头一遭，恐惧是难免的，有些水手甚至打起了退堂鼓，建议适可而止，就在这里下网捕鱼。龙蛋强忍着晕船的不适道："我们的目的地是归墟，未到那里，不得停航。"

"为何一定要去归墟才能下网？"有水手不解地问。

"我们才航行了几天而已，现在的地方距离龙伯国不算远，如果在此捕捞，水里的资源早晚也会枯竭，非长久之计。"龙蛋眉头一拢，大声道，"此番出海，我们最主要的任务不是捕鱼，而是探路，为龙伯国民子孙万代找出一条长久的生存之路。这是龙伯国造的第一艘船，也是第一次远航，开天辟地头一回，如果我们退缩了，至少在今后千百年内，不会再有人出来，那我们今后的生计怎么办？我们的子孙怎么办？"

众人沉默，一旦涉及自己的利益时，没有人再会有异议，毕竟没有人敢与自己的命运开玩笑。

又航行了数日，大家已渐渐适应海上的生活，不再头晕、呕吐了，这时，只见前方出现了一幕奇异的景象，海水之上云蒸雾绕，白茫茫一片，那雾气仿佛连接着海天之间，使这一片水域迷蒙不清。水中漂浮着五座山，山上草木郁郁葱葱，到处散布着各类奇花异草，姹紫嫣红。

"是归墟！"龙蛋惊喜地叫道，"我们到归墟了！"

船上众水手一阵欢呼，但也有人将信将疑，问道："何以见得这便是归墟？"

"爷爷曾说，地上八极、天空八方之水皆入归墟，归墟乃天地之水的源头。"龙蛋指着前方道，"你们看此地雾气蒙蒙，接连天地，岂不就是天上地下之水汇聚之所吗？爷爷还说，归墟有五座山，曰岱舆、员峤、方壶、瀛洲、蓬莱，由于此海无底，这些山都是漂在水上的，这不就是我们现在看到的景象吗？"

众人闻言，方才相信已抵达归墟，有人提议先打一网试试。既然已到目的地，龙蛋自然不会反对打鱼，便叫大家准备撒网。

一连几网下去，捞上来的果然都是大鱼，大家都兴奋不已，此海无底，也就意味着有捞不完的鱼，此后龙伯国的生计有望了！

忽然，一阵怪响传来，抬头看时，见有苍蝇样大的东西在上面乱飞，而且数量相当多，几乎将他们头顶上的这片区域占领了。

"这些是什么东西？"有水手惊呼了一声，然而此话刚落，头顶有大片的东西撒落下来，落在身上时虽不致命，却是疼得很，一时间众人纷纷惊叫。

龙蛋定睛往船板上一看，只见撒落下来的东西不是铁制的，便是木制的，皆为微型的刀剑斧戟，不由得心下暗暗吃惊，他们头顶上的不是什么动物或昆虫，而是某种有较高智慧的生物。思忖间躲入船舱里，探出头仔细观察，不看倒还罢了，一看之下震惊莫名。在他们头顶上飞的果然不是普通的动物，而是人，跟他们长得一样的人，有双手双腿，有头有脸，五官俱全，只不过这些人非常小，小得可以直接放在掌心把玩。

难不成这世上果真存在小人国，归墟是小人国的领地？此念一起，龙蛋忙把水手们都喊入船舱里来，如果在天空飞舞的真是人类，那就没必要跟他们作对，双方坐下来谈谈说不定可以共享这片水域。

"上面的人听着，我们是龙伯国的人。"龙蛋尝试着跟他们沟通，声音中尽量体现出友好，"我们并非有意叨扰，只是无意中闯入贵地。"

谁也没想到，龙蛋尝试用语言沟通居然得到了对方的回应，只听天上有人道："此乃归墟圣地，等闲人不得擅入，请即刻离开。"

　　"他们……"有个水手吃惊地道，"他们居然能听懂我们的话！"

　　"这会不会是传说中的鸟人？"

　　"有此可能，不然怎会飞哩？"

　　龙蛋好不容易抵达此地，当然不愿无功而返，便又道："请放心，我们只是来打鱼的，不会伤害你们！"

　　"归墟圣地，不得擅入，请即刻离开！"上面又传来同样一句话，但语气却显然严肃了许多。

　　"这些鸟人是不是只会说这一句话？"

　　"不像。"龙蛋皱着眉道，"听他们的语气，似乎没有商量的余地。"

　　"那怎么办？"

　　"反正我们不能这么走了。"龙蛋咬了咬牙，"实在不行，只能跟他们斗上一斗了。"

　　"对，两根手指头就能捏死的东西，咱们还能怕他们吗？"

　　"要怎么办？"

　　龙蛋想了想道："最好不要多伤无辜，先给他们些颜色瞧瞧，吓唬一下，逼他们让步。"

　　"得嘞！"有个水手在甲板上拾起根缆绳，右手臂一振，凌空打着圈儿舞动起来，那水手身高力壮，缆绳经他一舞，呼呼生响，卷起一道又一道的劲风，方圆几十丈内俱在其威胁范围之内。

　　渔船上空的那些人虽然会飞，可毕竟体形小，哪经得起这缆绳舞起的劲风？有几个跑得慢的，被缆绳打到，跌至几丈开外，扑通掉入海里，犹若一颗石子投入水中，只溅起少许浪花。那水手舞得性起，边舞边哈哈笑道："你们这些鸟人，不识抬举，教你们尝些厉害！"手臂用劲，一时劲风大作。

　　"烧他们的船！"空中有人喊了一声，随即火光迭闪，若流星似的朝船上落下。龙蛋看得分明，天上的这些鸟人可能并不是普通的人类，他原先以为鸟人没有翅膀却会飞，是因为某种天生的特殊技能，现在看来，并非如此，他们可能拥有法术，在那些火星出现前，他看到鸟人手捏法诀，口中念念有词，一道道火光便从他们的指尖生出，普通人是不可能有这等能力的。那些火花虽小，甚至可以说是微若萤火，但星星之火可以燎原，如果船真让他们点着烧了起来，那就不是单纯的能否回龙伯国的问题，能不能活着离开归墟都很难说。

龙蛋迅速地打量了下周围的环境，这片海上有五座山，毫无疑问就是那些鸟人赖以生存的地方，眼下这仇既然结下了，而且双方都不可能退让妥协，那就冲到山上去，如果他们真要铁了心烧船，那就捣毁他们的家园，大不了来个玉石俱焚。

"到山上去！"龙蛋霍然下了命令，众水手会意，驶船靠岸，大伙儿都带上了家伙，登陆上山。

此山并不高，至少在龙伯国的人看来并不高，没跑多久便到了山顶，只见这儿奇花异草遍地，山中央是座宫殿，宫殿周围则是栉比鳞次的房舍，果真是人间仙境。

山顶上的鸟人见自己的领地陡然出现了巨人，吓得惊叫四起，纷纷逃窜。龙蛋俯视着底下那些人，虽说如今已跟他们结下了怨隙，却依然无意伤他们性命，抡起手中的铁锤，砸向地面，砰的一声大响，山石俱裂，附近的房舍经不起这般震动，轰然倒塌。

对那些鸟人来说，龙蛋的这一锤之力无异于地震，同时亦令他们的内心震惊无比，这些巨人有毁天动地之能事，如若真发起狠来，这座山经不起他们几锤。

"我们无意伤害你们！"龙蛋大喊道，"只是来这里捕鱼而已，如得允许，绝不侵扰。"

话音未了，大批鸟人飞至空中，黑压压地齐聚在龙蛋等人的头顶，刀枪斧戟、流火飞石纷纷落下，看这阵势，他们无惧于龙蛋的威胁，誓要抗争到底。

"这些鸟人还真是不怕死啊！"水手们边躲避边喊。

"那就给他们来点厉害的！"当中一名水手大叫一声，锤子砸向地面，其余水手如法炮制，瞬时轰轰之声不绝于耳，山崩地裂一般，山石滚落，房屋倒塌，只一会儿工夫，这个人间仙境一般的地方，满目疮痍。

"轰"的一声巨响，整座山体忽然晃动了一下，头顶的鸟人纷纷惊叫。龙蛋心里一慌，莫非此山要裂了不成？真是如此，他们也得掉到海里去。正要叫大家撤离，发现鸟人们不知何时从头顶飞离，不再攻击。

"去看看！"龙蛋见鸟人在头顶撤离后，纷纷往东南方向聚集，因不知发生了什么，率众朝那边去察看。将近悬崖时，探着头往外一瞧，水手们不由得一阵欢呼。原来海面上出现了一只硕大的海龟，看其体积应该不下万斤，这么大的海龟，这批年轻的水手只听老人提起过，却未曾亲眼看见，敢情那海龟原本栖息在山体下面，被水手们一阵敲击，山体受到巨大震动，把这海龟震了出来。

"捉住它！"水手们不待龙蛋发令，跑下山去，上了船去撒网捉龟。

看着水手们将那海龟网住，齐心协力拉上船去，龙蛋兀自站在山顶沉思：海龟对山上的鸟人来说意味着什么呢？为何海龟一出现他们便放弃了战斗？他抬头看了一眼，鸟人们兀自在东南方向，仔细看的话，依稀能够发现他们的表情万分沮丧，都低头垂目，双手合十，似乎是在祈祷。

"老大，接下来怎么行动？"船上的水手捕捞了那只大海龟后向龙蛋请示。

每种生物都有短板和软肋，这些鸟人虽宁愿玉石俱焚，也要抗争到底，但海龟出现后他们就放弃了抵抗，这说明海龟在他们的心里可能比自己的性命还重要。知道了他们的软肋后，接下来就好办了。龙蛋打定主意，朝上面的鸟人喊："你们听着，我再次声明，我们没有恶意，只是来捕鱼的，若不来阻止，便相安无事；若还要干扰我们捕鱼，休怪我们将这五座山一座一座踏平！"

按照龙蛋的猜测，如果不出意外的话，五座山下都栖息了大海龟，只要以此作为威胁，那些鸟人就只有乖乖服从的份儿。果然，此话一落，鸟人不敢再造次。龙蛋见状，暗暗地松了口气，他们此行的目的就是要寻找一片能令龙伯国渔民长期捕捞的水域，鸟人的出现和攻击，一度让龙蛋感到担忧和沮丧，他们的数量太多了，如果每次来此捕捞都受到鸟人的攻击，那么来此捕鱼的风险就太大了，归墟的海深不可测，一旦渔船出问题，出海的人便休想活着回去。

现在好了！龙蛋站在山顶，深深地吸了口气，那圆乎乎的脸上露出一抹笑意，只要把鸟人的软肋告诉国人，将来无论谁来此捕鱼，当可无忧。

接下来的两天，龙蛋和水手们不分昼夜地作业，捕了一船的大鱼，满载而归……哦，不，是凯旋，他们找到了归墟，并制服了鸟人，至少在几百年内，龙伯国的生存问题解决了。

回国后，龙蛋向爷爷和父亲说起在归墟的经历，爷爷听完后白眉一蹙，道："这就怪了，海龟本是寻常物，何以海龟一出现，鸟人便不再反抗？"

龙蛋道："这些天以来，我也一直在思考此事，百思不得其解。"

父亲笑道："无论如何，我们已知道了鸟人的软肋，此乃龙伯国渔民之福也。"

贪婪是人类的天性，龙蛋从归墟回来后，龙伯国便掀起了一场造船热潮，无论是朝廷还是民间有实力的渔民，纷纷造船，去归墟捞金，那是一片从未被捕捞过的水域，对渔民来说，可谓遍地是黄金，谁先抵达那儿，谁就会成为新晋的富翁。短短一年之内，便有好几批大型渔船出海，而且无一不是满载而归。

此后，从龙伯国到归墟的水域上，来往船只不绝，有一位胆子大的船长，利欲熏心，用同样的方法在另一座山下捕获了一只大海龟，这是自龙蛋以后捕获的第二只大海龟，国民们自是争相观看、购买，然而此举却令老渔民们感到了不安。

显而易见，归墟的大海龟对鸟人非常重要，仿佛就是他们的精神支柱，失去了海龟，他们甚至会放弃抵抗，这意味着什么呢？没有人知道这个答案，但这种未知的事情的背后，很有可能隐藏着风险，作为靠海吃饭的渔民，理应对大自然的一切心存敬畏，一味地贪婪，大肆地捕捞，将会引来不可预知的巨大的灾难。

　　为此，老渔民们联名上书国王，要求朝廷下令禁止在归墟捕捞巨型海龟，因为一旦海龟捕尽，引来的可能不仅仅是鸟人的疯狂反击，还有不可知的灾难。可惜的是，申请未被朝廷接受，朝中的很多人认为，老渔民的这种思想十分迂腐，对自然的敬畏心是要有，但如果说捕捞几只海龟会引来不可预知的灾难，却是夸大其词、危言耸听了。况且勤劳聪明的龙伯国人，通过近一年的出海捕捞，不仅发展了经济，技术方面也在不断地成熟，他们本来就是这个世界的主宰，怕拳头大小的鸟人作甚？

　　朝廷驳回老渔民的申请，相当于是间接鼓励渔民继续捕捞海龟，有一次一艘渔船欲在第三座山下捕捉海龟时，果然出事了。

　　原来，在归墟居住的不是鸟人，而是神仙，归墟也不是小人国，从几千年人类的发展史来看，龙伯国人属于巨人，而归墟山上所居住的才是正常身高的普通人。从普通人的视角看，归墟的五座山每座绵延三万里，即便是山顶也有九千里之广。山与山之间相隔七万里，这样的距离对神仙来说自然不算远，因此不同的神仙虽住在不同的山上，但彼此都是邻居，常相往来。

　　所谓归墟，乃归入虚空之意，因此归墟的海是没有底的，天上地下的水皆流入此地，亦由此地生发，汇入大江大海，为世间万水之源。岱舆、员峤、方壶、瀛洲、蓬莱五座山浮于海上，本随波逐流，未有一刻稳定，倘若这五座山一直往西漂，早晚会离开归墟，那么也就意味着神仙们将失去居住之所，为此，众仙向天帝申请，要求稳住山体，使之不再漂流。

　　天帝准了此请，让十五只巨龟分作三队，每六万年轮换一次，轮番用身体顶住山体，使之固定下来，神仙们这才得以安生。

他们本以为可以无忧无虑地生活，奈何人算不如天算，龙伯国的顶级掠食者，吃尽了附近海域的海洋生物后，开始向外扩张、侵略，最终威胁到了居住在归墟的神仙。

在顶级掠食者面前，神仙也是渺小的，他们的体形相当于一座山，任何一个看似寻常的轻微举动，都足以使普通的人类死亡，那情形相当于一只苍蝇在人类的面前，它永远是脆弱和渺小的，生死不过在人类的一念之间而已。

人类不会去怜悯一只苍蝇，巨人自然也不会怜悯人类，这是自然界生存的规律，然而那种对死亡的恐惧，或许只有在危险来临时，才能真正感受得到，当神仙们看到那巨大的渔船，以及渔船上的巨人时，他们感受到了从未有过的恐惧，即便是神仙，凌驾于一切生命之上，不再受轮回命数之限制，不老不死，不生不灭，可是在那巨人面前，他们依然是渺小的，任何的仙术都起不了多大的作用，一如蜜蜂受到威胁时会使出绝杀技——毒刺，然而仅仅只是作用于同类，若是遇到人，人类只不过疼一下，局部皮肤起个包罢了，除此之外，再无威胁。

为了尊严也好，为了保护生存的环境也罢，他们虽然奋起反抗，只可惜效果微乎其微，甚至在大海龟被捕时，感受到了深深的无奈和绝望，不得已只能再次向天帝求助。

好在天帝乃宇宙万物之神，主宰世界之一切，得知神仙的遭遇后震惊不已。所谓神仙，乃是跳脱俗世之人，他们要么是怜悯众生的圣人，要么是刻苦修炼的方外之人，总之无一不是品德高尚的人上之人，如果连这样的人都还要遭遇顶级掠食者的侵害、捕杀，天道何在？当即下了法旨，逐步缩小龙伯国的国土，以及国民的体形和寿命，每过百年寿命降百岁，身高低三丈，直至与普通人类无异为止。

及至大禹时代，龙伯国民虽还有四米来高，尚属于巨人，然而与当初的三十余丈身高相比起来，已缩小了许多。再后来，巨人消失，与普通人类混合居住，后人只听过巨人传说，却从未目睹过巨人模样。

解说怪人

关于巨人传说，在中国的民间故事中并不少见，最早的关于巨人的记录来自《山海经》也就是本文开篇的那句话："有波谷山者，有大人之国。有大人之市，名曰大人之堂。有一大人踆其上，张其两耳。"大意是说，在波谷山有一个大人国，国内有一座集市，有一个巨人蹲在集市里面。

本故事便是从龙蛋在集市卖鱼引出的，继承了《山海经》这个说法，但是故事主体却是引用了《列子·汤问》经过改编，使之更富寓意，原文如下：

渤海之东不知几亿万里，有大壑焉，实惟无底之谷，其下无底，名曰归墟。八纮九野之水，天汉之流，莫不注之，而无增无减焉。其中有五山焉：一曰岱舆，二曰员峤，三曰方壶，四曰瀛洲，五曰蓬莱。其山高下周旋三万里，其顶平处九千里。山之中间相去七万里，以为邻居焉。其上台观皆金玉，其上禽兽皆纯缟。珠玕之树皆丛生，华实皆有滋味；食之皆不老不死。所居之人皆仙圣之种；一日一夕飞相往来者，不可数焉。而五山之根无所连箸，常随潮波上下往还，不得暂峙焉。仙圣毒之，诉之于帝。帝恐流于西极，失群仙圣之居，乃命禺强使巨鳌十五举首而戴之。迭为三番，六万岁一交焉。五山始峙而不动。而龙伯之国有大人，举足不盈数步而暨五山之所，一钓而连六鳌，合负而趣，归其国，灼其骨以数焉。于是岱舆、员峤二山流于北极，沉于大海，仙圣之播迁者巨亿计。帝凭怒，侵减龙伯之国使厄，侵小龙伯之民使短。至伏羲神农时，其国人犹数十丈。

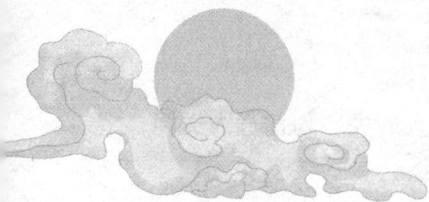

牛头马面：地府的活宝，天生的冤家

阎王叫你三更死，谁敢留人到五更？这一日，崔判官颁下一道催魂令，吩咐牛头马面去勾魂。二位鬼差得令，出了地府，来了人间。

这牛头马面乃是地府的勾魂使者，一个牛头人身，一个马面人身。所谓风马牛不相及，意思是即便牛和马都走失了，它们也不会误跑入对方活动的境域内，两者毫无干系，可见牛和马很难相处到一块儿。牛头、马面二位鬼差也是如此，要不是阎王硬将他们安排在一起，他们是永远都不可能有来往的，因此平素没有走动，但凡走到一起，便不停地斗嘴，谁也不服谁，天生的一对冤家。

只是无可奈何，人间糊口难，地府生存也不易。好歹勾魂这差事是手握实权的美差，无论是天上的神仙，还是人间的凡人，见了他俩都战战兢兢的，无不是好酒好菜招待着，唯恐招待不周得罪了这二位勾人魂魄的差爷，可以说这是天上、人间最有权威、最体面的好差事，为了能保住这差事，哪怕遇上再闹心的搭档，也只好忍了。

马面在前面走着，牛头耷拉着头要死不活地在后面跟着，走了一段路，马面有些不耐烦了，转首朝后面嚷嚷："吃了泻药拉得走不动了？实在走不动了就回去，省得在我面前丢人现眼！"

"你以为俺愿意跟着你？"牛面也冲他嚷嚷，"成天拉长着一张脸，像俺欠了你八百两银子似的。"

"是我欠了你的行不行？"马面没好气地道，"快点走吧，误了时辰免不得挨崔判官责罚。"

"嘿嘿……"牛头一阵冷笑，"俺不怕他，有一次俺有事去找他，你瞧他在作甚，搂着女鬼……"

"此事你已说过八百遍了。"马面回头瞪了他一眼，"他搂女鬼关你何事？我只知道没完成差事，他照样可以罚你。"

"不走了！"牛头一屁股坐在鬼门关的阶梯上，"这一次他若敢罚俺，俺真就把他的事抖搂出去。"

"你……"

"你什么你？"牛头道，"你睁眼看看，人间尚是白昼，催魂令是教俺们二更去勾魂，赶这么早去作甚？有斋饭吃啊？"

马面一想，却倒也是，因此坐将下来，道："莫非我俩便在此干等？"

牛头埋怨道："人说猴急，没想到你这马也急，少不得要寻些事情耍耍。"

"耍什么？"

"猜拳！"

马面顿时就把脸拉长了不去理他。牛头见他没兴趣，又下了赌注，道："谁输了敲谁脑瓜，怎样？"马面依旧没理会，牛头也觉得没趣，便不再说话了。

花开两朵，各表一枝。却说在丰都城有位姓马的员外，做丝绸生意起家，今在城内已陆续开了五六家店铺，又与官场上的人交好，左右逢源，生意更是做得风生水起。

马员外年逾六旬，须发花白，却前后娶了十一房妻室，倒不是他花心，要夜夜美女在怀，而是急着想生个儿子，以便将来继承他的百万家产。

皇天不负有心人，终于有一房妻室给他生了个儿子，取名一春。然而那十一房妻室也仅仅只给他生了这么个儿子而已，想要再得一子终是无望。毫无疑问，马员外对那马一春视若掌上明珠，打小仔细呵护着，生怕出了什么意外。

时光荏苒，一晃十八年，眼见得马一春十八岁生日将至，马员外打算好生置办一番，来为儿子庆生，为此，家里上上下下都忙活起来。

忙了两天，里里外外都准备得差不多了，在马一春生日的当天，马员外正在客堂布置，听得一阵叮叮当当的声音响起，随后传来算命的吆喝声，心中一动，寻思着今日是小儿的生日，正好给他算一算命数，讨个彩头，当下差人去把那算命的喊进来。

那算命的是个中年人，长得高高瘦瘦的，若竹竿一般，黑脸龅牙，翻着一双白眼，也不知真看不见还是假看不见，总之相貌丑陋，难堪入目。看相毕竟不是相亲，马员外自然不会介意算命之人的长相，因此将他请入书房，又叫了马一春过来，说是请先生给犬子算一卦。

报上生辰八字，推算了一番，只见那算命的眉头微微一皱，叫马一春上前来，伸出双手去摸他的头骨，脸色越来越沉重。

马员外看着算命之人的脸色，心头也沉重起来，问道："先生，如何？"

算命的沉吟半晌，说道："请马公子先行出去吧，容我与员外谈谈。"

马员外一听，越发地惊慌，待马一春出去后，急问道："犬子究竟如何？"

算命的沉声道："令公子的命数不好。"

马员外闻言，如五雷轰顶，面白若纸。他娶了十一房妻室，目的就是想有人传宗接代、承继家产，好不容易得此一子，可望存续香火，却道他命数不好，这岂不是要了马员外的老命吗？因此问道："如何个不好法，请先生照实说来。"

算命的道："他的阳寿只有十八年，今晚二更，便是令公子丧命之时。"

马员外只觉脑子里嗡嗡作响，险些吓晕过去，过了半晌方才问道："可……可有解决之法？"

"阎王叫你三更死，谁敢留人到五更？人之命数天注定，轻易更改不得。"算命的叹息一声，"罢了罢了，我见员外也是个可怜人，便与你指条明路，不过这不是什么正经的路数，是有风险的，你可愿意一试？"

"愿意，愿意！"马员外连连点头，这种时候，只要能让马一春活下来，即便是让他上刀山下火海也甘心情愿。

算命的如此这般交代了一番，马员外一一记下，当即差人去准备，并重金酬谢了算命之人，说是若当真救得犬子一命，他日定登门拜谢先生。当天薄暮时分，一应事宜准备停当，马员外坐了辆马车，往城外赶去。

到了城外，马员外交代赶车人在原地等着，自己则提了一个篮子摸黑往前走。约走了有一炷香的工夫，马员外借着朦胧的月色打眼往前一望，前面是一座山，按照那算命的指示，沿着这条山径继续往前走，有一块盆地，在盆地内找到一个山洞即可。这一带的环境他是熟悉的，虽说山麓林高路黑，倒也不怕，因而又继续往前走。

进入那个盆地时，这里的空气明显较外面阴冷了许多，经山风一吹，马员外忍不住打了个哆嗦，睁大了眼睛往周围仔细打量，果然教他发现了一个山洞。那洞口较为隐秘，被一棵古树挡着，又有许多草叶覆盖，若非有心寻找端的难以发现。马员外小心翼翼地走到洞口边缘往里一望，黑乎乎的望不见底，不知有多深，心里不免七上八下的，然而想到今晚二更便是马一春的大限，心下一发狠，举步入内。

到了里面，马员外擦亮了火折子，火光虽微弱，好歹能看清脚下的路了，底下全是碎石子和没膝的杂草，可见平时鲜有人出入。战战兢兢地走了一段路，前面豁然开阔，呈现出一个天然的大溶洞，马员外在里面兜了一圈，才发现在这溶洞的右侧有个门户，探着头往里一看，里面居然是个往下延伸的石梯，呈螺旋状，一圈一圈地无限伸展，直至黑暗的尽头，风从那地底吹出来阴寒彻骨，不知是出于恐惧还是寒冷，马员外忍不住打了个寒噤。

沿着这条螺旋梯往下走，越走越觉得阴风彻骨，也越发地令马员外胆战心惊，那算命的告诉过他，这条螺旋梯便是由人间通往鬼门关的路，平时是没有开放的，只有在鬼差出现时才会显现，看来那算命的没有诓他，鬼差已然动身，要去索马一春的性命了。

也不知走了多久，果然在阶梯上看到了两人，哦不，准确地说是两个怪人，一个牛面人身，一个马面人身，坐在石阶上低头下棋。

牛头、马面肯坐下来安安静静地下棋，并不是因为他俩和好了，不吵了，而是吵累了，吵得口干舌燥，出来时也没带水，只得节省些口水和体力，找了些石粒来，在石阶上画个棋枰，坐下来静静地下棋。

马员外发出来的动静自然没能逃过他俩的耳目，实际上在马员外进入螺旋梯时便已让他俩察觉到了，两人互相看了一眼，心里兀自赌气，谁也没动。

马员外见了这二位，便知道是地府来的鬼差，放下篮子，双膝落地，默默地磕了三个响头，然后打开篮子，将里面的酒菜一样一样拿出来摆好，小声道："请差爷用膳。"

看到酒肉，牛头忍不住吞了口唾液，出门时马面可劲儿地催，害得他没吃东西就出来了，吵了一路，又渴又饿，这都是马面害的，便用牛眼狠狠地瞪了一下马面。马面知道他饿，却故意不动，按照地府的规定，不得无故接受人间香火，也不得吃喝凡人之食物，要是违反规定被举报，是要受到惩罚的，所以马面没动，牛头也只能干瞪眼，万一被这长脸的举报了，那可不是闹着玩的。

"请差爷用膳。"马员外兀自跪在一旁，又轻轻地说了一句。这是那算命的教他的方法，只要对方没动，便一直跪着，直到对方应答为止。

牛头咂巴了两下嘴，又瞪了眼马面，而马面依然未动，看着牛头干着急的样子，暗暗好笑。

"请差爷用膳。"马员外又说了一句，这一次牛头实在坐不住了，把棋子一扔，那些石粒四散掉落，在螺旋梯上发出一连串嗒嗒的脆响，喝道："不下了，不下了！旁边有人聒噪，这棋还怎生下得？"

马面无奈地摇摇头，他太清楚牛头的心思了，不过是饿极了想吃饭罢了，却推说有人聒噪下不了棋。事实上他也饿了，不过是跟牛头赌气，这才隐忍着，趁着这当儿顺坡下驴，转身问马员外道："你是何人？因何到此？"

马员外见终于有回应了，又磕了个头，说道："小人是丰都人氏，得高人指点，说是今晚有地府的差爷到此，小人想积些阴德，这才送了些酒菜来，让差爷享用。"

"他倒是有些孝心啊。"牛头边朝马面说，边看他的脸色，"人家不辞辛劳，把酒菜都送到这儿来了，莫非你还端着脸不给面子吗？来来来，赶紧吃吧，吃饱了好去办事。"

马面没再执着，与牛头一起坐下来便吃。马员外俯身从篮子里拿出一沓冥币，用火折子点着了在旁边烧，马面忙道："这使不得，万万使不得！"牛头边吃边发出嗯嗯的声响，只是附和着马面，却没出声阻止。

马面见烧得差不多了，就没再坚持。事实上这样的事情他们见得多了，有在人间坏事做尽，想在阴间少受些苦的，也有想要让亡者早日投胎的，等等，都会想尽办法来讨好他们，马面估计这老头儿应是有亲人阳寿将近，来委托他们使其亲人莫在阴间受苦，早日轮回。因此没当回事儿，这银子收了便收了，阳间的人如何会知晓阴间的事？即便他们的亲人死后堕入十八层地狱，也是无从知晓的，无非是求个心理安慰罢了。

待吃饱喝足了，又收了银子，马面便问道："你有何所求，说吧。"

马员外拜道："不瞒差爷，老夫有一子，名叫马一春，阳寿将尽，恳请差爷网开一面。"

马面一听马一春这名字，脸色微微一变，心想坏了，今日的催魂令上正是此人的名字，其他事情都好说，但生死之事，生死簿上写得清清楚楚，哪个做得了这等人情？当下朝牛头瞧了一眼，示意此事没得商量，该放些狠话了。

"俗话说得好啊，生死由命，谁生谁死，生死簿上记着呢，天王老子也更改不了。"牛头抹了把嘴上的油，说道，"俺们虽说吃了你的，又拿了你的，可这是天大的事儿，俺们做不了主，俺觉得你还是死了这条心吧。"

"差爷见多识广，定然会有办法。"马员外一边咚咚磕着头，一边哽咽着道，"老夫到处求神拜佛，蒙上苍垂怜，这才晚年得子，今老夫垂垂老矣，来日无多，全指望此子沿袭香火，继承产业，若他一死，老夫活着还有甚意思？"

牛头道："你啊，在这儿求俺们也没用，生老病死自有定数，无可更改。"

马员外一听这话，悲从中来，呜呜大哭。牛头马面被他哭得烦了，欲离开，马员外扑将上去，拉住了牛头的大腿，喊道："老夫一生，积累百万家资，若蒙二位高抬贵手，愿悉数相送，只望网开一面，感激不尽。"

牛头、马面并非冷面无情的鬼差，被这皓发老者抱着大腿哭喊着哀求，不免动了恻隐之心，马面叹息道："这位老先生，非是我们不通情理……"

"人间地府，阴阳两界，谁没个亲人，又有哪个没些难处？"马员外铁了心，不达目的誓不罢休，继而又哭道，"老夫情愿散尽家产，非是贿赂二位差爷，乃是希望差爷拿这些银两救济可救之人，超度可度之魂，使生者安乐，死者往生，岂不是大功德一件吗？"

百万家资非是一般人所能拥有的，牛头、马面即便心动，也不敢伸手去捞，可经马员外转口这么一说，便顺心多了，他们拿这笔资产不是贪婪，而是要用来济世的，就算有朝一日事发，还可以推诿说资产巨大，尚未全部用来救济，也是说得过去的。牛头拿牛眼瞪了下马面，意思是：这事儿你干不干？

马面较为谨慎，把牛头拉到一边，轻声道："今日放过了马一春，拿谁顶替？"

　　"你傻啊？脑子让驴踢过吗？"牛面埋怨他不通情理，"生死簿上虽记录了世间一切生灵之命数，可不是还有游荡在世间的无主冤魂吗？俺们哥儿俩辛苦些，找一个与马一春年纪相当的游魂，缉拿回去顶替，哪个会发觉？况且俺们如此做，全是为了自己吗？那还不是为了救济天下生灵？"

　　二位鬼差商量完毕，便去与马员外说，你愿捐献百万资产，以救济天下生灵，确实算得上是件大功德，可抵你儿子马一春的性命，今日我们便不去缉拿于他，你且放心回去吧，七日之后再来索要家产。

　　马员外见他们答应，悬在心里的石头总算是落下了，又千恩万谢了一番，说他明日就开始准备搬出马府，三日内定将家产清算完毕，只等差爷来接手。

　　次日，马员外见马一春果然平安无事，又拿了些银两去酬谢那算命的，说是用了先生的方法，果然救了犬子性命，大恩不敢言谢，唯以区区酬金聊表心意。那算命的收了银两，交代道："你搬走之后，须低调做人，切不可张扬，另建议公子改了名字，以防不测。"马员外一一答应，无不听从。

　　却说牛头、马面逮了个无主游魂，说是要送他入地府，好早入轮回，但有个条件，须改名马一春。那游魂也不知道在人间游荡了多久，早投胎早托生，自也无话可说，不就是改个姓名吗？投胎后还不知道姓什么呢，便随二位鬼差去了地府。

　　此事做得神不知鬼不觉，果然没有被察觉，七日之后，牛头马面去了马府接收马员外的家产，马员外信守承诺，将家产如数交出，并搬去临时租赁的一处房子里去了，虽说从今往后日子会清苦一些，但只要马一春在身边，后继有人，生活便有希望，自是无怨无悔。

　　说来也奇怪，这事本天衣无缝，不知为何，竟被捅破，且传到了阎王耳朵里。牛头、马面听说此事，吓得半死，心想这事只有马员外和他俩知道，连那被他们拿来顶替的游魂也不知情，是何人告发的呢？马员外吗？

牛头、马面互相看了一眼，均否定了马员外泄密的可能性，毕竟马一春大限已至，好不容易找了个替死鬼顶包，他再糊涂也不可能说漏嘴。但是如果不是马员外，这事又是如何败露的呢？

到了阎王面前，二人还想抵赖，说他们当日缉拿的就是马一春。这下把阎王惹火了，拍案而起，厉声道："你俩是不见棺材不落泪啊，传证人！"

须臾，证人上来，牛头、马面定睛一看，只见那人长得高高瘦瘦的，若竹竿一般，黑脸龅牙，翻着一双白眼，怪模怪样的，正是给马员外算命的那瞎子，牛头、马面不识此人，从未见过，因此问道："他是何人？"

阎王说道："他是我派去的狱史，纠查地狱官员作风，本不过是想暗中考察你等，没想到你们两个不争气的东西，果然禁不住诱惑，收受人间百万家资，拿游魂冒名顶替，破坏这天地自然之命数，实在是罪大恶极。"

牛头、马面一听，浑身发软，扑通跪倒在地。阎王喝令廷杖侍候，直打得牛头、马面屁股开花，鲜血四溅，方才罢手。过了几日，待伤势好得差不多了，又被派去做苦力，勾魂之事交由黑白无常接替。后因表现良好，有悔过之心，又被派去协助黑白无常，当了他俩的助手，即由黑白无常去人间勾魂，将亡者带到奈河桥时，交给牛头、马面带去关押，当了名有职无权的差役。

那么这黑白无常是何许人，因何能接替牛头、马面？且听下回分解。

解说怪人

牛头马面是中国传统神话故事里的勾魂使者，形象来自佛经。《楞严经》卷八称："亡者神识，见大铁城，火蛇火狗，虎狼狮子，牛头狱卒，马面罗刹，手持枪矛，驱入城内，向无间狱。"

不过关于牛头马面的故事只在民间流传，正统的佛教或寺院里反倒是极为少见，只是在城隍庙或是民间的一些小庙宇才有牛头马面的塑像。但也正是因为只在民间流传，他们的形象也更加地接地气，不似传统的鬼神高高在上，神圣不可侵犯。

　　在绝大多数的关于牛头马面的传说中，他们的形象往往兼可爱与贪婪为一体，有时爱占小便宜，有时也会做些违纪之事，却不乏同情心。实际上这体现了民间百姓的智慧，以及民间文化的魅力，是老百姓将民间的衙门差役的各种元素融合在了牛头马面身上。

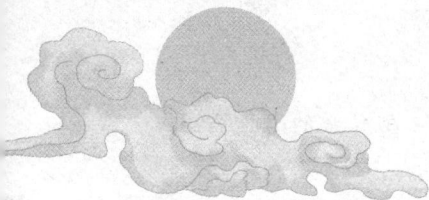

黑白无常：生不离死不弃的兄弟

杀伐声惊天动地，蹄声如雷，响彻天地，无数的敌军围上来，铺天盖地。

他们逃不出去了！范无救在被敌军围困的那一刻，看了眼远处的谢必安，心中发出一声呐喊：谢兄快跑，替我活下去！

谢必安仰首厉声呐喊，与此同时，两行热泪滑落脸颊。此番遭遇敌军伏击，敌众我寡，他俩本必死无疑，然而范无救却率领千余兄弟，以血肉之躯强行抵挡了上万敌军的疯狂攻击，寡不敌众，许多兄弟齑骨粉身，他们的生命在这片土地上终结，目的便是想让更多的兄弟逃出生天。

范无救仅仅抵挡了不到一盏茶的工夫而已，但就是这不到一盏茶的工夫，替谢必安等人争取了逃亡的时间，一批人阵亡，永远地倒下了，另一批人踏着他们的尸体活了下来，谢必安无法接受这样的结果，谁不是爹娘眼里的宝，又有哪个不是家里的顶梁柱？一条生命的消失必然会使一个家庭遭遇灭顶之灾，况且范无救是他的结义兄弟，两人曾发过誓，生死同行，患难与共，现在眼睁睁地看着他死在敌营里，却无能为力，这结的是哪门子义，患的是哪门子难？

"走！"谢必安用尽全身所有的力气发出这一声嘶吼，与其说是在下命令，倒更像发泄，发泄心中的悲痛以及无奈。

连续一天一夜地逃奔，终于摆脱了敌军的追击，谢必安疲惫得睁不开眼，恨不得下了马躺倒在地上，睡到永远，不再醒来，即便就此死去，若能与范无救再次相见，那也是好的，至少过得心安。但另一个声音却在告诉他不能死，更不能气馁，若不把活着的兄弟带回去，如何对得起那些死难的弟兄？

回营后，谢必安一心等待着朝廷出征的命令，他得再回战场，与敌军再拼个你死我活，不是为了荣誉，亦不是为了功名利禄，只是想给范无救报仇，他的兄弟不能白死，他们这些活着的人更不能心安理得地享受生活，得给死去的兄弟一个交代。

然而事与愿违，经此一战，朝廷似乎有些畏惧了，不愿再出兵。一个月后，谢必安彻底失望了，他们跟敌军签了和战协议，割城让地，草草地了结了这场兵祸。这样的结果，或许对绝大部分百姓来说是件好事，他们不需要再担惊受怕，受那兵祸战乱之苦，可死去的人呢？他们永远地留在了战场，再也回不来了，难道他们用鲜血换来的却是这割城让地之耻辱，他们的血就白流了吗？

这不公平，更不合理！

"无救啊……"谢必安仰首将酒瓶里的酒一口饮尽，睁开眼望向苍天，天是蓝色的，蓝得纯净清澈，可在他眼里看来却是模糊的，一如他此时此刻的心，已经分不清是非对错了，眼下的太平真的是好的吗，会长久吗？

"啪"的一声，谢必安狠狠地将空酒瓶扔在地上，街上的行人忙不迭纷纷避开，走得远些了时，对着谢必安指指点点，议论纷纷。

"这人疯了，这些天就一直坐在这桥头喝酒，醉了就耍酒疯。"

"他是怎么了？让人抛弃了？"

"谁晓得呢？你说要酒疯你回自个儿家耍去，偏要在这大庭广众之下，要给哪个看哩？"

谢必安仰天长笑，笑出泪来，随后掩面而哭。

"你看看，你看看，又哭又笑的，又开始耍酒疯了！"

谢必安却不管众人议论，越哭越大声，哭声响彻整条长街。所有的路人都认为谢必安是在耍酒疯，可他们如何知道，他和范无救便是在这座桥上结识的？那时的范无救英气勃发，疾速地穿过人群追赶前面的一个盗贼，他替他拦下了那个贼，合力将他擒去了衙门。

范无救虽只是名普通的捕快，却疾恶如仇、好打抱不平，颇有豪侠之风，因身材矮小，脸色黝黑，人送外号黑无常。两人相识后，英雄惜英雄，相见恨晚，便也是在这座桥上，他们向天起誓，结为异姓兄弟，生死同行，患难与共。

去年邻国挑衅，悍然发动了战争，范无救告别家人，辞官参军，他说好男儿当在沙场立威，护家卫国，方不负此生。他受范无救的影响，一道参军远征。他说好兄弟当生死相随，共同御敌，方对得起当初告于苍天的誓言。

一年的苦战，大大小小数十场战争，他们谁也没有抛下谁，当初的誓言在经受了生与死的考验后，越发地坚定，刻在了彼此的心里。原以为即便是死，也会手挽着手直面死亡。可谁能想到呢？敌军突然打了一场巧妙的伏击，先是派出一小股人马，做出突袭的样子，后又佯装不敌，引出他们的主力去追，却不承想竟是个陷阱，主力在敌军前后夹击下伤亡过半，眼见得敌军合围过来，一旦这个包围圈形成，他们一个也别想逃出来，范无救临时组织了一支敢死队，趁着敌军未完成包围，杀出一条血路，让谢必安带人离开。

当时的范无救浑身浴血，然而那满是血污的脸上却分明挂着一份自信的微笑，他说兄弟在后面替你挡着，你只管放心大胆地走！

战场上不能犹豫，更不能你推我让地耗时间，敌军的合围之势瞬息就能完成，许多兄弟用生命杀出来的这条血路也很快就会消失，谁敢自私地因一己之情在这样的环境下浪费时间？于是谢必安带着兄弟们出来了，却把他的结义兄弟永远地留在了战场。

谢必安哭了一会儿，又大笑着走下桥头，在众人的侧目下扬长而去。

次日，城内传出了一条消息，那个经常在桥头上大哭大笑的疯子上吊自杀了。大家听闻这个消息，似乎都松了口气，这个疯子还是死了的好，免得日日在桥头装疯卖傻，搞得人不敢走那座桥不说，还吓坏了孩子。

没有人同情，这世间冰冷得如同地狱。

谢必安吊死后，嘴里拖着根长长的舌头被鬼差带到了地狱，或许对他来说，这里才是他的归宿，踏上奈河桥时，他终于心安了。

范兄弟，我来了！愿相见时莫怪我，可好？生死同行，患难与共，非是一句空话，我既无力救你，便该下来陪你，方不负当年誓言。

鬼差把他押解至崔判官处，那崔判官查看了下生死簿，勃然大怒，喝道："身体发肤，受之父母，你阳寿未到，何以轻生？"

谢必安便将他们如何参军、如何征战沙场，自己又是如何逃出生天的等等事情细细地交代了一番，并道："我没有辜负范兄所托，将弟兄们活着带出来了，可我自己却辜负了当初结义之诺言，'生死同行，患难与共'这句话日日夜夜萦绕在我心头，寝食难安，活着对我而言反而是种折磨。"

崔判官听完，大大地叹了口气，差人去把范无救传唤过来，当范无救再次出现在他面前时，他忍不住热泪盈眶："范兄……"

范无救却无视他的眼泪，冲上去就是一拳打在他的脸上，怒喝道："我救你出来，是叫你好好替我活着，你有死的勇气，何以不敢活下去？"

"范兄……"谢必安被打倒在地，脸上痛苦地扭曲着，"我……我活得很辛苦，即便活在人间，亦不啻行尸走肉，不会再有作为，倒不如下来与你一起，咱兄弟再度携手，说不定还能做些事情。"

崔判官被他俩的情义感动，向阎王申请让他们在地府当值，以成全了这份兄弟之情，热血之谊。阎王查了他俩的履历，保家卫国，有情有义，敢作敢为，肯担当，有热血，地府正缺这般人才，牛头马面与他俩一比，简直是一个天上一个地下，便教他们代替牛头马面的职位，负责勾魂，惩恶扬善。

一腔热血，一身正气，虽未得以在人世间完全施展，却终于在地府如愿以偿，兄弟携手，再扬正气。

那一年清明，黑白无常去人间办差，途经一座山，听有妇人哭泣的声音，便循声过去，果然见有一位中年妇人跪在坟前哭泣，旁边站了位老者，须发皆白，佝偻着背，不时地叹息。

黑白无常虽成了鬼差，但时常变幻成生前的模样，在人间惩恶扬善，打抱不平，善良的人若遭遇不平，遇谢必安时必得平安，而作恶之徒遇范无救必得报应，两人一个惩恶一个扬善，行侠人间。

"老伯请了。"谢必安向那老者行礼，问道，"尔等在此叹息哭泣，可是遇上了难事？"

那老者见谢必安面白无须，一脸正气，情知不是什么歹人，蹙着白眉道："这坟里躺着的是老朽的拙荆，去年抑郁而终的，坟前跪着的是小女，本是来祭祀她母亲的，因想起了伤心事，这才哭泣。"

谢必安转目瞧了眼那妇人，三十岁左右，姿色平庸，脸上还长了麻子，眼睛哭得又红又肿，细看的话还能隐约看到她脸颊有乌青，像是让人给打过，便问道："令爱受了什么委屈？"

老者看了眼谢必安，又瞧了眼站在不远处面色黝黑、神色冷峻的范无救，欲言又止。谢必安微哂道："老伯无须顾虑，我兄弟俩行走天下，专管不平事，若遇上了难事，但说无妨。"

那妇人闻言，转过头来问道："你们果真能管吗？"

谢必安点头道："你若真有委屈，我兄弟俩必为你出这口气。"

那妇人望了眼老者，见老者没有反对，这才将心中的委屈说将出来。原来，这户人家姓陈，那老者叫陈平原，少年经商，在生意场上混得风生水起，然而却只生得三个女儿，大女儿和二女儿先后寻得人家嫁了，然而这小女儿陈允儿在五岁那年，得了一场天花，虽侥幸捡回性命，却在脸上留下了麻子，为此夫妻俩都十分内疚，对她更是疼爱，唯望她能走出阴影，寻回快乐。

及至成年，按照陈平原的想法，他一生经商，颇有些资产，总得有人继承，因此欲找个上门女婿，替他把守门户，延续香火。然而陈允儿因脸上有麻子，好人家看不上她，不愿结这门亲事，想要攀亲的多是贪图他家的资产，并非一心一意对陈允儿好，说了许多门亲事，无一能成。

说来也巧，陈家有个伙计，名叫敖大，老实本分，做事利落，也肯吃苦，见陈允儿因了几门婚事不成，总是唉声叹气地顾影自怜，便时常抽空去安慰她，哄她开心，如此一来二往，时日久了，互生情愫，私订了终身。及至陈平原夫妇发现时，陈允儿已有身孕。

陈平原本就是白手起家，并不嫌贫爱富，见这敖大有情有义，是真心对陈允儿好，便允了这门亲事，招了他做上门女婿。

所谓人心隔肚皮，敖大表面上老实本分，实际上一肚子的花花肠子，他对陈允儿好不过是做样子罢了，实际上还是贪陈家的财产，待成了亲生了孩子后，开始好吃懒做，逛妓馆泡赌场，吃喝嫖赌样样都沾。

陈允儿多次劝他，起初还能听得进去些，后来态度越来越蛮横，不但不听，还加以羞辱。陈平原看到那敖大这般情状，也是懊悔不已，将女儿嫁与这等无赖，苦了女儿自不消说，他这家底再厚，也经不起他几年折腾，早晚是要败光的。

陈妻因了这件事郁郁寡欢，因此成疾，没过两月，于去年驾鹤归西。

"都是钱财害的人。"范无救眉头紧蹙，那张黑脸看上去无比阴沉，"到底不是凭自己的双手所获得的财富，哪会珍惜？"

陈平原拱手道："活到这把年纪，老朽业已活明白了，钱财乃身外之物，生不带来死不带去，只要能使敖大回心转意，善待小女，无论他怎样，老朽都无话可说，二位都是行善之人，便帮老朽出出主意吧。"

谢必安扭头看了眼范无救，说道："老伯，此事无非是因了财物而起，那敖大如果不珍惜你的财产，挥霍无度，便也不会珍惜令爱，人无论在何时何地都需要有敬畏之心，敬父母畏天地，若无此心，恐是神仙都救不得他。"

"此事交给我俩便是。"范无救说这句话的时候兀自阴沉着脸，但语气十分坚定，一副这事儿他管定了的样子，"你俩只管如往常一般回去，剩下的事交给我俩来办。"

父女二人将信将疑，但事到如今，他们确实也别无他法，只得依言回去。

到了家里，敖大不知又去何处混了，尚未回来，陈平原道："事已至此，烦恼也徒然无益，你先回去休息，那两人答应帮忙，应不会食言，且待结果便是。"陈允儿称"好"，转身回房去了。

黑白无常来到一家妓馆门口，也不进去，只在外面等着，直至当天傍晚时分，敖大这才喝得醉醺醺地出来，谢必安走上两步，朝他问了个安。敖大抬起醉眼瞄了他一眼，道："你是何人？找我何事？哦……若想寻份差事，须去找管家，我没空理会这些小事。"

范无救见他一副小人得志的样子，怒意上涌，把一张黑脸憋得黑里透红。敖大打眼一瞧，嘿嘿笑道："你个黑脸的雷公，天生一副招人嫌的模样，如何出来做事？"范无救依旧隐忍着，没有与他计较。

敖大摇摇晃晃地走到范无救跟前，伸出一根指头指着范无救的脑袋又道："告诉你，出来寻差事，想要混口饭吃，就得低声下气，不然我凭什么给你事做？"

谢必安恐范无救当场发作，忙站到二人中间，说道："你可能误会了，我俩并非要来你处讨口饭吃。"

"这可就奇怪了！"敖大眨巴了下眼睛，讶然道，"那你找我作甚？"

谢必安道："找你是想告诉你，钱财得来不易，莫无度挥霍。"

敖大听了这话，一下子就恼了，喝道："爷的钱财想怎么用就怎么用，与你何干？"

"你如今所挥霍的是你自己的钱财吗？"范无救寒声道，"做人该知恩图报，陈家既给予你富贵，你便须好生对待陈家小姐，莫欺人太甚。"

"你知道你是在对谁说话吗？"敖大原是陈家雇用的伙计，之所以有今天的地位无非是搭上了陈家小姐罢了，这点他心里非常清楚，为此虽然挥霍无度，然而内心难免是自卑的，听了范无救之言，扬手便要打。

谢必安手一伸，将他的手抓住，说道："我俩今日便是来劝你改邪归正，回到正途上去。陈老少年经商，吃了许多苦方才有今日之家产，这些家产来之不易，况且人家还以女儿终身相许，你若再这般不识趣，天人共愤。"

敖大厉叫道："你们究竟是谁？和陈家是何关系？"

"我俩与陈家毫无关系。"谢必安道，"只不过不忍见陈家小姐以泪洗面，日夜悲伤，这才寻你劝说一番。"

"好，好得很！"敖大挣脱了谢必安的手，气呼呼地扬长而去。

范无救摇头叹息道："看来你今日这番话，反而激起了他更大的怒意。"

谢必安也颇是失望，道："看来有些人的确不适合富贵，穷困时尚能安生度日，一旦得到了财富，便不安生了。"

陈允儿是被破门声惊醒的，从床上仰起头一看，正是敖大，刚想起身说话，发觉他脸色不对劲，不由自主地往床里一缩。敖大走到床前，抬手就是一巴掌，直把陈允儿打得眼冒金星，恶狠狠地道："你找两人来当街威胁于我，是何道理？你以为如此做我便会怕你了吗？告诉你，我想怎样便怎样，咱家里的事谁也管不着。"说话间，一把将陈允儿拖下床来，抬起腿又要踢，没想到腿还没伸出去，就"啪啪啪"挨了三个巴掌。

敖大抬头一看，屋内并无他人，不由得大吃一惊，喝道："是谁？给爷出来！"

"人在做天在看，你这般做是要遭报应的！"这声音阴恻恻地从四面八方传来，灌入敖大的耳里，嗡嗡作响，却唯独看不见人影，这下着实把敖大吓坏了，转身就跑。哪料尚未跑到门口，只觉被人踢了一脚，身子凌空抛起，"啪"的一声，结结实实地落在地上，摔了个七荤八素，嗷嗷直叫。

"鬼啊！"敖大吓得脸色煞白，顾不上疼痛，惊叫一声，起身又跑。

陈允儿也觉得奇怪，究竟是谁未现其身便把敖大打了一顿？正自狐疑，陈平原也闻声赶来，听明缘由，说道："会不会是今日在坟前所遇的那二人所为？"

话音刚落，便见谢必安走了进来，朝陈平原拱手道："方才是我兄弟将他教训了一顿，然而此人本性不纯，当初接近令爱也不过是贪图你的家产。人啊，能经得起贫穷，却不一定能经得起富贵，归根结底令爱有今日的结果，并不是脸上有麻子造成的，而是老伯的家产所致，若无这些家产，或许那敖大反而会老老实实地守着这个家，更不会有今日之麻烦。只是他如今已尝到了富贵的甜头，如若剥夺了他的财富，反会招他怨恨，在下思来想去，这桩婚姻如若再持续下去，徒然痛苦罢了，不会有所转机，建议老伯将家里的财产能带的都带走，与令爱一起远走高飞，剩下的事交由在下去办。"

陈平原转头看了眼女儿，见她没有反对，便道："如此多谢阁下了。"

当天晚上，陈平原带上陈允儿及其孩子，趁着夜色，乘了辆马车离开，不久后，陈平原名下的几家店铺忽然起火，烧了个精光，那敖人也在一夜间被打回原形，一无所有，一贫如洗，蹲在地上呜呜大哭，边哭还边骂不知是哪个遭瘟的家伙，竟来这般害他。

范无救冷冷地看着不远处的敖大道："都到了这时，居然还不知自己错在何处，端的无可救药矣。"

"走吧。"谢必安说了一声，无心去看那敖大，转身离开。范无救跟着转身而行，世间多的是不平事需要他们料理，确无必要在敖大这种人身上多浪费时间。

黑白无常在中国的传统文化中占有重要地位，无论是民间传说还是小说、戏曲中，都能看到他俩的形象，一个穿黑衣，属阴，个小脸黑，面容凶悍；一个穿白衣，属阳，脸色惨白，口吐长舌，时常笑嘻嘻地露出着一抹笑意，然而那笑意却能让人冷到骨子里，使人越发地害怕。

一黑一白，一阴一阳，一高一矮，非常符合中国传统文化的阴阳、对称之说，因此，黑白无常是非常纯粹的本土鬼神。

关于黑白无常的故事有很多，在把他俩收录书中时，很难取舍，经过综合考量，把他们结义的故事做了全新的改编，而救助陈氏父女一事则是在现有流传的故事上稍做调整。原来的故事大概是这样的：

谢必安和范无救二人从小结义，情同手足，有一次两人走到一座桥下时，天要下雨了，谢必安让范无救在桥下等，他回家去拿伞，结果谢必安的伞还没拿回来，大雨就下来了，河水暴涨，范无救为了不失约，让洪水给淹死了，谢必安取了伞赶回时，发现范无救失踪，痛不欲生，吊死在桥柱上。

这个故事可以说漏洞重重，经不起推敲，因此把二人的结义和死亡两件事做了全新的改编，使这个故事更能让人信服，亦更为动容。

三头幻人：地府里的狄仁杰

东晋建兴年间，杭州府临安县发生了一起命案，死者叫周昊，务农为生，老实本分，二十岁那年经媒人介绍，娶了相隔不远的同姓女子周玥为妻，那周玥虽非十分貌美，却也长得干净清秀，特别是那对水汪汪的会说话的眼睛，很是可人。二人成亲后，十分恩爱，一年后产下一子，若无事发生，本是一户美满的家庭，孰料月有阴晴圆缺，人有旦夕祸福，那一日傍晚时分，周昊让人捅死，一命呜呼。

此案经临安县衙门调查后，很快便捉拿了凶手，并将之绳之以法，押赴菜市处决。

原来，凶手名叫杨明真，曾是周昊好友，后因小事发生过几次口角，二人便没再来往。在命案发生的前几天，两人碰巧在同一家酒馆喝酒，酒这东西能壮英雄胆，也能壮熊人胆，二人虽不是在同一桌喝酒，因谁也看不惯谁，杨明真便借着酒劲冷嘲热讽地说了些气话，这些话并没指名道姓，但明眼人都能听得出来，他是说给周昊听的。周昊听不下去了，便也借着酒劲回应了几句，把杨明真的火给撩起来了，冲上去就要打人，还说以后最好别让他见着，不然见一次打一次，直至打死周昊为止。好在有周围的人拦着，这才没把事情闹大。

在命案发生的当天，周昊的另一位朋友房浩大恰巧去周昊家串门，据房浩大说，他当时刚到大门口，就看到杨明真从里屋出来，心里还奇怪呢，莫非这一对冤家和好了不成？等走得近了细看时，见杨明真脸色铁青，手里还沾了些血，因意识到不妙，便三步并作两步跑进去看，这才发现周昊已死，其妻子周玥估计是吓坏了，缩在一个角落瑟瑟发抖。

后来房浩大去报了官，官府去搜查杨明真的房子时，果然发现了那把行凶的匕首，血迹都没完全擦干净，如此人证、物证俱在，铁证如山，县衙门判了杨明真死刑。

周昊、杨明真死后，这一对冤家生前吵吵闹闹，老死不相往来，死后却被鬼差一道儿带去地府，不得不一路同行。

周昊生前虽是个老实本分人，但毕竟被人害了性命，让他家破人亡，心中自然难免有些怨气，为此狠狠地瞪了眼旁边行走的杨明真。杨明真也瞪了他一眼，冷哼道："认识你，我这辈子真是倒了血霉了。"

周昊一听这话，气不打一处来，我本有一个美满幸福的家，如今让你害了性命，丢下周玥娘俩孤儿寡母，家不成家了，你却恶人先告状，反来咬我一口，端的是欺人太甚，因此怒道："你害我性命，又来这般作践于我，是何道理？"

"是何道理？"杨明真瞪大眼气呼呼地道，"我是被冤死的！"

周昊嘿嘿冷笑道："人证、物证俱在，何来冤死一说？"

杨明真用手指了指周昊的鼻子，一副恨铁不成钢的样子，说道："你呀，死了都还是个糊涂鬼，你哪只眼睛看见我杀你了？"

周昊一时气结，道："难不成是官府冤枉了你？"

"这事没完。"杨明真咬了咬牙道，"哪怕到了地府，我也要找阎王爷理论。"

到了地府，鬼差因见他们谁都不服气，便道："此非吵闹之地，倘若生前真有冤屈，便带你俩去幻神处理论罢了。"

"我要见阎君！"杨明真唯恐一般的小鬼解决不了他的事情，便喊着要见阎王。

"放肆！"鬼差喝道，"阎君岂是你想见便能见的？幻神乃判决一切是非之神，赏罚分明，断然不会错判，你要是再乱喊乱叫，便教你当个冤死鬼。"

杨明真果然不敢多嘴，乖乖地跟着鬼差走。周昊在后面跟着，只是他性子内向，不善争辩，任由鬼差安排。

入得幻神殿内，杨、周二人往前一瞧，着实吃了一惊，原来鬼差口中的幻神，乃是一个奇形怪状的怪人，身子矮小，至多两尺来高，短短的脖子上却并排长了三个头，头不大，拳头大小，五官俱全，三张脸三种颜色，左侧的是白脸，中间为黑脸，右侧则是红脸，那三张脸六只眼睛骨碌碌地盯着二人看时，直把二人盯得浑身起鸡皮疙瘩。

"到这儿来的鬼魂，皆是冤鬼，你等有何冤屈？"这话是中间的黑脸说的，白脸和红脸只盯着他俩没发话。

"我是冤死的！"杨明真率先叫道。

"我是被他杀死的。"周昊也跟着道。

"这可就奇了。"白脸忽然嘻嘻一阵笑，"一个说是被杀死的，一个说是被冤死的，难不成真凶另有其人？"

"说不定是贼喊捉贼。"红脸看着杨明真道。

"我没杀他……"杨明真刚叫了一声，就被黑脸阻止了："让你说话了吗？"

黑脸的表情相当严肃，特别是那目光，藏着股威严，让人不敢对视，瞧这情势，中间的这个黑脸应该是最有权威的。

"你说。"黑脸瞅了眼周昊，沉声说了一句，语气不容拒绝，"临死前看到他杀你了吗？"

"我……"周昊略微犹豫了一下，似乎在极力地回想临死前那一刻的情形，"我确实没有看见他。"

白脸又嘻嘻一阵笑，道："死都不知道是怎么死的，你可真有本事。"

红脸摇头叹息道："说说被杀前的事吧。"

周昊想了想道："那天傍晚我喝了点酒……"

红脸打断他问道："你平时都喝酒吗？"

周昊道："不常喝。"

红脸又问道："那日为何要喝？"

周昊道："我娘子从娘家拿了坛桂花酒来，说是她爹爹自己酿的，让我尝尝。"

白脸讶然道："后来你就喝醉了？"

周昊道："我本不善饮，只喝了几杯便醉了。"

红脸转目朝杨明真道："官府在审判你时可有验过酒和酒杯？"

"没有。"杨明真几乎没做任何犹豫，答道，"房浩大在命案发生时，看到我从周昊屋里出来，后来官府又在我的屋里搜出了行凶的匕首，人证、物证俱在，不容我反驳，便直接认定我就是杀人凶手。"

黑脸冷哼一声，道："那么在案发当时你在何处？"

"在家。"

黑脸眼中精光闪闪，沉声道："也就是说，在周昊被杀当时，你没有出过门？"

"正是。"

黑脸道："可有人证？"

"家父家母可为我做证。"

白脸嘿嘿冷笑道："自家亲人做什么证。"

"去把房浩大、周玥二人带来吧。"黑脸向鬼差下了命令。

见鬼差出去，周昊急了，道："你们在怀疑什么？我家娘子吗？"

"哪个怀疑你家娘子了？"红脸忽然提高了嗓门，"此案既有疑点，便须请相关人等过来问询。"

"可……可……"周昊脸色发慌，"我尚有一幼子，若是将我娘子传唤到了地府来，幼子便无人照顾了。"

白脸笑道："放心吧，我们只是问案，不会平白害她性命。"

红脸进一步解释道："对凡间的人来说，来一趟地府，恍若做了场大梦，不会对她造成任何伤害。"

杨明真问道："如若我是冤枉的，可否还阳？"

白脸奇怪地看着他道："你都让人处决了，身首异处，如何还能还阳？不过也不用太担心，假设你真是清白的，会还你一个较好的来世，作为补偿。"

鬼差缉魂的速度很快，没多久就把周玥和房浩大二人带了来，周昊见了妻子，悲从中来，过去想要抱她。周玥却有些害怕，不由自主地往后退了两步，惊恐地道："你……你不是已死了吗？"

"这是地府。"白脸道，"唤你俩来是为了查清楚案情。"

房浩大见了生前兄弟，倒显得十分高兴，然而听到白脸的话时，却讶然道："此案官府不是查清楚了吗？"

红脸冷冷地道："那县令官僚做派，只凭表面证据就把案子断了，地府可非如此，只要有人喊冤，便会问个彻底。"

"周玥，"黑脸沉着脸问道，"案发时你在屋里是吗？"

"是……"周玥战战兢兢地回答。

"也就是说你亲眼看到凶手杀害了你的丈夫，是吗？"黑脸继而又问。

"是……"

红脸目不转睛地看着周玥的脸色变化，忽道："你在害怕什么？"

"害怕……凶手。"

白脸问道："谁是凶手？"

周玥迟疑地转过头，看向杨明真，慢慢地伸出手指着他道："他……就是他杀害了我的丈夫。"

"胡说……"杨明真气得脸色发白，"到了地府你还在胡说，小心遭报应。"

周昊忙为周玥辩护道："我娘子如何会胡说？"

红脸道："那么他到底是如何杀害你丈夫的，且将整个过程细细道来。"

"他当时走到家里来，说是有事与我丈夫说，我知道他俩有过节，开始时有些不放心，他说让我别担心，冤家宜解不宜结，此番是来化解矛盾的。"周玥语气微微一顿，"我见他语气随和，并不是来挑事的样子，便让他进屋了。"

"不对啊。"白脸皱着眉头道，"杨明真进去时，周昊喝醉了吗？"

周玥道："喝醉了。"

白脸紧跟着问："既已喝醉了，你还让他进去作甚？"

"都是乡里乡亲的……"房浩大似乎想替周玥说话，被黑脸一声喝，止住了话头，如此一来，周玥便更紧张了，光洁的额头已现汗珠，结结巴巴地道："他俩间的矛盾已有些日子了，我也想让他们和好，所以……"

"所以在男主人已喝醉的情况下，你就让他进屋了？"红脸接过周玥的话茬追问。

"是的。"周玥紧张地舔了下嘴唇，"本就认识，无须拘束。"

"你是去串门的？"红脸目光一转，看向房浩大。

"是的。"房浩大倒是丝毫不显得紧张，"我俩经常走动。"

红脸继续问："在你走近周家门口，发现杨明真之前，没有听到屋里的动静吗？"

房浩大略微思索了一下，答道："没有。"

"那么他是如何杀人的？"红脸又转向周玥问道。

周玥不知是害怕还是紧张，娇躯不停地微微发抖："他进屋后关了门便一把抓住了我……"

黑脸听到这里，脸色无比冷峻，忍不住问了一句："他一把抓住了你？"

"是的。"周玥眼圈一红，泫然欲泣，"他拿出一柄匕首，抵在我的胸前，威胁我不要出声，然后……他便想非礼于我。"

"你个畜牲！"周昊指着杨明真大骂，"你作践我便罢了，却还要去欺负我家娘子，简直是无耻。"

"非礼你？"白脸却是一脸的兴奋，"有趣，有趣！"

红脸扭头瞪了眼白脸，冷哼道："人家娘子被非礼，你兴奋什么？"

"我有甚好兴奋的？只是觉得本案越来越有趣罢了。"白脸翻了个白眼，饶有兴趣地问，"然后呢？"

周玥的眼泪扑簌簌往下滴，看得周昊心疼不已，好几次想上去帮她擦眼泪，安慰她两句，可在这种环境下又不敢上去。过了会儿，只听周玥哽咽着道："我自是不从，与他推搡，他见无法得逞，便走到床前，用匕首指着我躺在床上的丈夫，再次威胁说，若是不从了他，便将我丈夫刺死。"

"哦？"白脸听到这儿，似乎显得越发地兴奋，"你为了保护贞洁，便眼睁睁地看着他刺死了你的丈夫？"

"不是的！"周玥几乎是喊出这句话的，她似乎想用这种态度，表达出她既不想被侮辱，也不想丈夫被杀的意思，"我想他只是威胁我罢了，因为他没有必要为了发泄身体的欲望而杀人害命，所以我拒绝了。没想到……他果然一刀刺在了我丈夫的身上，然后提着带血的刀一步步朝我走来，我害怕极了，不敢喊也不敢叫，生怕他把我也一并儿杀了，亏的是屋外响起了脚步声，他这才收起刀。"

"收起刀就往外走了吗？"白脸目不转睛地看着周玥问。

"是的。"

"你家没有窗户吗？"白脸又问。

"有……"

"那就不对了。"红脸这时候也发现了端倪，"明知屋外有人，有窗户不跳，平白多个人证，说不通啊。"

"这的确说不通。"黑脸问道，"县衙门难道没有发现这个疑点吗？"

周玥道："我没向县衙门说起这些。"

"嗯？"黑脸眉头一沉，"为何？"

周玥又呜呜地哭了起来，边哭边道："我丈夫已亡，若将这些丑事捅出去，教我这未亡人日后如何抬得起头来做人？所以在已有人证、物证的前提下，便将这些隐瞒了下来。"

"有理有据，合情合理。"白脸瞟了眼杨明真，见他似乎有话要说，只是慑于幻神之威，不敢擅自开口，然而白脸的目光却从他身上掠过，落在了周昊身上，"家里那么大的响动，你躺在床上一点儿也没听到吗？"

"没有。"周昊的回答很肯定。

白脸道："你再回想一下，当天到底喝了几杯酒。"

周昊认真地回想了一下，说道："不超过五杯。"

"好，算你喝了五杯。"白脸继续问，"是多大的酒杯？"

"酒盅，一杯刚好一口。"

黑脸插话道："你平时的酒量是多少？"

周昊道："最多五杯。"

白脸摇头苦笑道："既然是从岳父家里拿来的酒，尝尝鲜情有可原，但把自己灌得烂醉，却是不合乎情理啊。"

周昊道："我喝了第一杯后，娘子问我此酒是否合口，我答极好，因此她便劝我多喝了几杯。"

"她劝酒了？"白脸瞪着眼睛问。

周昊点头。白脸又瞟了眼杨明真，见他一副急迫地想要说话的样子，暗觉好笑，却偏又把他晾着，转头朝房浩大道："把你的双手伸出来，掌心朝上，摊开。"

房浩大的脸色微微一变，不太情愿地把手伸了出来，依言摊开掌心。只见他的右掌心有一道细长的伤痕，看样子应该是刀伤。

红脸寒声道："现在轮到你说了，手上的刀伤是怎么来的？"

房浩大道："不小心割伤的。"

"不小心割伤的，割得好巧啊。"红脸转目朝周昊问道，"你死了几天了？"

周昊答道："今日过了头七。"

"七天。"红脸把眼睛一瞪，陡然朝房浩大喝道，"你是不是刚巧在七天前不小心割伤的？"

从进入幻神殿始，房浩大一直十分镇定，而且从本案已有的线索来看，他是目击者，也是报案者，的确也没什么好慌张的，可经红脸这一声喝，他不由得慌了一下。这时候在场所有人的目光都投向了他，他目光游离，不敢与任何人直接面对。

"你们俩都说了谎。"黑脸下了结论，犀利的目光从房浩大身上慢慢地移向周玥，"案发时，房浩大也在屋里是吗？"

周玥没说话，目光却不由自主地往房浩大身上偷瞄了一眼，有些彷徨，像是在求助。

"我没有！"房浩大喊了一句，脸上却已不再是云淡风轻。

黑脸没再继续问他，转向杨明真道："现在轮到你说了，记住，这是你最后的机会。"

杨明真早就想开口了，见终于轮到他了，忙道："我承认起过色心，但周昊真不是我杀的。"

"说细节。"白脸不耐烦地道，"把过程一五一十地细细说来。"

杨明真理了下头绪，说道："我们住得不远，抬头不见低头见，经常能遇上，我虽与周昊有过节，但周玥似乎并不介怀，还常与我打招呼。有一段时间我以为是我自己的错觉，觉得周玥对我有意思，后来我发现那不是错觉，她的确是有那意思的，在案发的前一天，她约我次日晚上去她家吃饭。"

白脸又表现出了极大的兴趣，忍不住插了一句嘴："是她约的你？"

"是的。"杨明真肯定地道，"我当时很惊讶，也有些犹豫，毕竟和周昊是有过节的，若上她家去岂非自讨没趣吗？后来她又说了一句，说让我放心，此事周昊不会知道。听到此话时，我承认动心了，第二天傍晚依约去了她家里。"

"然后呢？"白脸饶有兴趣地问。

"我俩正亲昵时……"杨明真看了眼房大浩，"他忽然出现了。"

听到这里，周昊呆若木鸡，一脸的痛苦、迷茫，他不敢相信这是真的，他的妻子温柔善良，恪守妇道，是个规规矩矩的人，如何会干出这种事？这是诬陷，杨明真这畜牲作践完了他，还要来作践他的娘子！

"杨明真，你血口喷人，小心遭报应！"周昊怒吼了一声，两眼通红。

"你不相信吗？"杨明真额前的青筋暴露，看着周昊一字一字地道，"我说的是实话，如若有半句虚言，教我入十八层地狱，永世不得超生！"

在地府发这种毒誓是需要勇气的，周昊愣愣地看着杨明真，脸上逐渐扭曲。是真的吗？一股寒意自心底蹿起，曾以为最熟悉的枕边人，却原来是陌生人，他居然从未发现她的另一面！

"房浩大看到我俩偷情，一怒之下寻来把匕首，跑上来就刺。"杨明真边回想着当时的情景边道，"我想跑，可他却把我拦下了，说是定要为周昊出这口气，我俩便厮打起来，他的力气没我大，没多久便被我夺走了匕首，同时手上被我划了道口子。我见他一时不敢过来，就趁机夺门而出。"

"也就是说房浩大手上的伤是你划的？"白脸对故事的走向有些失望，一下子失去了兴趣，懒洋洋地问了一句。

"是的。"

红脸道："你走的时候带走了那把匕首吗？"

杨明真点头道："当时没想那么多，也怕他再拾起匕首来刺我，就顺手带走了。"

"就这些？还有吗？"白脸似乎不太甘心故事就这样结束了，又补问了一句。

"第二天我就被官府带走了……"杨明真还想往下说，可白脸对官府介入后的事不感兴趣，打断他道："周玥未向官府说起被非礼一事，你也没有向官府透露过你俩的情事，为何会有这样的默契呢？"

杨明真嘿嘿地怪笑一声，道："起初是因为她都没提，我便也没提起，在衙门多一事自然不如少一事，况且我本就没杀人，以为是可以说得清楚的。可后来我就没机会提了，他们在我家里搜出那柄匕首后，便没给我反驳的机会，直接判了我个斩立决。"

红脸气极，脸色更红了，却憋着怒意不冷不热地说了句："官府办事倒是干净利落。"

白脸朝房浩大道："你还认为这伤是你不小心割的吗？"

房浩大这时候已调整好了情绪，脸色看上去镇定自若，说道："本是乡里乡亲的，不想提起这些丑事，但杨明真既然说了，我便也不想隐瞒。周昊是我从小光屁股一起长大的挚友，他俩偷情被我撞见时，怒从心起，便寻了把匕首想要给他些颜色瞧瞧，奈何我气力没他大，伤人未成反倒被他割伤了。"

红脸兀自憋着怒意未发作，沉声道："你还是坚持认为是去串门时，无意之中发现了奸情吗？"

房浩大抬头看了眼红脸，而后道："是的。"

红脸皱皱眉，窝在心里的怒火终于爆发出来了，厉声道："再给你一次机会，如若再说假话，你不但会死，死后还会入十八层地狱，受尽苦难煎熬，不得超生。"

房浩大看着红脸，眼神再次出现慌乱，因为这不是在人间的衙门，可以矢口否认，或是只说对自己有利之言，这是在地府，举头三尺有神明，倘若真被揭穿话中有假，可不是判刑那么简单，传说作恶之人在十八层地狱天天受油煎斧砍之酷刑，永世不得超生，也就是说要永生永世受那酷刑，再无翻身的机会。

"我的确是去串门时，无意之中发现了他们的奸情。"房浩大咬了咬牙，说出了这句话。

红脸叹口气，转首朝周玥道："你说吧，这也是你最后的机会。"

"我……"周玥的娇躯簌簌发抖，水汪汪的眼睛看着三头幻神，艰难地道，"若我说出实情，可否减些罪过？"

黑脸道："可酌情量刑。"

"你是受害者，丈夫被害，独留下孤儿寡母于人世间，孤苦伶仃，何罪之有？"房浩大吃惊地看着周玥，那语气和神色既像是在警告，又像是在劝诫。

"让你说话了吗？"红脸一声呵斥，房浩大果然不敢再言语，但脸色显然变得十分难看。

"你说吧。"白脸见又有好戏瞧了，轻声细语地朝周玥说了一声。

周玥到底是妇道人家，胆子小，听红脸说会堕入十八层地狱时，早就心肝儿战栗，扑通跪倒在地，低头凝思会儿，终于下了决心道："我有罪，是我害死了我的丈夫。"

黑脸沉着脸没有说话，红脸冷冷地哼了一声，白脸像是早想到了这结果，说道："其实在杨明真去你家的时候，周昊就已经死了是吗？"

"是的。"周玥不再隐瞒，"桂花酒里放了迷魂散，喝了之后若醉了一般，能使全身神经麻痹，致人死亡。"

"是他怂恿你的吗？"红脸狠狠地瞪了眼房浩大问。

"我……"周玥微微扭过头去，看了眼周昊，眼里带着歉意，"我与房浩大已好了一年余，有一日他与说，我俩这般偷偷摸摸地下去，早晚会让人察觉，终归非长久之计，须想个办法，以便能长相厮守。"

这些话一字一句地落入周昊的耳朵里，字字如雷，句句若针扎，扎得他心里在滴血。

"就凭他说了这一句话，你就把周昊毒死了？"白脸微微皱着眉，那表情像极了陷入剧情之中的戏迷，细细地品味着人物的心理，"不对啊，我倒是听说过最毒妇人心这话，可一个人再毒，总得有动机才是，你的动机是什么？爱上了房浩大？"

"我的丈夫……"

"我不是你的丈夫！"当周玥说出"丈夫"二字时，周昊像是受到了极大的侮辱，突地极力地大吼，声泪俱下。

周玥娇躯一颤，两道蛾眉痛苦地纠结在一处，不知该怎么再继续往下说，她虽然害死了他，可心中终归是有愧疚的，如果当着他的面将自己那些见不得人的丑事复述一遍，无异于再杀他一次，让他做鬼也受尽煎熬。

"把周昊带下去吧。"黑脸叹息一声，在周昊被鬼差带出去时，又郑重地说了一句，"我会还你一个公道。"

"我的丈夫……周昊木讷，不懂体贴人，更不知女人心，房浩大会些花言巧语，常会哄我开心，而且……"周玥语气微微一顿，"而且他家中有财有势，每次见面都会给我带些喜欢的首饰和胭脂，还特别为我在城里置办了一处房产，作为我俩的栖身之所。随着我俩在一起的时间增长，我便在不知不觉中沦陷了，像是吃了迷药，中了他下的毒，什么都听他的，由他安排。"

红脸气呼呼地道："于是你们就布了个局，找来个替死鬼，用两条人命，换你俩所谓的幸福。"

周玥痛苦地哭泣着道："我也不想那样，可我无法拒绝他给我的一切！"

红脸憎恨地看着周玥道："特别是当他告诉你，县衙门已经被他买通，此事万无一失的时候，你便彻彻底底下了决心，若飞蛾扑火一般，不顾一切地跟着他走了？"

周玥点点头，没再言语。杨明真像是听傻了一般，再无发言的欲望。他知道自己被陷害了，但他做梦也没有想到，杀死周昊的会是他的妻子。而且他自认为周玥看上了他，想要与他好，却没想到只是要利用他，想要用他的性命去换与另一个男人远走高飞、长相厮守，这真相实在是太过于戏剧性，亦太具有讽刺意味了，原来他只是别人的一颗棋子而已！

"周昊身上那一刀是谁补的？"白脸看了眼周玥，又看了眼房浩大，"是你还是他？"

周玥看了眼房浩大，而房浩大脸色惨白，依然没有说话，或者说已经吓得说不出话来了。白脸叹道："你错看了这个男人，他除了有钱会说花言巧语骗女人之外，几乎一无是处，甚至不太像个男人。"

"怎么，怕了？"红脸怒道，"是的，你想得没错，杀人害命，夺人妻女，的确会堕入十八层地狱，所以你至死都还在嘴硬，可你不知道，十八层地狱的酷刑也是分等级的，如你这等人，活该受油煎火烤之苦。"

"来人！"案情已明朗，黑脸下了最终判决，"把房浩大带下去，日日受极刑之苦。"

房浩大听闻，腿一软晕死过去。黑脸又判了周玥入十八层地狱，日后看其表现酌情量刑，杨明真、周昊则按流程安排轮回，再回人间。

☁ 解说怪人

三头幻人又叫三头鬼，是能够洞察一切的刑罚之神。在中国的神话传说中，讲究因果，种了多少因，必得多少果，无论是恶果还是善果，都是应得的，决计不会有错，这有点像种瓜得瓜、种豆得豆的意思，实际上是劝人向善，多种善因，多得善果，而三头幻人正是在这样的环境下出现的产物。

在中国远古的丧葬文化中，会在墓穴里放许多丝绢，这些丝绢上大多写着戒律戒条或为人处世的道理，传说三头幻人就是那些戒条戒律和为人处世的道理凝结幻化而成的，因此它是非赏罚分明，疾恶如仇，虽然说一个身体上生出了三颗头，它们谁也不服谁，甚至经常会吵闹、争辩，但最终都会达成一致，由中间的那颗头做出最后的决定。

有人说三头幻人可能是最初的阎王的形象，理由是它赏罚是非分明，判决是非，铁面无私。其实不然，三头幻人更像是一种寓言，人世间一切是非都不是绝对的，所谓横看成岭侧成峰，从不同的角度看事物，得到的是不同的结果，三头幻人之间的争，争的是理，所谓灯不拨不亮，理不辩不明，这种争是理性的，与寻常的争吵有本质性区别，也是世间所需要的，所以三头幻人的出现，寓意的是民间对公正、正义和自由的向往。

厕神紫姑：神仙界的白毛女

山西寿阳，枕恒山、居太行，山清水秀，这一带秀丽的山水亦养育出了眉清目秀的人儿。

紫姑出生在寿阳县的一个寨子里，祖上皆以务农为生，勤劳朴实，日子虽过得清苦，却也算是无忧无虑，自由自在。

紫姑的兄弟姐妹均不识字，可能对他们来说反正务农为生，识不识字并不重要。然而紫姑却不同，她平时虽也帮父母下地干活或做家务，可只要空闲下来，便会读书习字，村寨里的人时常会笑话她说，你一个农家女子，早晚是要嫁人的，习女红刺绣便是了，读这些闲书作甚？

事实上紫姑也不知道读那些闲书要作甚，可能仅仅只是出于爱好吧。久而久之，读的书多了，她发现自己与村寨里的人有些不一样了，举止谈吐常觉得跟他们格格不入，仿佛隔了一层什么东西似的，说不到一块儿去。所谓话不投机半句多，渐渐地与村寨里的人交流便少了，变得沉默寡言，人皆取笑她读书读傻了。

在很长一段时间里，紫姑很苦恼，她生于斯、长于斯，也很想融入村寨里去，奈何多次尝试均告失败，逼着自己去适应不喜欢的人和环境，委实太过于痛苦，她不想违心地活着，如果他人一定要以此来取笑她，那就让他们笑吧，她决定了，只想活出自己。

到了谈婚论嫁的年龄，同龄人娶的娶、嫁的嫁，唯独紫姑依然单身，倒不是说她不想嫁，而是能说得上话的、合她习性的人太少了。

这就是读书带来的痛苦吗？莫非真如村寨里的那些人所笑话的那样，读书真可误人，使人变傻变呆吗？或许他们那样说自有他们的道理，毕竟这是上百年来村寨里的人实践出来的生活经验，但每个人都不一样，没必要因为大家都在那么做，而去麻木地跟随，或许并不是读书错了，而是她尚未遇到知心的人罢了。

知心的人在何处呢？紫姑与所有情窦初开的少女一样，会幻想心中埋想的人儿，在她的脑海里，那个人应该是高大的，有阳刚之气的，可以把她和将来的那个家好生保护起来，而且应该是知书达理、谈吐不凡的，总之那个人儿一定和村寨里的人不一样。

那个人儿终于出现了！确切地说那人与紫姑想象中的人儿还是有些差距的，他是伶人，身材并不是那么高大，但他知书达理、谈吐不凡，每次与紫姑谈起书籍上的内容时，便滔滔不绝，那一瞬间他就好似换了一个人，容光焕发，而且显得非常自信。

他叫常遇秋，紫姑对他一见倾心，甚至爱屋及乌地认为他的名字也非常好听，有韵味。两人很快就谈婚论嫁，她的父母虽觉得伶人低贱，会让人瞧不上，然而他们家也不过是农家子弟，以种地为生，又何须去嫌弃人家呢？当下便答应了这门婚事。

在新婚的那段时间，可能是紫姑这一生中最幸福的时日，伶人虽然低贱，可每月挣的却也不算少，日常用度无忧。无须为过日子犯愁，紫姑便做做家务，或看些闲书，偶尔空闲时也会去梨园支持常遇秋，看他的戏。

对紫姑来说看他的戏真是种享受，特别是当台下的观众击掌叫好时，她会觉得很骄傲，脸上洋溢着幸福。

可惜的是这样的幸福并没维持多久。

那一日寿阳刺史李景生辰，请了梨园的戏子去李府唱戏。刺史在唐代相当于后世的县令，乃一方之父母，权大势大，生辰当天非常热闹，敲敲打打，声震数里，许多人都赶着去凑热闹，紫姑也去了，她倒不是要去凑那热闹，只是去支持常遇秋的。

让紫姑没想到的是，那天常遇秋在戏台上出事了。

原也不是什么大事，由于是刺史的生辰，梨园安排了一些喜庆热闹的剧目，就难免有些武戏，常遇春不熟悉别人家的戏台，一时没拿捏好分寸，跌下台来，断了右臂。紫姑在门外看到那情景，端的吓得魂飞魄散，顾不得门口的守卫阻拦，强行闯将进去，冲到常遇秋跟前。

"没事，没事……"尽管常遇秋痛得额前全是冷汗，然而当他看到为此着急的妻子时，硬是挤出一抹笑容，用言语去宽慰她。看到常遇秋的样子，紫姑越发心疼，都已断了手臂怎会无事呢？

戏班为了不扫李景的兴，安排人将常遇秋送去诊治后继续唱戏。紫姑跟着人出去，一脸的着急，此时的她全然没有注意到，有一双眼睛正紧紧地盯着她，眼里放着光，像是一只狼看到了猎物一般地兴奋。此人正是寿阳刺史李景。

紫姑的命运就这样改变了，常遇秋摔断了手臂后，至少在一年内无法上台唱戏，家里断了收入不说，还增加了治疗的费用。为了维持生计，紫姑在照顾丈夫之余，做些刺绣的活儿，做好了去街上卖，虽说日子过得艰难了，却也可勉强度日。

看着紫姑日夜操劳，常遇秋常觉内疚，说是自己害了紫姑。紫姑怜惜地看着丈夫道："你只管安心养伤，切莫胡思乱想，你我既是夫妻，理该同甘共苦，祸福与共。况且这样的日子只是暂时的，一旦你的伤好了，重回梨园，眼下的苦日子就结束了。"

紫姑很乐观，在她的劝慰下，常遇秋便放下了包袱，安心养伤。那一日，紫姑去集市时，梨园的班主忽然上门，手里还提了不少东西。常遇秋见班主来探望，非常高兴，两人闲聊了会儿，班主道："遇秋啊，今日此行除了来看望你之外，尚有一事商量。"

常遇秋笑道："班主客气了，只管吩咐就是。"

班主似乎有些难以启齿，隔了会儿才道："是这样的，你受伤后这日子必然会比以前难一些，我也想帮些忙，只是梨园的收入你也知道，也就那么些，仅供开支罢了，实在是心有余而力不足。近些日子紫姑一直在街上卖刺绣，据说每天都卖完了，如此倒可勉强维持生计，挺好……"

常遇秋被他说得云里雾里，不知他究竟想表达什么，只得敷衍道："亏得她心灵手巧，只是太辛苦了，有时为了赶工，半夜都未曾休息。"

"是很辛苦，她若不辛苦些，如何让你安心调养呢？"班主语气停顿了会儿，又道，"我也不瞒你了，实际上紫姑的刺绣每日都能卖完，是有人在暗中帮忙。"

"哦？"常遇秋讶然道，"不知是哪位善人？"

"他也不是什么善人。"班主讪笑道，"乃是寿阳刺史李景。"

常遇秋以为是自己因给刺史祝寿受的伤，人家发了善心，这才在暗中帮忙，不由得感激地道："刺史大恩，改日当登门拜谢。"

班主却叹了口气，说道："他是看上你家娘子了。"

常遇秋闻言，脸色倏然一变，原来是黄鼠狼给鸡拜年，根本没安好心！

"你是来给他当说客的吗？"常遇秋憋红了脸，胸口明显地起伏着，不难想象若眼前坐的不是梨园的班主，他可能已经下逐客令了。

"你斗不过他。"班主语重心长地说了一句。

"可我离不开她。"常遇秋沉声道，"她也离不开我。"

"是的。"班主点头道，"你俩感情好我们都知道。可李刺史的态度也很坚决，他要定了紫姑。"

常遇秋气得发抖，怒道："他堂堂朝廷命官，难不成想强占民妇吗？"

"不是强占，是交换。"班主道，"他说会给你一笔补偿费，可供你安生度日。"

"我不要。"常遇秋大声道，"紫姑不是物品，我不能将她卖了。"

班主皱了皱眉头，十分为难地道："我知道这件事对你来说很难接受，可我也十分为难，他威胁说，若不能将此事办成，便把梨园查封了。"

"凭什么？"

"凭他手里的权力！"

常遇秋沉默了，很多时候一个普通的百姓，在权力面前几乎难有反抗的能力。班主没让他即刻答复，让他再好生想想，因为这不光是决定梨园命运的问题，若不答应，他和紫姑只怕也无法在寿阳立足。

紫姑从集市回来后，本十分高兴，说今日的刺绣又卖完了，还带了好些菜回来，要给常遇秋做好吃的。发现常遇秋情绪不高时，以为他又有什么心理负担了，便走过去说道："你又在想什么呢？我早与你说过了，你我夫妻有福同享有难同当，作为你的妻子，照顾丈夫天经地义。"

听到这些话，常遇秋的心里若针扎一般，脸上因痛苦而扭曲起来。

"怎么了？"紫姑见到他的表情慌了，"何处不舒服？"

常遇秋知道这事是瞒不住的，便将事情原原本本地跟紫姑说了一遍。紫姑闻言，脸色铁青，呆若木鸡。

"是我无能，未能保护于你。"常遇秋眼里含着泪水，痛苦地道，"说到底还是我害了你，伶人低贱，在权贵眼里命若蝼蚁，根本无力抵抗，我该死，是我该死啊……"

"再低贱也是人！"紫姑读了许多书，不同于一般的女子，在她看来，每个人都有尊严，以及属于自己的生活，既然普通百姓无法跟权贵相争，那就走，大不了离开这个地方。

"我们走。"紫姑说到做到，转身就去收拾东西，"远走高飞，离开这个地方。"

"好！"常遇秋爽快地答应了，有手有脚到哪儿都会有口饭吃，便过去帮紫姑一起收拾。

当天下午，夫妻俩便出了门，虽说一时尚未想好究竟去哪里落脚，无妨，只要两个人在一起，哪里都是家。出了城门，又走了几里路，天色将黑，紫姑道："前面有个镇子，我们再走些路，去镇里歇脚。"常遇秋向妻子笑笑，点头称"好"。

"站住！"二人正闷头赶路，前方忽然人影一闪，跳出三五个人来，将去路挡住了。

常遇秋打眼一看，那些人均面生得紧，便问道："你等是谁？因何拦我去路？"

"打劫的。"前面那人嘿嘿阴笑道，"要想从此路过，留下买路钱。"

"你们……"常遇秋还想与他们理论，紫姑却暗暗地拉了他一把，从包袱里摸出粒碎银子道："我们本是穷苦人家，身上无甚盘缠，望列位大哥行个方便。"

那些人看了眼紫姑掌心的那粒碎银，俱皆笑了起来："莫非你是要打发叫花子吗？"

紫姑道："我俩身上确无盘缠。"

"既然没银子，把人留下便是。"说话间，其中一个大汉朝紫姑走来。紫姑大骇，不由自主地退了两步。常遇秋见状，拦在紫姑面前，喝道："光天化日，你们想干什么？"

那人"砰"的一脚踢在常遇秋身上，常遇秋不过是个戏子，没多少力气，怎经得起那大汉一脚？跌倒在地，落地时正好碰到右臂的骨伤，禁不住痛叫了一声。

紫姑想要过去救她的丈夫，却让那大汉拦腰一把抱起，往肩上扛了就走。紫姑边叫边挣扎，奈何那大汉身高体壮，任凭她怎生挣扎，都无法挣脱。常遇秋顾不上痛，起身去追，这时候另外三四个大汉围将上来，不由分说便是一顿拳打脚踢。

紫姑看得分明，奈何她让人扛在肩上，挣脱不得，一时心痛欲裂。

常遇秋离她的视线越来越远了，夜色下她只模糊地看到他躺在地上，由人踢打，全无还手之力。他右臂断骨处尚未愈合，又遭这般毒打，该有多痛！想到此处，她凄声厉叫，叫得撕心裂肺。那大汉忽然一掌拍在她的脖子上，紫姑一口气没喘上来，晕了过去。

及至醒来时，紫姑发现躺在一张床上，这张床很大，看上去也相当豪华，转首往床外看，是一间精致的厢房，不远处还站了两个丫鬟，听到动静转过头来看，见她醒了，叫了声："夫人醒了！"

紫姑问道："这是何处？"

"李府。"

"李府？"紫姑心头一震，"哪个李府？"

"李刺史的府上。"

紫姑闻言，起了床就要走。两个丫鬟一左一右将她拦下，道："请夫人莫为难奴婢，若夫人走了，奴婢性命不保。"

"我丈夫呢？"紫姑急切地问那丫鬟。

"奴婢不知。"

"让我出去！"紫姑使劲地推开丫鬟，不由分说往门外闯。两个丫鬟急忙追出去。

到了院子里，只见五六人姗姗而来，当前那位是个四十左右的妇人，穿金戴银，衣着华贵，只是神色间隐隐透着股刻薄凶悍，让人望而生畏，正是李景的正妻曹氏。

"这就是昨日入府的那个小妖精吗？"曹氏瞄了眼紫姑，在丫鬟那儿确认了紫姑的身份后，抿嘴一笑，"端的是得了便宜还卖乖，有人想进李府求之而不得，你倒好，要死要活地演给谁看呢？"

"放我出去，我要去找我的丈夫！"紫姑不管她是谁，她已无心理会这些，朝曹氏吼道。

"你的丈夫？就是那个伶人吗？"曹氏冷冷地道，"死了。"

紫姑闻言，只觉脑子里"轰"的一声，她的天塌了，世界在这一瞬间变得昏暗起来，隐隐约约地只听到那曹氏道："也是他命贱，该有此劫，途遇强盗拿不出银子来，让人给打死了。你也是亏得遇上我们李府的人，不然你俩如今只能在阴间相会了。"

强盗！紫姑咬牙切齿地看着曹氏，你们才是真正的强盗，视人命如草芥，在你们眼里除了当官的有钱的权贵，所有的人都是低贱的，你们才该死，该下地狱！

"这般看着我作甚？"曹氏看出了紫姑眼里的恨意，讶然道，"我又没杀你丈夫，若是你真要恨，也恨不到我头上。把她关起来，免得到处闹，丢人现眼。"

紫姑是被人拖走的，此刻的她像一具行尸走肉，只有肉体还留在这世间，灵魂早已随常遇秋飘走了。

一月后，李景将紫姑纳为侧室，并告诉她，常遇秋已经死了，人死不能复生，你再固执、再反抗也是徒然。紫姑冷笑，是的，她再固执、再反抗的确是徒然无益，这一个月来李景将她软禁着，日夜有人贴身看护，生怕她想不开寻了短见，既然连寻死都是件可望而不可即的事情，固执、反抗又有何用呢？

然而可气又可笑的是，几乎所有人都认为紫姑是乌鸦飞上枝头成了凤凰，包括村寨里的人甚至是她的父母，都觉得她经此一劫，未尝不是好事。或许这就是现实，充满了功利的现实，她并不怪他们，但是她自己心里明白，她爱的是常遇秋，不管他是低贱的伶人也好，没钱窝囊的男人也罢，他就是她的丈夫，一个知心贴己的好男人，如果可以重新再选择一次，她还是要与那个男人厮守一生，不离不弃。

一入侯门深似海，李府虽非侯门，然而人与人之间的明争暗斗却与侯门一般无二，紫姑的性子是无法在那样的环境下生活的，她虽出身低微，虽嫁与伶人，可她骨子里有股傲气，从不曾将那些权贵放在眼里，有钱有势又怎样？那不过是社会赋予的外在身份和财富，与人的品性并无关系，莫非你就该高人一等吗？再加上她在李府只是个侧室，那府中上下都是正室曹氏的人，因此即便是那些丫鬟，也并未真正地尊重紫姑。

紫姑倒是不在乎这些，只不过是为了生存而已，下人们选择站队，她完全可以理解，故无论李府上下以怎样的眼光看她，她依然故我，我行我素。常郎已去，家不复存，她活着恰似死了，毫无滋味，当一个人对这世间失望的时候，还有什么事情是值得她去畏惧的呢？

紫姑越孤傲，曹氏便越看不顺眼，她算是什么东西呢？一个山村的野丫头、伶人之妻、再婚的侧室，有什么资格目高于顶，将所有人都不放在眼里？就凭刺史的宠幸吗？笑话！古往今来，再怎么受宠幸的女人，一旦任性，都不得好死！

正月十五月元宵当晚，一家人用完膳散了席后，李景说要去衙门处理一件急事，曹氏领着一个丫鬟特意去拜访紫姑，说是紫姑入门已半年有余，然而她们却未曾好生说过话，趁着今日良宵，要与她好好地谈谈心。

紫姑太了解曹氏的脾性了，这明显是黄鼠狼给鸡拜年没安好心，不过她不在乎，连死都不怕还怕她使诈吗？

"刚才的饭菜有些油腻，我特意泡了壶菊花茶过来，妹妹尝尝。"曹氏笑盈盈地看着紫姑。

紫姑想也没想，拿起杯子就一口喝了，然后看着曹氏道："这茶不错，姐姐有心了，不过你自己为何不喝一杯呢？"

"你知道这茶里除了菊花还有什么吗？"

紫姑看着她的脸，意识到了什么，然而脸上却依旧波澜不惊："有毒吗？"

"倒是没毒，不过放了些蒙汗药。"曹氏奸诈地笑笑，"我要是将你毒死了，便成了害人性命的凶手，老爷岂当会饶过我？"

"那么你想让我怎么死？"紫姑的表情依然淡淡的，毫无波澜，仿佛死对她而言反倒像是归宿，而活着才是最大的痛苦。

"自然是拖去外面。"曹氏道，"如此老爷才不会怪罪到我头上来。"

紫姑沉默。曹氏奇怪地看着她问道："你不怕吗？"

紫姑摇头，她一心求死，奈何被看守得太紧，无法如愿以偿，你既有心成全，我只有感激，何惧之有？

"我不怕，多谢成全。"头越来越晕，身体像要飘了起来，这感觉挺好。紫姑脸上泛起一抹笑意，朝着曹氏痴痴地笑。然而这笑在曹氏看来却无比诡异，她急忙起身，走出房来，将安排在暗处的两名心腹家丁招过来，示意他们尽快处理。

家丁将紫姑抬了出去，趁着夜色离开李府，寻了个偏僻的茅厕，将她扔在里面。按照曹氏的吩咐，下手须干净利落，不得让人察觉。那两个家丁收了曹氏许多好处，下手毫不留情，一记闷棍下去，敲在紫姑头上，紫姑本就已晕迷，只痛哼了一声，再无响动。家丁咬着钢牙，又狠敲了几下，紫姑头破血流，一命呜呼。

李景回府后，见紫姑没在府中，看护的下人说与曹夫人一起去喝茶了，去问曹氏时，又说紫姑早就回去了。李景意识到这些人可能都在说谎，紫姑必是出了意外，带了人去寻时，才发现紫姑已死。李景瞧这情形，心中已明白了八九分，然而家丑不外扬，况且他是朝廷命官，门庭不宁，影响仕途，即便对曹氏之举再不满意，也只能忍着息事宁人。当下将这桩命案当作意外处理，草草地将紫姑的尸体埋了。

紫姑以为她死之后便能与常遇秋在阴间相会了，可谁承想他俩都是冤死的，短时间内无法去阴间，只能沦落为孤魂野鬼，在人世间游荡，等待阴差来迎接。

以生命为代价，只望与常郎再会，孰料人算不如天算，到头来还是一场空。紫姑彻底崩溃了，家破人亡，被仇人纳作妾室，奈何无力反抗，她忍了；被曹氏敌视，处处刁难，她也忍了，只因为不屑于跟她斗，与她争李府的地位；明知是毒计，还是毅然往下跳，被她迷晕，让她打死，她也忍了，因为她想常遇秋了，哪怕是在阴间牵手，也甘心情愿。

可是苍天啊，你为何这般作弄于我？我已失去了一切可以失去的东西，何以还让我做孤魂野鬼，在这讨厌的世间游荡？我的常郎在哪里呢？他又在何处游荡？

紫姑夜夜大哭，这凄厉的哭喊声常穿梭在寿阳的夜空里，一时间人心惶惶，家家户户一到晚上就关门闭户，不敢外出。

李景也想过许多办法，均告失败。好事不出门，丑事传千里，寿阳闹鬼之事越传越广，且传到了长安，连当朝皇帝武则天亦有所风闻。垂拱三年（687年），武则天悯其身世，怜其遭遇，下旨封为厕神，让民间百姓祭祀之。

后来每逢正月十五，百姓便用纸或木头做成紫姑的形象，放在茅厕之中，用香火祭之，边拜边口中念念有词曰：子胥不在，曹妇亦去，小姑可出。

百姓是善良的，大家都同情紫姑的遭遇，每年的忌日，都会去茅房祭拜，久而久之就变成一种习俗流传了下来。

☁ 解说怪人

厕神属于民间之神，换句话说，她是民间凡人或是老百姓信奉的神，因此并未列入正统的神仙范畴之内。厕神也不是掌管厕所的神，只是她死在厕所，因此有此名。根据民间的说法，厕神能知未来、测祸福，后来百姓祭拜厕神无非是求个平安。

关于厕神的传说共有三种版本，第一种就是本文所描述的，《古今图书集成·神异典》卷四《异苑》记载："世有紫姑女，古来相传是人妾，为大妇嫉，死于正月十五夜。后人作其形，祭之曰：'子胥不在，曹夫亦去，小姑可出。'捉者觉动，是神来矣。以占众事。胥，婿名也。曹夫，大妇也。"这就是本篇故事的出处。南北朝时期刘敬叔的《异苑》也记有类似的故事,大体相同。

第二种版本是厕神换成戚姑,《月令广义·正月令》载:"唐俗元宵请戚姑之神,盖汉之戚夫人死于厕,故凡请者诣厕请之。"祭祀的日子没变,还是正月十五,但人物变了,这戚姑传说是刘邦的妃子戚夫人,因皇后吕氏妒忌戚夫人,将其拖到茅厕活活折磨至死。

这个故事有正史作为铺垫,似乎更具可信性,但戚姑成为厕神的传说明显在紫姑之后,后世百姓祭祀戚姑是效仿紫姑,出于同情。

第三种版本出自明代小说《封神演义》,叫作"坑三姑娘",是三个人,分别是三座仙岛上的云霄、琼霄、碧霄三位仙姑,其师兄是赵公明,因此有较强的法力,封神时姜子牙封她们为"坑三姑娘",又称三霄娘娘。

以上三种版本,由于一种是出自小说,另一种是紫姑之后,民间百姓同情戚夫人,这才以厕神之礼祭之,因此本文故事则选择以紫姑的故事为蓝本改编。

黑眚：来去无踪的无形妖兽

宋天禧二年（1018）五月，西京洛阳。

今年的夏天来得有点早，才五月初便已十分炎热了，中午时分经太阳一晒，火辣辣地令人颇是不好受。及至夜晚，人们搬了凳子纷纷到院子里乘凉。由于宋朝未设宵禁，无论昼夜，百姓均活动自由，因此亦有不少人三五成群出去逛街，一来消暑，二来作为休闲时光，聊以娱乐。

西京之繁华虽不及东京，却也是座不夜城，街上人来人往，摩肩接踵，熙熙攘攘，十分热闹，街道两侧的店肆自然是灯火通明，以其招牌美食或物品招徕生意。还有在街上摆摊的，贩卖各类吃食或精致的小玩意儿，嬉笑声、吆喝声、讨价还价声……构成一幅活色生香的人间烟火图景。

是时，天上明月高挂，星汉璀璨，地上繁华热闹，人皆沉醉于闲暇游乐之中，本是一派和平盛世景象，不承想天空倏然暗了一下，似乎是月亮让什么东西遮挡了，但由于那东西的速度极快，一闪而过，当人们反应过来，仰首去看时，天空又复晴明，皓月当空，甚至看不到云朵，以至于有些人以为是自己眼花了。

不知何时，起风了，而且越来越大，风声呜咽。耳朵尖的人似乎还在风中听出了异样，与旁边的友人道："你们听这是何声音？"

旁边的几人均竖起耳朵来听，觉得那呜咽的风声好像真就有人在哭，众人诧异，当中却有人笑道："小娃儿的哭声罢了，街上到处都是，有甚稀罕？"大家闻言，这才释然，继而又逛街闲聊。

次日一早，西京街头爆出一则传闻，说是昨晚亥时一刻，有人失踪了。

有人失踪本非什么怪事，可有些人却十分会联想，说这事巧了，昨晚亥时一刻左右，天空忽然暗了一下，莫非与此事有关？民间百姓多迷信，这没根据的谣言一传十，十传百，很快就传了开来，到傍晚时，西京街头几乎尽人皆知，说是有妖孽作祟，失踪的那人定是让妖人掳了去。

当然，传言归传言，这并不妨碍众人休闲娱乐，第二日晚上照样上街闲逛。这一日再没发生同样的事，于是有人失踪那件事只当作人们茶余饭后的话题。

然而，到了第三日，怪事再次发生，而且这一次是有人亲眼看见。

事情是这样的，西京的皇城和民居之间有一道洛水相隔，皇城对岸临水而居的绝大多数人家非富即贵，临近新中桥的众安坊由于交通便捷，出行方便，乃是这一片的黄金地段，坊内的房子价高自是不消说了，且房子大多豪华，有独立的庭院，若是不想出去逛逛街，在自家院内便能纳凉。

众安坊内有一户向姓人家，户主叫作向富贵，从小摊小贩白手起家，现已为西京的商业大户，这一日晚上，他们举家在院内纳凉，平地陡起一阵狂风，尚未等他们反应过来，只觉眼前一道黑影一闪，又瞬间而没，大风也随之消失。然而当向家人定下神来时，发现院子里少了一人。

那黑影从出现到消失，电光石火一般，快到他们都没看清楚那东西长什么样。然而也正因为事情发生得快，向家人非常肯定，事发前他们失踪的小女儿就在身边。

接到报案后，附近的巡捕房很快就到了向家的院子，问询当时的情况。向富贵说，当时他们一家五口在院里纳凉，小女儿向雪梅则在院子的墙根剪着花枝，陡然一股狂风，由于来得突然，他们都不由自主地闭了闭眼睛，当他们再睁开眼里，那股狂风从院内一扫而过，随即消失，只隐约看到有一道黑影飞过去。

巡捕朝向雪梅消失的地方瞄了眼，那个地方距离向富贵纳凉之处不过一丈来远，他说在向雪梅消失前她就蹲在那墙根下，应该不会看错。便转首问道："你说狂风挟着道黑影在你们面前一闪而没，可看清楚那黑影长甚模样吗？"

向富贵想了想，迟疑地道："看得不甚清楚，感觉它是会变化的。"

"会变化的？"

向富贵点头道："起先好像是顶帽子的模样，不大，与乌纱帽相等，但它从院子往外疾速地飞出去时，形状似也在变化，变长了，有点像狗。"

巡捕不可思议地看着向富贵，那眼神似乎在问，你确定说的是真的吗？向富贵被他盯得不好意思，又道："请差爷原谅，那东西来无影去无踪，委实太快了，我也只是看到了个模糊的身影而已。"

巡捕见问不出什么来，便对他说道："此案我们会尽快查明，若有消息随时通知于你。"说完就带人离开了。

奇闻异事向来是人们热衷于打听并传播的，加上宋朝小报业发达，有些小报专发些道听途说之事，只短短两天内，向家小女向雪梅被妖怪掳走之事就传得尽人皆知。

连续发生两起失踪事件，而且都被传得神乎其神，官府的压力不免大增，如果未能在短期内给出个答案来，朝廷要追究，百姓要追问，两边都不好应付，那就被动了。洛阳府只得增派人力，专查此案。

具体负责查案的是洛阳府巡检司的巡检使元镇河，此人有多年的办案经验，平素话不多，行事却沉稳干练，他意识到此案要是跟着舆论跑，难免会被带偏方向，费人费力，查而无果。从已经发生的两起失踪案的情况来分析，可能是人为的，而不是传说中的妖孽作祟，这世上之人有时比妖魔鬼怪还狡诈，教人防不胜防，为此，他查阅了近几年在洛阳发生的所有人口失踪案，终于理出了些头绪。

从去年年初时，洛阳城郊厚载门外，曾发生过三起人口失踪事件，而且失踪的也是少女，根据案卷显示，线索指向了城内的一个纨绔子弟柴益武身上。此人的叔父乃是禁军虞侯，掌内苑禁军，柴益武狐假虎威，横行霸道，并招罗了许多江湖异人，打着叔父之名，美其名曰维护洛阳安全，实际上民间百姓俱皆知晓，洛阳城最大的威胁就是来自此人，只是敢怒不敢言罢了。

柴益武的手底下有一名叫边远的门客，江湖人称草上飞，轻功了得，曾有人目睹在案发当晚，边远背了只麻袋奔跑，只是他行走的速度实在太快了，兔起鹘落，眨眼间便消失无踪，因此当时只有人看到他背了只麻袋，至于装了什么却一无所知。

后来巡检司介入调查，发现柴益武可能涉嫌人口贩卖，然而当巡检司要进一步去查证时，却让洛阳府叫停了。当时元镇河在外办差，并未参与此案，如今看来，如果柴益武真是此案主犯的话，那么此案可能会涉及朝中权贵，不然的话，去年的那三起失踪案的追查便不可能无疾而终。

从作案手法来看，去年的失踪案与眼下的案子颇有些相似之处，都是神秘失踪，唯一不同的是，眼下的两起案件更具神秘性，且手段更为高明，让所有人都以为是妖怪作祟。

理出了头绪后，元镇河决定先不向洛阳府尹汇报，暗地里去摸一摸柴益武的底再说，百姓的性命也是命，此案不能再不了了之了。

这一日傍晚，从衙门里出来后，元镇河在街上找了家餐馆。宋朝的快餐业发达，点了菜后，很快就上了来，喝些酒扒了两碗饭后，见时候差不多了，沿街一路往西南而行，在厚载门附近找到了柴益武的居所。

元镇河抬头一看，嘴角不觉浮起一抹冷笑，本是个不学无术之辈，借着朝中有人，胡作非为，竟还在洛阳置办了如此一座豪宅！冷笑间，往左右看了眼，见无行人，从高墙外纵身而入，映入眼帘的是一座硕大的庭院，假山楼阁、奇花异草，应有尽有，穿过客堂，还有中堂、后堂，前后多达五进，其富丽程度，相府也不过如此而已。

各个院落均有家丁巡逻，好在元镇河习武出身，不惧那些喽啰，轻轻松松地到了后堂。打眼一看，见有一间厢房内人声喧哗，便走过去看，原来是柴益武正在与门客饮酒寻欢。估计是喝了有一会儿了，里面的人都有七八分醉意，说话极为大声，生怕他人没注意到。

"这两天的事做得非常漂亮，有劳大家了，好听的话我就不多说了，全在酒里！"柴益武端起碗酒，一口饮下。

底下的门客纷纷应和："我等有今日，全仗柴大官人，应是我等敬大官人才是。"大家俱皆端起酒相敬。

元镇河早料到此事乃柴益武所为，心想可能被掳掠来的两人尚在府中，我且去找找，届时人赃并获，天王老子也保不了他。

主意打定，转身去了后院，以元镇河的经验，如果人真是柴益武劫持的，多半放在后院。

没想到这一找还真让他找到了，不过不是两人，而是一人，乃是位十六七岁的少女。元镇河没见过向家小女儿的面貌，便问她姓甚名谁，那姑娘答姓安名巧芬。元镇河闻言，心头微微一沉，因为除了向富贵的小女儿外，另外一位失踪者姓苗，难不成此番柴益武劫持的不止两人？如果这个推测成立的话，那么另两人去了何处，是已然贩卖出去了吗？

正自寻思，忽然一阵惊叫声传来，元镇河听到这声音，整个身子像弓箭一般弹跳而出，跃向屋外。抵达后堂的时候，第一眼看到的是那些原本在厢房里喝酒的门客，正慌张地从里面跑出来，从他们的表情里不难看出，一定是看到了不可思议的奇异之事。惊叫声再次响起，元镇河抬头一看，只见西南角方向，一股黑色烟雾状的东西正卷着一人往外飞去。

元镇河大吃一惊，他办案多年，见多识广，什么样的事情没见过？然而在看到空中的那团黑雾的东西时，着实把他吓了一跳，难不成这世上果然有妖，向家的小女儿真是妖孽掳走的？心念未已，纵身一跃，追了上去，无论是人是妖，他都得去看个明白。

那团黑烟很快，只一下子就飞出了柴家的宅子，它似乎感觉到了有人追来，忽然变幻了个形状，倏地变成了似狸若狗的样子，嘴一张，就把柴益武吞了下去。

　　这一幕吃人的情景看得元镇河惊骇不已，原来妖怪并非民间传说，而那些失踪之人也并非如官府所推断的那样，乃是人为的，看到它将柴益武一口吞下去时，元镇河连忙停下了脚步，该不该追上去呢？

　　正自犹豫，那团黑雾忽然转了个方向，朝元镇河扑来。这下没法子再逃避了，抽刀在手，喝道："你是何物？若再敢伤人，休怪我手里的刀对你不客气了！"这话看似在对妖怪说，实则更像是在给自己壮胆，神色间全无信心。

　　那妖怪自然没把他放在眼里，张开嘴无声地疾扑而下。

　　是时，估计刚到亥时，街市上兀自有许多人，人们看到这一幕情形，着实惊愕不已，传说中的妖怪吃人竟然是真的！当那团黑雾扑向元镇河时，大家急忙四散而跑，跑出一定的距离时，在巨大的好奇心驱使下，又回身驻足观望。

　　元镇河见它果然不惧威胁，向他扑来，心想吾命休矣！然而既然无处可逃，只得硬着头皮迎敌，手中刀一挥，舞起数道精光，劈向那团黑雾。没想到一刀过去，便如劈在空气里一般，全无着力处，定睛看时，那妖怪已然张嘴咬到，那大嘴里面黑气蒸腾，望不见底，仿佛那就是人间与地狱的死亡通道，让人望而生畏。

　　元镇河闭起了眼睛，他从未向任何困难屈服，然而在这妖魅面前，却无还手之力，只得认命。倏地"嗖嗖"几声，劲风飒然，元镇河睁眼一看，只见眼前剑气纵横，精光乱射，那妖怪虽只是一团黑雾，并无实物，然而在那剑气的催动下，似乎十分痛苦，到处乱撞。

　　元镇河情知有高人来救，转目看时，见是一位皓发老道，右手捻法诀，左手凌空比画，空中那柄剑竟在他的手势下挥洒自如，而且他似乎知道这妖怪的套路，剑剑指向要害，几无落空。

不消多时，那妖怪自知不敌，黑雾倏然消散，慢慢地消失在夜空里。见那妖怪消失，元镇河大大地舒了口气，因死里逃生全仗那老道及时出手，便过去谢恩。

皓发老道揖手道："施主无须多礼，近来这妖孽祸乱人间，贫道追踪它多日了。"

元镇河问道："敢问道长，此物来无踪去无影，究竟是何妖怪？"

"确切地说，并非妖怪。"皓发老道白眉一动，"此乃人间百姓意念所化之物，久而久之聚而成气，出来为祸。"

元镇河无法理解老道所言，又问道："人之意念，也能成形吗？"

"怨念聚，凝为眚，此物名为黑眚，自汉朝以来，皆有出现。"皓发老道解释道，"太平盛世黑眚隐而不现，乃是因为政通人和，国泰民安，然而一旦民心不安，黑眚则出，其有时只是一团黑气，有时亦会化作人形狗面，出来吃人。"

"可有方法降伏？"

皓发老道摇头道："黑眚现，虽是不祥之兆，却也可视为警告，改善国策民生。"

元镇河明白了，这几年来，皇上任王钦若、丁谓为相，他们蛊惑皇上求仙问道，甚至不惜伪造天书，制造出所谓的祥瑞，皇上信以为真，于是大兴土木，广建道观，劳民伤财倒还罢了，一国之君不理政事，不顾民生，才是最为可怕的。

元镇河叹了口气，皇上不理政事，底下的官员自然也不会管民之疾苦，恰如柴益武贩卖人口一案，若是在政通人和之时，只怕去年便已彻查清楚了，如今为黑眚所害，也算是为民除害了。这天下之事，无论是执政的还是为官的，若只为一己之私，即便黑眚不出，天下也早晚会乱。他当下谢过那老道，转身回衙门，那黑眚既为民间怨气所凝结，非人力所能为，只得由它去了。

☁ 解说怪人

黑肯是种没有实际形状的怪物，它出现之时有时像黑色的乌纱帽，有时像狗，有时像人，变化多端，不可名状。然而，看上去像是虚无缥缈的东西，但在所有妖怪或怪物的传说中，它却又是最为真实的，许多正史或者名人的著作中，都提到过它的形象。比如《元史》载："至正十年（编者注：1350年），彰德境内狼狈为害，夜如人形，入人家哭，就人怀抱中取小儿食之。"

《宋史》也有多次记载："天禧二年（编者注：1018年）五月，西京（编者注：今河南洛阳）讹言有物如乌帽，夜飞入人家，又变为犬狼状。人多恐骇，每夕重闭深处，至持兵器驱逐者。六月乙巳，传及京师，云能食人。里巷聚族环坐，叫噪达曙，军营中尤甚，而实无状，意其妖人所为。有诏严捕，得数辈，讯之，皆非。"

本文便是以上述《宋史》所录为蓝本。又如北宋末年洛阳出现的黑肯记载：

宣和二年（1120年），洛阳府畿间，忽有物如人，或蹲踞如犬。其色正黑，不辨眉目。始，夜则掠小儿食之后，虽白昼，入人家为患，所至喧然不安，谓之"黑汉"。有力者夜执枪棒自卫，亦有托以作过者，如此二岁乃息。

在历代的记载中，明朝出现得最多，据有关专家统计，从建文帝到崇祯帝，黑肯出现的次数达179次，虽然在明朝将近300年的历史里，频率并不算特别高，但如果在每一朝皇帝都会出现，也难免会闹得人心惶惶。

需要说明的是，正史记载的不一定就真实存在，有些是误记，有些是古人因不了解某些自然现象，依据传说记录，等等。但是有一点可以肯定，无论是哪个朝代的记载，黑眚的形象都是不固定的，而且多是"云能食人"之类的道听途说，这说明史官也只是根据传说记录而已。这传说的来源，毫无疑问是来自民间，而民间之所以有这种传说，无非是在朝政昏庸、民心不安，或是时局动荡、民生疾苦之时，借这种传说，以警告当政者。

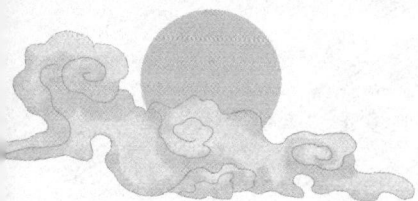

一目五先生：大明阴阳师传说

　　元至正十六年（公元1356年），朱元璋攻下南京，然而在攻常州前，听说那地方人杰地灵，人才辈出，曾出现了两朝天子、八位宰相，是个十分了不得的地方。他便对刘伯温说，今天下未定，闻常州城内人才辈出，届时进了城须广纳贤才，为我所用。

　　刘伯温不只是朱元璋的军师，还是个风水大师，当时听朱元璋如此说，笑道："我主求才若渴，待进了城我自当留心。"然而他嘴上虽如此说，却留了个心眼，当晚登上南京城楼，爬到至高处，夜观天象，以测吉凶。

　　在风水师的眼里，所谓人杰地灵无非是顺应天时地利，所在之处风水绝佳，而对一个从事政治的军师而言，人杰地灵的地方也并不一定就是好的，倘若那里的人才不满意新朝，那么也有可能会是个隐患。刘伯温微眯着双眼，仰首望着常州方向的星空，只见那头星光熠熠，紫气笼罩，果然是个绝好的所在。

　　刘伯温看了会儿，眉头越锁越紧，当下若是盛世，出现如此天象自是求之不得，然而眼下战事未平，天下未定，恐是要生乱的。人才是柄双刃剑，用好了披荆斩棘，无往而不利；用得不好，很有可能会伤了自己。

　　刘伯温下了城头，决定亲自去常州城内打探一番，若真有隐患，须替朱元璋提前消除了。

　　常州城内，有一户随姓人家，祖上四代为官，且都是朝中的高官，出将入相，门庭显赫。随家长子随远，年方二十，承祖上之遗风，乃是远近闻名的才子，人皆云天纵奇才，将来必也是出将入相的风云人物。

只是眼下战火四起，时局不稳，随远听从父亲随庆恩的意见，暂时并未考取功名，以观后变。由于无须急着追求功名，且时局也不知道何时才会稳定，随远除了日常的攻读外，别无他事，随时会出府走走。这一日，他带着三五个随从，刚出了家门，便见一行五人颤颤巍巍地走过来。

那是五个衣衫褴褛、年过半百的老者，看他们的打扮，与乞丐无异，走在最前面的那人瞎了一只眼，右手拿了根竹竿，竿上挂了块布幡，上书：知过去，晓未来，断福祸，判命数。后面的四个老者都是瞎子，为了方便行走，第二位老者的手搭着最前面那人的肩，第三位老者则搭第二位的肩，如此依次排成一排，慢慢悠悠地往前走。

随远是官宦世家，有财有势，自然不会去将那等江湖骗子放在眼里，因此只看了一眼，便掉头往另一个方向走，没走出两步，只听后面传来"咦"的一声，随远好奇，扭头去看，却见走在前面的那位独眼老者正盯着他瞅，随远见状，暗自冷笑一声，心想我虽不怕你骗钱，却也没工夫陪你耍，扭头又走。

"怎么了？"

"见了祸事。"

"是何祸事？"

"血光之灾。"

随远听得后面那几人嘀嘀咕咕地说，不免愠恼，心想我家世代为官，家门显赫，即便是朝中权臣见了随家的人，也得礼让三分，何来的祸事？这些江湖骗子，为了骗取钱财，满口胡言乱语，无所不用其极，实在可恶。只是随家位高权重，为避免落人话柄，不便与人一般见识，当下隐忍了下来，继而又往前走。

"少爷，你看。"旁边的随从停下来往后面指。随远再次回头去看，只见那五人正对着随府指指点点，说三道四。这下着实把随远的火气撩起来，愤然转身走过去，喝道："你们作甚？"

前面那独眼的老者拿那只独目上上下下地打量了下随远，说道："这位公子，可否借一步说话？"

随远恼声道："本少爷忙得很，无暇理会于你。"朝门房打了个手势，示意取些碎银子来，打发他们走。

后面第二位老者走上两步，探出脑袋凑近随远去闻，随远忙不迭厌恶地躲开。那老者似乎没闻出什么来，尚不甘心，再次走上前几步凑上去闻。旁边的随从见着小主人受气，早就憋了一肚子火气，见那瞎子得寸进尺，一脚踢出去，将他踢倒在地。

前面的那独眼老者见状，讶然道："无冤无仇，平白地打人是何意啊？"

"我家少爷何等身份，岂容你等亵渎？"

"亵渎，这是从何说起？"第三位瞎子怒道，"我等只是预见了你家异常，好心告知罢了，何来亵渎之说？"

那被踢倒的瞎子起身拍拍屁股道："老三，既然人家不领情，多说无益，走吧。"

独眼老者将他拉进队伍里去后，五人便又颤颤巍巍地往前走。

"站住！"此时随远已没了出去散心的兴致，"你们要是不说出个子丑寅卯来，今日便别想走！"

"哟呵！"那些瞎子当中，估计老三的脾气最大，冷笑道，"怎么，莫非你还能把我们这些老头子抓进去吃牢饭不成？"

随远沉声道："民对官不敬，且出言不逊，自然可以抓你去见官。"

排在队伍第四位的是老四，他虽是瞎子，却心高气傲，真正做到了目中无人的地步，冷哼道："好气派啊，想抓哪个便抓哪个，确有当官的样儿，威风，威风！不过老夫得告诉你，算命的测的是未来之吉凶，即便我们说了，以你现在的态度，估计也不会信，徒然浪费口舌罢了。"

"浪费了就浪费了呗，口舌值几个钱？"老五嘴碎，也是五人中最开朗的一位，"那小伙子，老夫告诉你，经我们老大一瞧，老二一闻，我等已测出你吉凶，实话与你说，你近日有大灾。"

随远听了这话，脸色越发地难看，寒声道："继续说。"

"只能说到这儿。"老五道，"不过老夫嘴碎，再提醒你一句，如遇比你强的人，最好臣服，不要反抗，或可救你一命。"

这本是一句警告的话，然而在随远听来却像是在侮辱，以为是那几个瞎子让他臣服，乖乖听话。随远平时虽然十分注意言行，以免引来不必要的麻烦，可他到底也是个人，而且是名门之后，终归是有些脾气的，命人把那五人抓起来一顿好打。偏生那些手下出手没轻没重的，认为这几个老瞎子侮辱了少爷，将那五人给打死了。

好在随家有权有势，加上那五人无儿无女，也没人来追问，便草草地被抬出去埋了。

刘伯温从南京而来，将近常州时天色将黑，便也没急着入城，在城郊的一家旅店打尖歇脚，喝了些酒，因觉得困了，便又找店家来问有无客房。店家说，单间已没了，倒是通铺尚有余位。刘伯温不是那种特别讲究之人，便要了通铺，起身去休息。

通铺通常是城郊的小旅馆，为了给往来的小生意人或是囊中羞涩的百姓住宿准备的，一般多以粗人为主，刘伯温找了个空闲的铺位，本打算借着酒劲睡觉的，不承想在这里睡觉的有好几个打呼噜，鼾声此起彼伏，而且时常变换音调和音量，至半夜时反倒把刘伯温吵清醒了。只得坐起来，欲靠在床头假寐，好歹养养精神，却闻到阵阵难闻的脚臭味，这些来此住宿者，大多是徒步行走之人，走了一天的路，又不曾洗脚，那味道实在是难闻至极，便下了床去把窗户打开，顺便临窗透透气。

在窗前站了会儿，忽觉一股凉风吹来，刘伯温正觉得里面的气味难受呢，经此风一吹，顿时觉得神清气爽。然而很快他就发觉不对劲了，这股凉风有些怪异，吹在身上让人汗毛直竖，像是来自地底的阴风，彻骨地冷。刘伯温暗吃一惊，闭目凝神，再次睁开眼看时，只见院里颤颤巍巍地走来五个人，衣衫褴褛，披头散发，身上尚有血污。那五人中有四个人是瞎子，只当前那人有只独眼，他们手搭着彼此的肩膀，慢慢地往前走。

客房的门是关着的，那五人无须开门，直接穿门而入，刘伯温侧过身看着他们入内，当前的那独眼老者转过脸来，朝他咧嘴一笑，似乎并无恶意，径自又往前走过去。到了一张床边时，独眼老者停下脚步，排在第二位的瞎子走上两步，俯身要去闻躺在床上的那人，刘伯温忙道："此人面善，断非恶人，害他不得。"

那独眼老者又朝刘伯温看了一眼，眼神里似乎有点儿不满，但最终还是依了刘伯温，拉了老二回队，继而又往前走，到另一张床前时，老二再次出列，往床边凑过去。

"此人虽恶，但罪不至死！"刘伯温再次出声阻止。

"咦！"老三脾气本就不好，屡次被刘伯温阻止，不由得愠声道："你管得了天下，管得了阴间的事吗？"

刘伯温沉声道："无辜伤人，我见了自然得管。"

"走。"独眼老者似乎不想跟刘伯温纠缠，领着四人继续又往前，到第三张床前时，定睛瞧了瞧，回首朝刘伯温道，"此人既不善也不恶，是个普通人，总可以了吧？"

刘伯温道："天下苍生多数是不善也不恶的普通人，若害之，岂非天下无人？"

老四知道刘伯温是谁，也知道此人有开天辟地之能事，众神庇佑，但他的脾气要是一气上来，皇帝老儿也未必放在眼里，冷笑道："善也不能害，恶也不能害，普通人更不能害，那么我等饿了该如何是好？活该饿死不成？小伙子，老夫告诉你，普通人最该死。"

刘伯温不解，问道："为何？"

老四道："人之善恶，一念之间。善人知其善，无须防范；恶人知其恶，避而远之就是；唯独这普通人，要是生了歹念，防不胜防。知道我等是如何死的吗？就是让不善也不恶的普通人给害死的。"

"我等死得冤啊。"老二是老实人，然而回想起让人打死一事，兀自难以释怀，不由得叹道，"本是好意提醒，好教他避免一场灾祸，然而那人却以为是我等在侮辱，一怒之下将我等乱棍打死。"

刘伯温叹道："冤有头债有主，害你等之人自会受到惩罚，但你等若无端取人性命，便也成了害人之人，与恶人何异？"

"休与他啰唆。"独眼老者话不多，但每句话几乎都是命令，"先管饱肚子再说。"

其余四人便不再说话，俯身去吸躺在床上那人的阳气，刘伯温大怒，奔上去阻止，想要把他们拉开，但那五人仿如光影一般，他的手伸出去时，却从他们的身上穿过，竟无着力处。那五人一人在床上那人身上吸了几口，只一会儿，床上那人的气息便越来越微弱，瞬息气绝。

刘伯温大怒道："你等这般害人，小心遭报应！"

"报应？"独眼老者嘿嘿怪笑道，"我等已为怨鬼，何惧报应？"

"莫非你等就甘心永生永世游荡，做孤魂野鬼吗？"

"不甘心又如何？莫非你有办法让我们重入轮回？"老五咧嘴笑笑，"哦对了，你是个能人，连天下都可以平定，况我五人乎！你且说说我等要如何才能再世为人，找个好人家投胎？"

"天下大乱，生灵涂炭，这天下有数不清的人同你等一般枉死，故平息兵燹，还百姓一个太平盛世，乃是当务之急，你等若有心助我平乱，便是大功德一件。"

"什么功不功德？"老五不屑地笑了笑，"自古以来王朝更替，都说自己受命于天，无论掀起多大的战争，皆言是替天行道，嘿嘿，愚人之术罢了。我等不在乎那功德，也不想说拯救天下苍生的话，你就说怎么做我等才能结束这孤魂野鬼的生涯便是。"

刘伯温道："此前我曾夜观天象，常州紫云笼罩，卧虎藏龙，恐不利于新朝，请你等助我，将此风水破了。"

"观阴阳看风水那是我等的老本行。"老五嘻嘻笑道，"但不得不说你干的也是缺德事啊。"

刘伯温怒道："休胡说！"

"巧了。"独眼老者目中精光一闪，"随我等来吧。"说话间，遂转了个身，领着四人往外走。走到刘伯温身边时，老五认真地道："真是非常巧，你说的那个风水好宅，我等闭着眼睛也能给你找着。"

刘伯温心想：你等现在不就闭着眼睛的吗？因心中好奇，便随他们一道儿走了出去。

到了随府门口时，独眼老者用手里的竹竿朝大门指了指。刘伯温微微眯起两眼，仔细打量起来，这果然是座风水极佳的好宅，若不出意外的话，这户人家不仅官运亨通，且人才辈出，定然是名门望族无疑。

随姓的名门望族有哪些呢？莫非随庆恩？刘伯温凝神一想，终于明白了，这随庆恩乃是当朝权臣，当下任平章政事一职，其权力仅次于左右丞相；其兄随庆园掌吏部，天下官员选授之令皆出自其手；其父随梓人是三朝元老，现虽已退休闲居，却依然领太尉之衔；这随府的少主人随远自小聪慧，能文能武，如不出意外的话，其将来的成就绝不会在父辈之下，只不过眼下时局混乱，战火四起，随家为了保护此子，暂未让他步入仕途。

这随家树大根深，权大势大，一举一动皆能影响时局，如果说他们誓死效忠当朝，那么将来朱元璋攻打常州会很麻烦，即便是攻克了常州城，只要随家不降，同样也会很麻烦。

"你等看出什么来了吗？"刘伯温转首问那独眼老者。

独眼老者把那只独眼的眼皮一翻，冷冷地道："从风水上来看，随家有大灾，只是虽会受到重创，但根基犹在，百年后将会有人重振家门。"

刘伯温听出来了，当朝对随家世代有恩，即便将来大军压境，他们也不会轻易投归，因此破城之日，便是随家受灾之时，但他们未使随远入仕，给随家留了香火，以随家的风水，百年后会再现今时之雄风，换句话说，他们的子孙有可能会主宰将来的新朝，这对朱氏子孙来说怕是不利的。

"你等有办法改变风水吗？"刘伯温问。

"这还不简单？"老五笑道，"举手之劳。"

"随家得天之助，经几代人的经营，才有今天的规模，根基深厚，几无人可撼动。"老三咬了咬牙，显然心中怀有恨意，"没你的许可，我等恐遭天谴，还真不敢去染指，今你既然发话了，那还有什么可说的？保证让他们再无翻身的可能。"

刘伯温点点头，表示满意。当晚，在独眼老者的带领下，五人就对随家的风水动了手脚。接下来的几天，在刘伯温的授意下，对城内数家名门望族的风水皆动了手脚，从而保证了今后朱氏子孙的安全，以及朱氏江山的稳定。

解说怪人

一目五先生的故事流传最广的版本，应该是清朝时袁枚所著的《子不语》。不过《子不语》记载的故事相对比较简单，现将原文摘录如下：

浙中有五奇鬼，四鬼尽瞽，惟一鬼有一眼，群鬼恃以看物，号"一目五先生"。遇瘟疫之年，五鬼联袂而行，伺人熟睡，以鼻嗅之。一鬼嗅则其人病，五鬼共嗅则其人死。四鬼伥伥然斜行踯躅，不敢作主，惟听一目先生之号令。

有钱某宿旅店中，群客皆寐，己独未眠，灯忽缩小，见五鬼排跳而至。四鬼将嗅一客，先生曰："此大善人也，不可。"又将嗅一客，先生曰：

"此大有福人也，不可。"又将嗖一客，先生曰："此大恶人也，更不可。"四鬼曰："然则先生将何餐？"先生指二客曰："此辈不善不恶、无福无禄，不啖何待？"四鬼即群嗖之，二客鼻声渐微，五鬼腹渐膨亨矣。

为了故事的完整性，笔者将《子不语》里的这则小故事挪到了刘伯温身上，至于一目五先生破坏名门望族的风水，以使明朝立国后能稳固江山的事情，并未出现在相关书籍或民间传说的文本之中，而只是作为民间的口头传说在流传着。这可能有两个原因，一是这个传说可能就出现在明朝，因此不便以文字的形式记录下来；二是从一目五先生破坏名门风水的举动来看，可能代表的是明朝初期百姓的一种心态，以及对整体环境比较压抑的一种嘲讽，明初无论是文化环境还是社会环境，都比较死板而压抑，老百姓穿什么、吃什么、用什么都有规制，一旦僭越，便要送官法办，民间百姓无可奈何，于是编了这样的故事，聊以解郁。

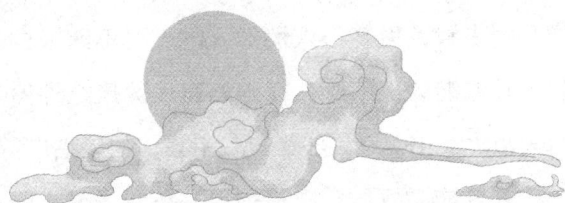

卷四

鬼怪篇

判官崔珏：昼理阳间事，夜断阴府案

起雾了，月色在淡淡的雾气里显得迷蒙起来。

崔珏早已睡下，他生活俭朴，自从在长子县担任知县后，便一直住在衙门里，以后衙为家。

长子县后衙是个独立的院落，中间是庭堂，两侧各一间厢房，一间为杂物房，另一间则作为崔珏的寝室。陈设很是简单，甚至比不了中等人家的私宅。

雾气越来越浓，浓浓的雾气里，厢房的门无风自开，崔珏迷迷糊糊地睁开眼去看，见有一人悄然入内，看不清模样，只觉得像是个官差，他入内后，并未继续往前走，在距离崔珏数尺之外停下，开门道："本月十五日，有天帝之女化作飞鸟要经过长子县，勿使猎户狩猎。"

崔珏应"好"，次日一早，急发告示，曰：本月十五日，禁猎户出城狩猎，违者见官。

百姓见此告示，多是不理解，现在是五月，五月十五日并非特别的日子，何以无端禁猎？然而与此同时，百姓心中也清楚，崔知县公正廉洁，断案如神，从不会做糊涂之事，他既然下了此告示，定有其缘由，因此告示一出，百姓无不遵从。唯独有一人，姓张名武，浑浑噩噩的，人送外号二百五，在十五日当天，不顾禁令，兀自背了弓箭出城去打猎，让城门守卒给拦了下来，送至衙门来见官。

崔珏见他枉顾禁令，怒道："大胆张武，枉顾禁令，却是为何？"

"不为啥。"张武蛮横地道，"今日又不是甚特别的日子，无端出这禁令没有道理，既无道理，我也就无须遵从了。"

崔珏见他蛮横不讲理，道："既如此，本县只得判你禁足三日，你可服否？"

"不服！"

"按唐律，未听政令者，鞭笞十，本官已免你鞭笞之刑，若还不服，本县便再给予你个选择。"崔珏道，"你是要在阴间受罚，还是在阳间受罚？"

张武翻了个白眼，冷笑道："那就在阴间吧。"

张武自认为不过是违反了禁猎的临时禁令，罪不至死，既然你让我选，那我就选阴间吧，看你能把我如何。

当天晚上，张武睡下后，忽见那个黄衣士卒抓了他就走。张武大骇："你们是谁？因何逮我？"

"去了便知。"黄衣士卒冷喝一声，一左一右提了张武往屋外走。这时候张武发现，他的身体轻飘飘的，仿似行在云端，低头一看，那两个黄衣士卒走路时竟然脚不沾地，正自吃惊，抬头时见大门关着，马上就要撞上去了，刚要惊叫，不承想竟穿门而出，门板丝毫挡不了他们。张武第一次经历此等异事，自然有些新奇，但更多的是害怕，莫非他真的已经死了？

"你们究竟是谁？要带我去何处？"张武忍不住叫道。

"再不住嘴，叫你永远不能开口说话。"黄衣士卒又冷喝一声，张武闻言，急忙闭嘴。

张武果然被带去了地府，只是让他没想到的是，地府里面坐着的居然是崔珏。

"崔……崔县令！"张武瞪大着眼惊道。

崔珏面目冷峻，道："你说要来阴间判，便依了你言，即日起在阴间禁足三日。"

"不，不，不！"张武恐慌地道，"崔县令大人有大量，莫与小人计较，小人不听禁令，该愿到阳间受罚。"

"此番你可认罚？"

"认……认罚！"

张武惊醒时，天色已亮，情知崔珏非同凡人，急忙起了身，自动去衙门投案，说是甘愿接受惩罚，绝无怨言。

崔珏自然不会与这浑人计较，便判了他禁足三日。时至中午，听得衙门口有人鸣冤，衙卒来报说是一位姓王的老婆子，言其子今早上山打猎，迟迟不归，因此叫了几人一起去山上寻人，这才发现让老虎给吃了。崔珏闻言，眉头微微一皱，人让老虎吃了，来衙门喊冤作甚？然而作为一方的父母官，既有人喊冤，便该受理，当下让人把王婆带上堂来。

王婆甫到堂前，便跪下大哭道："我的孩儿今早让老虎吃了，请县令做主。"

崔珏问道："敢问婆婆教我怎生做主？"

王婆道："老虎吃我孩儿，自该偿命。"

"罢了！"崔珏唤来都头李能，责令他去把老虎擒来，并嘱咐只可擒不可杀。那李能是个精壮汉子，虽说臂力过人，可要去生擒老虎却有些犯难。崔珏取过纸笔，匆匆写了几个字，又盖上县衙大印，交给李能道："你只管拿此令去擒。"

李能接过那道手令，低头看了眼，上面只写了六个字：食人子，当伏法。落款是崔珏。李能微微一愣，但他清楚崔珏非同凡人，便拿了此令入山，在几位猎人的带领下，到了出事地点，果然寻到了那只老虎，那老虎见了人，一声虎啸，惊天动地，把那几个猎人吓得急忙退了几步，纷纷拿出刀斧弓箭，以防不测。李能取出崔珏手令喝道："你这畜生，食人孩儿，罪大恶极，我奉崔县令之命特来擒你，还不快速受绑！"

说来也怪，那老虎见那崔珏的手令，果然收起凶相，盘踞于地，猎户们见状，俱皆称奇。李能走上前去，将绳索打了个活结，套在虎头上，拉了回县城。

及至衙门外时，城内百姓都被吸引了过来，想要看看崔珏怎生断此奇案。

那老虎被带到堂外时，见到堂上坐着的崔珏，立时趴在台阶下，俯首认罪。崔珏将惊堂木一拍，沉声道："食人子、取人性命本是死罪，只是王婆没了儿子，无依无靠，难以为生，本县让你去王婆家里，养其余生，你可愿意？"

老虎点头。崔珏转首朝王婆道："如此判法，婆婆可满意否？"

王婆道："一只畜生，如何养我余生？"

崔珏道："你将它关在栏内，供人观赏，自可收些银钱。"王婆这才明白，心想人死不可复生，即便是斩杀了这只老虎，也是无济于事，让它供养自己余生，倒是实在些，当下便点头答应了。

崔珏判虎一事人皆称奇，很快在城内疯传，且越传越广，未出一月，传到了唐太宗的耳朵里，太宗皇帝专差人来探虚实，得知实情后，称之为"仙使"。恰在这一年，河北滏阳闹水灾，地方官想尽了一切办法，兀然无效，太宗皇帝想到崔珏能力超然，便下御旨让他去滏阳治水。

崔珏披星戴月，日夜兼程，于一月之后，即当年的六月中旬抵达滏阳，也不休息，直接去了河道查看。在来滏阳之前，崔珏便已料到此事非同寻常，经过一番查看之后，更确信了此想法。当地官员并非没有出力治灾，河道均已疏通过，且河堤已然加固，按正常的逻辑推理，不应再有水患，然而近两个月以来，滏阳的水患几乎没有断过。更加奇怪的是，本来上午还是艳阳天，到中午忽然就电闪雷鸣，大雨倾盆，据滏阳当地的官员讲，如此怪异天气近来多有发生。

崔珏沿着河道往上流走，见到了一个湖，水光潋滟，波涛数顷，显然湖堤亦被修缮过，并无决堤的现象。崔珏转首问道："滏阳河道之水源便是这个湖吗？"

"正是。"当地官员答道。

崔珏微微闭上眼，似在冥思，过了会儿，复又睁开眼道："明日设祭坛于此，待我来斩妖。"

当地官员闻言，震惊莫名："崔县令是说湖中有妖吗？"崔珏未答，转身往回走。

崔珏要设坛斩妖的消息不胫而走，到当日晚，几乎所有滏阳人都知道了此事，一时兴奋得睡不着觉，一是因为斩了妖怪，滏阳从此便太平了，为此高兴；二是斩妖除魔这等事以前只在传说中听过罢了，谁也未曾亲眼看见，如今这等传说中的事情即将在身边发生，自然要赶去一睹为快。

次日一早，官府尚未将祭坛摆好，自发赶来观看的百姓则早将湖堤挤满了，及至设好了祭坛，崔珏出现时，湖堤人满为患。崔珏倒是不怕百姓围观，只吩咐衙役要维护好秩序，免得有人落湖，平白丢了性命。

崔珏提了柄剑，先是将剑放在祭坛前，焚香祭天，而后取纸符祷告，将那纸符夹在中指与食指之间，口中念念有词，只见得那道纸符无火自燃。将斩妖之事告知于天后，崔珏提起剑来，转身朝当地官员道："一会儿无论发生什么，都不可慌乱，切记维护秩序，保百姓周全。"

被他如此一说，当地官员心头莫名地一阵紧张，吩咐差役去维持秩序。交代完毕，崔珏抽剑在手，霍地纵身一跃，跳入水里去了，一阵水花过后，便消失在了水面。在场百姓见状，纷纷惊呼，这崔县令虽只是一县之令，却颇有勇士之风。

过了许久，未见动静，大家不由得担心起来，莫不是出了什么意外？心念未已，忽见湖面掀起了涟漪，继而形成了一个较大的漩涡，隐隐有雷鸣般的声响。众人见状，心都提到了嗓子眼儿，毫无疑问，崔珏正与妖怪在水下决斗。

一股股红的液体自漩涡里卷将上来，那是血！有人惊呼了一声，随即惊呼声此起彼伏，大家都看出来了，那是血，然而却不知道那血究竟是崔珏的还是妖怪的，大家都紧攥着拳头，替崔珏捏了把汗。

"哗啦啦"一声响，一道巨浪冲天而起，随即一声龙吟，巨浪裹着一道黑影飞上半空，大家定睛一看，却原来是一条青色蛟龙，崔珏骑在龙的脖子上，左手抓着龙角，右手持剑，只一挥，匹练一闪而没，一道血雨伴着股浓烈的腥臭味从空中洒下来，龙头与龙身被劈作两截，再次跌落湖中，再看崔珏时，只见他毫发无损，一阵欢声雷动，此后，百姓奉崔珏若神明。

斩龙之后，崔珏本欲辞行，奈何难挡滏阳当地官员及百姓之盛情，只得暂时盘桓几日。

这一日中午，乃唐贞观二十三年（649年）十月初十，崔珏正与人下棋，忽歪头睡去，与之下棋之人莫名其妙，如何下着棋便忽然睡着了？看了会儿，察觉出了异常，伸手探其鼻息，竟已气绝。

滏阳百姓为纪念崔珏，建府君庙立崔珏像，每年予以祭祀，自打那一年起，千百年来，府君庙香火不绝。

诸位莫急，崔珏断然辞世，乃另有隐情。原来崔珏在人间呼声极高，负有盛名，而且在阴间、天界亦同样是声名赫赫，玉帝降下御旨，让崔珏掌管阴律司，负责天下一切生灵之生死。

地府共有四大阴司，分别是阴律司、赏善司、罚恶司、查察司，在这四司当中，阴律司握有生死簿，权力最大。

崔珏在人间为民做主，惩恶扬善，到了地府，虽说权力更大，威信更足，然而却秉性未移，依旧是铁面无私，公正廉明。

崔珏在地府任职后，按部就班，无甚异常。

有话则长，无话则短，只说某一日，发生了件惊天动地的大事——太宗皇帝李世民驾崩，大唐天下几将改变。

在李世民被阴差拘至地府之前，崔珏接到了一封书信，乃是大唐当朝宰相魏徵亲笔所书，详细解释了李世民离世的过程，崔珏这才知晓缘故。

原来在长安城内有位术士，姓袁名守诚，乃袁天罡的叔父，能知前后，善断阴阳，百姓来找他算命，皆是满意而归。有一次接待了一位渔翁，问袁守诚何处能捕到鱼。袁守诚掐指一算，说你去渭河某个水位，定可满载而归。那渔翁付了钱资后，当日驶船出渭水，按着袁守诚所说的位置，果然每一网下去，拉都拉不动，合两人之力拉出水面时一瞧，满网鱼虾。其他渔民听闻此事后，要么跟着那渔翁一起去打鱼，要么又找袁守诚去测算打鱼的水位，总之，长安渔民在袁守诚处算了卦后，无不满载而归。

渭水下住着位龙王，叫作泾河龙王，乃是西海龙王的妹夫，听闻此事后怒不可遏，说，如此下去我水族岂非断子绝孙？便想了个主意，存心要给袁守诚难堪。

那一日，泾河龙王化身一名白衣秀士，行至长安街头的袁守诚卦摊前，朝左右看了看，见街上人来人往，络绎不绝，正中下怀，大声道："听说你这算命的能知前后，可断阴阳，算无遗策，可是？"

袁守诚答道："正是，不知先生要算什么？"

径河龙王哈哈笑道："要是算不准呢？"

袁守诚道："分文不取。"

此时街上已有许多人围过来瞧热闹，泾河龙王朝众人道："大家都听见了，替我做证，这牛鼻子道士要是测得不准，我定砸了他的招牌，免得在此祸害于民。"

袁守诚何等聪明之人，早已瞧出此人是来闹事的，然而艺高人胆大，无惧他威胁，兀自笑吟吟地道："你只管说要测什么，若测得不准，无须阁下打砸招牌，我自行卷铺盖滚出长安就是了。"

"好，好得很哪！"泾河龙王大声道，"那么我且问你，长安何时有雨？"

袁守诚掐指一算，抬头道："明日辰时布云，巳时发雷，午时下雨，未时雨止。"

泾河龙王又问："雨有几尺几寸？"

袁守诚道："三尺三寸是也。"

泾河龙王听此一番话，暗自心惊。他负责在这一方布雨，今日临出门时，天上下令，教明日辰时布云，巳时发雷，午时下雨，未时雨止，且雨量与这袁守诚所言一般无二。

众目睽睽之下与人打赌，总不能眼睁睁地看着自己输了吧？次日，泾河龙王借手中掌握了司雨布云之权，故意拖到巳时布云，午时发雷，未时下雨，申时雨止，雨量改为三尺。如此一来，不仅改了布云司雨的时间，也减少了三寸雨，待雨止收云之后，泾河龙王下了云头便往长安街头找袁守诚，笑道："今日这场雨分明比你昨日算的晚下了一个时辰，亦少了三寸雨量，你这诓人的牛鼻子道士，休在长安祸害人！"当下将那相摊砸了个稀巴烂，并叫袁守诚趁早滚出长安。

"我这相摊，不过一张桌子一道幡罢了，并不值钱。"袁守诚看着泾河龙王砸他的相摊，竟丝毫不为之所动，兀自不紧不慢地道，"然而有些人私改雨量时辰，已犯天律，明日午时三刻必死无疑。"

泾河龙王闻言，大惊失色，硬着头皮道："天界之事，岂是你这道士管得！"

"我自然管不了天界之事，然而却能算得了天机，不妨再与你说一事。"袁守诚道，"斩你之人乃是当朝宰相魏徵。"

事实上自昨日以来，泾河龙王已然领略了袁守诚料事如神的手段，只不过一来生性好强，二来渭河水域的鱼虾大幅减少，为免他的子孙被捕捞殆尽，存心要赶走此人，这才做下此等错事，今听袁守诚说出他的死期，以及前来行刑之人，哪有不信的道理？一时心神俱慌，顾不得面子，扑通跪倒在地，伏首道："我一时糊涂，触犯天条，先生救我！"

"救你也不难。"袁守诚道，"魏徵虽有通天之能事，然而说到底他始终是个人臣，你可去求当今皇上，让他去魏徵处说情，或可免你一死。"

泾河龙王千恩万谢一番，起身便来找李世民。李世民听了泾河龙王的遭遇，一则念他是司雨之神，泽被苍生有功，二则念他事出有因，本性不坏，便答应了此事。然而此事虽答应了下来，却有个难处，泾河龙王触犯天条，按律当斩，魏徵斩龙，也不过是按律行事罢了，他作为人皇，如何能说动魏徵，不按天律行事呢？

左思右想得了个主意，第二天午时之前，故意传唤魏徵，说，今日难得闲暇，卿可愿陪我下棋？皇上有命，魏徵岂有不从的道理？君臣二人便摆开棋枰下棋。

魏徵乃文武双全的能臣，棋艺甚高，将李世民杀得左支右绌。李世民本无意下棋，不过是想拖住魏徵罢了，故作凝思状，举棋不定，拖延时间，将至午时三刻，抬目间，竟见魏徵呼呼睡去，李世民见状，微微一笑，终不负龙王所托，心下欢喜。

当日晚上，李世民就寝后，忽阴风飒飒，隐隐可闻悲号之音。睁眼看时，只见泾河龙王飘然而至，哭喊道："你身为人君，当一言九鼎，何以出尔反尔，害我性命？"

李世民大惊，起身道："今日午时，我分明拖住了魏徵，他始终不曾离开我的视线，如何还能去斩杀于你？"

泾河龙王道："他与你对弈之时，可曾睡去？"

李世民道："呼呼大睡。"

泾河龙王又问："他睡时可曾出汗？你又可曾给他扇风？"

李世民道："他睡时额前汗珠涔涔而下，我见他热得发汗，便替他打扇，如此做只是唯恐他临时醒来，又去斩杀于你。"

泾河龙王道："他正是睡时去斩杀的我，以他的法力，本与我旗鼓相当，未必可将我斩杀，正是你与他扇风，助他一臂之力，这才将我斩杀。你与魏徵君臣合力，取我性命，却还在我处装作不知，何其狠毒也，快还我命来！"说话间，提刀扑向李世民。

李世民大叫一声，惊醒过来，方才发现是梦。因觉此梦非同寻常，且又与昨日发生的事情十分契合，当日早朝后，留下魏徵，将昨夜梦中所见说了一遍。魏徵闻言，说道："泾河龙王确实是臣昨日梦中所斩。"

李世民大叹。魏徵道："我皇仁慈，欲留泾河龙王性命，只是无论是凡人还是仙人，都逃不过律法制裁，若非如此，天上人间岂非大乱？"李世民身为一国之君，自然明白此理，也未责怪魏徵，径回宫休息。

让李世民没想到的是，接下来一连几日，泾河龙王夜夜都凄号着要李世民还他命来。李世民由此惊吓成疾，转而病重，魂飞天外，在阴差的引路下，其魂魄飘然而至阴间。

崔珏读完魏徵之书信，方才得知内情，想那唐王乃是一代仁君，今又有魏徵来信求情，希望崔珏暗中周旋，让唐王还阳，崔珏本就是心善之人，重情重义，打定主意要救唐王一命。

却说李世民来到阴间时，崔珏早已站在鬼门关迎驾，见到李世民时，口称："臣崔珏见过我皇。"

李世民虽未见过崔珏真容，却早已闻知其名，人间未曾谋面，竟在阴间相见，喜道："卿莫多礼，此番入阴府，尚需卿多加照看哩。"

崔珏道："我皇宽心，接下来的事臣当亲自操办。"说话间，带了李世民来见阎君。

森罗殿上，阎君问李世民登基几年了，李世民答道："至今已有一十三年矣。"

阎君让崔珏查阅生死簿，确认李世民阳寿。崔珏翻阅生死簿，找到李世民的名字后道："唐王阳寿未到，可执政三十三年。"

阎君微微一愣，拿过生死簿亲自过目，果然还有二十年阳寿，便道："原来是泾河龙王一事，惊吓到了唐王，致使魂魄出窍。"当下令崔珏亲自送李世民还阳。

途中，李世民问道："我的阳寿果然未尽吗？"

崔珏笑而不语，原来李世民的阳寿在其登基一十三年时即止，是崔珏在生死簿上将"一"改作了"三"，这才让李世民重返人间，再做人皇。

崔珏虽铁面无私，公正不阿，但到底重情重义，一则不愿负了魏徵之情，二则不忍百姓遭遇离乱之苦，在崔珏看来，于公于私，让李世民还阳都是没有错的，因此私改了生死簿，亦留下了一段佳话。

☁ 解说鬼怪

崔珏虽是判官，其职位仅次于鬼王阎王之下，但在民间百姓的心目中，他更像是一位神，自古以来，历朝历代上上下下都对他十分尊敬。在唐玄宗时期，封崔珏为灵圣护国侯，宋仁宗时期封护国显应公，南宋宋孝宗时期又改称护国显应兴圣普佑真君，明洪武年间，朱元璋正式将之封神，称为唐长子令崔公之神，并令每岁祭祀。

由于历朝历代的重视，所以关于崔珏的故事非常多，虽然说民间故事无须去考证真伪，也不必去较真历史上是否真有其事，但在重述这些神话故事时，依旧需要有所取舍。本文故事选取了流广较广的"崔珏断虎""滏阳斩龙"，以及被收录在《西游记》里的第十、第十一回里关于魏徵梦中斩龙和崔珏私改生死簿助唐王还阳的故事，这些故事前者有《长子县志》《潞安府志》等地方志史的记载，后者有名著《西游记》的渲染，可谓是深入人心，影响极大。

在阴司四大判官中，除了崔珏外，还有一位判官在民间亦极负盛名，此人便是钟馗，领罚司判官之职，其豹头环眼，大鼻阔嘴，一脸的络腮胡子，相貌丑陋，同时生性刚烈，疾恶如仇，那么钟馗到底是个怎样的人呢？且听下回分解。

判官钟馗：疾恶如仇的捉鬼师

唐天宝年间，陕西终南山下住着兄妹二人，兄长名叫钟馗，妹妹叫钟花，父母早逝，只余二人相依为命。好在二人都勤劳朴实，不争不怨，只埋头做事。钟花在家织布绣花。钟馗长得五大三粗，身如铁塔，看上去完全是个粗人，却是个读书的好料子，这些年勤奋苦读，也是学富五车，两年前已于府试中举，有功名在身，平素读书之余，还会去地里种些粮食蔬菜。在兄妹二人的努力下，日子虽说不上殷实，但也足以度日。

这一年朝廷开科取士，钟馗决心上京科考，奈何囊中羞涩，家中连匹驴马都没有，虽然说终南山距离长安不甚远，但步行的话亦需三四天，再加上京师的用度，是笔不小的费用，一时犯了难。

天无绝人之路，兄妹俩正自为此发愁时，有一人主动上门来奉上了路资。此人姓杜名平，是个秀才，家境虽不甚富裕，但比起钟馗来，却要宽裕一些，因彼此都是书生，且都好学上进，性情相投，常相往来，杜平得知朝廷开科取士的消息，情知钟馗必会上京赶考，想到他家的境况，便取了些银子过来，好让钟馗安心上京应试。

钟馗感激不已，说日后若考得功名，必不忘兄台周济厚恩。杜平却笑道："钟兄本非池中物，便是皇榜提名，也是意料中事，区区几两银子，钟兄莫放心上。"说话间，往钟花身上瞟了两眼，钟花羞涩地低下头去，却兀自未忘礼数，敛衽相谢。钟馗看得出来，杜平对妹妹有意，因想到妹妹业已成年，确也需要找个好人家，而杜平一表人才，又好学上进，将来定有出头之日，如此妹妹便也算是有个好归宿了。如此想着，心中暗暗打定主意，待赶考归来，就把这门亲事定了。

第二天一早，钟馗背上行囊，与钟花、杜平二人辞别，踏上了去长安的赶考之路。走了两日，这一日中午在一个镇子打尖，钟馗手头的银子不多，而且还是借的，只要了两个馒头一碗茶水，正吃着，忽闻一阵吆喝传来，扭头一看，却见是两个大汉强行拉着一位妙龄少女而来，那少女一边哀求一边挣扎，两个大汉却骂骂咧咧的，态度十分蛮横。

敢情是走了一路，那两个大汉拖着个人走路有些乏了，来到这打尖之处讨口水喝，店家似乎识得大汉，点头哈腰，好生照顾着，却对那少女之遭遇置若罔闻，任由她怎生叫嚷，店家从头到尾都没去看她一眼。

钟馗见状，不觉浓眉一蹙，此事有蹊跷！将手里剩下的馒头往嘴里一塞，边嚼边走了上去。那少女见有人走过来，意识到可能会替她出头，忽大喊道："壮士救我！"

其中一个大汉回头瞅了眼钟馗，见他体形魁梧，豹头环目，一脸的络腮胡子，看上去若凶神恶煞一般，不觉心生警惕，朝另一个大汉使了个眼色。

"为何抓人家姑娘？"钟馗上去问道。

"关你何事？"那大汉瞄了眼钟馗，冷冷地回了一句。

"路人罢了。"钟馗道，"因觉此事蹊跷，特过来相问。"

"壮士救我！"那少女又喊道，"只因我父亲欠了周家十两银子，一时筹不出来，他们便要拿我抵债。"

十两银子对普通人家来说，确实是个大数目，钟馗上京时身上也不过揣了一两碎银罢了，一时筹不出来也情有可原，便说道："这便是你等的不是了，筹不出来可另想法子，拿人抵债是何道理？莫非这姑娘只值十两银子不成？"

"你这穷酸秀才，不明情由，却来瞎嚼舌头。"另一个大汉呵斥道，

"她那父亲好吃懒做，借了我们周老爷十两银子已逾一年，父债子还，天经地义，既然她父亲无力偿还，我们抓她去府上做奴婢，予以抵债莫非不可吗？"

"欠债还钱，自是天经地义，可拿人抵债，就触犯了大唐律法。"钟馗道，"劝请二位将此事报官处理，莫再为难这位姑娘。"

"你啰唆个甚？"那大汉恼了，"此事与你有甚关系？"

钟馗虽是个书生，然而本性刚烈，被这两个大汉几句呵斥，心中火起，怒道："我既决心上京参加科举，便是有意替民申冤，伸张正义，今日这事既教我遇上了，就非管不可。"

另一名大汉仰天一阵大笑，嘲讽道："还没当个官呢，就在这儿给老子摆官威，今日老子就把话放在这儿，你即便是走了狗屎运，考得一官半职，也未必管得了我家周老爷的事。"

钟馗张嘴一声喝，挥起铁拳就打，那两个大汉没想到这愣头青真敢出手，因不曾预防，其中一个大汉面部中了一拳。钟馗身高力大，这一拳之力非是一般人可承受得住的，那大汉倒地后半天起不得身。另一个大汉见状，操起把凳子就砸。钟馗粗壮的右臂一抬，板凳拍在手臂上，"哗啦啦"一声，四分五裂，左臂由下而上一记勾拳出去，"砰"的一声落在那大汉的下巴上，牙齿与鲜血齐飞，人落在地上时，只闷哼一声，便昏死过去。

那妙龄少女见钟馗转瞬间便将两个大汉打倒在地，愣了一下后磕头谢恩。钟馗扶她起身后道："举手之劳罢了，姑娘多礼了。不过欠债还钱，也是天经地义的事，回去之后当劝令尊引以为戒，改过自新，好生做事，将债还了才是。"那妙龄少女称"是"，再次谢过援手之恩，这才拜辞离去。

那两个大汉一个晕厥，另一个在地上痛哼了会儿，挣扎起身，过去将同伴背起后回头骂道："你个酸秀才，得罪了我家周老爷，定教你后悔莫及！"钟馗见他还不服气，上去又要打，却被旁边的人拦下了。

在这儿打尖的也有不少像钟馗这般家境贫寒的举人，有的就住在这方圆几里之内，清楚周家是什么背景，因此将他拦下道："壮士莫怒，要是惹上人命官司，赔上自家前程便不值当了。"

钟馗也不过是一时气血上涌，遏制不了怒气，听人一说，自也明白个中道理，要真是惹上了人命官司，再无法参加科举，十年寒窗苦读，一朝作废，那就得不偿失了，当下便收了气性，坐回去喝水。

待那大汉走远，店家这才走过来道："非老汉世故，那长安县周家乃名门望族，好几位亲戚都在朝中担任高官，得罪不起。在我们这里，这样的事见得多了，都是睁一只眼闭一只眼，只当是没见着。你这秀才从外乡而来，不明就里，将人打了一顿，自是痛快，可切莫坏了自家前程。老汉欣赏你这脾性，这碗粥当是老汉赠予你的。"钟馗称谢，端起粥碗一口喝了，起身就走。

一月之后，会试结束，放榜当日，钟馗与各士子一道争着去看，见自己的名字在第一位，欣喜若狂，会试头名也就意味着从此之后将步入仕途，飞黄腾达，虽说后面还有殿试，但有会试头名的铺垫，再加上自己的学识，想来殿试应也不会有甚意外，殿试之后当即授官。想到十年寒窗辛苦，今日苦尽甘来，又想到这么多年来钟花与他相依为命，吃尽了苦，今后可脱离苦海，教她过上好日子，又喜极而泣。如此又哭又笑之情状，在放榜时是常见之事，因此无人侧目，钟馗擦干泪水，前往客栈，待平复了情绪后，便开始为殿试做准备。

让钟馗没想到的是，本以为十拿九稳的事，在殿试之时却出了意外。

原来长安县周家果然神通广大，打听到钟馗的姓名籍贯后，通过在朝中任职的亲戚，上下活动，最后礼部在把会试的结果呈送去宫里的时候，在唐玄宗李隆基处说了一句话，言钟馗虽有才华，然而其貌不扬，有损朝廷体面，请圣上圣裁。

殿试当天，李隆基特别留意了下钟馗的外貌，果然不敢恭维，便没给名次，让他落榜了。

唐朝的科举相比于后世的宋、明而言，并不严谨，凭个人喜好决定名次之事屡有发生，只不过殿试的名次是朱笔御批，士子也没有办法。但钟馗却无法接受这般待遇，明明会试头名，何以殿试却未上榜？况且他性子本烈，一时气血上涌，当庭便与皇上理论。

李隆基还没遇见过这等胆大包天的士子，脱口道："你这般丑陋，有损体面！"

钟馗闻言，一则羞愤难当，二则头名与落榜之间落差委实巨大，又见皇上说出这般话来加以羞辱，一怒之下，喝一声："一朝天子，以貌取士，岂有此理！"怒而往前，一头撞在殿柱上。

谁也没想到钟馗这般刚烈，眼见得要出人命，上上下下都慌了，急找御医来诊治，奈何钟馗这一头撞上去，力道极大，头骨碎裂，及至御医赶到，已然气若游丝，不多久就一命呜呼。

事情发展到这个地步，李隆基也颇是后悔，便命以状元之礼予以厚葬。

却说钟馗的魂魄游荡在长安，遇阴差率几个小鬼来拘魂，那几个小鬼见钟馗满脸是血，嘻嘻笑道："我见过死得冤的，却没见过死得这么冤的，本该是头名，因长得丑竟丢了功名。"

钟馗本就为此事耿耿于怀，听得小鬼如此一说，怒意上涌："你再说一遍！"

"哟呵，他还不让说！"小鬼指着钟馗笑道，"你已成冤魂游鬼，还嘴硬个甚？下地狱之前我教训教训你，好教你知道好歹，且听好了，无论是天上人间还是地府，都不可以下犯上，你得乖乖地接受现实，不然的话死了都没人同情。就像现在，你成了鬼，就得听我们的，我们让你往东，你便不得往西，即便是我们要打你，你也得受着。"说话间，果真扬手要打。

钟馗岂是由人欺负之辈？抓住那小鬼打过来的手，轻轻一拧，咔嚓一声，手骨就断了。

那小鬼痛得嗷嗷直叫，鬼差见状，厉喝一声，率众鬼猛扑上去，将钟馗围起来群殴。他们以为仗着人多，足以将这孤魂野鬼制服，孰料此番遇上了个千百年来最是刚烈的孤魂，浑然没将他们放在眼里，一手一个，俱被打倒在地。

阴差虽被打得龇牙咧嘴，但好歹是地府所遣的阴差，因了手中有权，态度兀自强硬，道："自我入地府，尚未见有人敢对阴差不敬，至于殴打阴差之事，更是闻所未闻，你这般傲慢无礼，恐难逃入十八层地狱，永世不得超生。"

"人不敬我，我不敬人；鬼不敬我，我不敬鬼。"钟馗沉声道，"我原以为那些劳什子的不平事，只在人间发生，原来阴间也是如此，人间地下，俱是些欺软怕硬的东西，今日我便打了，能奈我何！"

"大胆钟馗，不敬阴差，无视律法，该当何罪！"空中传来一声厉喝，钟馗抬头一看，见一大群阴差正往这边围过来。

钟馗豁出去了，他既然敢在唐王面前据理力争，不屈而亡，自然就没把这些小鬼放在眼里，戟指喝道："何为律法？是强者手里的权力吗？我在人间受了气，凭什么死了还要再受你们这些小鬼的嘲讽？我连死都不怕，还会怕你们这些小鬼不成？今日要么给我跪下来磕头谢罪，要么都躺在此地，一个也别想回去！"

阴差平时受人尊敬，从未受过这般待遇，心想：你区区一个孤魂野鬼莫非还治不了你不成？又率众围殴上去。钟馗力气本来就大，这一发起狠来，几乎鲜有敌手，拳起掌落间，只听"砰砰"之声不断响起，那些小鬼、阴差惨叫着纷纷跌倒。

这一打不打紧，一直打到了森罗殿，阎王怒斥道："你这浑人，无端闹我地府，该当何罪！"

钟馗早已打红了眼，同样朝阎王怒斥道："你这阎王，与人间君王一般昏庸，纵容小鬼欺善纵恶，是何道理？今日我打的就是你！"一个箭步上去，未及两侧的阴兵反应过来，钟馗早已抓起旁边兵器架上的一把铁杵，随手一舞，呼的一声大响，朝阎王挥了过来。阎王大惊，急低头躲过，喊道："与我擒下！"

钟馗一声暴喝，虬髯根根倒竖，正准备要大闹地府，忽听有人喊道："且慢！"声落人至，进来一位黄衣红带的仙兵，朝众人环视一眼，大声道："奉玉帝御旨，钟馗刚正不阿，正直刚烈，因小人作祟，名落孙山，不屈而亡，天上地下正需此等秉性耿直之辈扬善惩恶，弘扬正道，现授地府罚恶司判官一职，望钟馗从此收敛戾气，行侠仗义，救济苍生，打尽不平事，抚尽有冤人，莫负玉帝提携之苦心。"

此旨一下，不只众阴差蒙了，连阎王也是丈二和尚摸不着头脑，怎么闹了一路，不仅未受惩罚，反而还能得以受封呢？仙兵似乎也感觉出来了地府里的人有些不满，便又说道："钟馗本性善良，只是性子烈了些，以他的本事，以及这秉性，本可在人间为官，为民做主，奈何大唐皇帝以貌取士，平白放丢了个好官，凡人眼拙，未能识得好人，吾等岂能如凡人一般，不明好歹？况且他因不满科举，一头撞死在殿柱上，在人间受了莫大的冤屈，做了鬼后本就不应再教他受罪，希望地府上下，能与钟馗通力合作，莫负玉帝一片好意。"

阎王明白了，玉帝是看上了此人眼里容不下沙子，打起架来怒目一瞪，连天王老子也不认的熊性子。心想罢了罢了，无论是天上还是人间、地府，确实缺少这种性子之人。当下便应承下来，说一定摒弃前嫌，通力合作，好教钟馗在地府任职。

这个突如其来的结果，钟馗也同样感到十分意外，但听了仙兵之言，他的怒气怨意顿时消了，人在做天在看，这个世间终究还是公允的，虽在人间无法为官，但到了地府同样也能够伸张正义，为民申冤，那还有什么好说的呢？当下行跪拜之礼感谢上苍予以重用，教他得以有用武之力。

在地府安顿下来后，便想起了人间的妹妹钟花，上京赶考前曾暗暗打定主意，要替妹妹把婚事定了，以便让她有个归宿，今虽在阴间为官，但妹妹的婚事却不可不管，遂带了几个阴兵，前往终南山。

及至家门口时，看到钟花的模样儿，钟馗悲从中来。原来钟花已知兄长的遭遇，想到他俩打小父母双亡，彼此依靠照顾，若没哥哥护着，何来她的今日呢？越想越是伤心，日夜哭泣，那一双眼肿得若桃子也似，模样儿也憔悴了，神色呆滞。

"吾妹受苦了！"钟馗忍不住痛叫一声，流下泪来。这一声叫，着实把钟花吓了一跳，这声音实在太熟了，正是她日思夜想的哥哥，然而哥哥不是死了吗，何以会出现他的声音？钟花霍地从椅子上站起，往门口走来，出了门，见到钟馗时又惊又喜，叫道："哥哥……"泪随声下，奔跑过来，一头扑入兄长的怀抱，呜呜地哭出声来。

钟馗爱怜地抚摸着妹妹的背，说道："我这当兄长的有愧吾妹，教你受苦了。"

钟花抬头望着兄长，问道："哥哥，你究竟是人是鬼？"

钟馗不敢隐瞒妹妹，便将如何在会试时中得头名，如何因了外貌名落孙山，又是如何一路打到地府被封罚恶司判官等事如实说了一遍，钟花听完，也不知是喜是悲，按理说兄长因祸得福，在阴间为官是件喜事，可想到从此后兄妹俩阴阳相隔，不能再相依为命，便又难过起来。

钟馗道："吾妹莫悲，我此行便是想为你做主，将你与杜平的婚事定了，如此即便我不在身边，你也好有个依靠。"

钟花听说他此行就是专门为此而来，又想起了兄长平时对她的好，不觉又哭起来。钟馗不免又安慰一番，待钟花情绪稳定了时，差人去唤杜平过来，并叮嘱阴兵化作常人的模样前去，不可惊吓到人。

不一会儿，杜平到了，钟馗将前因后果交代了一番后，让杜平表态。杜平本就倾心钟花，如今钟馗既然把话说开了，自也没什么不好意思，说是愿娶钟花为妻，并承诺绝不教她受一点点委屈。钟馗自是相信杜平的为人，让杜平回去与父母商量了后，两家就此定亲，并约定于三日后大婚。

有话则长，无话则短，却说三日后钟馗大婚，钟馗亲手将妹妹交出去后，一时心中痛快，多喝了几杯，本欲上床歇息，忽听鬼差来报，说是当朝皇帝有难，让钟馗速去救援。钟馗听说是那李隆基有难，没好气地道："他身边多的是侍卫，何须我去救援？"

鬼差道："乃是教恶鬼骚扰，已命悬一线矣。"

钟馗呼地从床上起身："仗着会些鬼魅伎俩，去人间作恶，岂有此理！"快步走到门外，呼地腾空而起，驾云而去。

原来李隆基携贵妃杨玉环度假，停留几日后，在回宫途中，忽染疾，回宫后让御医诊治，非但不曾好转，身体的状态反而每况愈下，一日不若一日，宫里上上下下都慌了，不知如何是好，直到有一日，李隆基迷迷糊糊之际忽大喊有鬼，大家方才省悟，可能是有鬼魅作祟，便请钦天监相关官员告天，试图请天将来收鬼魅。

又过了两日，李隆基气若游丝，几入弥留，这天晚上，李隆基安卧在床上，太子李亨以及众大臣均陪在一侧，来为李隆基送终。寝宫内一片肃静，落针可闻，忽见李隆基的身子动了一下，随即张大嘴巴，似想要说什么话，李亨见状，忙走上前去，刚要俯身下去，只听李隆基陡然一声惊呼："你是何人？"

李亨大惊，以为他病重，认不得儿子了，然而垂目再看时，见李隆基分明闭着眼睛，不由得惊讶地回头朝众臣看了一眼。众臣也是面面相觑，莫名其妙。

原来李隆基隐约看到有两条人影入内，起先以为是宫里的内侍，走得近了时发觉不对劲，他们走进来后，并没朝他走过来，而是在到处乱翻东西。当下眯起眼来细瞧，只见那两人一高一矮，那矮个的穿一袭绛色衫，牛鼻大眼，脚上只穿了一只鞋，另一只鞋则挂在腰际；高个的戴了黑帽，穿件蓝衫，袒露着一条手臂。那二人在寝宫内游来荡去，走了会儿，那高个的伸手拿过杨玉环用的香囊，往鼻端一凑，叫道："好香，好香！"又取下李隆基平时常用的玉笛在手。

李隆基急道："你是何人？"

那高个的转首朝李隆基做了个鬼脸，道："我叫虚耗。"

"虚耗？"李隆基莫名其妙，天下间还有虚耗之怪名吗？

"遇上我俩，活该你倒霉。"那矮个的道，"虚者，指这天下之物莫不属我俩所有，四海八极之物事，只要是我俩看中的，便若探囊取物；耗者，专损人家的寿阳、喜庆之事，只要让我俩缠上，管教喜事变丧事，哪怕你是皇帝也概莫能外。"

李隆基气道："原来我落到今日之地步，便是你俩作祟！"

矮个的笑道："正是，正是，所以才说活该你倒霉。"

李隆基气极，喝一声："来人，将这两个小鬼抓了！"喝声甫落，只见得人影一闪，从门口跃入一条高大的身影来，穿一件红袍，豹额环目，蓬头虬髯，喝一声："我来也！"声若洪钟，右手一伸，抓住那矮个的小鬼，又是一声厉喝："你这小鬼，害人匪浅，不得好死！"左手中指和食指一伸，又一拧，将小鬼的头颅拧了下来。

高个子的见状大骇，欲夺门而逃，那人喝一声："爷爷在此，还想逃命吗？"右手又是一伸，仿如有一条无形的铁链，将那高个的拉了过来，左手握拳，往其头顶打落，那鬼连哼都没哼出声，就已一命呜呼。

李隆基见状，委实吓坏了，那两个小鬼虽死，却又来个恶鬼，只怕是更难对付，便问道："你又是谁？"

那豹额环目的红袍人拿大大的眼睛看着李隆基反问道："皇上细看，我是哪个？"

李隆基借着灯火仔细一看，方才回想起来："你是……"

"没错。"红袍人大声道，"我正是来长安应试，让皇上在殿试时淘汰的终南山士子钟馗。"

李隆基叹息道："这件事是我错了。"

"皇上当然错了。"钟馗道，"应试乃是为国家选举贤才，又不是戏馆选伶人，以貌取人，委实荒唐。"

　　李隆基道："大错已经酿成，不可挽回，而且我已是将死之人，估计也是无法再给你什么补偿，你要如何处置于我，悉听尊便。"

　　钟馗笑道："皇上此言差矣，我虽未能在人间为官，然而今却已在地府罚恶司任判官一职，同样可以惩恶扬言，伸张正义，为民做主，心中已无甚遗憾，此番前来，非为报复，乃是为救皇上而来。"

　　李隆基闻言，心下一喜，却又不敢尽信，问道："当真吗？"

　　钟馗道："莫要看我样貌粗鄙，我也是读圣贤书之人，满腹经纶，在大是大非面前，自有主张，你大限未至，我又岂能为了私怨枉法，胡作非为？"

　　李隆基长长地嘘了一口气，既是为自己死而复生庆幸，同时又为自己而感到惭愧，大唐的皇帝，九五之尊，其度量却莫如一介书生。这一口气舒出来后，李隆基的心胸为之一畅，睁开眼来，却见太子李亨以及众臣俱皆在侧，敢情他们是准备给他送终来的，当下不由得苦笑一声，祸福无常，生死由天，空有再大的权力，在祸福生死面前，也不过是过眼云烟。

　　只是可惜，身为帝王，李隆基一直无法摆脱权力利益之争。昏庸者为他人利用，英明者利用他人，无非如此。晚年的李隆基独宠杨贵妃，又提拔其兄杨国忠为相，朝野上下乌烟瘴气，最终爆发"安史之乱"，也使得大唐王朝由盛而衰。倒是钟馗，疾恶如仇，惩恶扬善，无欲无求，千百年来受人尊崇爱戴，立像祭祀，香火不绝。

解说鬼怪

　　关于钟馗的传说，与崔珏一样在民间流传甚广，且版本较多，从而也不难看出，钟馗在民间百姓心中的位置甚高，其虽然是鬼，但在百姓心中却与神无异，只不过他不像其他神仙一样，仙气飘飘，钟馗是非常接地气的。

关于钟馗的性格样貌，在唐人所写的《唐·钟馗传略》中如是写道：

夫钟馗者，姓钟名馗，古有雍州终南人也，生于终南而居于终南，文武全修，豹头环眼，铁面虬鬓，相貌奇异，经纶满腹，刚正不阿，不惧邪祟，待人正直、肝胆相照、获贡士首状元不及，抗辩无果，报国无门，舍生取义，怒撞殿柱亡，皇以状元职葬之，托梦驱鬼愈唐明皇之疾……

在众多的钟馗传说故事中，《钟馗捉鬼》由于在北宋的《梦溪笔谈》中有记载，因此最为著名，其文如下：

明皇开元讲武骊山，幸翠华还宫，上不怿，因痁作，将逾月，巫医殚伎，不能致良。忽一夕，梦二鬼，一大，一小。其小者衣绛犊鼻，屦一足，跣一足，悬一屦，握一大筠纸扇，窃太真紫香囊及上玉笛，绕殿而奔。其大者戴帽，衣蓝裳，袒一臂，鞟双足，乃捉其小者，刳其目，然后擘而啖之。上问大者曰："尔何人也？"奏云："臣钟馗氏，即武举不捷之进士也。"

由于《梦溪笔谈》的这则故事深入人心，故本文也将它收录其中。此后又衍生出《钟馗嫁妹》《钟馗斩妖》等故事，同样在民间流传甚广，本文也收录了《钟馗嫁妹》的故事，但为了契合传说中的人物形象，本文又加入了在上京赶考途中与长安县周家结怨的桥段，这是临时编撰的故事，并非传说或相关古籍记载，主要是为了起到铺垫效果，以便引出后面的故事。

衢州三怪：萌妖伏法记

　　唐神龙年间，浙江衢州县有三怪，曰：大头怪、白布怪、鸭怪。大头怪居于钟楼，青面獠牙，头顶中央长了一只独角，凸眼大嘴，面目可怖，乃魁星手里的笔变化而来，主旱，能使某个地方经年累月不下雨，但他也怕热，若真使起看家本事来，也会使自个儿遭罪，因此轻易不敢使；白布怪居县学的一个池塘里，白脸红唇，一头长发从后背披下来直抵地面，若光是从背影看，有点似身材纤细的女子，然而当看到那张脸时，却足以吓死人，乃观音身上的腰带变化而来，主火，但他也怕火，因而也轻易不敢使；鸭怪居蛟池街的一个池子里，鸭头人身，且身子矮小，两条腿走起路来呈八字形，乃王母娘娘瑶池里的老鸭精下凡，主水，鸭虽善水，却怕洪水，因此也不敢轻易使自己的看家本领。

　　此三怪以吃人为生，与其他鬼怪不同的是，他们不吃活人，只吃死人，自然不是死了许久之人，最是中意刚死没多久的年轻人。如此一来便生出了许多麻烦，毕竟衢州城不大，年轻人意外而亡的就更少了，那要如何是好呢？

　　为了生存，三怪想出了各自不同的吃人方法。大头怪专找夜深人静时落单的路人，故意发出点声响，在背后跟着人走。路人听到声响时，回头一看，见是妖怪，扭头撒腿就跑，大头怪就闷声在后边追，直追得路人精疲力竭、气绝而亡为止。白布怪想吃人时，变成一块白布落在池塘边上，路人要是见到起了贪念去捡，就会将人卷入水里淹而食之。鸭怪也是在夜深人静时出没，变作一只鸭子扭着鸭屁股姗姗而行，有些路人半夜见到一只落单的鸭子，贪心即起，想要抓回家去，然而只要触及鸭怪的身体，其人必死。

三怪虽然凭借各自的特点想出了吃人的方法，但这些方法却非屡试不爽的长久之计，人们知道有三怪的存在，死了几个人后，也知道了三怪诱惑人的手段，因此上当的人越来越少。

这一日晚上，三怪聚在钟楼，商议日后的生计。大头怪作为主人，率先发话道："咱们好歹是妖，也有本领，只是造化弄人，咱们天生习性限制了本领的发挥，现在这衢州城的人都学精了，轻易不上咱们的当，使得我们好几天都没吃饱过肚子，如此下去早晚饿死。"

"要是真饿死了……"鸭怪操着一只怪里怪气的鸭嗓道，"那就成了妖界的笑话。"

"只能使咱们的看家手段了。"白布怪说话声尖尖的、细细的，像是女人，他瞟了眼大头怪和鸭怪，"总得有个人做出些牺牲。"

"那你先带个头吧。"鸭怪直截了当地说。

"嘿！凭什么是我带头？"白布怪妖里妖气地道，"你看我这身子，娇小玲珑的……"

未及白布怪说完，鸭怪便受不了他那样子了，做出呕吐状："莫要恶心我等，你也不是什么女子，没来由教我等怜香惜玉。"

"那就大头先来吧。"白布怪道，"让他们早个一年半载的，逼他们来孝敬咱们。"

大头怪嘿嘿一声怪笑："你俩把算盘打得噼啪响，光会算计别人，依我说，困境之下当患难与共。"

"这话我爱听。"白布怪笑道，"理该如此。"

"咱们轮流施展本领，一天之内让他们尝遍旱涝的苦处。"

此话一落，白布怪禁不住皱了皱眉头，原以为他会说出句公道话来，提早结束当下没完没了的推诿，没承想上半句说的还是人话，下半句就变成了胡话，不由得摇头叹息道："怪不得你在吃人的时候，把别人追得累死后，你自己也累了个半死，哪有一天之内让人尝遍旱涝的道理？"

大头怪的头虽大，脑子却不甚好使，被白布怪一阵奚落，没好气地道："你倒是出个万全之策来！"

"你方才也说了，造化弄人，咱们的法力一旦使将出来，便会损害自身。"白布怪轻声细语地朝大头怪道，"但你是咱们的大哥啊，当之无愧的领头人，不是该身先士卒，给咱们做个表率吗？你要是先上了，我和鸭子定会为你呐喊助威。"

"对！"鸭怪忙应和道，"从此以后，我们唯大哥马首是瞻，在咱们心里，大哥不只是领头人，还是当之无愧的英雄。"

大头怪一听这话，心中不免飘飘然，嘿嘿一笑，说道："都把话说到这份儿上了，我要是再推托，无论如何也说不过去。罢了罢了，为了咱们在妖界不丢脸，也为了我们的生计，我就牺牲一回。不过我得把丑话放在前头，首先，你俩得全力保护大哥，莫使大哥我太难受；其次，几个月后如果城内百姓不曾屈服，你俩都得上，不得退缩。"

白布怪毫不犹豫地道："这是自然的。"

鸭怪道："我有一个问题，且不说几个月后城内百姓会不会屈服，单说这几个月内咱们吃什么，会不会饿死？"

"吃草！"白布怪怨嗔地瞪了他一眼，"不肯出力，却还在这儿挑三拣四的。且记好了，一旦大哥施起法来，这方圆之内草木皆枯，须提早多囤些草料，不然连草都没得吃！"

鸭怪大叹一声，做妖怪做到吃草为生，在妖界只怕是无出其右者也。

商议已定，当天晚上就由大头怪作法，要使衢州一带大旱。第二天始，果然晴空万里，太阳火辣辣地照着大地，热浪滚滚，一连数天皆是如此，城内百姓自然难熬这暑气，大头怪也不好受，他本身就怕热，这妖法一使，热得天天吐着舌头，耷拉着脑袋，无甚精神。

一月之后，衢州旱情成灾，农夫地里的庄稼都晒干了。大头怪自作自受，热得也只剩下半条命了，这一日晚上，鸭怪提了两桶水来，给大头怪冲洗，然后又让他泡在水桶里，这才缓过些劲来。

"大哥放心，我和鸭子已放出风去，只要他们肯来孝敬，旱情即止。"白布怪在水桶边轻声细语地道，"照如今的情形看，他们定然坚持不了多久。"

"这就好。"大头怪闭着眼睛享受着此刻的清凉。

"不过我有个问题。"鸭怪道，"万一他们不但没来孝敬，还请法师来降妖，如何是好？"

"你真笨啊。"白布怪嗔道，"咱们有法力，怕法师作甚？"

"你这是什么话！"鸭怪不服气，也颇是不满如今吃草的日子，怪声怪气地道，"但那些当官的可不是吃素的，眼见个把月没下雨了，庄稼地都开了口，断然不会置之不理，我们得防着点儿。"

"这话说得没错。"大头怪睁眼道，"可你有好法子吗？"

鸭怪摇头："没有。"

"你们只管把心放到肚子里。"白布怪嘻嘻笑道，"我去打探过那个县令，他叫杨炯，是个草包，只会写些酸文，无甚本事。"

"还是你细心。"听到杨炯是个草包时，大头怪放心了，"只要我的苦心没白费，遭些罪也算是值了。"

杨炯是唐朝的大诗人，与王勃、卢照邻、骆宾王并称"初唐四杰"，除了在诗文上有些成就外，在政绩上确实乏善可陈。经一月大旱后，民不聊生，杨炯心中着急，却又未得良策，一时坐立难安。有人建议他说，你不是与城隍爷交好吗？不妨去他那儿讨个主意。

杨炯一想也觉得是这道理，那城隍尉迟恭在世时乃是大唐名将，当年跟随秦王李世民东征西讨，平定王世充、窦建德、刘黑闼、徐圆朗等之乱，高祖武德九年（626年）六月，又参与玄武门之变，后事成，封右武侯大将军、吴国公。贞观十九年（645年），又随李世民征讨高丽，可谓是功勋赫赫，大唐少有之名将。死后做了衢州的城隍爷，虽说只是个小神，未必能降伏得了妖怪，可人家到底是武将出身，现又是一方之神，总要比一介文人的主意要多些。

那尉迟恭天生一张黑脸，在世时就有百姓将他贴在门上当门神，用来辟邪，听了杨炯的来意后，那张脸阴沉沉的，看上去更黑了。杨炯问道："将军在为何事发愁？"

事实上尉迟恭不是发愁，而是内心有些愧疚。他早知衢州有三怪，也知道三怪常出来害人，可他却无计可施。尉迟恭在世时跟随太宗立下了不世之功勋，可以说是位极人臣，然而人间与仙界是两回事，哪怕他在世时可以要风得风要雨得雨，可死后他毕竟只是个城隍，与那三怪的法力是无法比拟的，看着三怪为祸人间，他也是心有余而力不足。

"那三怪来头不小。"尉迟恭阴沉着脸说道，"大头怪原是魁星手中的笔，白布怪是观音身上的腰带，鸭怪是王母娘娘瑶池的鸭精，个个都有来头不说，且法力高强，非吾等之力所能降伏。"

杨炯到底是文人，气性一上来涨红着脸道："来头大又如何？莫非就得由着他们为所欲为吗？"

尉迟恭在官场混了一辈子，通人情知世故，说道："要降那三怪，须具备两个条件，一是要找到有能力之人，方才能让三怪伏法；二是降妖之后能让那三怪背后的主人有台阶下。"

杨炯迭连叹息，道："没想到仙界与人间无异矣！"

尉迟恭冷笑道："天道人心，本就无甚差别。"

杨炯急道："那到底要怎么做才能保这一方百姓平安？"

尉迟恭想了想道："我去找找二郎神。"

杨炯一听，眼睛顿时一亮，这确实是个好主意，那二郎神是玉帝的亲外甥，要手段有手段，要背景有背景，无论是请他出来降妖，还是让他在中间周旋，都是不二之人选。当下谢过尉迟恭，说是劳请尉迟兄走这一趟。尉迟恭苦笑道："我也就是跑个腿罢了，杨兄客气。"

二郎神听闻尉迟恭来意后，说道："你我接收人间香火，自当庇佑人间平安，衢州既生灵涂炭，我自无置之不顾的道理，你且回去，不出一日，我定去衢州降妖。"

尉迟恭称谢，拜辞出来，回了衢州城后，将消息与杨炯说了。杨炯闻言，讶然道："以二郎神的能力，降那区区三个妖怪不过是举手之劳，何以还要去准备？"心下却暗想：莫非二郎神也得顾及那三怪背后主人的脸面？尉迟恭却笑了笑，没接这话茬，有些事彼此心知肚明便罢了。

这一日晚上，二郎神果然没有失约，带了三件法器回来降妖。原来那二郎神也颇懂人情世故，先是去玉帝那儿奏了一本，得到玉帝允可后，这才去找了三怪的主人，说是三怪为祸人间，奉玉帝口谕，要求他们协助下界捉妖。那三怪的主人一来并不知道他们下界为妖，二来有玉帝的口谕，自是十分配合，魁星交出笔筒，观音拿出拂尘，王母娘娘亦找来一张网，一并交给二郎神，说是让二郎神跑一趟，代为收降。

二郎神知道收降那区区三怪，没必要劳师动众请三位大仙亲自走一趟人间，实际上即便没那三件法器，他也能收服三怪，费此周章不过是照顾彼此的脸面，日后好相处罢了。

却说二郎神拿着三件法器，到了衢州城钟楼，恰好那三怪都在，大头怪躺在水桶里哼哼唧唧的，热得没一点儿精神，白布怪在旁边照看着，鸭怪率先听到响动，出来看时，见是二郎神到了，心头大惊，急回到钟楼里面道："大事不好，三眼郎来了！"

"漫说三眼郎了，白眼狼来了又有何惧？"白布怪心下虽也吃惊，但他心机深，为了安抚两人的情绪，嘴硬着道，"他要是非得来管这闲事，咱们就水火齐下，毁了这衢州城。"

"这话说得有些志气。"大头怪咬牙切齿地从水桶里爬出来，"大哥热得只剩半条命了，无法与你俩并肩作战，接下来就看你俩的本事了。"

　　白布怪称"好"，昂然走出钟楼。鸭怪虽有些害怕，可毕竟在人间为妖，要比待在王母娘娘的池子里自由得多，只得硬着头皮跟出去。

　　二郎神高声道："楼上的三怪听仔细了，我奉玉帝御旨，下界收降你等，请速速现身投降！"

　　"你以为打着玉帝的旗子，我等就会怕你不成？"白布怪嘿嘿尖笑道，"我不妨把丑话说在前头，你若敢胡来，我们就把这衢州城烧了，大不了玉石俱焚！"

　　"对！"鸭怪操着鸭嗓替白布怪打气，"你要让咱们不好过，咱们也得让你不好过！"

　　"好个不知悔改的妖孽！"二郎神大喝一声，取出观音的拂尘，凌空一抛，那拂尘在空中打了个圈，忽地卷起一道劲风，将白布怪卷了过来。

　　鸭怪大惊，你口口声声说要跟他们玉石俱焚，怎的这般不经打？心念未已，二郎神又取出王母娘娘的网，只一下就把那鸭怪网住，动弹不得。大头怪摇摇晃晃地从里面出来时，见这情形，摇头痛叹道："我算是白吃了这一月之苦了，早知如此，何须受苦？"乖乖地下了钟楼伏首。

　　二郎神一一将那三怪收降后，驾云亲自送还给他们各自的主人，从此之后，衢州城回复太平，风调雨顺，五谷丰登。

解说鬼怪

　　衢州三怪的故事在浙江衢州一带可谓是家喻户晓，妇孺皆知，如今白布怪曾出现过的县学池塘，鸭怪出现过的蛟池街、蛟池塘，以及大头怪居住的钟楼等遗址犹在，并作为地方文化代代相传，流传至今。

　　妖怪的传说当然是杜撰的，但作为一种文化代代相传，也不失为一桩美谈。关于三怪的故事，版本很多，也比较杂，直至清代蒲松龄将之收录到《聊斋志异》，这才有了个比较规范的版本，现将《聊斋志异》原文摘录如下：

张握仲从戎衢州，言："衢州夜静时，人莫敢独行。钟楼上有鬼，头上一角，象貌狞恶，闻人行声即下。人骇而奔，鬼亦遂去。然见之辄病，且多死者。又城中一塘，夜出白布一匹，如匹练横地。过者拾之，即卷入水。又有鸭鬼，夜既静，塘边并寂无一物，若闻鸭声，人即病。"

从《聊斋志异》的记录里不难看出，蒲松龄是因张握仲对他说了衢州三怪的故事后，方才写入书里，但是当时张握仲对蒲松龄说的只是其中一个版本，或者是蒲松龄知道其他几个版本，选了其中一个他认为比较好的故事予以收录。

本文的故事博采众长，既有《聊斋志异》的影子，又收录了在衢州本地流传的其他版本，予以改编，使之故事有头有尾，更为完整。

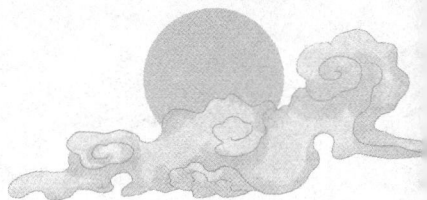

东仓使者：好心反而办坏事

江西金溪县内，有一条叫苏坊的巷弄，住了位老婆婆，姓周，无子无女，孤苦无依，独居一间破屋，平时要么去捡些破旧物事变卖，要么以四处乞食为生。街坊四邻见周婆婆可怜，时常也会施舍些食物或穿过的旧衣物给她。

近来连日雨天，街上的破旧物事少了，乞食亦多有不便，周婆婆有一顿没一顿地过了大半个月，这一日躺在床上闭目假寐，以抵御饥饿，忽耳畔有声音道："你颇是可怜，这般下去非病即亡，我当助你。"

周婆婆以为又是哪个好心人来帮她，睁眼一看，屋内竟无人影，不觉惊奇，莫非饿得出现了幻听？正自狐疑，那声音又道："你莫怕，我有心助你，无意伤害，枕下有二百钱，虽不多，但足可买些米来度日，无须再挨家挨户行乞了。"

周婆婆往枕下一摸，果然摸出二百钱来，不由得问道："你究竟是何人？躲在何处？"

"我乃东仓使者是也。"那声音答道，"来无影去无踪，凡人不可见。"

周婆婆料想是遇上神仙了，当下不再害怕，便拿了钱出门买米做饭。过了两三天，钱米耗尽，家中却又出现了一袋米，足够吃上两三天。如此日复一日，或钱或米，或是衣物，饿了有钱米，冷了有衣物，周婆婆被照管得无微不至。

周婆婆知是遇上好神仙了，感激于心，说道："可否请神仙现身，容我当面拜谢周济大恩？"

"我是无形的，不可见。"东仓使者道，"不过你若不见我，恐是心中难安，罢了，今晚我会在你梦中与你相见。"

周婆婆称"好"，毕竟神仙不是凡人，不宜在俗世中公然现身，若能在梦中得见仙容也是极好的。于是当日吃了晚饭，与往常一样躺上床去休息，不知不觉便进入了梦中，梦中果然见到了周济她的那位仙人。

那是个皓发老者，穿一袭月色道袍，手持拂尘，面目清癯，举手投足间尽显道骨仙风之气质，周婆婆急忙拜倒，口称："参见东仓使者，承蒙使者周济，方使老婆子衣食无忧，大恩不敢言谢，请受我三拜！"当下依言拜了三拜。

"不必谢我，举手之劳而已。"东仓使者笑了笑，隐身而去，不复可见。

如此过了将近一月，这一日邻居张婶过来，手里提了几个馒头，说今日是她丈夫生辰，做了好些馒头，因此拿几个来给周婆婆尝尝。这张婶是个热心肠，平时没少周济周婆婆，然而此番一进门，她的脸色就变了，上上下下地打量着周婆婆，脸上一丝笑意也没有，眼里透着股怪异之色。

周婆婆低头瞧了自己身上，问道："怎么了？"

张婶问道："你身上这件衣服从何而来？"

周婆婆不敢说是神仙送的，这种话说将出去可能也没人会信，便道："乃是好心人相送的。"

"好心人送的？"张婶的目光一转，又盯了眼床上放的两件衣服和一顶帽子，"那些也是好心人送的吗？"

周婆婆道："正是。"

张婶脸色一沉，提高了嗓门道："你个周老婆子啊，平素里街坊四邻待你不薄，但凡有吃的穿的总没忘了你，可你倒好，白吃白拿尚且不够，竟偷起人家东西来了。哦……我终于明白了，这段日子常听人说家里不是丢了米就是丢了银钱，原来都是你在作怪！怪不得……怪不得啊，我说这段时间怎没见你行乞或在外捡破旧物事，竟是惦记起别人家中的财物了，好好好，我这馒头还是喂狗去罢了，狗吃了还能朝我摇几下尾巴，给你吃了只会徒增爬墙翻屋的力气，那我真是作孽了。"说完，反身就走。

经张婶这一顿数落，周婆婆郁闷了许久，莫非东仓使者给予我之物，果然是从邻人处偷的？当下叫道："仙人可在？"

"我在。"空中传来东仓使者的声音，"方才之事我都看到了，放心，牵累不到你身上。"

"如此说来，你给予我之财物，果真是偷的？"

"偷的？"东仓使者嘿嘿一声怪笑，"你可见过像我这样的偷盗之辈吗？"

周婆婆细细一想，也觉得是这道理，但凡偷盗之辈都是损人利己，即便是鸡鸣狗盗的小偷小摸之人，见到财物也恨不得一下子就都搬走，哪有只偷几件旧衣物或几钱银子的道理？更何况东仓使者来无影去无踪，非是凡人，岂会干这等偷盗之勾当？

"那么这些财物究竟从何而来？"

"此事因我而起，我便会自行处理。"东仓使者道，"你只管安心度日便是。"

张婶走后，将此事告诉了街坊四邻，因此丢了东西的邻居均来查看，俱皆指认是自家丢失的东西，纷纷骂周婆婆不知好歹。

"此事与她无干，是我做的。"大家正骂着，空中忽然传来一个声音，往四下望时又不见人影，众人以为周婆婆家里藏着人，便又往屋里去瞧，寻了一遍，依然未见人踪，正自好奇，只听那声音又道，"你等无须找寻，我就在你等身边，只不过看不到我罢了。"

众人大惊，吓得从周婆婆的屋里跑出来，四下逃散了，从此周婆婆家有鬼怪的消息便传开了。

当天傍晚时分，县衙门差了几个人来，要一探究竟，里里外外、仔仔细细地找了一圈，并未发现异常，便朝周婆婆道："你偷人财物，还装神弄鬼，难逃罪责，随我们走吧。"拉了周婆婆就往外走。

刚到门外，空中噼里啪啦掉下东西来，差役不曾防备，被砸得哇哇直叫，低头一看，竟是瓦片。忙往屋顶上看，竟没见人，因此喝道："哪个在此装神弄鬼，快些现身出来！"

"哪个装神弄鬼？"空中有声音传来，"我本就是神。"

差役见到这种情形，方才知道百姓所言不假，这周老婆子的屋里果然有鬼怪作祟。有个胆大的差役抽出腰间的佩刀，厉喝道："我管你是神是鬼，偷人财物律法不容，快些出来受死！"

"嘿嘿嘿……"空中传来一声冷笑，"损有余而补不足，我是在做好事，何罪之有？犯的是哪门子法？"

"损有余而补不足？你倒是敢信口胡诌啊！"差役正与东仓使者对质，路边忽然来了个喝得醉醺醺的书生，戟指大骂道，"我不管你是人是妖，是神是魔，今日教你明白一件事，人家有富余，乃是劳动所得，私有资产，若是施舍你些，那是人家心善，不施舍于你，也是天经地义，你说损有余而补不足，那是浑话，人家凭什么要补你不足？欠你的吗？"

这番话一落，屋顶噼里啪啦又扔瓦片下来，然而却只打差役，未有片瓦打向那书生。衙役招架不住，落荒而逃，那书生踏着醉步也骂骂咧咧地走了。周婆婆却呜呜地哭了起来。

"我又不曾打你，因何哭泣？"

"老婆子这一生虽穷，身上也脏兮兮的不太干净，可却活得清清白白。"周婆婆哽咽着道，"你一出现，我却被人当作偷盗之辈，遭邻人嫌弃、官府抓捕，日后可还如何在此立足。"

"唉……"东仓使者叹息一声，"你既如此在意，日后不帮你也罢。"

"方才那秀才说得对，损有余而补不足，是不义之举，天底下也没这等道理。"周婆婆忽然似乎想起了什么，问道，"你刚才只打衙役，却未曾向秀才发难，却是为何？莫不是仙人怕那秀才吗？"

"嘿嘿……"东仓使者道，"秀才有功名在身，须敬重。我也有话问你，在此之前，你一口一个仙人，如今却称'你'，可是在怀疑我的身份？"

周婆婆确实是在怀疑，却没想到东仓使者如此敏感，连她这点细微的语气变化都察觉了出来，便如实说道："仙人一般不会做偷盗之事，可否告知你究竟是何身份？"

"你这老婆子，唉……"东仓使者又是一声叹息，"我叫东仓使者，这个早与你说了，我是何模样也在梦中让你见了，你若执意怀疑，我也没法子了。"

从对话中周婆婆也感觉出来了，无论这东仓使者是仙是妖，心是不坏的，他盗窃财物并没有一钱一物用在自己身上，而是都拿来给她了；他尊重书生，即便书生出口辱骂，他也不曾还嘴动手，如今发生的一切都是因她而起罢了，周婆婆当下脱去身上的衣服，又回身去屋里拿了所偷的衣物出来，说道："我这就去还给人家，至于所欠下的银钱，老婆子日后再慢慢还。"走到门口时，又停了下来，迟疑地道，"你还是走吧。"

周婆婆倒不是嫌东仓使者麻烦要赶他走，而是此事既已败露，想来无论是邻居还是官府，都不会轻易放过他，只要他走了，不再出现，此事才会慢慢平息。

"我不能走。"

周婆婆讶然道："为何？"

"不为何，反正我不能走。"

周婆婆道："你若不走，他们决计会想办法让你现身，找能人来抓你。"

"那我也不能走。"

周婆婆觉得不可思议，对他的身份越发好奇起来，边想边往外走，希望将财物还了后，能求得邻居的谅解。

街坊邻居知道财物不是周婆婆动手偷的，且所偷的物品不多，也不贵重，因此也没刻意刁难，倒是对她家的那位东仓使者产生了浓厚的兴趣，问这问那，喋喋不休。周婆婆也不隐瞒，说只在梦中见过一回，乃是个皓发老者，自称是东仓使者，至于其他的一概不知。

张婶话多，笑道："该不是那东仓使者相中你这老婆子了吧？"

众人闻言，皆捧腹大笑。周婆婆也被逗笑了，道："我这老婆子邋邋遢遢的，有哪处地方值得人相中的？"然而话虽如此说，她心中也十分疑惑，他窃取财物来周济，虽说是好心办了坏事，但那一片诚意却是毋庸置疑的。如今事发，人皆知她家中有鬼怪，官府早晚会请能人来降妖，可他明知危险却兀自不愿走，这却是为何？东仓使者究竟是妖是仙，与自己有何纠葛？

两天后的晚上，周婆婆本已躺下休息了，忽听东仓使者道："今日你我缘分已尽，再无相见之期。"

周婆婆霍地从床上起来，问道："为何？"心想：你不是一直不肯走吗，如何今日便缘分尽了？

"官府请了高人前来，已到了金溪县。"

周婆婆惊道："那你还不快跑！"虽说因了他被人误会，但他终归是一片好意，不想他让人擒了性命不保。

"晚了。"东仓使者叹息一声，"那高人已在县境布下结界，我是逃不出去的，况且我也没想逃。"

"其实你早料到了有今日，为何不走？"

"唉……"东仓使者只是叹了口气，并未回答这个问题。

没多久，屋外响起杂沓的脚步声，周婆婆心头一震，开门出去，果然见县衙的差役带着位道士走过来。那道士目光一扫，想来已瞧出端倪，取出张符咒，凑到嘴边默念两声咒语，忽喝一声："妖怪还不出来受死！"

喝声一落，陡听得屋里"咣当"一声大响，周婆婆回身一看，见一只硕大的老鼠从墙角掉下来，落在床上。原来在周婆婆床头的正前方，有一个大洞，她无力修补，只在洞外遮了块破油布，权挡风雨，那只老鼠平时便是蹲在那墙上的洞内。

见到那只硕鼠，周婆婆吃惊不已，原来所谓的东仓使者，一直陪伴她的竟是只老鼠精。那道士快步走入屋里，伸手撒出一张网，将老鼠网住，厉声道："你这鼠精为祸人间，还有何话说？"

"我不是鼠精，我是东仓使者。"老鼠虽被网住，动弹不得，却依然固执地道，"我也不曾为祸人间，休要无端向我身上泼脏水。"

那道士冷笑道："你分明是只老鼠，不是鼠精还能是何物？"

老鼠道："我是鼠，却非鼠精，而是东仓使者。"

老鼠依旧坚持着，看来他对自己的身份十分在意。那道士不由得笑了，看来他虽是妖精，却很在意自己的形象和身份，便不再与他争论是不是鼠精这个问题，道："你为何寄居于此？偷窃财物？"

"不是偷窃，是损有余而补不足，这是义举。"老鼠依然固执地道，"义举与偷窃有本质性区别，我帮周婆婆是为了报恩。"

"报恩？"周婆婆不解地道，"我与你有何恩情？"

"我在你处寄居已逾六十年矣。"老鼠道，"在此之前，如若过街老鼠人人喊打，天下之大，却无容身处，直至来了你这儿，才得以安身。这么多年来你虽未施与我一米一饭，但我并不担心果腹的问题，只要有一席之地供栖身，就能让我活下来。还记得你丈夫离世的那一年吗？"

周婆婆脸色微微一动，点头道："记得，永世难忘。"

"你的丈夫是被人打死的。"老鼠幽幽一叹，"那个时候他在大户人家打杂，不过是在打扫厨房的时候，顺手拿了东家的一个馒头，被人举报，结果像狗一样让人从厨房里拖出来，拖到院子里，被乱棍活活打死。在他们眼里，下贱之人的性命比狗还贱，狗偷了肉骨头他们尚且还笑呢，说是那条狗越来越调皮了，但他们却不会对下人手下留情。"

周婆婆的泪水潸然而下。老鼠继道："我无法替你报仇，一则无那般法力，二则我是个有原则的仙人，取人性命是犯了天律的，即便心中再恨那户人家，也不能对他们下手。但我可以照顾你，我看着你从年轻的妇人慢慢变老，又看着你的行动越来越不利索，我知道你来日无多，苦了一辈子，该让你过几天无忧无虑的日子了，于是略施手段，每日取些财物来，虽不多，可至少能保证你不用再忍饥挨饿。"

周婆婆听完，大声哭将出来。老鼠忽然大声道："我没做错！这世上没有人会真正帮她，至多不过是出于可怜，偶尔施舍给她些吃食罢了，可有谁真正懂得她心里的苦，又有谁会真正同情她？"

"没有！"老鼠愤然道，"包括你们这些道貌岸然的家伙，满口仁义道德，若论仁善，哪个比得了我？你们说损有余而补不足错了，可你们想过没有，街坊四邻到底损了多少，不过九牛一毛罢了，而这九牛一毛之物，却能够救一个人，难道不值得吗？"

"值得。"那道士眉头一沉，说道，"天下众生，生而平等，谁都有活着的权利。人有善心，自然是好的，可你取人之物，经人同意了吗？未经人认可而取人之物的，便是窃。"

老鼠嘿嘿一声怪笑，却未说话。

"罢了！"那道士道，"我见你本性仁善，修行不易，便将你带上山去修炼，望你有朝一日能得正果，再来人间行善。"

这或许是最好的结果了。周婆婆跪下叩谢那道士："多谢道长，他日他若能修得正果，着实是件大功德，望道长多加照顾，老婆子感激不尽。"

"此一别或许就是永诀了。"老鼠看了眼周婆婆，幽幽地道。

"无妨。"周婆婆含泪笑道，"人生一世，草木一春，这天下本无不散的筵席，何况你已伴了我六十年，尽力了，接下来的路便由我自己来走吧。"

"你可想过，我这一走，便无人替你送终了。"

"老婆子从不敢奢望有人送终。"周婆婆道，"走吧，怎样的人，怎样的命，由天定，难由己。"

老鼠大叹。那道士走上去抓起网，将老鼠提在手中，转身走了出来。周婆婆紧随着出门，然后靠在门框上颤颤巍巍地朝老鼠挥手，风吹起她凌乱的银发，散落在她满是皱褶的脸上，落寞又凄凉。

眼前的视线越来越模糊，我是哭了吗？老鼠嘴里发出"切"的一声，我是东仓使者，是仙人，岂会因了凡俗之事落泪？

解说鬼怪

东仓使者的故事原出自清乐钧的《耳食录》，故事本身就非常完整，笔者不敢多做改编，免得弄巧成拙，画蛇添足，只是每个时代都有其特定的价值观，重述此故事时，我加入了周姓老媪的身世，使鼠精的行为看起来更合理一些。现将原文摘录如下：

金溪苏坊有周姓丐媪，年五十余。夫死无子，独处破屋。忽有人于耳畔谓之曰："尔甚可悯，余当助尔。"回视不见其形。颇惊怪。复闻耳畔语曰："尔勿畏。尔床头有钱二百，可取以市米为炊，无事傍人门户也。"如言。果得钱。媪惊问何神，曰："吾东仓使者也。"媪察其意，非欲祸己者，竟不复畏怖。自是或钱，或米，或食物。日致于庭，亦无多，仅足供一二日之费；费尽则复致之，亦不缺乏。间又或为致衣服数事，率皆布素而无华鲜。媪赖之以免饥寒，心甚德之，祝曰："吾受神之泽厚矣！愿见神而拜祀焉！"神曰："吾无形也。虽然，当梦中化形示尔。"果梦中见之，皤然一翁也。久之，颇闻东邻人言室中无故亡其物，其西邻之人亦云，媪乃知神之窃邻以贶己也。乡邻有吉凶美恶事，辄预以告媪，嘱以勿泄。自后验之，无不中。如是者数年。

初，邻人讶媪之不复丐也，即其家伺之，则所亡之物在焉；乃怒媪，将执以为盗。忽闻空中人语曰："彼何罪我实为之。损有余，补不足，复何害若犹不舍，将不利于尔！"言甫毕，而瓦砾掷其前矣。邻人惧而弃，一里传以为怪。往观者甚众，与之婉语，殊娓娓可听。语不逊者，辄被击。惟媪言是听，媪言勿击则止。

一日，有诸生乘醉造媪所，大詈曰："是何妖妄作祟不已，敢出与吾敌乎？"詈之再三，竟无恙而去。媪诘神曰："何独畏彼？"曰："彼读圣贤书，列身庠序，义当避之。且又醉，吾不与较。"生闻，益自负。数日，又往詈之，则空中飞片瓦掷其首，负痛而归。媪又以话神。曰："无故詈人，一之为甚，吾且柔之，则曲在彼夫。又不戢而思逞，是重无礼也。无礼而击之，又何怪焉！"

乡人颇患之，谋请符于张真人，辄为阻于途，不得往。一日，媪闻神泣曰："龙虎山遣将至，吾祸速矣！"媪曰："曷不逃？"曰："已四布罗网矣，将安之？"言罢复泣，媪亦泣。越翼日，果有邻人持符诣媪家，盖托其戚属潜求于上清，故神不知而未之阻也。径入卧内，悬之壁。媪怒，欲裂之。忽霹雳一声，一巨鼠死于床头，穴大如窗，向常行坐其处，勿见也。自是媪丐如故矣。

妒妇津：河流上的怪谭

春暖花开，草长莺飞，正是踏青赏玩的好时节。

河北临西县仓上村那条河上，正有一艘游船荡漾在水波之上，河水清澈，倒映着山上的绿影，碧波千顷，望之令人神思怡然。

船头站了两位姑娘，都是十七八岁的妙龄少女，一个貌美如花，俏脸樱唇，在春光映照下分外动人；一个姿色平庸，纵使浓粉艳抹，亦不过是庸脂俗粉罢了。那是一双表姐妹，趁着今日艳阳高照，春色怡人，便相约出来这仓上村踏青，两人看着这一路的青山绿水，有说有笑，十分高兴。

船至河心，突地无风浪自起，一个浪头打来，溅得那貌美的姑娘如落汤鸡一般，满身是水，而那长相略显庸俗的姑娘却是滴水未沾。只是相貌天成，那貌美的姑娘虽被溅了一身水，依旧是亭亭玉立，风姿绰约，未减其姿色。

二位姑娘惊魂未定，又是一个浪头打来，这一浪比之方才更高更大，落在那貌美姑娘的身上，那姑娘娇躯趔趄，只一晃便跌入水里去了，而那相貌平庸的姑娘却依旧是滴水未沾。

船夫见状，大惊失色，顾不上危险，跃下船去救人，奈何找寻多时，未见人影，过了许久，方见那姑娘浮出水面，已然气绝。

此事发生之后，又有多位姑娘落水，而落水者无一不是貌若天仙的少女，更加奇怪的是，那些样貌并不出众的女子途经此河，俱是无波无澜，无惊无险。这般怪状若只发生一两件或许是巧合，倘若多次出现，便非巧合所能解释，因此在临西县传为一件怪谭，有人将此事报与县衙门，希望由衙门出面调查此事，还百姓一个平安。

知县刘伯玉接到此案时，脸色大变，久久没有回过神来。旁边站着的县丞见他脸色不对劲，便凑过去轻声问道："县尊怎么了？"

"没事。"刘伯玉回过神来，"让河泊所多派些人去仓上村，严加看护，在本案未查清楚之前，禁止水上船只往来。"

"此案该怎么查？"县丞问道，"看情形显然是鬼魅所为，即便我们插手，恐也是心有余而力不足。"

"先去摸摸底吧。"刘伯玉道，"把事情查清楚，再做计较。"

次日一早，县丞来见刘伯玉，手里拿了道急函，说是邢州府刚送到的，要求县尊亲启。刘伯玉眉头一蹙，拆开急函一看，上面只写了一行字：仓上村案不能查。

"县尊……"县丞轻轻地叫了一声，见刘伯玉将急函递过来，忙低头瞄了一眼，微微一怔，事实上昨天他就意识到了此案的要害所在，见了这道急函，更加证明了自己的想法，"莫非……"

"这些事纯属子虚乌有，切记，不可外传，更不可造谣，引起百姓恐慌。"刘伯玉郑重地强调后，又道，"我去一趟邢州。"

"县尊……"县丞见他走出去，忙往外赶，"此事恐怕不妥。"

刘伯玉眉头一沉，道："如何不妥？"

县丞道："府尊阻止调查此案，情有可原，你若过去与他对质，一则是以下犯上，是官场大忌；二则真要是惹恼了府尊，你与他的情分当真就断了。"

刘伯玉怔怔地站着，许久没有任何动作。他当然知道此事的利害，更加清楚此番去邢州将会遭遇什么，可是三年了，这三年来他无时无刻不在忍耐，以前不过是自己受些委屈罢了，他可以忍，如今时有百姓丧命，如何再忍下去？想到这里，他愤而转身，扬长而去。

邢州府衙门，知府段如成的书房内门窗紧闭，房内的气氛更是压抑到了极点。刘伯玉坐在椅子上，旁边的桌上放了一盏茶，茶水满盏，未曾动过。段如成满是褶皱的脸阴沉如铁，仿佛那一道道褶皱都透着威严，让人不敢正眼去面对。

"你来做什么？"段如成发话了，那声音仿佛是从喉咙底下发出来的，沉重而有威严。

刘伯玉起身，往前走两步，扑通跪下，垂首道："请府台念在数条人命的分上，容下官彻查。"

"此案是如何引起的你不知道吗？"

"知道。"刘伯玉依旧垂首跪着。

"既然知道真相，还查什么？"段如成近乎低吼地道。

"正是因为下官知道缘由，才更需要去解决。"

"如何解决？"段如成的声音中隐隐带了股杀气，"你解决得了吗？"

"只要下官下了决心，便一定能解决。"

"好！"段如成咬了咬牙，"看来你是丝毫不念情分，定要将事情做绝了。"

"非是下官要将事情做绝。"刘伯玉话头一顿，似乎是迟疑了一下，最终还是下定决心道，"而是为官者，须为百姓谋福，若是看着一条条生命被河流吞噬而不管不问，下官做不到。"

"好！很好！"段如成戟指道，"那么本府也告诉你，段秀玉之死得由你来承担，本府会让你受到应有的惩罚！"

刘伯玉起身，话都说到这分上了，便是撕破了脸，既然往日之情分已经不再，那么他就没必要跪着了："府尊权大势大，下官之生死听凭府尊发落便是。"说完这句话后，他开门出来，走到门口时，深深地吸了口气，只觉无比轻松，三年来他低声下气，忍辱负重，不曾活出自我，今天，他终于挺直了腰杆，做回了自己，挺好！

回到临西县后，刘伯玉便把县丞叫了过来，问他仓上村一案的进展。县丞道："下官亲自走访仓上村一案的幸存者，此事确系鬼神所为。"

"本县境内可有能降伏鬼神的法师？"

"下官差人寻访了，倒是找着了一个，不过……"

"不过什么？"

县丞犹豫地道："法师心存顾虑。"

"你去与那法师说，此事一切后果，自有本县承担，让他只管放心便是。"刘伯玉瞟了眼县丞，又道，"你切记好了，在这过程中万一我有所不测，或是被约束了自由，就由你负责继续查下去，这不仅仅是我交与你的任务，更是全县百姓之嘱托，仓上村之妖鬼不除，百姓不安啊，你可知晓？"

"下官……"县丞犹豫了一下，毕竟这是事关前程甚至是身家性命的大事，他不敢一下子应承下来，可看到刘伯玉的神情时，却又不忍拒绝，县尊为民请命，不惜杀身成仁，作为他的下属，岂能畏畏缩缩，瞻前顾后？

"请县尊放心，无论接下来会发生什么，下官一定谨遵县尊之命，斩除妖孽，还临西百姓一个平安。"

第二天一早，刘伯玉、县丞陪同法师来到仓上村的河岸，村民见官府请法师来捉妖，纷纷前来围观，想看看这河里究竟是何妖怪作祟。

然而捉妖刚刚开始，邢州衙门的差役就到了，他们手持逮捕令，说是临西知县涉嫌一桩人命案，今邢州府会同提刑按察使司会审，让刘伯玉即刻上路。

刘伯玉早料知了这个结果，临行时看了眼县丞，县丞会意，朝他点了点头，刘伯玉这才安心上路。

见刘伯玉被带走，围观百姓似乎也察觉到了什么，纷纷议论。

"这水里的妖怪该不会和知县有关吧？"

"看这情势应是脱不了干系。"

"该不会是知县夫人……"

"莫乱说，小心祸从口出。"

前来捉妖的法师本就有顾虑，见担心之事果然发生，便转首朝县丞道："我们还继续吗？"

"继续！"县丞斩钉截铁地道，"为官者为民请命，义不容辞，而你等修道者，给苍生谋福，天经地义，有甚可犹豫的？"

法师听这一席话，惭愧不已，当下摒弃杂念，专心作法。

话分两头，却说刘伯玉被带到邢州府衙门后，没多久就开堂会审，由于本案的举报人是邢州知府段如成，因此主审的乃是提刑按察使司的按察使解应宗。

"刘伯玉，现有邢州知府段如成告你谋害其女段秀玉，因此将你带来问话。"主审官解应宗道，"你我皆在朝为官，审案之流程你应清楚，便无须我费此口舌了，对于谋害段秀玉一事，你有何话说？"

刘伯玉抬头看了眼段如成，眼里掠过一抹沉痛之色，道："我没有杀她。"

"我没有说你杀害了她，而是蓄意谋害。"段如成纠正了刘伯玉的措辞，厉声道，"你对她的恨由来已久，至死都不肯放过她。"

"我没恨过她，只有感激。"

"只有感激吗？"段如成紧逼着问，"前日你来邢州，与我断了情分，这是感激吗？"

"这是你逼的。"刘伯玉霍然大声道，"我不能眼睁睁地看着百姓受难而不管不顾。"

"好一副清官的嘴脸啊！"段如成冷笑道，"借为民除害之由，行残害妻子之实，你简直是畜生！"

"我是畜生？"

"是的，你是畜生。"段如成沉声道，"你忘了你是谁了吗？当初你一穷二白，连口饭都吃不起，是谁给了你饭吃？又是谁让你安心读书，参加科举？"

解应宗冷冷地看着，做出一副冷眼旁观的样子，只见刘伯玉痛苦地皱着眉道："这些我没有忘，所以我也履行了承诺，对秀玉言听计从，未曾教她受过委屈。"

"如此说来你承认是段知府给了你前程，以及今日的荣华富贵，对吗？"解应宗见他们说到正题上了，趁机插嘴相问，得到刘伯玉的认可后，又道，"那么我再问你，你与段秀玉成婚，是出于感恩，还是真心，抑或是出于其他的目的？"

刘伯玉抬头看了眼解应宗，又转目看了眼段如成，眼神十分复杂。这是一个难以回答的问题，他出身贫寒，家中除了父母种些地外，别无收入。只不过他打小聪慧，又肯刻苦攻读，这才考上了秀才，并在邢州应试时考得头名，从而引起了邢州知府的注意。他不得不承认段如成是个惜才的好前辈，从来都没有因他的出身而有所嫌弃，相反，为了鼓励他继续读书，争取来年上京会试时金榜题名，每月供他钱粮，不曾有过一月断供。

这是多大的恩德啊，此等栽培之恩，足以令刘伯玉用毕生去回报。

可段如成对他的恩情并没因此而结束，在会试结束后，刘伯玉考了个二十三名。这个成绩说不上好，却也不差，虽不能马上授官，但如果等得起的话，几年后有空缺时，也能任个一官半职。

段如成没让他等，在他上下活动下，很快就授了官衔，担任临西知县。

若是事情至此为止的话，段如成在刘伯玉心中，既是恩师，又是恩人，若是有朝一日段如成有求于他，哪怕是上刀山下火海，他也绝不会皱一皱眉头。

可要是结亲呢？刘伯玉与段如成的关系，也正是从结亲开始变味的。

段如成一生只养育了一女，因此视若掌上明珠，自小到大娇生惯养，不免就有些大小姐的脾气，在成亲之前刘伯玉就知道这位大小姐爱使性子，脾气不太好，因此在段如成提出结亲的时候，他犹豫了一下，只是没有拒绝，当然，他也无法拒绝。

　　本是一介白丁，若非段如成好心成全，何来今日？再者说段秀玉的长相并不差，是有些姿色的，配刘伯玉绰绰有余，一位知府家的千金大小姐，且又是恩人的女儿，他能有什么样的理由去拒绝呢？

　　刘伯玉没有拒绝，然而却有了心理负担。解应宗问与段秀玉成婚，是出于感恩，还是真心喜欢她，抑或是出于其他的目的，他无法回答，只能说各种因素俱在，也因了这些因素，使他们顺利成婚。

　　"为何不答？"解应宗又问了一句。

　　"有感恩，有喜欢……"刘伯玉不想说违心之言，又加了一句，"也有其他的目的。"

　　"何种目的？"解应宗冷冷地问。

　　"身在官场，若无靠山，寸步难行。"刘伯玉终于说出了当时的想法。

　　"好，很好！"段如成嘿嘿怪笑道，"你倒是还有些良心，终于说了句人话。"

　　解应宗继而又问道："成亲之后，可有做过对不起段秀玉之事？"

　　"没有。"刘伯玉答得十分干脆。

　　"没有吗？"段如成铁青着脸道，"岑流音是怎么回事？"

　　"她只是一个侍女。"

　　"只是一个侍女？"解应宗反问了一句，"一个侍女为何能令段秀玉恼羞成怒？"

　　刘伯玉苦笑。是的，她只是一个侍女，但即便是一个侍女，也是父母生养的，是一条生命，可是在段秀玉眼里看来，她却只是一个侍女而已。

刘伯玉可以向天起誓，婚后绝没有亏待过段秀玉，甚至因为她父亲的关系，对她几乎是言听计从。客观地说，这段婚姻对他来说是有负担的，不管是因为段如成是他的上司也好，是他的恩人也罢，总之，即便有时候段秀玉使性子、耍大小姐的脾气，他也只会忍着，在她面前他总是唯唯诺诺。

那段时间，身边许多人都说，刘伯玉宠妻宠得空前绝后，在外是一县之正印，一言九鼎，在内是居家之男人，唯命是从。此外，还有人在背后说他是吃软饭的。

对于那些流言蜚语，刘伯玉从不在意，他少读圣贤书，熟知"古之欲明明德于天下者，先治其国；欲治其国者，先齐其家；欲齐其家者，先修其身"的道理，家不宁何以平天下呢？直至岑流音出现后，他才改变了对段秀玉的态度。

是的，岑流音只是个侍女，她同样出身贫寒，人也长得乖巧，有的时候刘伯玉会出现这样的幻觉：与妻子说不上话，很多时候与她之间的对话，只是他对她的敷衍，因为她的话题他根本就不感兴趣，而他的话题，她几乎听也不想听。而与岑流音说话时，却有种如沐春风般的感觉，这种感觉并没有丝毫男女情欲的成分，只是一种如遇知己般的喜悦，往往他的一句话、一个眼神，她都能懂。

实事求是地讲，刘伯玉不敢有半点非分之想，他根本就不敢做对不起段如成的事，那不仅仅是考虑到前程的问题，是他把段如成的恩情记在了心里，不敢辜负。可段秀玉却误会了，刘伯玉几次解释都无效果，最后逼得他发毒誓，若他刘伯玉做出了对不起段秀玉之事，天打雷劈，不得好死。

然而即便发了毒誓，段秀玉还是不放心，岑流音简直成了她的眼中钉、肉中刺，终于有一天她向岑流音下手了，拿剪刀在她脸上划了好几道伤口，将之毁容。

看到岑流音满脸是血的样子时，刘伯玉终于遏制不住地发火了。那是他第一次跟段秀玉发火，段秀玉觉得委屈，负气回了娘家，在段如成面前告了他一状。

第二天，刘伯玉被叫去段府，段如成劝他道："家和万事兴，莫因一个侍女毁了一个家，不值当，赔她些银子打发她走吧。"

这是长辈的相劝之言，然而在刘伯玉看来，也是上司对下级官员的命令，他无法违抗，当即答应下来。可段秀玉还是不依，说就这么打发她回去，若他们藕断丝连，暗通款曲，如何是好？

"打发去妓馆吧。"段秀玉说出这句话的时候，段如成没有反对，算是默认了。

刘伯玉也只能默认，可默认并不代表他愿意，那一刻他的心中是有恨意的。是的，她只是一个侍女，可她也是一个人，毁了容后还让她去妓馆，可想而知她今后的日子会有多苦，这是多么残忍！

一个侍女为何能令段秀玉恼羞成怒？刘伯玉同样无法回答这个问题，是段秀玉的性格所致，还是因为他俩之间没有共同语言，不能如其他夫妻一般做到相敬如宾、和和睦睦，这才让她起了妒意？他想，归根结底可能是因为他俩活在两个不同的世界，她生于权贵之家，长于深闺之中，而他则生在农家，长于田野之间，他们两个在一起，或许一开始就注定了要以悲剧收场。

可是这样的话，能对一个主审官说吗？这是审问，并非友人间的谈心。

"我对天起誓，没有做过对不起段秀玉的事情。"刘伯玉只能无奈地再次对天起誓。

解应宗道："你没有做过对不起段秀玉的事情，但因为岑流音的事情，你从此后便对她心存芥蒂，这一点你不能否认吧？"

刘伯玉道："我不否认。"

"于是你就设谋逼她投河自尽？"解应宗的语气忽然变得冷冰冰的，沉声质问道。

"设谋？"刘伯玉讶然道，"我设了什么计谋？"

"用《洛神赋》激她。"段如成红着脸，愤然道，"你屡次用《洛神赋》激她，借辞赋抒胸臆，明里暗里刺激秀玉，你还想着岑流音，并暗示她，流音若洛神，求之而不得，你敢说没有吗？"

刘伯玉愣住了，他不知道该如何解释这件事。

"来人！"解应宗喊道，"带人证！"

不一会儿，上来一位十六七岁的女子，正是段秀玉生前的贴身丫鬟，段秀玉嫁过去后，她也随之跟去了临西。

解应宗问道："岑流音一事之后，刘伯玉是否经常吟诵《洛神赋》？"

那丫鬟道："岑流音的事情过后，有很长一段时间他郁郁寡欢，经常躲在书房，有几次我进去给他添茶水，都看到他在吟诵《洛神赋》。有一次我在门口听到他轻声说，娶妇如洛神，当无憾矣。"

解应宗转目朝刘伯玉问道："你还有何话说？"

刘伯玉脸色苍白，无话可说，因为这种在婚姻中的寂寞和无奈，本身就无法用言语来表达。当初岑流音被毁容并送去妓馆后，他每次回家，都觉得这个家是冰冷的、毫无温度的，甚至开始怀疑这段姻缘，是否真是错的？但他没有勇气去结束，段如成供他读书，帮他入仕，将女儿嫁给他，这恩情比山高比海深，怎能辜负？

在很长一段时间内，刘伯玉无法面对段秀玉，有一次读到曹植的《洛神赋》时，他油然而神往，并感同身受，事实上他当初迷恋《洛神赋》并不是为了什么男女之情，只是有一种找到了知己之感，而且此知己非是洛神宓妃，而是曹植。

曹植在写此赋时，因受曹丕所忌，被贬外乡为侯，心中苦闷至极，因而在一次从洛阳回封地的途中，写下了《洛神赋》。

刘伯玉不是第一次读到《洛神赋》，在中举之前早已熟读，而当时再读此赋时，仿佛自己的思想与千年前的曹植联系在了一起，都是那样苦闷、无奈，于是更加佩服曹植的才华，以及作品中瑰丽的魅力，那是一种怎样的才华啊，竟能创作出这样一位翩若惊鸿的仙子。

然而宓妃真实存在吗？刘伯玉躲在书房的时候，时常会想起这个问题，是曹植的凭空想象，还是某一位他日思夜想而不能得的佳人？但无论是哪种情形，娶妇如洛神，当无憾矣！

刘伯玉不由得发出如是感慨，这样的心境、情思，旁人不会懂，可叹的是他的妻子也不会懂。所以当那句不经意间的感叹让丫鬟听了去，告知了段秀玉后，她醋意翻涌，大怒不已，在她看来，原来他这些日子的冷漠，竟是因为在想着另一个女人。

那一日她与他大吵大闹，见他始终不愿承认在想着另一个女人，不肯认错时，她怒不可遏，愤然道："你这般轻薄侮辱于我，我便死与你看，但即便是我死了，你也休想与流音、宓妃为伴！"说完此话后，她夺门而出。

刘伯玉看着她离去的背影，发出一声深沉的叹息，我若真有流音、宓妃倒也罢了，凭空捏造，无事生非，竟将一个家闹得鸡飞狗跳，究竟是何道理啊！

刘伯玉没有追出去，他以为她又跑回娘家去了，不想去劝，更不想解释，如果此番再认错，岂非此地无银三百两吗？

"你还有何话说？"解应宗加强了语气，再次问道。

刘伯玉无话可说，无从解释，很多时候读书人的那种多愁善感，在别人眼里本身就是件不可思议的事情，这样的事情在公堂上说将出来，不可能成为有力证据，只会成为一个笑话。

"没话说了吗？"段如成冷冷地问，眼里除了怒意外，还带着几分嘲弄和鄙夷，好似在说，你这个畜生，枉费我给了你似锦前程，又将唯一的女儿托付，这就是你给我的回报吗？

"来人！"段如成低喝一声，"将刘伯玉带下去，择日判罚！"

"住手！"刘伯玉霍地一声大喝，声震公堂，恶狠狠地瞪着段如成。

"你想作甚？"段如成被他那眼神看得有些发怵。

"欠你的，今日我统统还给你，从今往后，我与段家再无瓜葛！"刘伯玉翻手夺过身旁衙差腰际的佩刀，未及在场之人反应过来，刀尖一转，使劲地插入自己的腹部，直透脊背。他从没使过如此大的力气，那一刀插进去的时候，仿佛插入的不是自己的身体，而是插入了这个令他生厌了的冰冷无情的世间。他咬着牙，眼睛血红，嘴角却露出一抹冷酷的笑意，终于要与你作别了，终于可以解脱了、自由了。在这一瞬间，他忽然感到无比轻松，这沉重的枷锁啊，锁住了他的身体，亦锁住了他的心，压得他透不过气来，今天我拿生命还你，够了吗？

再说仓上村捉妖的事。那法师开坛设祭，祷告于天，烧了许多符，念了许多咒，不知是不是因为法力与水中的妖人差得太多，始终不见动静。旁边的县丞看着也有些急了，他受刘伯玉所托，若今日之事不成，日后有何脸面去见他？围观的百姓也急躁起来，这法师莫不是骗人的术士吧？

忽地，水里有了响动，无风浪自起，那浪涛越来越大，一阵一阵地拍向岸边，水花四溅。围观的百姓见状，忙不迭地纷纷往后退。县丞也不由得退了几步，目光一转，瞟了眼那法师，只见他嘴里的咒语念得更快了，额头已沁出汗珠。

法师额头的汗珠并非与妖怪斗法所致，而是心中害怕，他的道行只限于念念咒语，替人看看阴阳风水罢了，至于捉妖斗法完全不在行。

世间很多法师都是不相信有妖怪的，此番答应前来，不过是想攒些名声，提高身份、地位罢了，哪承想这水里居然真的有妖。

"哗啦啦"一声大响，滔天的大浪中跃起一人，县丞看得真切，那人正是刘伯玉之妻段秀玉，只见她站在浪花的尖端，朝众人俯瞰一眼，忽然厉叫一声，转身飞奔而去。

段秀玉自然不是因为法师念咒而现身的，她亲眼看到了刘伯玉被带走，当时她以为是父亲意难平，拿刘伯玉去审问的。她做梦也没想到，刘伯玉竟然会和自己选择了同样的一条路，以结束生命来告别这个令自己极度失望的世间，难不成他真是冤枉的吗？

当段秀玉预测到刘伯玉已死时，她崩溃了，如果一个人不惜以生命为代价来自证清白，那么他一定是无辜的。段秀玉又是一声厉叫，我终究是喜欢你的啊，缠着你与你闹，无非喜欢而已。如今我俩皆已化为鬼魂，你可还会否接纳于我？

段秀玉边在空中飞奔，边落下泪来，眼泪很快在风中飘散，遗落无踪。我不会在仓上村兴风作浪，不会再与你胡搅蛮缠，而且我如今已不是什么千金大小姐，更不会让你背上永远也还不尽的人情债，你愿否放下一切，再与我携手？

☁ 解说鬼怪

妒妇津的故事源自唐代段成式的《酉阳杂俎》，原故事很短，只说刘伯玉妻段氏，性妒忌，而后因了刘伯玉常读《洛神赋》愤而投河，因而也给了我更大的想象空间，在原故事的基础上加入了恩情与人情的纠葛，最终导致了一场悲剧的发生。

事实上在中国传统的民间鬼怪故事当中，绝大多数妖、怪、精、鬼，都与人性、人情有关，因此在改编的时候，加入了人性、人情这些元素，本意是想在重述这个故事的同时，使之更加丰满。现将原文摘录如下：

相传言，晋大始中，刘伯玉妻段氏，字光明，性妒忌。伯玉常于妻前诵

《洛神赋》，语其妻曰："娶妇得如此，吾无憾焉。"明光曰："君何以水神善而欲轻我？吾死，何愁不为水神。"其夜乃自沉而死。死后七日，托梦语伯玉曰："君本愿神，吾今得为神也。"伯玉寤而觉之，遂终身不复渡水。有妇人渡此津者，皆坏衣枉妆，然后敢济，不尔风波暴发。丑妇虽妆饰而渡，其神亦不妒也。妇人渡河无风浪者，以为己丑，不致水神怒。丑妇讳之，无不皆自毁形容，以塞嗤笑也。故齐人语曰："欲求好妇，立在津口。妇立水傍，好丑自彰。"

画皮：画骨画心难画皮

唐元和三年（808年），洛阳。

王煌带着个仆人，走在洛阳街头，浏览着琳琅满目的物品，今日他想要物色一件小玩意儿，送与新纳的姜室白氏。

五月的天并不见热，穿一袭薄衫，撑一把油纸伞，迎着风走上街，十分惬意。王煌新婚宴尔，满面春风，徜徉街市，乐此不疲。却在这时，有人喊道："王兄可好？"

王煌转头，乃是洛阳好友任玄言，因此笑着迎上去道："原来是玄言兄！"

任玄言是洛阳振元观的道士，童年入观，拜在观主无尘道长门下，今虽不过而立之年，但其以童子之身入道，又善博闻强识，刻苦上进，道行颇深。王煌在洛阳任校书郎一职，博览群书，能写一手好文章，三年前在振元观与任玄言相见后，便引为知己，从此后但凡有暇，必去振元观与任玄言品茗畅聊，促膝长谈。

任玄言走上来，亲切地与王煌相拥，继而看了眼他的脸色，眉头微微一沉。王煌不觉问道："怎么了？"

任玄言问道："王兄近来有何所遇？"

"玄言兄果然是神人也！"王煌笑道，"近来新纳了门姜室，居然未能逃过兄之法眼。"

"主公满面春风，一脸得意，哪个瞧不出有喜事？况道长法眼乎。"旁边的那仆人姓周名童，人颇机灵，趁机补了一句，哄主人开心。

"原来如此！"任玄言笑道，"嫂夫人远在太原，兄在洛阳无人照料，纳个妾室却也应当。王兄这是在给二夫人物色首饰吗？"

"正是。"王煌道，"今日得空，便想着出来给她买件首饰。"

"既如此，可否请王兄借一步说话？"

王煌见任玄言面色有异，不敢拂其意，便寻了间路边的茶肆，入座后问道："玄言兄究竟有何话说？"

"王兄莫怪我多管闲事。"任玄言郑重地道，"从兄之面相来看，恐非吉相。"

王煌讶然道："此话从何说起？"

任玄言没回答王煌的话，却突兀地问道："你我可是有一月未见？"

王煌虽被他问得莫名其妙，但依然答道："确有一月了。"

任玄言又问道："二夫人可是在这一月之内所娶？"

王煌点头答道："正是。"

任玄言眉头一沉，脸色越发凝重，道："如此看来，兄今日之面相，与这位夫人脱不了干系。"

王煌有些急了，道："我这面相究竟怎么了？有何祸事？"

"怕不是普通的祸事。"任玄言话头一顿，"恐有性命之虞。"

"你该不会说白氏是妖怪吧？"王煌面露愠色。

任玄言道："不是妖也是鬼，望兄多加小心，如有需要，只管来找我便是。"他看出了王煌心中不快，因此说完这句话后便起身告辞。

王煌买东西的兴致一扫而空，让仆人周童随意去挑了一样，便回了衙门，然后通过衙门里的关系，做了件重要的事情，以验证任玄言之言的真伪。他虽然不太相信任玄言所言，但说到底任玄言是他的好友，不至于在这种事情上跟他开玩笑，好友之忠告不得不听，却也非听风就是雨，万一是任玄言道行不足看走眼了呢？

王煌记得非常清楚，这门亲事是他求来的，也就是说是他主动，白氏只是被迫应承而已，那么这至少能够说明，即便白氏是妖，也没有主动要害他的意思。至于要证明她是不是妖，还得从另一件事情查起。

王煌乃太原人氏，一月之前，他从太原省亲回洛阳，在洛阳城郊遇见了白氏。据她自己说她是长安人氏，在及笄之年便嫁给了河东裴直，那裴直是生意人，时常外出，故事夫虽一年多，却未有身孕。年初，裴直来洛阳，逾三月未见归，因此来洛阳寻人，却发现裴直已故。洛阳的友人正打算去通知裴直的家人，见白氏到来，皆松了口气，问如何处理裴直的后事，白氏思之再三，运尸回去路途遥远，颇费时日，便决定就地安葬。王煌就是在裴直头七当日，遇见了正于坟头祭祀的白氏。

王煌调取了一月前发生在洛阳的所有死于非命的卷宗，发现果然有裴直其人，乃河东晋城人氏，到了洛阳后染疾不治而亡。

阅毕卷宗，王煌暗暗地松了口气，是任玄言看错了，白氏不是什么妖魔鬼怪。从衙门出来，带上周童，直接回了家，见到白氏时，王煌心中不由得生出了种负疚感，她像是山中的白莲，出浮尘而未染俗气，清新脱俗，面若桃李，灼灼其华，举手投足曼妙优雅，风华绝代，这般女子，怎能是妖？当下将在街上买的首饰拿出，哄她开心。

白氏拿着那首饰，欢喜至极，然而却不忘问道："此物定是花了不少银钱吧？王郎虽有俸禄，却也须谨慎些花销。"

王煌笑着将白氏拥入怀中，说道："偶尔为之，不妨事。"他新婚宴尔，如胶似漆，再加上翻阅卷宗，白氏的身世并无可疑之处，王煌早将任玄言的话抛到了九霄云外。

如此又过半月，这日王煌正在衙门当值，闻有人报曰振元观任玄言求见，王煌颇是意外，他俩交情虽深，但二人相见多在茶肆或任玄言的禅房，从未见任玄言来衙门，因不知其有何急事，便放下手头之事，出去相见。

任玄言的举止颇是神秘，直至奉茶之人出去之后，才认真地看着王煌道："我料到王兄大限将至，因此特意赶来，今见兄之面色，果然不假。"

王煌暗自一震，上次相见时他说恐有性命之虞，今又说大限将至，毕竟关系到生死之事，非同小可，因此问道："玄言兄的意思是白氏害我？"

"我知道兄与白氏情深意笃，不敢深信吾之所言。"任玄言道，"然而从兄之面相来看，确实如此。"

王煌道："玄言兄既能看出我有性命之虞，也知道是白氏所为，何以不直接施展法力，教白氏现形，让我看个明白？"

"看来兄依然不信吾言。"任玄言苦笑道，"你我相交一场，我何苦以此相欺，毁兄一场姻缘？实不相瞒，从兄之面相判断，乃是阳气渐失，阴气渐浓之故，所以判断王兄所遇不是妖，而是鬼。"

"鬼？"王煌讶然道，"什么鬼如此厉害，不惧白昼，与常人无异？"

"此乃是千年厉鬼附身，因此方可与常人无异。"

"玄言兄是说，白氏是附身于一位美貌妇人之皮囊？"

"正是。"任玄言道，"她吸人之阳气，久而久之便可与常人无异，无惧白昼，自也无法用法术使其现形。"

"感谢玄言兄为我操心。"王煌道，"不瞒玄言兄，白氏贤惠，举止得体，常念我劳累，不教我为家里的事操心，这段日子以来，家中上下之事都是她在打理。我与她成婚以来，情投意合，从无发生不快，除非玄言兄能找到证据，教我相信她是厉鬼，不然只凭玄言一语，便教我与白氏反目，断难做到。"

任玄言颇是理解王煌的想法，道："如果她是人，我自然恭祝兄与白氏白头偕老，但如果她是鬼，定能找出端倪，令兄信服。"

"如何找出端倪？"

"从其前夫裴直身上查起便是。"

王煌道："上次与玄言兄相见，我便查阅了关于裴直的卷宗，其乃河东晋城人氏，经商为业，乃是来洛阳后染疾，不治而亡。"

任玄言问道："所染何疾？"

"这个卷宗上不曾说明。"

"走。"任玄言起身往外走。

王煌诧异地道："去何处？"

"不瞒吾兄，为救兄之性命，这半月来我走了不少地方。"任玄言道，"现已查到当初为裴直诊治的大夫。"

王煌愕然道："兄为吾事着实费心了。"当下随任玄言一道出去。

一月之前的事，况且又是出了人命，那大夫自然尚记得清楚，据那大夫回忆，他当时见到裴直时已奄奄一息，气若游丝，但无论他如何诊断，都查不出病因。

王煌惊讶地道："都已病入膏肓了，为何还诊断不出病因？"

"这正是令我百思不得其解之处。"那大夫道，"我前去诊治时，据裴直的友人说，他是五日前来的洛阳，初见到他时，并无异样，三日前才显得无精打采，恹恹无神，以为是他累着了，并没太在意，只叫他多加休息，莫因生意累坏了身子，哪承想未出两天，竟已是这般模样。我当时以为是染了恶疾，然而观其体表，把其脉象，却全无染疾之症状。"

任玄言趁机问了个紧要的问题："也就是说，裴直并非因疾过世的是吗？"

那大夫迟疑了一下，说道："除了寿终正寝，每一种死亡都不可能是无疾而终，或许是我医术欠精，当时真没查出裴直的病因。不过有一样可以肯定，他是腑内器脏衰竭而亡。"

从大夫处出来，任玄言道："裴直便是你的下场，如若有一天感觉到无精打采，没甚精神就已经晚了，便是大罗神仙也无法将你从鬼门关拉回来。"

王煌将信将疑，白氏的前夫无疾而终，就断定白氏是鬼？作为未亡人，她本身就是受害者，却还要因此遭受怀疑，这对白氏是不公平的。

"你将此符带上。"任玄言拿出一道符咒，塞到王煌手里，"到时贴在房门后，如若她不敢进，便是鬼无疑了。"

王煌有些不情愿，但还是依了任玄言。当天傍晚，回了家后，抱着试一试的心态，趁着白氏在外忙活，偷偷地掏出符咒来，将之贴在门后面。

平素不做贼的人，但凡做了什么亏心事，皆会面红耳赤，浑身不自在，明眼人一眼就能瞧得出来。白氏从外面忙完回来时，在门口见他面色有异，眼神不敢正眼与她对视，便眼圈一红，呜呜抽泣起来。

王煌忙从房内跑出来，扶着她的肩问道："怎么了？"

白氏甩开她的手，委屈地道："问你自己做了什么！"

"我……"王煌支支吾吾地道，"我做了什么？"

白氏含泪叹道："我终究是个再婚的妇人，不如原配的正室值得你信任，同居一室，共睡一榻，既无信任，同床异梦罢了，你休了我吧。"

王煌见她脸上的泪珠儿扑簌簌落将下来，后悔至极，道："我……我……"心急之下，一时不知如何解释。

"既有今日，何必当初啊。"白氏抬起泪眼看着王煌问。

王煌一愣："我……我错了……"记得当初在洛阳城郊相遇，她穿一袭素衣，头戴素花，清丽脱俗，看到她跪在新坟前，面若梨花带雨，单薄的肩头不住地抖动着时，他起了怜花惜玉之心，下了马去问旁边侍立的丫鬟，听丫鬟说是丧夫时，那一刻他竟然动心了。他知道这是乘人之危，却怎么也无法克制自己，因此做出一副关切之状，向丫鬟问东问西，直到把她的身世打听得一清二楚时，便道："你与夫人既然是远道而来，应无落脚处吧？"

丫鬟点头道："暂居客栈。"

王煌道："我在洛阳府任职，城内有房，不妨去寒舍暂时住下，可好？"

那丫鬟眼睛滴溜溜地往他身上瞧了两眼，问道："你问这问那，把我家夫人的身世都打听得清清楚楚，又邀请我们去贵府暂居，究竟是何居心？"

"我……"王煌一时语塞，"我能有何居心？只是见你俩从外地而来，又没了依靠，恐受人欺负，这才相邀。"

那丫鬟道："谁知道你这是不是黄鼠狼给鸡拜年，没安好心哩？"

王煌的仆人周童见那丫鬟这般与他主人说话，心里颇不舒服，向那丫鬟道："你这才是狗咬吕洞宾不识好人心，我家主人好心相邀，你不领情便罢了，还出言不逊，是何道理？"

王煌忙道："我在洛阳府居校书郎之职，乃朝廷任命之官员，如何会有加害你等之心？你去与夫人商量一下，若她同意，便去寒舍暂居几日，至少安全无忧；若不同意，我也不强留，如何？"

那丫鬟见他也不是什么坏人，又是在洛阳府任职官员，便应了一声，去与白氏商量。白氏一听，回过头来瞟了眼王煌，与那丫鬟低声说了一声话。那丫鬟回身过来传话道："夫人说萍水相逢，不便叨扰。"

听了此话，王煌有些着急，道："莫说这些客气话，你俩毕竟是女流之辈，流落街市多有不便，比起这些世俗的客套，安全更为重要些，你将这些道理与夫人说个明白，万一出了事，后悔不及。"丫鬟又过去与白氏传话，白氏闻言，脸上似没再那么坚决，又听丫鬟说了两句，终于点头答应。

王煌大喜，待白氏祭祀完毕，将马让给她骑，径往洛阳城而行。在此后的几日里，王煌知道若未能将白氏说服，她必是要离开洛阳回晋城的，因此极尽殷勤谄媚，全力讨好，这下傻子都能看得出来王煌是何居心。有一日，白氏托丫鬟传话道："夫人孀居，不敢再有非分之想，这几日多承官人留居，感激不尽，明日我们将启程回晋城，如有机会，再报官人今日之恩情。"

王煌没想到自己一番努力，尽付东流，眼看着美人儿即将远行，这一别哪还有再见之期啊？情急之下，绕开丫鬟，直奔房内，说道："我的心思夫人既知，那么我也不想隐瞒了。没错，在城郊初见你时，我便动心了，谎称你俩流落在外不安全，目的便是要将你接回家来，然后想方设法哄你开心，讨好于你，希望你能慢慢接纳于我，重新开始新的生活。"

白氏听了这话，忽然眼圈一红，掩面而泣。王煌不知她因何哭泣，惊道："怎么了？"

"奴家与裴郎大婚虽未逾两年，然而自携手以来夫妻恩爱，共盟白首，所谓一日夫妻百日恩，今裴郎尸骨未寒，便议再嫁，岂非将我当作无情无义之人。"

"都是我之错也，是我逼得娘子太急了。"王煌连忙赔不是，"不过我是一片真心，绝无戏耍娘子之意，恳请娘子再住些时日，给我个机会，倘若哪日娘子肯回心转意，与我携手，必不教娘子受半分委屈。"

从那日起，王煌越发殷勤，只要有暇，便围在白氏左右，生恐她跑了。如今回想起来，的确是自己逼着白氏成亲的，当初但凡他要有放归之意，白氏早就已经走了，何来今日？

是啊，早知今日，何必当初呢？王煌霍地起身，将贴在门后的那道符咒撕了下来，然后当着白氏的面，将之撕得粉碎，并发誓道："我千不该万不该怀疑娘子，今后若再做此等不敬娘子之事，教我不得好死！"

白氏见他发下这等毒誓，便收起眼泪道："你我终究是夫妻，是要携手一生的，莫将此等恶毒之言随意挂在嘴边，倘若你哪天真有不测，教我再次丧夫孀居，我还如何独活？"

王煌将她抱在怀中，轻声道："娘子且宽心，你我白首之约，生死不渝。"

白氏破涕为笑："切记，夫妻最忌同床异梦，相互猜忌，日后不可再轻信人言，莫负了你我白首之约。"

王煌见白氏终于不再伤心，暗暗地松了口气，连连称是。

过了两日，任玄言又来衙门，王煌推说不在，未予相见。他与任玄言是深交好友，可这件事与友情没有关系，无论从哪方面看，白氏都没有刻意来加害他的举动，无论是她前夫意外去世，还是与他成婚，她都是被动的，何来害他之说？当然，任玄言定也是没有害他之意的，可能只是道行不够看走了眼，他不想让这场误会持续下去，只得选择避而不见。

当天傍晚时分，王煌正与白氏在家中用膳，周童忽进来道："禀主人，任道长登门，是否相见？"

王煌眉头一沉，没有说话。白氏瞟了他一眼，问道："前两日的那道符咒可也是这个任道长给你的？"

王煌点头道："正是。"

白氏幽幽叹道："看来你我夫妻不分离，他便不会善罢甘休。"

王煌放下碗筷，霍地起身，疾快往外走去，此番他要与任玄言说个明白，若不想影响交情，便请他莫再打扰他和白氏的生活。

"玄言兄，"走到门口时，王煌铁青着脸，郑重地道，"我有自己的分辨能力，分得清楚好歹，此事就此作罢，我们还是朋友；若你执意纠缠不休，你我情谊就此断绝。"

任玄言没有想到他的态度会如此坚决，不由得皱了皱眉，道："你若再留此厉鬼在侧，过几日定殒命无疑。"

"我生也罢死也罢，是我自己的事，无须你来管。"

任玄言轻轻一叹，道："不承想兄竟被迷惑得如此之深，看来今晚须来个了断了。"

王煌叱道："你要如何了断？"

任玄言的语气也十分坚定，道："让她现身。"

"让她现身？"王煌大笑道，"她不过一介妇人罢了，本就命苦，教她现什么形？"

"她应该已经现身了。"任玄言看着王煌，郑重地道，"再见到她时，你须有个心理准备。"

王煌大吃一惊，愕然地看着任玄言道："你对她做了什么？"

话音刚落，陡听到身后传来白氏的一声尖叫，王煌周身一颤，急忙转身跑了回去，及至房门外时，只见一道强光萦绕在屋里，快速地转着圈，白氏被围在光圈内，蜷缩着娇躯，躺在地上尖声厉叫，看上去非常痛苦。在那道光圈的外围，有个老道一手持剑，一手捻法诀，口中念念有词，正在对白氏施法。

"王郎救我……"白氏看到了王煌，连忙求救，声音凄怆无比。

"住手！"王煌顾不上危险，强闯进去，心想：好你个任玄言，居然使这下三烂的调虎离山计，将我哄骗去门口，叫你师父来折磨我娘子，实在可恨！

"拉他出去。"那老道正是振元观的观主无尘道长，见王煌闯进来，恐坏了大事，朝任玄言喊了一声。任玄言一把拉住王煌，将他从房里拉了出来。王煌又急又怒，喝道："任玄言，我娘子究竟与你有何仇何怨，要这般折磨于她！"

"你再看看她是谁！"任玄言在王煌的耳边一声喝，直把王煌喝得耳朵嗡嗡作响，定睛看时，一幕奇诡无比的景象出现了。只见光圈里的白氏在强光下慢慢地在变形，不，准确地说是白氏的肤色、体形均在变化，本若凝脂般的肌肤逐渐地发黄，像是皮肉在某种神秘的力量下，快速地变质、腐蚀，最终变成褐色，若干尸；她的体形却在变大，逐渐地把她身上的那件翠色罗衫撑破；最为可怖的是她面部的变化，本是艳若桃李的脸，楚楚可怜惹人疼惜的眉目逐渐地被一张可怕的令人发怵的面目替代。

这是我的娘子吗？不知是害怕还是震惊，王煌愣住了，这真是与我同床共枕了月余的娘子吗？

"红颜白骨，粉黛骷髅，一切表象，无非虚妄。"无尘道长法力一收，那道强光倏然而敛，落在白氏身上，化作一道紧箍，越箍越紧，白氏吃紧，尖声厉叫，最终魂飞魄散，化作一摊血水。

任玄言暗暗地松了口气，这才放开王煌，见他兀自愣怔着，说道："此厉鬼十分厉害，再者兄不听吾言，只得请师父出山，来降此鬼，得罪处望兄见谅。"

王煌额头流着虚汗，似乎依旧没有回过神来，愣愣地朝无尘道长拜倒，磕了三个头，起身怅然地往外走出去。

"王兄……"任玄言恐他接受不了这现实，想要追出去，无尘道长道："恩爱欢愉，转念成空，且由他去吧，眼前之迷离，尚需他自己走出去。"

☁ 解说鬼怪

画皮的故事通过《聊斋志异》流传甚广，然而此画皮非彼画皮，确切地说这则故事应该是《聊斋志异》中画皮故事的原型。

众所周知，蒲松龄的《聊斋志异》素材来自民间传说，画皮也是如此。最早的关于画皮的传说，起源于西晋，原是要通过此故事，宣扬佛教，大意是说某男子娶了一位妇人，貌美无瑕，然而虽有姿色，却是吸人血肉的罗刹，有人对那男子说卿妇罗刹，血肉为食。那男子起初不信，后来说的人多了，将信将疑，有一天晚上跟随妇人出去，见她在坟前变作恶鬼，始信与自己朝夕相处的乃是恶鬼。

佛家认为，世间万物，变化无端，而人为世间之虚像所迷惑，辗转轮回于六道之中不得解脱，此乃大苦也。然而道理是这个道理，真要让俗世之人出家后断绝情欲，斩断情丝，却不是件容易的事情，所谓"食色，性也"，人之本性，这世间唯男女之情欲最是难断，为此，佛家想出了一个方便法门，即让僧众坐于墓冢之间，细观人体腐蚀之过程，以此告知他们，红粉妖娆，亦不过是一身臭皮囊罢了，无甚可恋可爱之处，这便是红粉骷髅的来源，也是画皮故事的源头。

后经演绎，故事也有所变化，加入了诸多元素，特别是到了明清时期，由于长篇小说的出现并发展，使画皮的故事更加丰满，严格来说，《西游记》里的白骨精也是脱胎于此。到了清代，蒲松龄在原故事的基础上，进行艺术加工，使之更加曲折完整，更具可读性。但无论故事如何变化，其内核始终没变，故事的总体走向和纲目也没有大的变化，即书生乍遇美女，看似偶遇，实则暗藏计谋；道人告知真相，书生往往不信；道人使出法术，使鬼魅现出原形……千百年来无论细节如何变，这个套路始终如一。如果把唐三藏看作是书生，孙悟空是道人，其实"三打白骨精"的故事也在此套路之中。

本文的故事源自唐代牛僧孺所著的《玄怪录·王煌》。与古人一样，我依然沿袭了这个套路，未曾去做改变，只是在细节处略做改编或加强一些而已，现将原文摘录如下：

太原王煌，元和三年五月初申时，自洛之缑氏庄。乃出建春门二十五里，道左有新冢，前有白衣姬设祭而哭甚哀。煌微觇之，年适十八九，容色绝代。傍有二婢，无丈夫。侍婢曰："小娘子秦人，既笄适河东裴直，未二年，裴郎乃游洛不复，小娘子诇焉，与某辈二人，偕来到洛，则裴已卒矣。其夫葬于此，故来祭哭耳。"煌曰："然即何归？"曰："小娘子少孤无家，何归？顷婚礼者外族，其舅已亡。今且驻洛，必谋从人耳。"煌喜曰："煌有正官，少而无妇。庄居缑氏，亦不甚贫，今愿领微诚，试为咨达。"婢笑，徐诣姬言之。姬闻而哭愈哀，婢牵衣止之，曰："今日将夕矣，野外无所止，归秦无生业。今此郎幸有正官而少年，行李且赡，固不急于衣食。必欲他行，舍此何适？若未能抑情从变，亦得归体，奈何不听其言耶？"姬曰："吾结发事裴，今客死洛下，绸缪之情，已隔明晦。碎身粉骨，无谢裴恩。未展哀诚，岂忍他适。汝勿言，吾且当还洛。"其婢以告煌，煌又曰："归洛非有第宅，决为客之于缑，何伤？"婢复以告。姬顾日将夕，回称所抵，乃敛哀拜煌，言礼欲申，哀咽良久。

煌召左右师骑。与煌同行十余里，偕宿彭婆店，礼设别榻。每闻煌言，必呜咽而泣，不敢不以礼待之。先曙而到芝田别业，于中堂泣而言曰："妾诚陋拙，不足辱君子之顾。身今无归，已沐深念。请备礼席，展相见之仪。"煌遽令陈设，对食毕，入成结褵之礼，自是相欢之意，日愈殷勤。观其容容婉娩，言词闲雅，工容之妙，卓绝当时。信誓之诚，惟死而已。

后数月，煌有故入洛。洛中有道士任玄言者，奇术之士也，素与煌善，见煌颜色，大异之，曰："郎何所偶，致形神如久耶？"煌笑曰："纳一夫人耳。"玄言曰："所偶非夫人，乃威神之鬼也。令能速绝，尚可生全。更一二十日，生路即断矣，玄言亦无能奉救也。"煌心不悦，以所谋之事未果，白不遗人请归，其意尤切。缠绵之思，不可形状。

更十余日，煌复入洛，遇玄言于南市，执其手而告曰："郎之容色决死矣，不信吾言，乃至如是，明日午时，其人当来，来即死矣。惜哉？惜哉？"因泣与煌别，煌愈惑之。玄言曰："郎不相信，请置符于怀中。明日午时，贤宠入门，请以符投之，当见本形矣。"煌及取其符而怀之。既背去，玄言谓其仆曰："明日午时，芝田妖当来，汝郎必以符投之。汝可视其形状，非青面耏重鬼，即赤面者也。入反坐汝郎，郎必死。死时视之，坐死耶？"其仆潜记之。

及时，煌坐堂中，芝田妖恨来，及门，煌以怀中符投之，立变面为耏重鬼。鬼执煌，已死矣，问其仆曰："如此，奈何取妖道士言，令吾形见！"反掉煌，卧于床上，一踏而毙。日暮，玄言来候之，煌已死矣。问其仆曰："何形？"仆乃告之。玄言曰："此乃北天王右脚下耏重也，例三千年一替，其鬼年满，自合择替，故化形成人而取之。煌得坐死，满三千年亦当求替。今既卧亡，终天不复得替矣。"前睹煌尸，脊骨已折。玄言泣之而去。此传之仆。

宋定伯捉鬼：一场人与鬼的较量

南阳有个叫宋定伯的人，以开酒馆为生，因酒馆打烊常至半夜，走夜路回家是家常便饭。

俗话说：常在河边走，焉能不湿脚？夜路走多了，也难免遇上鬼。

这一日晚上，酒馆打烊后，宋定伯若往常一般独自一人回家。走出城区，到了荒郊，已是万籁俱寂，四野一片静谧，听不到一丝人嚣狗吠。然而不知为何，走着走着总觉得有些异样，侧耳听时，听不到任何声响，却有一种让人尾随之感。

这是一种非常不好的感觉，特别是在晚上，无论是心理作用还是真有东西跟着，都教人心里发怵。

宋定伯走惯了夜路，从未产生过这等怪异之感，因此断定，后面真有东西跟着。故意闷头赶了几步路，佯装出一副撒腿要跑的样子，然而未待起跑，脚步戛然而止，扭头看时，旁边多了一只黑衣长发、面目森然的鬼。宋定伯暗自镇定心神，装作若无其事的样子，继续又往前走。那鬼看了眼宋定伯，与之并肩而行。

"嘿嘿！"宋定伯朝他怪笑了一声。那鬼面目肃然，却没有要笑的样子，兀自跟着宋定伯走。

"你是谁？"宋定伯若闲聊一般，随口问道。

"鬼也。"那鬼似乎也若闲聊一般，淡淡地回了一句，隔了会儿问道，

"你是谁？"

宋定伯像是遇上了同道中人一般地"哦"了一声，装出一副幸会的样子道："与你一样，鬼也。"

那鬼愕然，翻了翻鬼眼道："你也是鬼？"

宋定伯十分肯定地点点头，然后与他开玩笑式地道："若非是鬼，莫非是人不成？"言下之意是说，哪个活人半夜三更出来闲逛？

那鬼眨了眨鬼眼，似信非信，又问道："你欲往何处去？"

宋定伯知道此鬼并没完全信任他，此话是在试探，若照实说回家，那铁定就回不了家了，非死在此鬼的手里不可，灵机一动，说道："往宛市去。"

那鬼又问："这个时候去往宛市做甚？"

宋定伯心想今晚遇上鬼已十分倒霉，却不承想还遇上了只机灵鬼，若应付不周，便得死于非命，端的是一念生一念死，实在危险至极。

"你是新死的鬼吗？"宋定伯装出一副不可思议的样子，反问了一句。

"死了年余，老鬼也。"那鬼被他这么一问，有些莫名其妙，"何以有此问？"

宋定伯道："市集三教九流汇集之所，杀人砍头的地方，夜深人静时，冤魂游鬼俱皆会出来，十分热闹，你既是老鬼，因何不知这个？"

连续两次的反问，使宋定伯在气势上占据了上风，反倒让那鬼觉得不好意思起来，答道："我也往宛市。"

宋定伯镇定地点头道："正好同行！"心中却暗暗地松了口气，至少暂时无甚危险了。

如此一人一鬼走出几里路，那鬼忽道："走了这许多路，你累否？"

宋定伯不知他要出什么鬼主意，道："有些累了。"

"不妨相互背着走。"

"大善也！"宋定伯怕鬼要上他的背来使坏，忙道，"你看上去比我要年轻些，你先背我。"

那鬼倒也没反对，应了声"好"，微微屈膝，让宋定伯上了他的背，那鬼一使力，勉强撑起，嘴里发出"咦"的一声响，道："如此之沉，你不是鬼！"

宋定伯心头一震，心想坏了，这机灵鬼端的是比人还精，居然用此法来试探我是不是鬼！思忖间，那鬼回过头来，目露凶光，宋定伯急中生智，决定先下手为强，"啪"的一巴掌下去，打在那鬼的脑袋上，把那鬼的脑袋拍得嗡嗡作响。

那鬼凶相毕露，厉声道："你区区一普通人，想要打死我，休想！"

"我是打你这糊涂鬼！"宋定伯放粗了嗓门喊，决定再故技重施，想要在声势上压鬼一头。

那鬼果然蒙了，问道："我如何是糊涂鬼？"

"莫非你不糊涂吗？"宋定伯道，"我衣服都干干净净的，一看便知是刚脱离肉体的新鬼，新鬼比老鬼重，这个道理莫非你不知吗？"

这个道理那鬼真的不知，但被宋定伯理直气壮地这么一问，那鬼却信了，不再作声，驮着宋定伯乖乖地往前走。

走了一段路，那鬼说累了，换宋定伯来背。言语间放了宋定伯下来，眼睛却直勾勾地盯着他看。宋定伯心里非常清楚，此时但凡表露出一丝畏惧之意，唯死而已。当下耸耸肩，强迫自己放轻松，连忙慢慢往下蹲，嘴里哼着小曲，然后道："上来！"

那鬼趴到宋定伯的背上，轻若无物，宋定伯笑道："你果然是老鬼。"

那鬼叹道："死一年多了。"

"怎么死的？"宋定伯边走边与他聊天，故意侧过头去看后边的动静。

"抢东西让人给打死的。"

"明白了。"宋定伯侧着头道，"故意躲着阴兵来勾魂，怕入地狱受苦，这才一直在人间游荡。"

那鬼又叹息一声，却没接话。宋定伯又道："要不阴兵来带我时，我替你求求情，把你也一起带去，到了那边咱俩还是在一起，好歹有个伴儿。"

"你倒是个好人。"那鬼道，"不过还是算了，阴曹地府的官差不讲情面，求情也没用。"

一人一鬼沉默了会儿，宋定伯见他没有下手，心下略微放心了些，可还有个问题急需解决，这鬼虽然暂时相信了他，但总不能陪着他一直这么走下去吧？须想个法子。

"问你个事。"宋定伯忽似想到了什么，朝那鬼说。

"什么？"

"你一直在人间游荡，不怕遇上人吗？"

"不怕。"那鬼道，"人只会怕鬼。"

"可能你是老鬼了，心态好，我现在就有点怕。"

"不用怕。"那鬼道，"遇上人时，要么吓他，让他跑远些，莫来打扰；要么吸他阳气，给自己添些力量。"

宋定伯笑道："你倒是真有经验，不妨再教教我，鬼最忌人什么？"

那鬼想了想道："忌人唾沫。"

宋定伯讶然道："何以要忌人唾沫？"

"生生相克，一物降一物罢了，鬼要是让人吐了唾沫就跑不动了，能力全无，唯有任人宰割的份儿。"

"多谢，多谢！"宋定伯称谢道，"我记下了，万一要是真遇上人，要特别小心他们的嘴。"

"正是。"

宋定伯心中暗自得意，等逮着个机会，便吐你几口唾沫，早早地溜之大吉，省得大半夜的陪只鬼到处瞎逛。随之灵机一动，等他背我的时候，趁机在背后吐几口唾沫，我不就可以走了吗？

不行，不行！按他所言，唾沫只能暂时让他失去能力，我一个凡人即便暂时制服了这只鬼，也没能力把他打死，万一他以后来报复，我焉能活命乎？

一人一鬼边走边说，轮换着背着彼此走，走出几里，宋定伯也没想出办法，只得拖着边走边看，好在那鬼暂时没再怀疑，倒也相安无事。然而难题又来了，前方一条河挡道，往左右看了看，竟然没有桥可供行走。鬼从宋定伯背上跳下来，涉水而行，竟无声响。宋定伯见状，心头突突直跳，那鬼回头望了他一眼，问道："何以不走？"

"怕……我怕水……"宋定伯结结巴巴地道。

那鬼讶然道："鬼何以要怕水？"

"生前就怕水，一见大江大河便犯晕。"宋定伯叹息道，"没想到死了还怕。"

那鬼在水里手舞足蹈几下，无丝毫水珠溅起，鼓励他道："你看看，鬼实无形也，可穿墙入户，况水乎。"

宋定伯一想，这下完了，我一个大活人岂能穿墙入户、涉水无声？但老站在岸边也不是办法，时间一久难免露馅儿，伸出脚往水里探了探，皱着眉头道："还是犯晕。要不你自个儿走吧，莫管我了，大不了不去宛市便是。"

那鬼奇怪地看着他问道："你平时是如何去宛市的？"

宋定伯知道他又起疑心了，道："不瞒你说，我就去过一次，那次是让别的鬼背过去的。"

"既已背过河去了，又为何要回来？"

"思念在世的亲人啊！"宋定伯眼圈一红，泫然欲泣，"我刚过完头七，如同第一次离家的孩子，日夜思念亲人，忍不住要回去看他们，莫非你没经历过这种时候吗？"

"确也经历过。"那鬼似乎被勾起了往事，看上去也有些伤感，"我生前不学无术，亦未孝敬父母，骤然而死，与亲人阴阳相隔的时候，方才觉得生活中平平淡淡的一点一滴都弥足珍贵。"

宋定伯呜呜哭将起来，边哭边道："正是这个道理。"

那鬼走过来道："我驮你过河吧。"宋定伯抽泣着擦了擦眼泪，他知道煽情起作用了，那鬼暂时对他形成不了威胁，便又上了他的背，由他驮着过河。

"你可真沉。"那鬼边过河边埋怨道。

"辛苦你了，刚死没多久就这么沉。"宋定伯不好意思地道，"再过些日子我便会如你一样轻若无物了。"

"快到了。"过了河后，那鬼将宋定伯放下来，喘了两口粗气指着前方道。

宋定伯当然知道快到宛市了，他一个开酒馆的如何会不知集市在何处？然而宛市将至，决定他生死的时刻亦同时将至耳。市集群鬼云集，百鬼夜行之所，一只鬼好对付，可要对付成百上千只鬼，那是不可能的事情，到时必然露出马脚，死在集市里。

宋定伯看了那只鬼一眼，或许那鬼与他一样，从未放松过警惕，亦不曾放下怀疑，之所以没有出手，是因为并不急于出手，后半夜的集市就是鬼的世界，他们的天下，到了宛市是人是鬼一验便知，届时在群鬼环伺之下还怕他跑了不成？

从这个角度来看，宛市就像是照鬼镜，也是宋定伯的修罗场，到了那里，唯死而已。

见宋定伯下了地后，并没有往前走的意思，那鬼目不转睛地看着他问道："如何不走了？"

宋定伯蹲在地上，又伤心起来。那鬼又问道："如何又伤心了？"

宋定伯幽幽叹息道："你是老鬼，如何知道新鬼之苦啊！"

"苦从何来？"

"在人间时，人与人之间钩心斗角，尔虞我诈，为一己之利，不择手段，弱肉强食，唯适者生存。"宋定伯道，"死了做了鬼后发现，阴间也是如此，前一次我去宛市时，便遭遇了老鬼的欺负，死的时候亲人给我带来的一应珍贵物事，都让他们抢走了，我怕他们此番又要发难。"

那鬼道："鬼的前世是人，鬼有鬼心思，人有人心机，都是正常的。不过你既然怕他们，为何还要赶来宛市？"

"这有甚办法？"宋定伯抬起泪眼道，"我既离开了在世的亲人做了鬼，便须想方设法融入鬼的世界里去，不然孤苦伶仃地飘来荡去，只会越发地思念亲人，如此下去，我岂非会变成一只幽怨的鬼？"

那鬼道："你既然想融入进去，吃些苦也是值得的，走吧。"

宋定伯兀自下不了决心，道："我听说做鬼久了，会多出些能力，可有这说法？"

"有的。"

宋定伯道："你在人间游来荡去一年多了，吸了许多阳气，会使何本事？"

那鬼想了想道："会变化。"

宋定伯的眼睛一亮，起身道："我听说有些厉害的鬼可变化成美女，你变一个来我看看。"

那鬼道："那是千年老鬼才能拥有的法力，我才一年多，无此能力。"

"那你会变些什么？"

那鬼摊摊手，颇是无奈地道："只会变畜生。"

"却也好玩。"宋定伯道，"可否变一个叫我长长眼？"

"为何忽然想起说这个话题？"那鬼果然未曾放下戒备，警惕地看着他问。

"我是这么想的。"宋定伯道，"我毕竟做鬼的时间不长，对鬼的世界不甚了解，想让你把我变成一样东西，哪怕是畜生也行，如此你把我带去宛市，就不会引起其他鬼的注意，以便让我观察两天，熟悉熟悉环境，你看如何？"

"让我把你变成畜生，也无不可。"那鬼依然没放松警惕，"但让我先变成畜生让你看看是何道理？"

宋定伯道："一则是想看看是有此能力，二则是想知道自己变了后，究竟是何模样，是否能让人识出破绽，若有破绽岂不是白花这工夫吗？"

那鬼一想也是，事实上他也只做了一年多的鬼，对自己也没太大信心，当下摇身一变，变成了一只羊。宋定伯走上去左看看右摸摸，笑道："你还别说，果真是像模像样的，一点也瞧不出来是鬼变的。"

那鬼听了夸赞，甚是得意，又走了两步，道："你看起来可有破绽？"

宋定伯跟在鬼后面，看着他走，猛不丁吐出口唾沫，落在鬼身上。那鬼大惊道："你作甚？"

宋定伯笑道："你猜我作甚？"

那鬼大怒："原来你果真是人！"

宋定伯恐他又变回来害人，又吐了几口。那鬼失去能力，一时难再变回来。宋定伯解下腰带，打了个活结，套在羊头上，牵在手里，走到一棵大树前，一屁股坐下，大大地舒了口气，道："我常走夜路，不曾遇见过鬼，今日不巧遇上了你，与你斗智斗勇走了一路，着实是战战兢兢，如履薄冰，现在好了，我终于可以松口气了。"

为了使那鬼不能再变回来，宋定伯隔会儿便在他身上吐口水，直到鸡鸣天晓时方才起身，慢慢悠悠地往宛市走去。鬼只适合在晚上活动，到了白昼，漫说是恢复能力，连话都不能说了。及至集市内，宋定伯把那只羊卖了，得钱一千五百文。

☁ 解说鬼怪

宋定伯捉鬼的故事出自《搜神记》，乃是一篇十分经典的文言故事，加上被选编入教材，可谓妇孺皆知。

越是大家熟知的故事，越难改编，宋定伯捉鬼的故事之所以能被选编入课文，最重要的一个原因是有正能量，如果从正面去理解，这是一个大智大勇、遇事随机应变，且不畏艰险最终成功战胜困难的好故事。

现将原文摘录如下：

南阳宋定伯年少时，夜行逢鬼。问曰："谁？"鬼言："鬼也。"鬼问："汝复谁？"定伯诳之，言："我亦鬼。"鬼问："欲至何所？"答曰："欲至宛市。"鬼言："我亦欲至宛市。"遂行数里。

鬼言："步行太迟，可共递相担也。"定伯曰："大善。"鬼便先担定伯数里。鬼言："卿太重，将非鬼也？"定伯言："我新鬼，故身重耳。"定伯因复担鬼，鬼略无重。如是再三。

定伯复言："我新鬼，不知有何所畏忌？"鬼答言："惟不喜人唾。"于是共行。道遇水，定伯令鬼先渡，听之，了然无声音。定伯自渡，漕漼作声。鬼复言："何以作声？"定伯曰："新鬼，不习渡水故耳，勿怪吾也。"

行欲至宛市，定伯便担鬼著肩上，急持之。鬼大呼，声咋咋然，索下，不复听之。径至宛市中。下著地，化为一羊，便卖之。恐其变化，唾之。得钱千五百，乃去。于时石崇言："定伯卖鬼，得钱千五百文。"